Le Ventre de la péniche

AU DIABLE VAUVERT

Fabrice Capizzano

Le Ventre de la péniche

Du même auteur au Diable vauvert

La Fille du chasse-neige, roman, 2020

ISBN : 979-10-307-0549-2

Au diable vauvert
La Laune 30600 Vauvert

www.audiable.com
contact@audiable.com

À mon père,
dont la mère ne savait ni lire ni écrire.

[…] Car si la Terre est ronde, et qu'ils s'agrippent,
Au-delà c'est le vide.

Comme un Lego – Alain Bashung
Paroles de Gérard Manset
Musique d'Alain Bashung

1.

Les paupières semi-ouvertes, l'officier de gendarmerie Vincent Givert avale une nicorette.

Je vois qu'il apprécie secrètement lorsque la dose homéopathique de nicotine pénètre sa bouche pâteuse, et entre enfin en contact avec ses papilles gustatives, injectant le microshoot de soulagement, un sursis de quelques précieuses minutes dans son désert de sevrage de tabac. Il la broie nerveusement dans un raffut buccal qui me glace le sang, et qui me sort de mon entame de demi-sommeil, puis il trimballe gauche droite les miettes dans sa bouche sans quitter l'écran des yeux.

Pendant ce temps, je n'existe plus, je ne pèse pas grand-chose face à la gomme médicamenteuse. Je déguste en silence ces quelques minutes de répit, je pense à Hannah.

— Nom de famille ?

— Cervantès.

— Prénom ?

— Jason.

Il pose un œil sur moi, un vague oxymore javellisé, clair foncé franchement incertain, ce n'est pas du dégoût ni de la répugnance, on dirait plutôt un mélange sucré saoulé entre surprise et déplaisance, ça a au moins le mérite d'exister.

— Comme Jason et le poisson ?

— Non, ça c'est Jonas… Jason c'est l'histoire de la toison d'or…

Je ne sais pas si c'est vraiment moi qu'il scrute méticuleusement ou un autre, j'ai l'impression que derrière mes pupilles il a trouvé un territoire dans lequel son esprit vagabonde, un terrain vague pourlingue au paysage de matin embrumé. L'insistance de son regard de pierre me met mal à l'aise, ça dure une éternité et des poussières, puis mon OPJ revient dans la réalité, il plonge toute son attention sur son écran des années deux mille.

— Date de naissance ?

— 29 septembre 1969…

— Lieu de naissance ?

— …

— Eh oh, z'êtes né où ?

— À Édimbourg-des-Sept-Mers…

— C'est où ce bled ?

— Sur l'île de Tristan da Cunha, un territoire britannique au milieu de l'Atlantique sud, entre l'Afrique du Sud et l'Urug…

— J'm'en fous.

— Moi aussi.

— Ça aussi j'm'en fous.

Il poursuit sa drôle d'observation statique de moi, insondable, ambigüe. Je contemple, fasciné, ses yeux bleu azur incrustés de têtes d'épingle vertes, ocre, terre battue, qui jouent à un-deux-trois-soleil, à croire que son cerveau erre dans un entre-deux approximatif, une zone déserte non répertoriée sur sa carte mémoire, sans eau ni électricité, avec pas un rade pour étancher sa soif.

— Adresse ?

— Camaret-sur-Mer, Finistère…

Semblant ne plus m'écouter, Givert s'acharne à présent sur l'emballage de sa dernière nicorette. Puis soudain, comme piqué par une scolopendre, il harangue un de ses collègues qui passe devant la porte de son bureau.

— Eh Rouquin tu vas pas en ville ?

— Non pas tout de suite, j'peux pas là, je misère avec l'imprimante, pis y'a l'autre là, l'Indien.

— Oh putain vous faites chier.

— Vous ? répète le rouquin.

Givert se lève en grimaçant et va observer le vide sidéral derrière la fenêtre de son bureau, une pathétique contemplation de la cour de la brigade de recherche et d'intervention de Thionville, Moselle. C'est triste mais beau comme un morceau de Jóhann Jóhannsson.

— Quel bordel, murmure-t-il, on s'en sortira jamais !

Je repère un ciseau d'écolier posé entre son clavier et son pot à crayons, j'hésite, mais je n'en fais rien.

— Misère, miséricorde, foutoir de mystère à sept cordes, marmonne-t-il, bordel de merde, plein le cul… Propaganda…

Il reprend sa place.

— Profession ?

— Je suis obligé de répondre ?

— Je n'attends rien de vous M. Cervantès, je me fous de ce qui se passe dans votre tête, comme de la plupart des morts qui franchissent le pas de cette porte, mais aussi des rares vivants qui parviennent miraculeusement jusque-là. Je fais mon boulot comme un peintre en bâtiment vous voyez ? Vous avez le droit de garder le silence, personnellement je m'en branle. Si vous voulez pas répondre à mes questions, il suffit de répéter que vous n'avez rien à déclarer. Je vous conseille de me donner au moins votre profession. Comme les abeilles ce programme ne supporte pas le vide, ça fait des mois qu'on leur répète.

— Personne ne peut réparer ça ?

— Vous avez l'adresse d'un bon apiculteur ?

Comme sa vanne ne m'évoque rien d'autre qu'une énorme envie de chialer, je ne relève pas.

— Je rigole, vous n'allez pas pleurer quand même ? Bon, vous me la donnez cette profession ? Comme ça, je note l'heure, j'imprime en trois exemplaires, tu signes, et on va fumer des cafés et boire des clopes.

— Je ne fume pas.

— Ah bon ?

— Ben ouais.

— C'est bien ma chance, se dit-il à lui-même, si les méchants ne fument plus, où va le monde ?

— Eh ! Je suis pas un méchant !

— C'est ce qu'ils disent tous.

— Vous pourriez m'enlever mes menottes s'il vous plaît ? J'ai mal aux poignets.

Il se passe un certain temps avant qu'il ne réagisse, plusieurs très longues secondes en vérité où seules les branches de l'acacia en fleur derrière la fenêtre semblent en vie. Puis il finit par se lever mollement sans véritable expression autre que la lassitude et le ras-le-bol, il attrape son trousseau de clés rivé à sa ceinture, juste à côté de son flingue, et il ouvre mes menottes, ça me fait un bien fou.

Il jette la paire de bracelets sur son bureau, ça fait un bruit affreux, c'est amplifié par mon manque de sommeil et le café à outrance. J'ai envie de calme, de silence, d'un bain de jouvence bucolique, du chant des rouges-queues, d'un morceau de piano. Il revient s'asseoir.

— Alors ?

— …

— Profession ?

— Employé dans une boutique d'objets du monde dans une galerie marchande à Brest.

C'est ce que je trouve de mieux.

Je lis sur son visage une certaine déception. Puis il se lève et va sur le pas de la porte de son bureau, il jette un œil noir au couloir désert et il revient vers moi.

— Suis-moi.

J'obéis.

Nous traversons le long corridor de la gendarmerie parsemé de portes ouvertes et de bureaux. J'entends claquer les touches des claviers du siècle passé, j'aperçois furtivement dans l'un d'eux un petit bonhomme typé américain du Sud avec des plumes rouges sur la tête. Il serait temps que je dorme un peu, je crois que j'ai des hallucinations.

Je ne trouve pas Hannah.

Nous allons jusque dans la cuisine tout au bout du couloir, où un jeune homme en civil très musclé, très propre sur lui, très cocotant le parfum pas cher, surgominé, bulle vaillamment devant BFM télé.

— Xav', tu fais quoi là?

— Ben tu vois bien.

— Faut que je file m'acheter des nicorettes, je vais en profiter pour faire un tour chez ma psy, tu me le gardes le temps que?

— Dac' mais fais vite, faut que j'avance sur mon voleur de bagnoles.

∞

Je ne sais pas comment elle a fait pour me retrouver, mais Hannah a débarqué chez moi trois jours avant ma garde à vue avec Givert, comme ça, sans prévenir, un toc-toc discret mais pas hésitant, une certitude timide bien à elle. Ça m'a fait l'effet d'un paquebot qui viendrait s'échouer sur une cabane de jardin.

— Salut, elle a dit à mes sandales.

— Salut, j'ai répondu sidéré.

Je lui ai trouvé des frissons de plissures sur le front, de futiles poils de sourcils grisonnants, une voix mélodieusement rocailleuse, quelques valises sous les yeux dignes des plus grands voyages.

Quand elle a vu que je restais figé sans rien dire et que ça pouvait durer des lustres, elle a entrouvert la bouche, puis a ravalé goulument.

— Tu veux rentrer ?

J'aurais pu lui dire une phrase dans ce genre, tandis que Piers Faccini amorçait *To be sky* sur ma vieille chaîne du salon, mais aucun mot n'est sorti, j'ai juste lâché le verre que j'étais en train d'essuyer, il a roulé dans l'herbe drue de mon perron sans le moindre fracas, ça l'a fait sourire et moi ça m'a glacé le dos.

— Qu'est-ce que tu fais là ? Comment tu m'as retrouvé ?

— Comment trouver l'adresse du grand photographe Cervantès ? Bonjour Jason.

— Qu'est-ce que tu veux ?

J'ai entrevu le reflet de mon visage dans la baie vitrée du salon. J'avais pris un sacré coup de vieux ces derniers temps, je ne parle pas que des courbatures et des amorces de brioche qui tendaient le bas de mon sweat couleur Barbapapa, j'avais des mèches grisonnantes depuis quelque temps auxquelles je ne m'habituais pas, et des parties de mon corps que j'avais oubliées me rappelaient sans cesse que je n'avais plus vingt ans. Je ne me trouvais pas très beau à voir, j'avais besoin d'une bonne coupe de cheveux et d'une grosse masse d'heures de sommeil, mon dernier boulot ne m'avait pas épargné, il était bien loin le temps où je pouvais enquiller plusieurs nuits de trois ou quatre heures sans que les excès jouent sur mon humeur.

— C'est une histoire un peu longue, j'ai roulé toute la nuit pour venir te voir.

— Je ne t'ai rien demandé…

— Ne commence pas Jason s'il te plaît, je ne suis pas là pour ça, offre-moi plutôt un café et une chaise, je suis éreintée.

L'image de l'Amazonie en flammes m'a traversé, que les tout-puissants du monde laissaient brûler en sirotant du bloody mary et en se faisant aspirer goulument la bite par des prostituées de luxe à dix mille euros la passe.

J'ai hésité quelques secondes, mais je l'ai tout de même laissée entrer parce qu'elle avait simplement plongé ses yeux dans les miens, et aussi parce que vouloir tout contrôler est la meilleure façon pour que tout nous échappe. Autrefois, je la surnommais ma Méduse, parce qu'elle avait le pouvoir de pétrifier tout mortel qui croisait son regard, elle et sa chevelure de serpents.

— Tu as des cheveux blancs Jason.

Dix ans de certitudes, dix années d'autopersuasion, où je m'étais convaincu dur comme fer, à force de jouer du marteau sur la forge de mes souvenirs, que cette folle ne mettrait plus jamais les pieds chez moi sans que je compose le 15, le 18, ou le 36 quai des Orfèvres.

— Tu as maigri non ? Du visage en tout cas. Mais tu es toujours aussi beau.

Dix ans de recul, de vie recluse d'ascète, de cloisonnement, pour ça, un si piètre résultat. J'ai préparé du café dans une série de gestes nerveux tandis qu'elle faisait le tour des photos accrochées au mur du salon, j'ai fait bien attention à ne pas lui tourner le dos.

— Elles sont très belles.

— Sucre ?

— J'en ai vu certaines dans des magazines, comme celle-ci par exemple... vraiment magnifique cette femme en colère. Comment fais-tu des choses pareilles ?

— Je t'en mets un.

— Tes photos ont changé.

— Ce sont les modèles qui ont changé Hannah.

— Non merci j'ai arrêté le sucre, du moins le blanc.

— Elle c'est différent, elle ne voulait pas poser, c'est mon doigt qui a fourché juste avant qu'elle ne m'en colle une, je l'avais bien mérité.

— Putain de saccharose à la betterave... Quelle merde ce sucre blanc, ça devrait être interdit.

Hannah et moi c'était ça, des échanges bizarres, des phrases décalées pas finies, deux discussions en même temps, des baisers à l'essence qui s'embrasaient à la moindre étincelle.

— Celle-ci méritait bien un prix à Gacilly.

— Attends, je vais essayer de le récupérer, merde trop tard il a commencé à fondre, bon tant pis tu auras un peu de sucre dans ton café, mais c'est du roux, c'est moins pire.

— Pourquoi tu l'as refusé ce prix ? Nom de Dieu Jason, tu n'as pas changé.

— On change tous Hannah, même toi, j'imagine… Enfin j'espère. Tu vas finir par me dire pourquoi tu es là ?

On allait avoir cinquante balais. Quand on en avait quarante, cette garce ne cessait de me répéter que rien n'était grave, puis soudain elle se mettait à péter les plombs parce que je ne l'avais pas regardée depuis une poignée de secondes. Elle était capable de me dire tout et son contraire dans la même phrase sans se trahir pour autant, elle croyait à tout ce qu'elle pensait du moment que c'était elle dans son for intérieur. Quand elle a levé les yeux vers moi j'ai tout de suite lu la montagne de gravité qui s'invitait, j'ai rentré les épaules et j'ai plissé les yeux comme quand le soleil te met un uppercut et que tu n'as rien d'autre que ton cœur pour esquiver.

— Gladys est morte hier Jason.

Voilà, on y était.

Gladys.

Putain Gladys.

Ma Gladys.

Gladys est morte.

Gladys torsion.

J'ai froncé les sourcils pour masquer la douleur, mais ça a été un vrai coup de poignard. La vague de souvenirs que m'a renvoyée son prénom a dévasté mon salon comme un tsunami, et moi je suis resté assis sans rien dire, la mâchoire paralysée, et j'attendais que l'eau monte jusqu'au menton pour réagir, avec seulement une fourchette à la main pour écoper.

Gladys.

Gladys traction.

Elle s'est levée, et elle est allée pleurer en silence derrière la baie vitrée. Elle a observé l'océan décidément bien trop calme pour un début avril. Pudique.

Je suis tout de même sorti vérifier qu'aucun complice à l'extérieur ne m'attendait avec une batte de baseball, mais non, comme d'habitude aucun humain à moins de deux kilomètres. Puis d'un pas rapide, je suis revenu vers elle.

J'ai ouvert la baie vitrée en grand pour faire entrer le soleil du matin et le chant des oiseaux, j'ai suivi un cormoran au loin et trois moineaux qui se volaient après. J'ai été surpris de voir un geai des chênes en rase-mottes battant lentement des ailes, brisé de fatigue par sa migration précoce. Si ça continue, on va en voir en décembre, ai-je pensé, qu'est-ce que ce con fait si loin de son habitat ? Réchauffement climatique de merde.

Gladys trophie.

J'ai marché pieds nus dans l'herbe du jardin en zigzaguant involontairement, assourdi, abasourdi, puis j'ai trébuché contre un caillou qui m'a défoncé le gros orteil, je l'ai ramassé violemment et je l'ai jeté en direction des moineaux. J'ai réitéré mon geste de façon encore plus agressive mais cette fois-ci j'ai touché de plein fouet une de mes poules. J'ai regretté instantanément, mais trop tard, la poule était morte, je l'ai su au son du caillou quand il l'a pénétrée. Ses consœurs se sont précipitées sur elle et se sont mises à picorer ses entrailles dans une frénésie que je ne soupçonnais pas chez ces bestioles.

Hannah est restée à l'intérieur, observant en silence, les joues trempées d'une eau salée glanée dans l'au-delà. J'ai ramassé sèchement mes baskets et j'ai pris la direction du GR. Elle m'a regardé m'éloigner jusqu'à ce que je disparaisse derrière la petite colline du fond du jardin. Pourvu qu'elle ne brûle pas ma maison, me suis-je dit en suppliant le Ciel.

Quand je suis revenu, elle dormait sur mon canapé la bouche entrouverte. Je n'ai pu m'empêcher de jeter un œil, puis deux, sur ses fesses, sur la courbe de ses hanches. Je me suis rappelé pourquoi cette fille m'avait rendu hystérique et ce qu'elle avait été capable de faire jaillir de moi, le meilleur comme le pire. Je n'étais pas un obsédé sexuel, j'étais un obsédé d'Hannah. J'ai posé une couverture sur elle mais c'était uniquement pour me protéger, rien de généreux, un acte purement égoïste, assumé, un fauchage bien court du désir. J'ai tiré le rideau pour la protéger des rayons du soleil et je suis monté au grenier remettre la main sur ma vieille bombe lacrymogène. J'ai vérifié la date de péremption, je l'ai glissée dans ma poche, et je me suis enfermé dans mon bureau à l'étage jusqu'à la tombée de la nuit. Je l'ai entendue se lever pour aller aux toilettes, elle a pioché un truc dans le frigo et elle s'est recouchée dans le canapé sans demander son reste. Je l'ai à nouveau recouverte au milieu de la nuit et je suis retourné retoucher mes dernières photos, le casque sur les oreilles. Quand le ciel a commencé à s'éclaircir, je suis allé dormir un peu. J'ai fermé à double tour la porte de ma chambre et j'ai glissé la bombe lacrymo sous mon oreiller.

∞

Lorsque je me réveille, Givert est revenu de sa séance chez le psy. Il suce une nicorette, les pieds sur le dossier de la chaise sur laquelle je me suis endormi, il fait rouler ses menottes dans une main, et une télécommande dans l'autre.

— Bien dormi ?

Je me déplie en grommelant, j'ai des putains de fourmis dans un bras et les gens de la télé me font saigner les oreilles.

— T'as faim ?

— Je préfèrerais un café.

— Suis-moi.

— Y'a une machine juste là.

— Un conseil Cervantès, ne bois surtout pas ce truc.

J'obtempère, je suis prêt à me prostituer pour un bon café. On retourne dans son bureau. Dans le couloir, je croise le gars aux plumes rouges, menotté, qu'un flic en civil accompagne aux toilettes. Il est typé américain du Sud, son mètre cinquante-cinq, son visage métis indien et sa peau brune en témoignent. À mon passage il me sourit, mais je ne lui réponds pas, je suis d'une humeur exécrable, ma mâchoire est si serrée qu'elle pourrait broyer un engin de chantier. Quand je rejoins Givert, il est en train de fourrer sa main dans un sac en toile de jute duquel il sort une poignée de grains de café qu'il verse précautionneusement dans un vieux moulin à main. Je l'observe tourner la manivelle méticuleusement, ça le fait sourire. Il faut avouer que le résultat est une merveille, l'arôme fraîchement torréfié le rendrait presque beau.

— Alors ce café ? Du Blue Mountain de Jamaïque, aucune contamination, je le fais venir directement de là-bas.

— Dites, vous savez si ça va durer encore longtemps cette garde à vue ? Où est mon amie ?

— On attend.

— On attend quoi ?

— Détends-toi, apprécie cette merveille de café, profite du moment.

— Écoutez-moi commissaire…

— Je ne suis pas commissaire.

— Je ne peux pas rester ici.

— Alors là fallait y penser avant, c'est incroyable, vous dites tous ça, je peux pas rester, eh les gars on a tous des trucs urgents qui planchent, mais nous on fait pas chier les autres.

— C'est vraiment important, croyez-moi, c'est une question de mort.

L'OPJ Givert cesse de souffler sur son café, il m'interroge des yeux mais pas genre flic suspicieux, non, presque une prouesse de psy.

— Mais encore ?

— Hannah et moi on doit enterrer une amie.

Il se lève lentement et il va se poster devant la fenêtre. Il n'est pas très grand Givert mais il est massif, ossu, charpenté, un bloc d'un mètre soixante-dix construit pour résister aux rafales du vent. C'est un bonhomme de l'Est Givert, avec un vrai putain d'accent qui traîne, un vieux chewing-gum collé au palais. Vincent Givert est fagoté comme un flic en civil, ceux qu'on peut voir dans les mauvaises séries télé françaises, avec leurs jeans mal coupés, leurs chemises bleues que plus personne ne met, et leurs vestes en simili cuir. Et ses vieilles baskets à pas cher qu'on portait déjà quand on avait quinze ans. Il a une coupe de merde Givert, ni courte ni longue, un peu la même que Javier Bardem dans *No Country For Old Men* des frères Coen. Clairement ce type emmerde la séduction. Pas d'alliance. Juste une gourmette avec son prénom dessus qu'il tourne sèchement pour la remettre à l'endroit régulièrement. Insupportable. Il a du bide Givert et des poches sous les yeux, le teint gris du fumeur de clopes, et la main chevrotante de celui qui en chie.

— C'est quand ton enterrement ?

— Demain.

— C'est loin demain… Il peut s'en passer des choses d'ici là. On attend ton baveux et des nouvelles du proc'.

— C'est quoi un baveux ?

— Un avocat Ducon.

— Et mon amie ?

— Elle s'est détendue… Elle va mieux… T'as faim ? Tu veux une pizza ?

— Quelle heure il est ?

— Bientôt dix-huit heures…

Et le silence retombe entre nous comme un nid de poussière traversé par une embellie. Il respire fort, il a le nez sec et bouché de celui qui a passé sa vie à allumer ses clopes avec ses mégots pas éteints. Puis enfin il murmure entre ses dents des mots que je distingue à peine :

— Bordel…

— Quoi bordel ?

— On se connaît pas toi et moi…

— Pas vraiment non.

— On mène des vies de merde et on dit que c'est la faute des autres… Ça nous colle à la peau cette saloperie d'odeur de putréfaction. Tu sais toi si c'est bien nous qui puons à force de bouffer de la merde ?

— …

— Il va falloir que ça cesse un jour tu crois pas ?

S'ensuit à nouveau un long silence, un écho taciturne répliquant au silence. J'aimerais savoir si vraiment Hannah va bien.

— L'important c'est de manger sain tu comprends ?

— Pas vraiment.

Il se retourne, son visage m'évoque un ciel qui menace soudainement. Il y a de la tristesse, beaucoup de tristesse, de la colère, un soupçon d'impuissance, des marées basses et de la force minérale.

— Il ne suffit pas de marcher droit sur son chemin pour pas se perdre, homme, il ne suffit pas de suivre les traces de nos pères pour qu'on trace en direct, ce n'est pas forcément les pas de côté qui nous ont perdus ad vitam aeternam. On est comme qui dirait déguenillés tels des épouvantails en paille qu'une tempête a frappés, et t'as beau regarder l'Est tu verras jamais le soleil se lever. On est calibrés comme des patates de supermarché... On a tous des secrets pas forcément bien cachés...

Grosse ambiance.

Il me semble que j'ai quitté Camaret depuis des mois.

— Vous savez pour la bombe lacrymogène...

— J'ai envie de fumer une clope... fait chier.

∞

Le lendemain de l'arrivée d'Hannah, j'avais dormi quatre heures lorsque je me réveillai. En plus d'être épuisé, j'étais excédé par mon ex. Je n'avais aucune envie de la voir ou d'échanger quoi que ce soit avec elle. Je voulais juste qu'elle prenne son sac et qu'elle foute le camp ! Ça faisait bien longtemps que j'avais réglé mes histoires avec elle, j'avais enterré le passé au fond du jardin un jour de grand vent, et depuis, la végétation avait repris ses droits sans forcer, millimètre après millimètre.

Quand je suis descendu, elle fumait une cigarette dehors, pieds nus dans l'herbe mouillée du matin.

Elle m'a entendu brasser autour de la cafetière, elle a jeté son mégot sur mon parterre de menthe, et elle m'a rejoint. Ça m'a fendu en deux. Je me suis dit qu'avec des énergumènes pareils on n'était pas près de sauver la planète.

— Faut qu'on parle Jason.

J'ai soupiré sans le moindre regard pour cette femme en charpie.

— Je n'ai pas envie Hannah, j'aimerais que tu ramasses tes affaires et que tu me laisses tranquille, s'il te plaît.

— Tu plaisantes ? Je n'ai pas fait mille bornes pour me tirer sans toi Jason, sache-le !

Elle était grande, Hannah, élancée, ses jambes comme des échasses interminables, son ventre toujours aussi plat. Hannah n'a jamais été maternelle, elle n'a pas été construite pour perpétuer, juste vivre maintenant les émotions qui la traversaient aussi rapidement que des paysages d'autoroute. Ce qui m'avait frappé sur le coup lorsque j'avais ouvert hier, c'était de voir qu'à l'aube de ses cinquante ans, malgré les clopes et le reste, elle semblait toujours aussi fraîche qu'une laitue à peine cueillie, alors que je suis sûr qu'un paquet de nanas de son âge qui avaient fait bien plus gaffe et qui commençaient à virer fripées, n'attendaient qu'une chose : la voir se réveiller du jour au lendemain avec tous les excès de sa vie cisaillés sur son visage d'amour.

— L'enterrement de Gladys a lieu après-demain à Thionville, c'était là qu'elle vivait. Elle va être incinérée.

— Thionville ! Thionville ? Thionville, ah ben merde.

Elle a avalé une grande bouffée d'air comme pour expédier une coulée de sanglots prête à tout emporter sur son passage. Elle a plissé les yeux.

— Elle t'aimait énormément, tu sais. Tu as toujours eu une place particulière dans la vie de Gladys.

Cette fois c'est moi qui ai regardé ailleurs, ces satanés seaux de larmes qui voulaient se faire la belle. On voulait tous se faire la belle.

— Elle voulait que tu sois là pour son enterrement, c'est une dernière volonté Jason, tu en es où avec le respect des dernières volontés d'une intime ?

— Je t'arrête tout de suite Hannah, il m'est absolument impossible de quitter Camaret, je suis sur une série de photos que je dois livrer dans quelques jours, je reviens de deux semaines épuisantes, c'est impossible. J'ai déjà du mal à mettre un pied devant l'autre sans risquer la fracture.

Je me suis dit qu'elle allait péter les plombs, parce que sa gorge s'est soudainement enflée pour laisser entrer de l'air, beaucoup d'air, et faire caisse de résonance. J'ai reculé d'un pas et j'ai cherché un couteau des mains, à l'aveugle, mais je n'ai saisi qu'une lamentable éponge douteusement humide.

Elle a pourtant poursuivi sur la même intonation abattue.

— Putain Jason s'il te plaît ne t'énerve pas, tais-toi deux minutes et écoute-moi.

Quand on se disputait, il y a dix ans, nos scènes étaient dantesques, des tragédies lyriques en mille actes, et les pauvres voisins spectateurs invités malgré eux n'en pouvaient plus de ce manège à rallonge, parce que ça durait depuis des jours dans des bruits de vaisselle pilée et des cris de zombies agonisants.

— Gladys est morte d'un cancer, un cancer bien agressif qui a fini par la ronger de partout comme une fourmilière intérieure. Putain Jason je te jure ça n'en finissait pas. Je l'ai accompagnée durant des jours et des jours, les médecins n'arrêtaient pas de me répéter qu'elle allait mourir aujourd'hui, qu'enfin c'était la fin, la libération, mais elle, elle restait accrochée à la vie, ou c'est peut-être bien la vie qui restait collée à elle… Je ne sais pas trop. Peut-être qu'elle t'attendait… Putain toute cette souffrance… Elle s'est jamais plaint, jamais, elle n'a rien lâché Jason j'te l'jure, malgré la douleur elle est restée digne jusqu'au bout, jusqu'au bout. Dire qu'on s'est perdus de vue toutes ces années… à cause de cette histoire de merde.

Elle s'est octroyée quelques secondes de répit, j'ai senti comme une espèce de baisse de tension, elle a posé sa main sur la table en inspirant profondément, et elle a baissé la tête. Moi j'étais debout face à elle, le dos collé au plan de travail de la cuisine, le poing serré autour de l'éponge, pressé d'en finir. Elle a repris.

— On a beaucoup parlé du passé lorsque je l'ai veillée, non pardon, lorsqu'elle a veillé sur moi comme une… pleine lune… On a reparlé de notre trio magique, et tu vois avec le temps ça nous a fait beaucoup marrer. Elle n'avait pas changé tu sais, elle bossait comme une malade pour un gars qu'elle se tapait en levrette sur son bureau, un type même pas marié, ah ah, je vois la scène d'ici, Gladys surexcitée dans sa jupe noire moulante, ses lunettes faussement strictes sur le bout du nez, le string en bandoulière, en train de lui jouir dessus à bout portant, et l'autre, le pantalon de costard sur les chevilles, rouge de honte, trempé de transpiration, suintant le homard du midi, embarrassé parce que ne s'assumant pas, enfiévré comme un puceau vivant son premier coït, résigné dans sa lâcheté. Elle était folle, cette fille.

— Pas plus que toi.

— Il y a autre chose Jason.

— Quoi encore ?

— …

— Vas-y Hannah, parle enfin !

— Je suis effrayée comme un moustique qui porterait la tour Eiffel sur ses épaules.

— Si tant est que les moustiques aient des épaules. Viens-en au fait maintenant.

— Elle veut qu'on aille répandre ses cendres là où elle est née.

— Et elle est née où Gladys ?

— Sur l'île de Tristan da Cunha.

— Où ça ?

— Un bout de terre microscopique au milieu de nulle part, l'endroit le plus éloigné de toute cette foutue planète ! Au milieu de l'Atlantique sud. C'est pas une histoire de fous ? Elle est pas géniale jusqu'au bout cette fille ? Franchement tu te rends compte du cadeau qu'elle nous fait ? Ensemble, tous les trois à nouveau réunis ! Allez, jette tes fringues dans un sac et allons-y Jason, prenons la route comme à la grande époque !

À ce moment-là, toujours cette même assurance dévergondée, cette garce de haut vol s'est cambrée de manière quasi imperceptible, mais moi je l'ai vu, et elle savait que je n'avais pas pu m'empêcher de gober ses hanches d'un œil un rien lubrique, tel un soupirail un tantinet facétieux, ce léger décalage du bassin rehaussé d'un cheveu, sa poitrine qui ballotte, et sa main ouverte qui se dirige vers moi accompagnée d'une entame de sourire, et qui attend que je vienne la frapper.

— Je pense que tu es devenue définitivement folle ma pauvre. Tu te crois dans un bouquin de Faulkner ?

— Ah oui ? Vas-y checke Jason, chope la vague si t'es encore vivant, viens on va se la vider ensemble cette urne.

Réflexe d'impuissance. J'ai jeté l'éponge vers son visage, mais cette chose était tellement légère d'avoir été trop pressée qu'elle a adopté une trajectoire totalement anarchique, finissant son vol à mes pieds aussi rapidement qu'elle l'avait commencé.

— J'ai confiance en toi Jason Cervantès de La Vega !

J'ai repensé aux épaules de Gladys trempées de sueur à l'heure de la sieste, à ses tatouages, et à toute cette encre sur son corps qui ne voulait pas couler.

Je suis allé voir Hannah dans l'après-midi tandis qu'elle fumait encore une cigarette dans le jardin, je lui ai dit qu'on décollait dans deux heures, et qu'on prenait sa voiture.

— Je rentrerai en train.

— Je te rembourserai.

— Je ne crois pas.

— Donc tu ne viens pas à Tristan da Cunha.

— Tu devrais dormir un peu.

J'ai chassé quelques mauvais souvenirs, puis j'ai rassemblé un peu de matos photo, deux ou trois cartes mémoire, le Canon, un gros objectif, mon vieux Reflex argentique, des péloches, un chargeur de piles. J'ai fait une valise rapide de vêtements pas trop sombres, j'ai pris une douche glacée le temps que ma cafetière italienne me siffle. J'ai préparé des sandwichs, des bouteilles d'eau. J'ai vérifié que les piles de ma frontale fonctionnaient et que mes lunettes de soleil étaient bien dans leur étui. J'ai fourré la bombe lacrymo dans ma poche. J'ai envoyé un texto à mon agent, j'ai fermé le gaz, vidé le compost, donné du grain aux poules. Je n'ai pas nourri le chat.

— Tu as un chat ?
— Non, il est mort.
— Il était vieux ?
— Cent trente-trois ans.
— Ah ouais il était vieux.

À dix-huit heures tapantes, on était dans la voiture. J'ai programmé le GPS sur Thionville, mille kilomètres et des brouettes.

On ne s'est rien dit jusqu'à notre première pause entre Caen et Pont-l'Évêque. Puis je me suis détendu, parce que pendant qu'elle était allée pisser j'avais entièrement vidé son sac à la recherche d'un objet contondant voire d'un flingue, mais je n'avais rien trouvé qui aurait pu nuire à ma santé, à part une boîte d'antidépresseurs aux plantes et une poignée de petites culottes sales chiffonnées dans un sac plastique.

— Ça va ? Pas fatigué ?
— Ça va.
— Tu veux que je conduise ?
— Non c'est bon.
— T'es sûr ?
— Oui, je préfère conduire.
— Tu te souviens de ce concert de flamenco d'où on s'était fait virer ?
— Tu m'étonnes.
— Parce qu'il y avait ce type que tout le monde attendait, et quand on a vu le gars monter sur scène

avec son costume de clown et sa tête si sérieuse, on n'a pas pu s'empêcher d'éclater de rire en plein silence d'une salle blindée, putain les graves.

— Quelle honte !

— Oh mon Dieu qu'est-ce qu'on a ri, et on n'arrivait pas à s'arrêter tellement il était drôle.

— Non mais toi aussi avec ton rire, comment veux-tu.

— Oui mais Jason avoue qu'on a ri comme jamais.

— Oui, jusqu'à ce que tu refuses de sortir et que tu commences à péter les plombs.

— Le gars de la sécurité avait déchiré ma veste !

— Tu l'as traité... tu les as tous traités de connards ! Et il a fallu que je me dépatouille tout seul au milieu de tous ces Gitans furieux après nous ! Oh Hannah... tu ne m'as pas épargné sur ce coup-là.

— C'est les flics qui nous ont sauvés tu te souviens ? Ça a été moins une quand même.

— Je me souviens surtout de leurs reproches comme si on était coupables du crime de lèse-majesté.

— Ça nous a valu une bonne garde à vue, c'était où déjà ?

— Alès.

— Ah oui Alès... Alès-majesté...

2.

Vers Amiens, j'ai eu un gros coup de barre, c'est là qu'on a décidé de s'arrêter pour la deuxième fois, il était environ une heure du matin, j'avais vidé tout mon thermos de café, j'étais cuit. Elle est allée s'acheter un truc à grignoter et des clopes, j'en ai profité pour pisser sur le bas-côté en sifflant *Cortez the killer* de Neil Young. Je me suis longuement étiré, tout mon corps me faisait souffrir, j'avais une vieille crampe dans la cuisse droite, le milieu de mon dos m'envoyait des salves de douleur aiguë, et ma nuque était affreusement courbaturée. C'est lorsque je suis retourné m'asseoir dans la voiture qu'il s'est passé un drôle de truc. Elle est sortie de la station de l'aire d'autoroute, elle s'est arrêtée, elle a regardé faussement autour puis dans ma direction, j'ai eu l'impression qu'elle évoluait dans un autre monde, à une autre époque, dans un quart de ton d'espace-temps. Alors j'ai eu envie de la prendre en photo dans la lumière des phares et les néons de la station. Avant qu'elle ne soit engloutie par ce vortex tridimensionnel j'ai déclenché plusieurs rafales instinctives, zoom à fond, beaucoup d'ISO, le diaphragme au taquet pour restreindre ma netteté sur cette gonzesse que je ne cernais toujours pas. Je me foutais de savoir si le piqué serait bon ou mauvais, et de la qualité du bokeh, je me foutais du grain et de tous les codes photo. Qu'elle m'apparaisse un peu trouble n'était ni un scoop ni une imprudence de ma part, au contraire. J'avais juste envie de la photographier sans me poser de questions, à l'ancienne, à la sauvage, au groin. Cette dinde a fouillé un moment dans son sac à la recherche du paquet de cigarettes qu'elle venait tout juste d'acheter. Elle a piétiné sur place, le cul moulé dans sa minijupe noir charbon. J'ai zoomé vers ses bas filés brillants qui pétaient comme des étoiles filantes le long de ses cuisses sans fin. Elle a tiré frénétiquement sur sa camel sans filtre, crachant parfois la fumée vers le haut, tantôt sur le côté, parfois vers ses pieds. Je n'ai pas regardé l'écran de contrôle une seule fois. Elle a jeté son mégot au loin dans un fourré, et elle en a fait de même avec son gobelet en plastique encore à moitié plein de pisse-mémé. Elle a craché un bon gros glaire, puis elle est revenue vers la voiture dans un claquement de talons aiguilles qui, malgré les années, m'était toujours aussi familier, même s'il n'était pas forcément de bon augure.

— Tu veux que je conduise ?

— Non ça va aller.

— Ah mince je t'ai pas ramené de café, tu voulais un café ?

— Conduire va me tenir éveillé.
— Simple ou double ?
— Non j'en ai bu beaucoup trop, merci, d'ailleurs j'ai un peu la gerbe.
— T'es sûr que tu ne veux pas un café ?
— Non je te dis.
— T'oses pas, allez éteins le moteur je vais te chercher un café.

Elle a ouvert la portière alors que j'avais commencé à rouler.

— Putain Hannah non ! Je ne veux pas de café tu entends ? Je ne veux pas de café ! Point ! Ferme cette porte !

Cette prodigieuse possédée a eu l'inconscience de mettre sa main sur mon bras, j'ai senti ses ongles parfaitement entretenus venir griffer ma peau. J'ai immédiatement retiré mon bras sans lâcher le volant, et la voiture est allée percuter le coin d'un plot en béton pas haut, quoi, quinze centimètres à peine, en première, à dix à l'heure, rien, mais ça a suffi pour que le radiateur monte de quelques centimètres et qu'il se mettre à pisser tout ce qu'il avait dans le ventre.

Quand elle a vu l'ampleur des dégâts, elle a éclaté en sanglots la main sur la bouche, à croire que ce plot était vivant et que je l'avais tué. Puis, une émotion en entraînant une autre, des séries de logorrhées internes interminables se sont manifestées, un patois de l'enfer sempiternel, et, enfin, des soubresauts, que dis-je des soubresauts, des coups de poing pris de l'intérieur par un elfe de maison cherchant à sortir en tambourinant comme un convulsif. L'épisode se finit en beauté puisque c'est à quatre pattes qu'elle s'est mise à vomir le gobelet de pisse-mémé qu'elle n'avait pas encore pissé.

Une fois notre petite affaire passée, c'est-à-dire quelques secondes plus tard, elle a décidé qu'on devait voler une voiture.

— Non Hannah on ne va pas voler de voiture, on va appeler ton assurance, tu es assurée à cent pour cent ? Même si tu n'es qu'au tiers ce n'est pas grave je paierai la différence, il n'y a aucun souci, c'est normal, je dois assumer, c'est moi qui fais la connerie, c'est moi qui paie.

Elle n'a rien écouté. Elle a ramassé ses affaires en m'invitant à faire de même. Ensuite, elle a fermé la voiture et a rangé les clés dans sa culotte.

— Tu es ridicule Hannah, de toute façon elle est cassée, alors pourquoi fermes-tu cette voiture à clé enfin ? Voyons, Hannah reviens. Putain tu déconnes… Hannah ! Hannah ! Écoute-moi… Hannah viens ici ! Hannah ? Je t'en prie Hannah, t'es où ?

— Ta gueule !

— … ! ? Qui a dit ça ? ! Hannah ? C'est toi qui a dit ta gueule ? Hannah, où es-tu ?

Instinctivement j'ai plié les genoux et j'ai fait le dos rond, mes sacs pendus au bout des bras, les yeux écarquillés. J'ai respiré, je me suis rappelé ce qu'un ami m'avait un jour confié : crois-moi Jason, la peur n'est qu'une information.

J'ai fini par la retrouver au milieu des voitures du parking d'un hôtel, à une centaine de mètres, l'épaule collée à la portière d'une Berlingo grise, en train d'essayer d'ouvrir la serrure au canif.

— Putain Hannah qu'est-ce que tu fiches? Mais, d'où sors-tu ce satané couteau nom de Dieu?

— Silence, Jason, qu'est-ce qu'on aura à raconter s'il ne se passe rien? Fais le guet et laisse-moi me concentrer, ça fait une éternité que je n'ai pas volé de voiture.

— Quoi? Tu as volé des voitures... mais quand? Avant moi? Après? Hannah écoute-moi.

— Oui, je t'écoute.

— Arrête de voler cette voiture Hannah, appelons ton assurance.

— Et pourquoi pas la police? Je n'ai pas d'assurance.

— Quoi? Tu n'es pas assurée!? Tu plaisantes? Tu me fais marcher c'est ça? Dis-moi que ce n'est pas vrai... C'est vrai que tu n'es pas assurée? Hannah merde de merde, es-tu seulement consciente de ce que tu me dis espèce de...

— D'irresponsable?

— Faisons du stop, appelons un ami, réfléchissons, nous avons un cerveau, il y a forcément une autre solution, on peut prendre le train, nous ne sommes pas aux pièces, l'enterrement n'est qu'après-demain... disons demain vu l'heure.

— Oh là là Jason, qu'est-ce que tu peux être soporifique, quel soûlard tu es devenu, tu vires vieillard non ? Je me trompe ? Je me souviens maintenant pourquoi je t'ai quitté.

— Non mais quel culot, c'est moi qui t'ai quittée !

— Ça y est… Sésame ouvre-toi.

Je vous épargne ma longue litanie sur le bien et le mal lorsqu'elle a pénétré la voiture, mon envolée lyrique sur le vol avec effraction, la propriété d'autrui, l'interdit, la désobéissance, la bonne morale. Je l'ai sermonnée d'interminables minutes pendant qu'elle était accroupie sous le volant à essayer de faire démarrer la voiture avec les fils. Et puis au bout d'un moment j'ai fini par me taire parce que, j'avoue, je m'autosaoulais. Elle a souri franchement au moment où le moteur a claqué, elle a calé son cul au fond du siège, elle a passé la première, et en même temps que je sautais à bord totalement paniqué, elle a envoyé le poste de musique à fond, et elle a fait crisser les pneus sur l'asphalte dans un cri de cowboy au galop.

∞

D'aucuns diront que Givert est un fou, un pauvre type en mille morceaux, un paumé, une ampoule grande consommation grillée échappée des mains du système. Qu'il est foutu, en fin de carrière, qu'il a perdu son flair. Qu'avec le temps et ses lectures mystiques il devient inquiétant, limite dangereux. Ceux qui disent ça sont des gars qui l'ont bien connu.

— Tu veux toujours pas fumer Cervantès ?

— Non inspecteur, je vous l'ai déjà dit je ne fume pas.

— Je ne suis pas inspecteur.

— C'est quoi votre problème avec la cigarette ?

Il m'a sondé un long moment, puis, avant de reprendre il a secoué sa gourmette.

— D'habitude je ne parle jamais de moi, je ne sais pas pourquoi avec toi c'est différent… Il me semble qu'il y a un truc entre nous, alors je vais te le dire, je n'ai plus le droit de fumer… Je suis né à Thionville, fils de gendarme, petit-fils de gendarme, rentré dans la gendarmerie dès l'armée à dix-huit ans.

Oh non par pitié.

— Marié à une Corse pure souche, deux enfants, un garçon, une fille, le crédit de la maison pour trente ans… Quand t'es flic à la frontière du Luxembourg, c'est pas vraiment Byzance, beaucoup de chômage, beaucoup de délinquance, drogue, armes, terrorisme, prostitution, sans-papiers, vol de bagnole. Tu sais qu'une fille qui se marie à un gendarme, elle épouse la gendarmerie ? Ça te fait rire ? Ben merde, on bosse tout le temps, on vit sur place, on est appelé à n'importe quelle heure du jour et de la nuit, toujours plus, payé pareil, pas de moyens pour plus de résultats. On est obligé de se faire mécéner des stylos et des feuilles par les entreprises locales parce que le budget bureautique c'est tous les ans !

— Je ne vous crois pas.

— J'te jure sur la tête de mes gosses ! C'est nous qui payons nos uniformes, nos galons, nos vestes de pluie !

Il fixe ses mains en faisant non de la tête.

— En plus des deux paquets que je fumais par jour pour lutter contre les tremblements, j'ai commencé à traîner au bar avec les potes après le boulot. Je tournais au whisky sec et au 421, j'avais besoin de décompresser… Et plus je restais à picoler et moins ça se passait bien à la maison, forcément… Elle rigolait pas trop ma Corse, fière mais fière, elle se vexait par principe, elle se cambrait à s'en faire grimacer, elle témoignait rien même quand elle jouissait, elle esquivait le plaisir, dix mille cadenas au centimètre carré, une vraie forteresse mon insulaire. Alors t'imagines si tu rentres bourré tous les soirs ? Elle a fini par partir… sans les gosses. Dix et treize ans. Comment voulais-tu qu'un mec comme moi les assume ? Comment voulais-tu que je tienne le coup ? Je voyais les boutons de ma machine à laver comme le cockpit d'un Boeing 747… J'ai craqué… Triple fracture du moral, dépression, soixante clopes par jour, un litre de whisky, le boulot pied au plancher, le flingue collé à la bite… Y'avait mes pompes, et moi à côté. Un vrai danger pour la société, alors que j'étais censé la protéger la société, mais contre qui je devais la protéger hein ? Elle était partie putain !

— …

— Et puis un jour je décide de me mettre une balle dans le cœur.

— Non ? !

— Si… regarde.

Il soulève sa chemise. Il a la peau blanche de celui qui ne prend jamais de vacances, le bide de la malbouffe bourrée d'acides gras saturés, on voit ses côtes sur son torse, là où aucun poil n'a jamais poussé, ses tétons sont larges et pointus. Et puis il y a cette cicatrice, énorme, interminable, elle fait des kilomètres.

— Je me suis raté pour deux raisons Cervantès.

Il se lève et vient s'asseoir sur l'angle de son bureau juste devant moi.

— D'une, parce que la balle a légèrement touché une côte, elle a été déviée et elle a évité miraculeusement le cœur de quelques millimètres. Miracle ou prodige ?... Et de deux, parce qu'elle n'a pas explosé, et ça, ça n'arrive jamais.

Il sort son pistolet de son étui, puis éjecte le chargeur.

— On a des balles qui sont fendues sur le haut et qui explosent dès qu'il y a impact, regarde.

Il s'approche et me montre les balles taillées en croix sur le sommet.

— Pourquoi la balle n'a pas explosé c'est ça qu'tu t'dis ? Si je le savais !

— Incroyable !

— Oui, incroyable… Je n'ai aucune idée de pourquoi je te raconte ça à toi. Il y a un truc dans tes pupilles, de la brisure… Du vitreux de l'ordre du vitriol… Un vieillissement prématuré… Une peur de s'endormir, comme si tu redoutais tes rêves…

— Dites, mais du coup, qu'est-ce qui vous est arrivé ensuite ?

— Ensuite ? Table d'opération, mais l'anesthésiste écœuré affirme qu'il ne peut rien faire, que je suis plein d'alcool, que c'est fini, en gros je vais crever... S'ensuivent soixante-douze heures d'état critique, je caresse la mort, je l'astique dans le sens du poil pour passer à la casserole, je lui fais du gringue. Mais même la mort ne veut pas de moi, elle fait sa pimbêche. La table d'opération se transforme en table d'orientation. Quelle direction vais-je prendre ? Une semaine de coma, mes gosses dans la salle d'attente, les collègues à mon chevet, les infirmières H vingt-quatre... Vivra, vivra pas ?... Et je finis par me réveiller... vivant, avec seulement un bon bout de poumon en moins, et deux trous de balle !

— Incroyable ! D'où la clope.

— D'où la clope.

— Et ensuite ? Vous vous dites quoi quand vous vous réveillez hein chef ?

— Je ne suis plus chef, ensuite ?

Il décolle lentement les fesses de son bureau sans me quitter des yeux, il a un certain sens de la narration, et de la dramaturgie, il devrait peut-être écrire des romans. Il ouvre un des tiroirs de son bureau et sort un bouquin qu'il balance devant moi.

— Tu connais ça ?

— Non.

— *Les quatre accords toltèques* vieux, de Don Miguel Ruiz.

— Vous êtes tombé dans le mystique ?

Il fait faire à son poignet un tour sur lui-même pour remettre sa gourmette à l'endroit.

— Pas que gamin, cette bible c'est surtout du psychique. En gros, ces quatre accords peuvent nous aider dans notre quotidien à nous sentir bien. Parce qu'une fois que tu arrives à les mettre en pratique, ils ont le pouvoir de changer la perception que tu as des événements que tu expérimentes. Ils visent à briser nos croyances, celles qui depuis notre enfance distordent la réalité et nous maintiennent dans une souffrance très occidentale.

C'est ce moment-là que choisit une corneille pour apparaître dans le ciel plombé, un ciel épais, presque une marmelade à la mûre, elle freine à quelques mètres à peine de la fenêtre, surprise, puis dans un mouvement éclair elle vient se poser sur le rebord de la fenêtre. Elle nous aperçoit puis redécolle aussitôt. Le bruit de son aile frappant le carreau sort Givert de sa narration, il se retourne en gueulant :

— Dégage ! Ouste ! Ah, je déteste ces bestioles, elles me foutent la chair de poule.

C'est en libératrice que ma pizza quatre fromages fait son apparition. Accompagnée de mon bonhomme aux plumes rouges, toujours souriant, toujours menotté à son OPJ référent.

— Les pizzas ! dis-je tout de go.

— *Holà*, je m'appelle Ricardo, je viens d'Équateur. *¿ Qué tal ?*

— Eh oh Rouquin, va bouffer tes pizzas avec ton métèque ailleurs s'il te plaît !

— J'peux pas Vincent, y'a Xav' qui vient d'ramener son voleur de bagnole, et il squatte mon bureau en mode super tendu, depuis l'temps qu'il lui court après.

— Il devrait être content, et pourquoi il va pas dans le sien ?

— Y'a le réparateur d'internet dans l'sien.

— Ça y est, il est là lui ! Ben putain il en aura mis du temps ! Et il arrive maintenant ? À dix-neuf heures ? Je te parie que dans dix minutes il s'est fait la malle et qu'il va mettre six mois à revenir, ce connard l'a fait exprès j'en suis sûr, putain Rouquin tu lui dis qu'il part pas d'ici tant que tout n'est pas réglé.

— Vas-y lui dire toi.

— Si j'y vais, tu sais que je peux lui péter sa gueule, depuis le temps qu'il se fout d'nous… Et la fille elle est où ?

— Quoi la fille ?

— Celle qu'on a embarquée avec lui, elle est où ?

— Ben dans le bureau du chef.

— Et le chef ?

— Dans son bureau, je crois, il n'avait pas l'air bien tout à l'heure.

— Elle veut pas venir manger sa pizza avec nous ? Qu'est-ce t'en penses Cervantès ? Depuis le temps que tu chouines, on va pas faire les malpolis maintenant qu'il y a pizza party.

— Mais je ne chouine pas, je prenais des nouvelles c'est tout.

— Allez, tout le monde ramasse sa pizza, on va dans la cuisine. Va chercher la fille, Rouquin pendant que je fais chauffer ma gamelle.

∞

— C'est l'année la plus chaude de tous les temps Hannah, certains disent que si on ne change pas radicalement notre façon de vivre d'ici dix ans, au plus tard, voire tout de suite, que si on n'éradique pas la montée frénétique du thermomètre, la planète Terre sur laquelle on est coincé comme des Robin Crusoé…

— Robin-son Crusoé pas Robin.

— Robin-son… et bien, cet astre duquel on est issu, qu'on le veuille ou non, sur lequel on évolue depuis des millions d'années, le placenta de notre race hein en quelque sorte…

— Arrête de tourner autour du pot.

— … Peut se prendre jusqu'à quatre degrés de réchauffement dans la gueule ! Quatre degrés, tu te rends compte ? Est-ce que tu imagines les conséquences dramatiques que ça peut amener ? Les ouragans, les raz-de-marée, les inondations, la disparition des espèces, le réveil de certains virus préhistoriques enfermés depuis des siècles dans le permafrost, les bactéries, le dioxyde carbone, le mercure…

— Le dioxyde de carbone, pas dioxyde carbone.

— Arrête de me couper tout le temps enfin c'est chiant, tu me déconcentres…

— Oh mille excuses princesse Jason.

— La fin du Gulf Stream et ses conséquences qui vont accélérer tout ce foutu processus de manière exponentielle, l'engloutissement de centaines d'îles et son flux de réfugiés, les records de chaleur, les feux de forêt, l'explosion de la pauvreté et des maladies…

— Eh bien on montera une start-up et on ira vendre des crèmes solaires et des parasols sur les plages du pôle Nord, on s'adaptera. C'est ce qui fait la force de l'homme, s'adapter au changement.

— Comme de bons vieux Gaulois, c'est ça ? Alors toi aussi t'en es… Mais ma pauvre Hannah, ce que je te dis est grave, et toi tu continues de balancer tes gobelets en plastique dans la nature comme si on avait une deuxième planète de dépannage, mais on n'a pas de planète bis ! Ta réflexion est d'un autre temps, tu es une épaviste d'idées Hannah !

— Et toi tu fais chier Jason avec tes discours d'écolo culpabilisateur.

— Tu serais capable de boire un bol de glyphosate au petit-déjeuner uniquement pour me faire chier ! Regarde la route Hannah s'il te plaît ! On va déjà passer vingt ans de notre vie derrière les barreaux à cause de toi, si tu pouvais éviter de me tuer sur cette autoroute de merde ! Tiens, on est déjà à Reims, faut dire qu'à cent soixante…

Quand je vivais avec Hannah, il pouvait nous arriver n'importe quoi n'importe quand, elle était pire qu'une gamelle de collectivité pleine d'huile sur un braséro. Cette fille ne savait pas faire autrement que de vivre ses émotions au-delà de ce qu'elles sont capables de donner dans le meilleur d'elles-mêmes. Elle les pressait, les compressait, et il en sortait toujours du jus, encore et encore dans une énième pressure à froid. C'était comme si elle avait le don d'aller plus loin que ce que son véhicule émotionnel pouvait supporter, excès de vitesse, morsure au sang de la bande d'arrêt d'urgence, dépassement sans clignotant dans les montées d'adrénaline, mais jamais de défaut d'assurance.

Sur la fin de notre histoire, malgré le désir obsessionnel que j'avais d'elle, je ne la supportais plus. Sa présence me crispait, me tendait, m'horripilait, mais surtout m'inquiétait. Je ne supportais plus sa voix. Ses intonations. Ses fissures vocales m'étaient des crevasses de folie dans lesquelles je tombais systématiquement, aveuglé par l'appétence de son sexe, accroc à son suprême de cyprine suave.

Cette fille était narcissique, égocentrée, définitivement immature, cigale hyperactive ou fourmi branleuse, incapable d'entendre, mais pas sourde, arrogante, vaniteuse, instable, bêcheuse, princesse précieuse et prétentieuse quand elle se posait derrière les touches de son piano. Agressive, capricieuse, manipulatrice, amnésique. Menteuse. Jacassière, morue, dinde, pie, chienne. Impatiente irrationnelle. Dispersée. Mégalo maladroite. Sournoise stressée. Désobéissante. Ou bien parfois, juste conne.

Mais aussi généreuse et attentive, digne, vivante, l'œil pétillant à foison, ses pupilles gobant tout, génie incontestable du piano, issue d'une autre planète. Artiste altruiste accueillant et accouchant des plus admirables arabesques auditives. Intègre. Désintéressée par l'argent. Désorientée mais toujours allant. Impulsive élégante intelligente. Drôle, dynamique. Franche. Forte. Femme. Divine diva de la *dolce*. Observatrice obstinée optimiste. Désorganisée philosophe. Résistante pugnace. Amoureuse solaire, souriante et sincère. Et surtout très très belle.

On s'est garés au lever du jour sur le parking de l'Auchan de Thionville. Un sinistre stationnement aussi glamour qu'un trou du cul de pingouin. Je n'ai pas compris pourquoi elle a voulu se poser là, on s'est à nouveau disputés parce que moi je voulais qu'on trouve un café et des arbres, mais elle, elle ne voulait plus bouger, elle était morte de fatigue, elle voulait juste dormir dans un lieu cerclé de béton qui la rassurait comme une couette en plumes d'oie, des fois que la pluie débarque.

— Et alors? Qu'est-ce que ça peut faire s'il pleut?

— Et bien j'aurai pas de boue sous mes talons.

Elle n'a pas fumé de cigarette, elle ne s'est pas lavé les dents, elle m'a tourné le dos en grognant, et elle s'est endormie en moins d'une minute.

∞

Rouquin et le bonhomme aux plumes rouges attrapent leurs pizzas et se dirigent vers la cuisine de la gendarmerie. Je m'apprête à leur coller aux baskets mais Givert m'attrape le bras et me fait signe d'attendre. Lorsque les autres sont suffisamment éloignés, il gobe deux nicorettes, secoue sa gourmette, et me murmure à fleur d'oreille :

— À ta place, je ne mangerais pas de pizza Cervantès.

— Ah bon ? Pourquoi ?

— Chut ! Pas si fort !

— Ah.

— Parce que c'est par les pizzas qu'ils ont commencé… Ils maîtrisent la pizza mieux que tout le reste, mieux que le pain complet tu comprends ?

— Pas vraiment colonel.

— Je ne suis pas colonel.

Il ferme la porte de son bureau, il s'accroupit et m'invite à faire de même, j'obéis, il ouvre la bouche, mais aucun mot n'en sort, il fixe son téléphone et il presse son index sur ses lèvres.

— Attends.

Il attrape son smartphone puis il sort de la pièce. Il revient sans lui.

— Ce que je vais te dire ne doit jamais sortir d'ici Cervantès, jamais tu m'entends ?

— Oui.

— Je te le dis parce que je sens qu'il est en train de se passer quelque chose entre toi et moi de l'ordre du karmique, alors s'il te plaît écoute-moi, ces révélations vont te paraître un peu folles mais par pitié écoute-moi. Tout ce que je vais te confier est à prendre très au sérieux.

Il se relève, entrouvre la porte, vérifie que personne n'écoute, revient vers moi, inspire longuement, et il rentre la tête dans ses épaules comme si un obus allait nous tomber dessus.

— Ils bombardent la bouffe de microtechnologie, vieux. Il y en a partout, dans les céréales, les légumes, la viande, les boissons, le café, absolument partout.

— Comment ça de la microtechnologie ?

— Parle moins fort jeune con ! De la nanotechnologie, de l'intelligence artificielle qui opère très en profondeur en microparticules vivantes, et agit principalement sur le cortex cérébral de notre cerveau, le pilote de la planification, du langage, des mouvements volontaires. Elle shunte, détruit tout bonnement chimiquement certains de nos neurones, mais aussi et surtout nos synapses, et tout est généralement lié à un thème : la désobéissance, la critique, la remise en question, le jugement quoi. Puis elle reconstruit d'autres synapses, c'est-à-dire d'autres zones de contact, des ponts entre deux cellules et/ou neurones. Tu vois ce que je veux dire ?

— Euh…

— Une volonté de faire, mais modifiée. Mais pas que, cette merveille technologique arrive à faire naître des organismes unicellulaires qui à leur tour produisent d'autres organismes, puis des protéines, des acides nucléiques, et enfin du cytoplasme, incroyable non ? Elle arrive à reformer des excroissances nées de ces synapses, généralement des neurones, nos cellules excitables, mais des neurones bons soldats, de docilité, d'obéissance, de compromis. Depuis vingt ans c'est avec ça qu'ils nous manipulent à petit feu. Ils contrôlent nos émotions, nos réactions, ils nous moulent par la bouffe Cervantès, tu comprends ?

— Qui ?

— Les banques, les lobbys, les politiques ! Tous ces enculés du CAC 40, Ronaldo, Hanouna, Zemmour, ils nous craignent nous et le chaos qu'on peut provoquer par nos désirs subtils, ils savent ce que peut provoquer la puissance d'un collectif d'idéalistes incorruptibles. Ils sont tétanisés à l'idée qu'on échappe à leur contrôle, comme le LSD et Woodstock, tu vois c'que j'veux dire ?

— Non, vaguement pas.

— Nous ne pouvons plus échapper au contrôle de masse Cervantès. Ils nous rendent petit à petit obéissants. Pourquoi crois-tu qu'on accepte l'inacceptable ? Les retraites, les acquis sociaux qui volent en éclat, le pouvoir d'achat, la réforme du chômage, la surveillance jusque dans tes chiottes, les assignations à résidence, leurs putains de drones, l'étouffement des Gilets jaunes, le contrôle des foules, la manipulation, le changement des comportements par la génétique, par la nécessité vitale de bouffer vieux.

— Ah.

— Éradiquer, écraser, briser, détruire la contestation, tous les rebelles de tous les pays du monde.

Pondu au sein même de la démocratie néolibérale américaine, et comme par hasard : les rois de ?

— Des pancakes ?

— De la pizza *Man* !

— Ah bon c'est pas les Italiens ?

— Écoute-moi bien, je t'en prie, ouvre tes putains d'oreilles, déconstruis toutes tes certitudes de bleu-bite, jette cette pizza par la fenêtre comme si elle était remplie de curare. Je suis prêt à partager mon tupperware avec toi si tu veux, carottes, salsifis, fenouil, et choux de Bruxelles, que des légumes du jardin.

Je ne suis qu'à quelques centimètres du visage de mon OPJ, j'hésite à me pincer histoire d'être bien sûr que cette scène n'est pas issue d'un rêve surréaliste réalisé par Salvador Dalí et Andy Warhol. Je ne réponds rien, j'ai faim. Des volutes de parfum de pizza aux quatre fromages viennent provoquer mon odorat et c'est insupportable.

— Alors ?

— Alors je suis désolé mais je vais la manger cette pizza.

— Ah putain Cervantès tu me déçois là tu vois !

Il fait claquer le plat de sa main sur sa cuisse.

— Moi qui pensais avoir affaire à un type intelligent, et Dieu sait qu'on n'en voit pas souvent dans le quartier, et bien vas-y bordel, va, va bouffer ta pizza, mais surtout ne viens pas te plaindre le jour où tu voteras pour celui que tu détestais sans comprendre pourquoi tu as fait un geste d'une telle violence, va, va te foutre ton bulletin de vote dans le cul, suis ton chemin, va, n'aie pas peur, puisque telle est ta destinée.

— Excusez-moi, mais je trouve que vous en faites un petit peu trop là.

— La demi-mesure est une trahison de soi-même.

— Che Guevara ?

— Vincent Givert.

Tandis qu'il bombe le torse et qu'il regarde au loin, je sors discrètement du bureau, ma pizza à la main. Je traverse le couloir de la gendarmerie le plus discrètement possible et, lorsque je suis presque au bout, il m'envoie :

— Eh Cervantès, tu vas pas te carapater ?

— Non capitaine, je rejoins Rouquin et Ricardo dans la cuisine.

Je repars sur la pointe des pieds, les cuisses un peu fébriles, et j'entends sa voix, ferme, caverneuse, autoritaire, menaçante.

— Eh Cervantès !

— Oui ?

— Je ne suis pas capitaine.

Hannah est dans la cuisine, elle a une sale tête et c'est rien de le dire. À côté d'elle, assis, Rouquin. À côté de Rouquin, Ricardo sourit. Lorsque j'entre, Hannah lève la tête, elle ne me sourit pas.

— Ça va Hannah ?

— Pas trop non.

— Quoi ? Qu'est-ce qui se passe ? Ils t'ont frappée ? Ils t'ont harcelée sexuellement ?

— J'ai chopé une gastro assez carabinée.

— Pas de bol, dit le rouquin entre deux bouchées de pizza à la viande hachée, c'est la merde une gastro surtout si t'es en garde à vue, vous n'êtes pas la première à en chier.

Fais gaffe Rouquin, ce n'est pas n'importe qui assise en face de toi, surtout un jour de gastro. Cette bombe c'est Méduse, la fille de Phorcys et de Céto, la petite-fille de l'union de la Terre par Gaïa, et de l'Océan par Pontos. Tu ne devines pas pauvre ignare l'éclat du pieu, du trépan luisant qui vise tes testicules quand le soleil est à son zénith et que tu fais niaisement la sieste. Ne la fixe pas trop ou ses yeux vont se dilater, grossir, grossir, grossir, et elle va te transformer en statue de pierre. Elle ne risque pas grand-chose d'un petit branleur comme toi, alors va te palucher plus loin ou tu risques d'y laisser des plumes.

Givert nous rejoint dans cette folle ambiance, à l'heure où le soleil finit enfin par aller se coucher, un tupperware rose à la main, il reste debout, ses yeux s'évadent quelques secondes en direction d'Hannah. Rouquin reprend :

— Madame, heureusement qu'on vient de faire le ménage dans les cellules…

— C'est bon Rouquin, ferme-la, va dire à Xav' et à son voleur de bagnole que les pizzas sont arrivées.

— Pourquoi t'y vas pas toi ?

— Parce que j'ai pas envie.

Rouquin ravale son sourire, Givert le vise de son iris bleu sarcelle, bleu vénère cinglant, puis il lui assène :

— Maintenant, arrête de m'emmerder, OK ?

— Calme-toi Givert ou alors fume une clope, tu commences à nous faire chier avec ton humeur de merde, avoue que t'étais moins con quand tu picolais.

∞

Lorsqu'un rouge-queue me frôle et me rappelle à l'ordre en me sifflant son *tsi-tsi-tseri*, ou lorsque je lève un mulot couillu en train de chiper mon compost en plein jour, je ne peux que me conforter dans ce qui me nourrit aujourd'hui.

La solitude et l'objectif.

La contemplation lente du vivant via ma focale.

C'est le chemin qui m'amène à m'aimer dans ce qui me mettait en souffrance autrefois, dans mon décalage avec le genre humain, ma méfiance pour ainsi dire maladive, la déception, mes peurs.

Ces nouvelles émotions sont nées suite à nos mésaventures avec Hannah, et à ma fuite précipitée au milieu de la nuit dans l'orage qui déracina des chênes centenaires. Les dates concordent. Depuis, je n'ai plus d'empathie, ou si peu. Je suis devenu sec, décharné, déviandé, dénervé.

Les gens me fatiguent.

Je me demande ce qu'ils font, pourquoi c'est toujours si compliqué entre nous, pourquoi nous n'arrivons plus à nous entendre, à nous comprendre, pourquoi le langage nous sépare plus qu'il nous rapproche ?

Ce sont des êtres empreints de paradoxes, ne m'évoquant que des myriades de contradictions permanentes. Ils m'échappent. Ils me passent à côté, ou trop loin. Nous ne nous rencontrons plus. Mon œil est devenu noir, figé. Ma crédulité m'a quitté, mon enfant intérieur est mort aussi rapidement qu'il n'a jamais vécu.

3.

Comme tout homme normalement constitué, le chef Xav', notre spécialiste musclé des voitures volées, a un faible pour Hannah. Il lui semble l'avoir déjà vue quelque part. Il ne sait pas qu'il a en face de lui la pianiste la plus douée de sa génération.

Il faut l'avouer, il n'est pas méchant Xav', non, il est juste un peu con.

Aussi, lorsqu'il rejoint la bande dans la cuisine avec son voleur de voiture, la nuit est bien installée sur Thionville. On est jeudi, c'est le début du week-end, les flics vont avoir du boulot, mais Xav' n'a pas la tête à ce qu'il fait.

De son côté, ce qui choque Hannah une fois qu'ils sont posés, c'est que le voleur de voiture est toujours menotté à Xav', et que ce gosse de vingt ans à peine essaie avec beaucoup de courage d'engloutir sa pizza comme il peut. Xav' lui, place nonchalamment son bras libre derrière sa tête, ce qui met terriblement bien en valeur sa musculature exceptionnelle, son triceps surdimensionné, et son deltoïde de compétition. Puis, il pose ses deux pieds sur la table de la cuisine, il les croise lentement sans lâcher Hannah du regard, un brin lubrique, et il soupire faussement. Faut pas trop se la péter quand on en a pas sous la pédale et qu'on conduit une voiture sans permis.

— Eh, depuis quand tu fous les pieds sur la table ? Ta mère, elle t'a jamais appris que c'était malpoli ? Tu t'crois où ? Vire tes pieds d'là.

Xav' ravale son sourire et il retire ses pieds.

— Excuse-moi Vincent.

— Enlève-lui ses menottes à ton gars, au moins le temps qu'il mange sa pizza, détache-le.

Qu'est-ce qui ne va pas chez Xav' ? Pourquoi ne lâche-t-il pas son petit pouvoir de merde ? Il voit bien que son Arsène Lupin est un gosse, quelle que soit la valeur de son butin, il a droit au respect. A-t-il osé plonger son regard dans le sien ? Ou n'a-t-il vu en lui qu'une miette de racaille dans un désert d'inadaptés et de tocards ? On dirait que les yeux du gamin sont ceux d'un poupon tant ils sont légèrement disproportionnés par rapport au reste de sa tête, globuleux, mais pas trop, et que l'innocence pure t'apparaît et te fait plisser les yeux.

— Ne m'oblige pas à insister, détache-le Xav'.

Hannah regarde ses pieds avec écœurement, mais moi je sais que ce n'est pas qu'à cause d'une énorme envie de gerber.

— Ça te fait rire toi l'Équatorien ?

— *No señor.*

— Ben tu vois bien qu'si.

— Putain Xav', détache le gamin et fous la paix à Ricardo. Il sourit tout le temps ce type, ne le prends pas pour toi, il ne se fout pas de ta gueule, c'est pas notre culture c'est tout.

Les narines d'Hannah enflent comme celles d'un taureau qu'on va jeter dans une arène. Elle va l'éclater, en faire des copeaux de flic, de la brisure de condé. Tu ne fais pas le poids Xav', grandis un peu mais vite, sa patience est très limitée. Cette fille est un dragon blessé, un bison apeuré.

— Comment tu t'appelles ?

Il a la bouche pleine de pizza, le gosse, il a l'air affamé, il regarde Givert avec ses yeux de biche. Une vraie ménagerie, cette tablée.

— Remy m'sieur.

À ce moment-là, Rouquin, qui était sorti depuis quelques minutes, revient accompagné d'un type que je n'ai encore jamais vu. Le nouveau balaie du regard l'assemblée, puis il se décompose lorsqu'il voit la brochette de cassos qui y trône.

— Ben qu'est-ce tu fous Xav' ? Tu peux pas détacher les menottes du gamin ? peste Rouquin. Regarde ses yeux, on dirait Gollum.

— Bon vous allez me lâcher avec lui ouais, c'est mon prisonnier.

Hannah se lève d'un bond, sa chaise dans la violence du mouvement vient se projeter contre le mur derrière elle, elle enfle sa gorge, elle est rouge fluo.

— TU VAS LE LÂCHER CONNARD !

Et sur les talons de cette phrase jaillit de sa bouche un long filet du peu de bile qu'il lui reste à vomir, et ce reliquat enfin libre finit sa trajectoire sur la pizza et sur les fringues de Xav'. La veste du type qui vient d'entrer – et qui n'est autre que le réparateur de réseau informatique – aura aussi sa part. D'un commun réflexe, Xav' bondit en arrière, attirant ainsi à lui le pauvre Rémy qui n'a rien demandé, ou peut-être si, un peu de rab de pizza éventuellement, et qui finit projeté au sol.

— Putain de merde Xav' tu fais chier ! On t'avait dit bordel de lui enlever ses menottes !

— Je…

— Mais qu'est-ce t'attends ? Allez, bouge-toi !

Xav' obéit.

Le réparateur d'internet se met alors à postillonner comme un épileptique.

— Putain, vous savez combien il m'a coûté ce costard ? Ça vient d'Italie, c'est du Burton !

— Eh oh du calme le geek.

— Vous êtes qui vous ? Vous ne savez peut-être pas que je suis marié à la fille de l'oncle du préfet…

— Sa cousine quoi.

— Exactement, alors parlez-moi sur un autre ton mon p'tit bonhomme si vous ne voulez pas vous retrouver à la circulation au rond-point de la centrale de Cattenom.

Quel plus bel argument pour mon Givert.

Il ramasse les menottes de Rémy et les enfile manu militari à notre informaticien de service, avant de le coller dans une cellule pour la nuit.

Le quart d'heure qui suit est un vaste foutoir. On entend de son cachot notre Bill Gates lorrain proférer des insultes à l'intention de Givert qui se gave de nicorettes tout en secouant toutes les dix secondes sa gourmette. Hannah est retournée aux toilettes, maintenant que le chef de la brigade – que je n'ai toujours pas vu – vient enfin de lui céder sa place (on me dit que lui aussi est victime d'une fulgurante gastro-entérite). On l'entend déglutir bruyamment, ma pauvre Hannah, et roter aussi, puis geindre. Rémy, tout penaud, en sous-vêtements au milieu du couloir, coincé dans sa gêne et son corps de post-ado qui a grandi trop vite, attend que Xav', sous les ordres de Givert, lui trouve des vêtements propres.

— Donne-lui les tiens, t'en as plein tes placards.

— Mais il est bien moins costaud que moi.

— Démerde-toi, répare tes conneries. Et puis c'est faux, vous n'êtes pas costauds aux mêmes endroits.

Ricardo rit à pleines dents et nous affirme qu'au fin fond de l'Amazonie il n'a jamais vu une scène pareille, que le voyage vaut le détour, il dit aussi que c'est typique des maladies occidentales, qu'il peut nous soigner, qu'il a le remède, les plantes pour chasser l'esprit de la gastro et des névroses. Mais personne ne l'écoute. Pas même Rouquin, qui lui, est en train d'envoyer un texto à sa femme pour lui dire que ce soir encore il va rentrer tard, qu'il ne faut pas l'attendre, et que pour l'histoire des enfants il la lira demain, qu'il les aime très fort, qu'il est super désolé, il sait qu'il a promis mais il n'a pas le choix.

Tandis que moi, j'ai un gros gros coup de fatigue.

— Dites, maintenant que tout est rentré dans l'ordre (je me frotte les mains), vous allez me mettre en prison ?

— Vous allez tous vous coucher. Cervantès dans la trois, Rémy dans la quatre avec le métèque, la fille dans la une à côté des chiottes, toi le cousin de mes couilles tu fermes ta gueule ! Xav', tu prends un seau et une serpillère et tu me nettoies toute ta merde *right now* ! Le chef est malade, ce soir c'est moi qui commande la populace, alors *basta*, stop, fini, *terminares* le bordel ! Putain vous avez intérêt à filer droit les dingos parce que là vous m'avez mis les nerfs en compomme de potes !

Et hop, il avale une nicorette.

∞

Des gouttes grosses comme mon pouce tombant sur le pare-brise m'ont sorti de mon sommeil. Un royaume des songes très sexuel où des femmes me pelaient comme une mangue.

Toujours garé sur le parking d'Auchan, je me suis réveillé le corps bourré de courbatures, la bouche pâteuse, et des graviers plein les yeux. Je commençais à payer cher les enchaînements de nuits trop courtes, et de surcharges émotionnelles. Je me suis extirpé de la voiture et j'ai mis du temps à me déplier complètement. Au moment où la pluie a cessé, j'ai jeté un œil à la culotte violette d'Hannah qui dépassait du bas de sa minijupe, et j'ai attendu assis sur le capot d'un pick-up sans en rater la moindre miette. J'ai allumé mon portable et j'ai répondu à mon agent paniqué à l'idée que ma série de photos ne soit pas prête pour la semaine prochaine. Je lui ai dit qu'une affaire urgente me retenait, mais que dès mon retour, certainement après-demain, promis, je mettrai les bouchées doubles, qu'il pouvait compter sur moi.

OK, m'a-t-il répondu, je compte sur toi, je te prescris quand même une boîte de *Fais pas l'con*, on sait jamais.

Comme elle ne se réveillait pas, j'ai décidé d'aller boire quelques cafés dans la galerie marchande voisine, puis je suis revenu à la voiture.

Elle m'attendait, debout devant la Berlingo, une cigarette à la main, son portable dans l'autre.

— Ça va ?

— Tu aimais Gladys plus que moi hein ? C'est pour ça que tu m'as quittée.

J'ai gardé le silence, en bon père de famille. J'ai reculé d'un pas ou deux en soufflant.

Elle avait le don la Dabrowska de vous faire chier au réveil si sa névrose le lui ordonnait, ou de vous secouer comme un prunier en plein cœur de la nuit en hurlant des phrases sans queue ni tête, sans quête. Elle pouvait vous couper au milieu de vos phrases, ou en plein travail, et attaquer les siennes sans majuscule ni ponctuation, totale hors sujet, accouchant de verbes à peine conjugués, mais ses qualificatifs étaient puissants, tranchants, directs comme des crochets de boxeurs pleins de stéroïdes anabolisants.

— Écoute Jason, c'était il y a longtemps, nous ne sommes plus des enfants, de toute façon elle était beaucoup mieux que moi je le sais. J'ai juste besoin que tu me le dises maintenant. Pas demain, parce que ce sera trop tard.

Je me suis méfié du ton qu'elle venait d'employer, de son intonation précautionneuse, presque diplomate. J'ai reculé d'un pas. Je me suis dit que derrière son décor en carton, ce faux ton aux couleurs pastel, il y avait autre chose, une sorte de sous-ton caché un peu effrayant, une trappe qui pouvait se dérober sous mes pieds et m'empaler vingt mètres plus bas.

— Tu sais Hannah que c'est faux, quand cette nuit-là… c'est pour ça que… oh et puis merde… c'était… on avait tout brûlé… tu me faisais penser à un lavabo qui se vidait… Je… Tu… C'était…

Elle a balancé sa cigarette sans regarder où, et elle en a rallumé une autre, ses mains tremblaient, j'ai fixé la maigreur de ses doigts jaunis et ça m'a beaucoup touché.

J'avais envie de calme, d'horizon, d'embruns, de lenteur, de solitude.

Les gens allaient et venaient comme des fourmis téléguidées par leurs caddies et ne nous voyaient pas. Le spectacle le plus triste du monde. J'ai repris plus calmement :

— Bon et maintenant on fait quoi ? Tu ne m'avais pas dit que tu avais les clés de l'appartement de Gladys ?

— Ça ?

Elle m'a tendu le jeu de clés, et elle l'a envoyé à l'autre bout du parking. Je n'ai pas bougé d'un cil. J'ai sorti mon téléphone pour chercher l'adresse d'un bon hôtel.

Elle a saisi mon téléphone. Elle l'a jeté par terre, et elle a sauté dessus à pieds joints.

OK. J'ai ouvert la portière arrière de la voiture, j'ai harponné mes deux sacs et je me suis éloigné d'un pas calme, la main collée à la bombe lacrymogène de la poche de ma veste.

— Tu ne vas pas te casser ? Espèce de fils de pute ! Tu ne vas pas me planter là ?

J'ai continué l'air de rien, en zigzaguant entre les voitures et les caddies, les gens ont commencé à se retourner.

— Je crois qu'on vous appelle monsieur.

— Moi ? Non, je ne crois pas, vous devez confondre.

— Eh connard !

— Non, je suis sûr que c'est vous qu'on appelle.

— Mais vous voyez bien que cette fille est une folle !

— Jason ! Je crois que tu oublies quelque chose gros !

Je me suis retourné, parce que d'aussi loin que je m'en souvienne cette démente ne m'avait jamais appelé gros. Elle me tendait mes cartes SD, celles-là mêmes qu'elle m'avait chourave dans mon sac quand je dormais. Sans mes cartes j'étais mort, dans une merde noire. Elle a souri puis elle a sucé son majeur avant de me le tendre.

J'ai poursuivi ma route, sourd aux menaces qu'elle me proférait, tant pis pour les cartes.

— Tu vas le regretter Jason !

Le futur dépend de ce que nous faisons aujourd'hui. Gandhi.

— Putain mais merde Jason ! Enculé de ta mère !

C'est le rétroviseur d'une Sandero gris comète qui m'a sauvé. Un coup d'œil éclair d'une fraction de seconde, la vision satanique de son poing levé fonçant dans mon dos, et son canif qui brillait dans le soleil. J'ai vu cet objet arriver. J'ai crié, mais ma voix était sans issue. J'ai juste eu le temps de me retourner, d'esquiver l'attaque et d'envoyer un grand coup de genou à son passage sur le côté de sa cuisse. Ses guiboles frêles ont godillé comme des cotons-tiges en latex, et Hannah, qui venait bel et bien de tenter de me poignarder dans le dos, s'est envolée pour venir s'écraser contre la portière de la Sandero. Avant même que cette hystérique n'ait le temps de reprendre ses esprits, je lui ai collé la bombe lacrymogène devant les yeux, et j'ai rajouté, quand elle a plongé ses yeux dans les miens, *si tu bouges je t'explose*, juste avant que je ne me transforme en statue de pierre parce qu'une sirène de police hurlait au loin.

Lorsque j'ai levé la tête, sans même profiter du soulagement, Givert arrivait à fond de balle au volant de sa Subaru bleu métallisé, le gyrophare ventousé sur le toit et les pneus qui fumaient. Et tous ces gens apeurés, et tous ces caddies remplis ras-la-gueule qui s'écartaient sur son passage.

Moïse, ils l'ont appelé au bureau, comme celui qui a ouvert la mer.

∞

Le calme est enfin revenu dans la gendarmerie.

Je ne comprends pas ce que je fous là. Tout est disproportionné.

Le sol lavé par Xav' a du mal à sécher, il y a beaucoup d'humidité dans l'air. L'odeur de la javel pure agresse mes narines mais je la préfère aux relents du vomi. Je cristallise dans ma mémoire une virgule de jus de cul qui ponctue le mur de mon trou à rat, je me demande comment quelqu'un peut en arriver à faire une chose pareille, sans parler de la merde qu'on a projetée au plafond.

Mon voisin, l'informaticien enragé, a fini par se calmer lorsque Givert l'a menacé de lui casser les dents avec la crosse de son flingue s'il ne la fermait pas. Du coup, le pauvre type n'a plus bronché, il a juste pleuré en silence en se demandant pourquoi il était venu.

J'ai écouté dans l'autre cellule Ricardo et Rémy rire comme des baleines pendant un long moment. Givert ne leur a fait aucune remarque. Il passe toutes les deux heures vérifier que personne ne s'est suicidé, c'est le protocole. À l'heure qu'il est je ne sais pas où il est, il me semble entendre le clavier d'un ordinateur au loin, ou peut-être est-ce simplement la pluie qui frappe aux carreaux.

Après les rires, des mots chuchotés ont pris place entre Ricardo et Rémy, jusque loin dans la nuit, ils m'ont fait penser à deux vieux amis qui se retrouveraient. Puis l'Équatorien a entamé un chant bien de chez lui, presque à voix basse, quasi imperceptible, mais super puissant. C'est drôle, il m'a semblé reconnaître cet air. Suite à ça, Hannah a cessé de vomir, et l'informaticien s'est mis à ronfler dans la minute. Puis le silence a régné.

Je ne dors toujours pas. Je ne suis plus fatigué. Le chant de Ricardo a arrêté l'hémorragie de la souffrance qui me ronge depuis qu'Hannah a débarqué. Il a soulagé la douleur du coup de glaive de la mort de Gladys. Je ne sais toujours pas si nous pourrons assister à la crémation dans quelques courtes heures maintenant, mais là tout de suite, tout ça n'a pas beaucoup d'importance. Des flashs d'elle, continus, jaillissent derrière mes paupières fermées. Je me répète ses phrases, comme des mantras. « C'est pas parce qu'on connaît les mots qu'on est cruciverbiste », « Si tu dois continuer la musique Hannah ? Bien sûr que tu dois continuer la musique ! Ce que tu me demandes est aussi stupide que d'aller sur internet pour savoir si Dieu existe ! », « Écoute Hannah, ton esprit est bien plus étriqué qu'ta chatte », « Quoi ? T'as jamais cassé une noix avec ton front ! »

Une larme féconde, ventrue, est restée coincée dans le coin de mon œil, puis elle a fini par venir mourir à mes pieds. Peut-être qu'un arbre va pousser à cet endroit. Peut-être pas.

À nouveau j'entends Givert faire des allers-retours dans son bureau. Quel drôle de type ce

Givert. Je ne sais pas s'il est né comme ça, décalé, tout de biais, pas comme tout le monde, ou si c'est son travail qui l'a raboté jusqu'à ce que sa nature première se révèle à nous, moins incisive, moins brutale. Il y a de la poétique dans son phrasé, son intérieur est un lyrisme rugueux, gavé de porosité, d'aspérités qui espèrent secrètement. Un rideau de scène qui n'attendrait que les trois coups pour s'ouvrir.

Je sors de ma rêverie, car je discerne le bruit d'un emballage qu'on dépiaute, puis Givert tète une nicorette. Plus rien ne bouge de longues minutes.

Je n'attends rien. Je ferme les yeux, je suis avec Gladys, je suis bien. Elle caresse mes cheveux, son parfum sucré incrusté dans ma peau, mon sperme séché brille sur son ventre, la lumière de la lampe de chevet est couverte par un foulard mauve et projette ses motifs psychédéliques sur les murs de la chambre, Hannah nous observe, elle joue avec son clitoris en souriant.

— Tu as peur de la mort Cervantès ?

Un peu surpris, je me tourne vers lui. Il est venu jusqu'à moi. Il reste posté derrière les barreaux de ma cellule ajourée, je ne sais pas s'il attend une réponse. Je n'ose parler, je n'ai pas de quoi répondre. Ou peut-être que si. J'ai peur de prononcer que j'ai peur. Bien sûr que j'ai peur de la mort. Qui n'a pas peur de la mort ? Toi, Givert ? Tu as peur de la mort maintenant que tu l'as touchée de près ?

Il sort un trousseau de clés, puis il ouvre la porte qui se met à grincer, et il vient lentement s'asseoir sur la couche en face de la mienne, sans refermer derrière lui.

Sa respiration est sèche et rapide.

— Je sais qui vous êtes toi et la fille.

Je commence à m'habituer à ses silences qui entrecoupent ses phrases, ils font partie d'une mécanique logique, d'une construction qui le tient debout. Un joint à la chaux entre deux briques réfractaires.

— Pourquoi tu ne m'as pas dit que tu étais photographe Jason ?

— Je ne sais pas. Je crois que j'ai le syndrome de l'imposteur.

— C'est con, c'est bien ce que tu fais, tous ces visages que tu fixes, c'est très beau. Limite bouleversant. Ça m'a secoué, tu sais.

— Merci, ça me touche.

Un rapace hulule dehors. Givert passe et repasse sa main massive sur sa barbe de trois jours, rêche, son souffle ralentit. Il pince son nez dévié, bouche ses narines épatées, puis reprend sur la plus belle.

— Et cette fille, Hannah, je ne savais pas qu'elle était la Dabrowska, je suis impressionné d'avoir tout ce beau monde dans la compagnie.

— Vous connaissez sa musique ?

— Oui, très bien… Je n'avais jamais mis de visage… J'avoue, elle me… Elle a la faculté de… C'est comme si… enfin… Je crois que ça… mais pas que… comment dire… Aidez-moi mon Dieu… Je sais en tout cas qu'elle a réveillé des parties enfouies… qui ne seraient plus d'époque… des émotions vintages… Elle me dépoussière du dedans… Ça me rappelle un musicien qu'on a vu passer comme un éclair, comment s'appelait-il déjà, ah oui, Tom Ciancio, ça te dit quelque chose ?

— Non désolé.

Il lève le nez de ses pieds, plonge son regard bleu vert de l'instant dans le mien. Son dos est rond, ses mains râblées sont jointes entre ses genoux. Il me fait penser à un gosse sur un banc d'école qui chercherait à s'échapper par la fenêtre pour jouer au ballon dans la cour de récréation, mais à qui on aurait demandé de finir son exercice de maths auquel il ne comprendrait rien.

— Pourquoi vous ne me posez aucune question sur ce qui s'est passé avec Hannah sur le parking du supermarché ?

— Parce que j'en ai rien à foutre.

— Elle a essayé de me poignarder vous savez, alors faites votre boulot de flic nom de Dieu !

— Qu'est-ce t'y connais au boulot de flic toi ? Je ne sais pas c'est quoi mon boulot Cervantès. Je ne sais plus vraiment ce que je fais et pourquoi je le fais. Et paradoxalement, je ne me suis jamais senti aussi peu perdu. De douteuses certitudes me traversent tandis que d'autres s'agglomèrent, il se passe un instant précieux très beau qu'il ne faut surtout pas effleurer au risque que tout s'effondre… On ne peut plus passer à côté de nous sans risquer de nous démoléculer.

— Je ne suis pas sûr que ce mot existe.

Il me fait penser aux gueules cassées que Lee Jeffries photographie, ces gens brisés par la rue et l'alcool qui ne savent pas quoi faire de leurs plus belles failles. Il est marqué, il fait plus vieux que son âge. Il est couvert de rides, comme si chaque homme qu'il avait mis en prison avait accéléré son vieillissement. Ses scarifications de la vie.

— Je ne suis pas sûr que tu sois sorti pour l'enterrement de ton amie. Le procureur est remonté comme un coucou contre toi. Je suis désolé.

— Contre moi ?

— L'esclandre du supermarché, c'est un lieu sacré, tu sais…

— Si on ne peut pas assister à cet enterrement, ça va être une catastrophe, un drame, ça va briser Hannah.

— Je sais.

— Elle a une mission cette fille, vous savez.

— Ah, vas-y raconte.

Il secoue sa gourmette.

— Gladys était la meilleure amie d'Hannah, elle a passé des jours à son chevet à l'accompagner dans la mort.

— Ah.

— Et Gladys lui a fait promettre deux choses.

— …

— La première est de tout faire pour je sois là pour l'incinération.

— Ça c'est pas gagné.

— La seconde est de récupérer ses cendres et d'aller les disperser là où elle est née, sur l'île de Tristan da Cunha.

— C'est pas toi qui es né là-bas ?

— Non, j'ai menti, je suis né à Palavas-les-Flots.

— C'est nul.

— Je sais.

— Et tu vas le faire ?

— Quoi ?

— Et bien disperser ses cendres sur cette île !

— Non, enfin, je ne crois pas.

— Ah bon, mais pourquoi ?

— Je ne sais pas, c'est si fou, je trouve que ça n'a pas de sens, ou si peu, tous ces kilomètres…

— Pas de sens !?

Il se lève.

— C'est bien là la chose la plus sensée qu'on m'ait racontée depuis des années au contraire. Je ne comprends pas que tu ne comprennes pas.

— Je n'ai pas dit ça.

— Alors ? Vas-y, fais-le !

— Ce n'est pas si simple. Je ne sais pas, c'est si… fou.

— Ça, tu l'as déjà dit.

— C'est si compliqué. Je ne dors plus depuis toute cette histoire, je n'ai aucun recul sur les événements. Et vous ? Vous ne dormez jamais ?

— Pas beaucoup non.

— Et vos enfants ?

— Rentrés chez leur mère, en Corse.

— Vous ne les voyez pas trop alors ?

— Non pas trop.

— Vous ne voulez peut-être pas qu'on parle de ça.

— C'est toi qui as changé de sujet…

Il se tait à nouveau. Il ne suce plus sa nicorette. Il ne secoue pas sa gourmette. Il tourne la tête vers moi, sa pupille est noire, dilatée, l'expression de ses yeux m'échappe. Son esprit s'en est allé. Puis soudain, il retrouve la brillance de sa cornée, il est à nouveau irrigué. Il regarde sa montre.

— Quelle heure est-il ?

Il sort soudainement de la cellule en laissant la porte ouverte.

Je reste assis sur mon lit, les mains sur mes genoux. J'attends. J'écoute.

Il ouvre des placards, des tiroirs, froisse des feuilles, saisit des sacs plastique, zippe des fermetures éclair, allume des pièces, va et vient et revient, balance des objets au sol, retourne dans une pièce, rouvre un tiroir, le referme. Mais nom de Dieu, qu'est-ce qu'il fabrique ? Où sont les autres flics ?

— Cervantès !

— Oui !

— Viens ici, viens m'aider.

Une poignée de secondes plus tard, je suis dans son bureau. Quel capharnaüm !

— Écoute-moi bien. Tu vas ramasser tes affaires et celles de ta femme.

— Ce n'est pas ma femme.

— Celles de Ricardo et de Rémy aussi, puis tu me descends tout ça au rez-de-chaussée. Fais vite.

— Vous plaisantez ? Vous voulez que je finisse vraiment mes jours en prison ? Vous voulez me faire porter le chapeau c'est ça ?

— FAIS CE QUE JE DIS !

J'obéis.

J'ai des kilomètres de questions en tête mais je préfère me taire et faire ce qu'il me dit.

Accompagné par cet essaim de doutes, je fais des allers-retours entre le deuxième étage et le rez-de-chaussée avec les sacs de la tribu d'incarcérés. La valise de Ricardo pèse un cheval mort, celle d'Hannah est en plomb. Je mets un temps fou à les descendre.

Lorsque je remonte, tout le monde est là et patiente dans le couloir. Hannah et le réparateur sont menottés ensemble. Je ne sais pas ce qu'on attend mais on attend. Personne ne parle, on s'observe sous l'effet du sommeil et de la surprise.

Et puis Vincent Givert sort de son bureau.

Vincent Givert sort de son bureau, un gros sac de voyage en cuir sur l'épaule. Il est habillé avec un vieux bombers noir des années quatre-vingt. À ses pieds, une paire de rangers d'intervention, pointure quarante-quatre. Des gants noirs. J'ai l'impression qu'il marche au ralenti, ou que l'air qu'il pénètre s'épaissit sur son passage. Il est solide. Il est d'aplomb Givert, il a du charisme comme pas deux. Il est suivi par un nuage de fumée qui vient napper l'ampoule grosse consommation du plafond tacheté de crottes de mouches. Il vient jusqu'à nous, s'arrête calmement à notre niveau, lève les Ray-Ban fumées qu'il a sur le nez et les cale sur le sommet de son crâne. Putain qu'est-ce qu'il est beau dans la lumière artificielle, le teint jauni, sa barbe poivre et sel qui le signe. Chut! Taisez-vous, il va parler.

— On se casse, dit-il alors, une cigarette à la bouche et le sourire en coin.

4.

Quand j'ai connu Hannah, elle n'était pas encore une star. Aujourd'hui, c'est une star.

Même si beaucoup de gens ne connaissent pas son visage, tout le monde a déjà entendu au moins une fois un de ses morceaux. Elle ne fait pas d'émissions de radio, on ne voit que très peu de photos d'elle dans les magazines, celles des concerts au mieux où souvent son visage d'archange est en partie masqué par une épaisse mèche rebelle tubulaire. On ne l'a jamais saisie la nuit sur le dancefloor au cœur d'une fourmilière techno. Elle ne fait pas de télé, elle ne se préoccupe pas de son site internet, et n'a aucune idée de ce que sont les réseaux sociaux. Elle n'a aucune pression de cet ordre-là, mieux, personne ne la fait chier là-dessus. Son manager, qui est un homme intelligent, la laisse ne s'occuper que de musique, de toutes les manières elle est incapable de gérer quoi que ce soit d'autre. Cette fille est une givrée, une névropathe, une bouteille de gaz dans un incendie. Les médias rêveraient de l'avoir dans leur journal télévisé mais la Dabrowska joue la carte du mystère, de la grande question. Qui est cette femme si belle, aux cheveux blonds si longs qu'on dirait des serpents tressés ? Qui est cette superbe aux yeux bleus qui ne nous parle jamais ? A-t-elle un accent de l'est ? Est-elle russo-polonaise ? Franco-finlandaise ? Maniaco-danoise ? Cette vie sans paparazzi criant son prénom quand elle sort du supermarché lui va bien, et honnêtement, vu l'engin, c'est aussi ce qui peut arriver de mieux aux journalistes.

Les jours sans, il faut savoir faire avec.

Un thérapeute que je payais en tickets restau, et qui avait un ego qui ne rentrait pas dans le tuyau, avait un jour conclu une de ses séances par cette phrase qu'il ne faut sous aucun prétexte prononcer à un type qui a des tonnes d'a priori et des pensées suicidaires, sans risquer de le voir franchir le cap du trépas définitivement. J'étais sorti de son cabinet totalement désespéré et j'avais sauté dans le premier métro. C'était toujours mieux que de se jeter dessous. Je déprimais et je n'arrivais pas à faire avec. Les regards fuyants, les odeurs des nécroses intérieures, l'indifférence maladive, et l'agressivité décomplexée me torsadaient les boyaux. J'emmerdais cet imposteur en costard de velours châtaigne d'un autre temps. Je me suis imaginé l'étrangler avec son foulard cachemire bleu lavande, et ça m'a soulagé.

Comment cohabiter avec des angoisses monumentales qui me labouraient du dedans ? Des intrus partout chez eux, des trompe-l'œil qui me faisaient cogner les murs. Ce connard n'avait aucune idée de la merde qu'il éclaboussait à qui mieux mieux sur ses patients.

— Ne mettez pas la charrue avant les bœufs M. Cervantès, acceptez-vous tel que vous êtes, donnez-vous de l'amour, tenez, mouchez-vous, accueillez vos angoisses comme des cadeaux, laissez-les vous pénétrer, si je puis m'exprimer ainsi.

À l'époque, je vivais sur Paris dans l'espoir qu'un génie repère mes clichés et me propose la une de *Presse photo magazine.* Je passais mes journées dans les rues des quartiers populaires, l'appareil au poing, je m'armais de patience, et j'envoyais des rafales au passage des visages qui m'inspiraient. Souvent à fleur de peau, je les trouvais magnifiques, ravagés certes, mais beaux dans le vivant de leurs fragilités, ils me faisaient du bien, ils injectaient de l'air dans mes poumons.

Tandis que j'étais dans ce métro à ruminer mes démons à sept têtes, suintant la souffrance, boursouflé de mal-être dans toute ma boîte crânienne craquelée, j'ai vu cette fille apparaître.

Elle est entrée à la station Arts et métiers.

Je l'ai vue.

Elle est allée s'asseoir à quelques sièges de moi, un rien délurée à la rue.

Cette fille n'est pas tout public, je me suis dit, elle est pour public averti.

Dans un geste délicat, souple, charnel, elle a ouvert la veste de son tailleur crème classique, quasi moche, m'offrant la vue de son chemisier blanc banquise boutonné jusqu'au dernier. Elle a fait sauter d'une main les deux du haut. Son décolleté m'est apparu tel un hublot baffé par la tempête. Elle a posé ses lunettes sur le siège d'à côté dans un flot de manières échevelées, et j'ai repris mon souffle après d'interminables secondes en apnée.

Dans un ultime état de grâce, elle a signé l'événement en défaisant son chignon avec un air si détaché qu'il a filé. Puis – second uppercut avant le KO – elle a secoué la tête droite-gauche, gauche-droite, encore et encore, sa longue chevelure blonde fouettant l'air à l'en faire saigner.

Ne fais pas trop le malin, j'ai pensé, cette gonzesse est un ressort replié sur lui-même qu'il ne faut surtout pas effleurer.

De stricte, elle est passée à très détendue. Elle a sorti des écouteurs de son sac, et la musique qu'elle s'est envoyée l'a fait sourire. Candide téléportée, elle a fermé ses yeux et elle a dandiné de la tête et du bassin. Et moi j'ai plongé.

Je me suis délecté de ce caviar d'émotions jusqu'à la station Porte des Lilas de la ligne 11, où elle est descendue.

Les mains tremblantes j'ai réussi à la photographier comme on a peur de rater un arc-en-ciel qui s'en va déjà.

Puis je l'ai suivie, discrètement, pour ne pas l'apeurer.

On a traversé les couloirs du métropolitain et on est sorti côté boulevard Mortier. Elle a rejoint un abri à vélos, puis elle a envoyé de grands coups de pied sur une roue solitaire accrochée à un antivol. Elle s'était fait voler son vélo. Ni une ni deux, elle a vidé tout le contenu de son sac sur le trottoir, des kilomètres de tickets de cartes bleues ont volé au vent sans qu'elle s'en soucie. Des pousse-mégots se sont retournés, très outrés, mais elle, elle est restée imperturbable. Elle a saisi un coupe-boulons, elle a soufflé dessus pour l'aiguiser, et elle a fait sauter l'antivol de la bicyclette d'à côté. Sans se presser, elle a remis toutes ses affaires dans son sac, et elle a enfourché son nouveau deux-roues.

Elle s'est enfilée rue de Belleville, je lui ai couru après mais je l'ai très vite perdue. J'ai arrêté ma course, dépité, j'ai repris mon souffle, paniqué à l'idée de ne jamais la revoir.

— Je peux savoir pourquoi vous me suivez ?

Je me suis retourné, d'abord surpris, puis je lui ai souri.

La bouche entrouverte par l'effort d'avoir pédalé, son haleine de clopeuse a flotté jusqu'à moi. Une de ses personnalités semblait déjà ailleurs, une autre était pleinement dans le présent, et la dernière semblait encore en retard.

— Parce que vous m'avez bouleversé.

Elle est alors descendue de son vélo, elle a fouillé dans les poches de son tailleur crème renversée, elle a sorti un énorme trousseau de clés, ça m'a fait pouffer. Elle m'a attrapé la main et elle a ouvert l'imposante porte en bois devant laquelle on se tenait.

Cinq minutes plus tard, on baisait sur son Steingraeber & Söhne sur lequel elle s'était tant fait saigner. J'ai vu le dos de ses doigts qui, par vagues succinctes tel le ressac, avaient joué sur les touches du piano de manière aléatoire. Plus tard dans la soirée, elle réussit même à en écrire la partition. Son fameux *Coït pour piano aqueux.*

Quinze jours plus tard, j'emménageai chez elle. C'était juste avant les fêtes de fin d'année de 2006, elle n'était pas encore une star.

On a baisé pendant des semaines, indécent complet pour les voisins, on ne maîtrisait rien, le sexe nous possédait, le désir était notre campement. Au printemps, dans les odeurs de magnolia et de sperme séché, la proprio nous a virés.

— Vous vous rendez compte qu'on vous entend crier jusqu'au dernier, Mme Dabrowska ?

— Ça vous rappelle des choses Mme Da Costa ?

On a quitté Paris. Un soir d'ivresse au rhum, tandis qu'on baisait, je lui avais bandé les yeux et c'est Collioure qu'elle a choisi au hasard sur la carte qui servait de tapis à nos ébats. Il allait faire magnifiquement beau pendant des semaines.

Je me suis remis à bosser plein pot, et rapidement je me suis fait un nom dans la région grâce notamment à une série de portraits sur des agriculteurs.

Je prenais des milliers de photos, pour moi et pour les autres, mais jamais à l'heure de la sieste. Ce n'était pas qu'une question de lumière, plutôt un besoin d'exclusivité réservé à Hannah et à la pornographie.

Et puis, parce que les pauvres, ça paie, j'ai fait un carton avec *Comment bien vivre son sans domicile fixe quand on est sur la Côte d'Azur.* Paris a adoré, ma cote a grimpé en flèche, mes photos se sont mises à se vendre comme des petits pains.

— Tu devrais reverser une partie de tes bénéfices à des associations, ça serait moins indécent.

— Oui ma belle, tu as raison, embrasse-moi.

— Oh oui bel homme, et après tu vas lécher ma chatte.

J'ai toujours photographié les pauvres. C'est avec eux que j'ai grandi. Mon père volait des steaks dans les assiettes des gens aux terrasses des restaurants pour qu'on bouffe de la viande.

On s'est mis à mener la vie des grands-ducs. On partait en voyage à la moindre occasion, Venise, Barcelone, Miami, Shanghai, La Havane, ou simplement le balcon de notre appartement de Collioure qui donnait sur le château royal. On allait au restau presque tous les soirs, et on baisait. On choquait dans les toilettes des femmes des restaurants chics trois étoiles, dans les petits salons des palaces cannois. On baisait dans les photomatons. Dans les recoins sombres des rues, debout, ou sur les bancs des jardins de ville au milieu de la nuit. Dans la voiture, sur la plage, au bout des jetées sur les rochers, partout où on pouvait, on se tenait hors de la portée des enfants, c'était notre seul souci. Elle me branlait sous la nappe des tables des cafés, je la léchais dans les cabines d'essayage des grands magasins tandis qu'elle me traitait de tous les noms d'oiseaux et qu'elle suçait ses doigts. On était sans concession, on allait là où nos pulsions nous obligeaient d'aller, plus loin que ce que la terre ferme peut supporter, plus loin que Tristan da Cunha.

On s'en foutait, nous volions.

On n'avait pas quarante ans, on était de francs arrogants, des provocateurs de haut vol, on toisait le temps, persuadés qu'il était extensible. On narguait les bonnes mœurs, elle draguait les bonnes sœurs, elle se foutait des bonnes manières, de la bonne morale. On était persuadés qu'on avait toute la vie devant nous, parce qu'on était comme des gosses lorsque nos regards se croisaient, nos organes génitaux rougis et exacerbés, sollicités comme jamais. On était dingues l'un de l'autre. On était dingues tout court. On était en été, on mettait des shorts et des débardeurs et on passait nos journées pieds nus histoire de gagner du temps si l'on venait à s'emboîter d'urgence.

Elle jouait du piano et moi je faisais des clichés. On avait la belle vie. C'était la bohème et l'amour comme dans les chansons où il est question de maison bleue et de clé jetée.

On ne voyait pas grand monde, parce qu'à part nous on n'aimait personne. Elle allait bien Hannah, elle ne s'éparpillait pas trop, elle fumait moins. Je la perdais un peu parfois lors de désaccords futiles et brumeux, sur la couleur des rideaux par exemple, ou sur la cuisson des pâtes, mais on était dans l'ordre des choses, presque la normalité des broutilles des gens normaux, des soucis d'Occidentaux au rabais.

Des centaines de polaroïds d'elle jonchaient le sol de notre appartement, entre ses soutiens-gorge en dentelle carmins déchirés par mon désir ardent, et ses strings jetés à la volée dans la lueur des persiennes.

Nos balades le long de la mer, bras dessus bras dessous, tressées dans des échanges sans fin.

Marcher, marcher, juste aller vers.

Les traces de nos pieds nus qui dessinaient des marguerites.

Ma collection de cailloux. Nos poches pleines qui cliquetaient, et nos glottes qui testaient un langage extraterrestre improvisé.

Nos fous rires débiles.

Son rire accouché du cosmos.

Ses nuits blanches à réitérer toujours la même ballade en si sans la moindre variante. Puis son regard sur moi lorsqu'elle relevait la tête du clavier en revenant enfin à la réalité. Cette fracture de folie qui fendait la pupille de ses yeux. Cette crevasse géante qui m'engloutissait. La beauté de cette femme fracassée.

Son premier caprice de star un matin où elle voulut du pain aux graines. La baguette de pain blanc qu'elle jeta par la fenêtre, et moi sidéré.

Ses représentations dans les bars, les salles des fêtes, les mariages. Et moi sidéré.

Ses poivrons à l'huile qu'elle mangeait à pleins doigts, une mèche épaisse, encore, coupant son visage en deux. Moi aussi coupé en deux.

Elle m'était tombée du ciel.

Je la voulais pour la vie.

∞

Avant d'ouvrir la porte qui mène dans l'arrière-cour de la gendarmerie, Givert contemple fièrement son assemblée. Il tire puissamment sur sa cigarette, il la serre fort, il y tient comme à la prunelle de ses yeux, comme une amoureuse, comme une première découverte du plaisir de s'intoxiquer. Puis il s'arrête sur Rémy.

— Qu'est-ce que tu fais avec ce fauteuil ?

— C'est pour ma mère.

— Pose ce fauteuil.

— C'est vous l'patron, patron.

Hannah n'a pas encore réalisé ce qui est en train de se passer, elle est très lente dans sa tête. Elle tient à peine sur ses jambes, le réparateur l'a soutenue dans l'escalier pour qu'elle ne s'affale pas dès la première marche, et qu'elle l'embarque dans sa dégringolade, parce que lui n'est ni très grand, ni très gros, ni très costaud. Rien n'est très chez lui, il est moyen partout. Nous nous sommes arrêtés sur le palier du premier pour que Givert lui ôte ses chaussures, des escarpins rouges qui doivent valoir une fortune. Elle n'a même pas bronché.

Ses cheveux sont sens dessus dessous, son maquillage a coulé, son visage pâle est terriblement cerné, son bas est filé au niveau du talon. Elle regarde Givert tirer sur sa clope, elle en meurt d'envie, elle n'a même plus l'énergie de lui taxer une taffe, elle est rincée.

Rien n'échappe au commissaire.

— Je t'ai déjà dit que je n'étais pas commissaire, alors arrête avec ça maintenant, ça me gonfle.

— OK j'arrête.

Il tend la cigarette à Hannah. Elle l'attrape, tire deux longues bouffées lentes qui font rougir la cendre, elle expire la fumée par le nez dans un soulagement sans fin, Givert apprécie avec une éloquence à peine masquée.

Une fois sorti de sa contemplation, il se rapproche à quelques centimètres du visage du réparateur, des éclats de rire plein la périphérie de ses yeux, du bleu azuré au presque indigo, et du gris, beaucoup de gris.

— La maison brûle et le maillon faible c'est toi Bill, alors sache que si je dois en sacrifier un, je n'hésiterai pas une seule seconde. Je ne veux pas t'entendre ou sinon petit informaticien de merde je te tue, tu as bien compris ?

Et il lui colle son pétard chromé sous le nez.

Le type opine du chef comme une poule qui viendrait picorer une poignée de grains dans sa main.

Il est trop fort ce Givert.

— Allez, on sort.

— On va où ?

— Tristan da Cunha, Atlantique sud.

J'éclate de rire, ça me fait du bien de savoir que Givert a un humour à la con.

— Sérieusement, on va où ?

— On est tranquille jusqu'à sept heures. Faut pas traîner.

— Givert, écoutez-moi, j'ai besoin de savoir ce qu'on fait... Vous avez un plan ? Un scénario ? Combien d'idées derrière la tête ? Dites-moi au moins si vous savez ce que vous faites ! Répondez-moi s'il vous plaît, merde...

— Putain j'espère que tu ne vas pas poser des questions tout du long Cervantès parce que ça va très très vite me gaver, frère de karma ou pas. J'ai besoin de pouvoir compter sur toi. Est-ce que je peux vraiment compter sur toi Cervantès ?

— Pour ça il va falloir m'en dire plus.

Coincé dans son mutisme, il nous scrute, je vois qu'il a envie de sourire, je crois qu'il nous aime bien.

Puis nous sortons dans la cour de la brigade. Il ouvre la marche, il tient la manche de la veste du réparateur, qui lui-même tracte Hannah par les menottes. Je leur colle aux talons. Rémy et Ricardo suivent en riant.

— Eh les deux clowns, silence !

Tout le monde se tait et nous reprenons. On franchit le portail, et on arrive sur le trottoir. Un fourgon de la gendarmerie est garé juste là, Givert sort des clés, nous ouvre les portes de la camionnette, et il nous ordonne de jeter nos sacs à l'arrière.

— Cervantès tu conduis, Rémy entre lui et moi, les autres derrière, allez ouste bordel !

Il était temps qu'Hannah s'assoie, elle vient coller sa tempe sur la vitre, la bouche à demi ouverte, la tête qui vacille, à croire qu'on lui a retiré tous les muscles du cou. Elle me lance un œil noir.

— Ça va Hannah ?

— Toi, va mourir, tu m'parles pas d'accord ?

Je valide par une sorte d'OK avalé, qui est plus un ké qu'autre chose.

Je mets un certain temps à trouver le trou de la clé de contact, je tremble pas mal, mais je finis par y arriver.

— Désolé, je suis un peu nerveux, je vais me détendre, je m'excuse, mais bon, pardon, c'est une première pour moi vous savez, je n'ai encore jamais volé de voiture.

— On ne le vole pas ce fourgon, puisque j'ai les clés. Respire Jason, passe cette putain de vitesse et sors de ce stationnement, ensuite tu t'arrêtes, il faut que je mette un plot pour pas qu'on se fasse piquer la place.

On fait l'opération, et on bouge. J'ai d'abord un peu de mal avec la boîte de vitesses et la direction, mais rapidement j'ai la bête en main, je mords de moins en moins sur les trottoirs. Givert allume une clope et il ouvre la fenêtre. Il me donne les directions. Nous sortons de la ville. Un léger brouillard caresse le bitume, un blaireau traverse au loin, la lune se planque derrière des nuages chargés de pluie, puis elle réapparaît, un peu pimbêche, un rien mijaurée. La lumière est parfaite.

— On ne va pas quitter Thionville j'espère ?

— Ne vous inquiétez pas Hannah, vous serez à l'heure pour votre enterrement, je vous le promets.

Ce sont les mots qu'Hannah a besoin d'entendre pour être rassurée. Elle soupire en douceur, puis elle ferme les paupières en tirant puissamment sur la clope que Givert vient d'allumer pour elle.

Mes yeux me brûlent, je rêve d'un café géant bourré de sucre et d'une douche bouillante, j'ai les mains moites et la bite qui me démange.

On roule depuis une trentaine de minutes, Hannah s'est endormie sur l'épaule du mari de la cousine du préfet, nous arrivons sur Metz.

— Vous savez, j'habite Metz, vous pouvez peut-être me déposer au passage, ma femme doit s'inquiéter.

— On l'a prévenue hier soir Bill, elle dort sur ses deux oreilles.

C'est là qu'on le perd.

— Je ne comprends pas ce que vous êtes en train de faire Givert ! Je ne comprends rien du tout ! Je crois que vous êtes un danger pour la société mon vieux ! J'ai le droit de comprendre ce qui se passe bordel de merde de bordel de merde ! Où allons-nous ? Est-ce que quelqu'un peut m'expliquer ce qui se passe ? Tout le monde a l'air de trouver cette situation normale.

— Ah non, pas moi.

— Cervantès, tais-toi.

— Je ne comprends pas ! La scène est tout simplement ridicule ! C'est surréaliste ! Allô ? Quel est le programme ? Quelle est votre préférence système ? Quand c'est qu'on reboote ? Combien de mémoire vive disponible vous reste-t-il, espèce de pauvre con ?

Il n'en faut pas plus pour que Givert lui recolle le canon de son pistolet sous le menton. Il a les dents serrées, son nez pointe vers le plafonnier, ses narines se dilatent, je sens qu'il va tirer, je me crispe, je ferme les yeux, j'attends la détonation.

— Essaie de visualiser la trajectoire que la balle va faire lorsque je vais appuyer sur la gâchette pauvre connard d'informaticien de merde, et même s'il n'est pas gros, ton cerveau va être touché en plein cœur et réduit en bouillie. Boum !

Je sursaute.

— Tu vois le merdier, ça y est ? Tu visualises ? L'avantage, c'est que ça va te faire fermer ta grande gueule de petite merde et que ça va recouvrir les taches de vomi. J'ai déjà ramassé un type qui s'était fait ça, tu sais. Ça nous a pris du temps pour tout rassembler mes potes et moi. Tu me suis ? Oui ? Je te sens éparpillé, je me trompe ? Je ne t'entends plus. C'est bien Bill, c'était la dernière sommation, la prochaine fois j'te fume.

Et il rallume une clope.

— Rémy, c'est maintenant que j'ai besoin de toi, il faut que tu voles une voiture, si possible une grosse berline.

Rémy se tourne vers Givert, il le scrute un long moment comme s'il venait de lui causer en mandarin.

— T'as compris? C'est du français, pas du mandarin.

— C'est quoi le mandarin?

— Le mari de la mandarine.

C'est vrai qu'il a des yeux énormes Rémy, ils flirtent avec le globuleux, comme si on le regardait avec le dos d'une cuillère. Deux bigarreaux bleus d'un poupon siliconé, on ne voit qu'eux au milieu de son visage rond. Il a une longue barbe claire qu'il triture frénétiquement pour se rassurer, on dirait du duvet, un premier poil jamais rasé. Notre petit prince de la cambriole est couronné d'une touffe de cheveux crépus châtains. Il a le bon bide de la malbouffe des cités et du manque d'exercice, trop d'attente à dealer au pied des immeubles. Ses vêtements sont sales, ça se voit, ça se sent, ça pue le trop porté. Son jean délavé est crade sur le bas de ses fesses, là où en général les ados essuient leurs doigts gras.

— Rémy, tu as compris ce que je viens de te dire?

— Oui M'sieur. Vous m'avez demandé de voler une voiture…

— Quelles sont les voitures que tu préfères voler Rémy ?

Ça me rappelle une émission télé de quand j'étais gosse, avec des chanteurs ringards qui souriaient niaisement, et des sales gamins qui chantaient affreusement mal et qui finissaient couverts de cadeaux.

— Moi vous savez mon truc c'est plutôt les Audi, si vraiment, je peux vous trouver une BM ou une Mercedes, mais j'suis pas fan. Ça vous va une Audi ? C'est grand, c'est confort, ça passe partout, c'est respect.

— Oui mais il n'y a que cinq places, remarque Bill le doigt en l'air comme pour demander l'autorisation de parler.

— Ça vous va une Audi les autres ?

Unanimement on lui répond que oui.

On tourne un moment dans le centre-ville, puis Rémy repère un modèle gris anthracite aux vitres fumées.

— Q8, 50 TDI quattro, 286 chevaux, modèle prestige, ça le fait ?

— C'est pas la voiture de monsieur Tout-le-monde mais c'est très bien. Tu as tout ce qu'il te faut ?

— Oui, envoie-t-il en nous tendant son smartphone.

— Quoi ? ! Il va voler une Audi avec un téléphone ! Vous voulez rire ?

Givert sourit, il me regarde avec toute la compassion de celui qui a de la peine pour vous parce qu'il vous trouve d'une autre époque.

— Rien de plus simple, il suffit que le portable se cale sur la même gamme d'ondes que la carte à puce de cette bagnole et le tour est joué, c'est une simple application que tu peux acheter sur le net pour quelques dizaines d'euros, une histoire d'Android en mode open source, un système d'exploitation mobile fondé sur le noyau Linux. C'est bien ça Rémy ?

— En gros oui patron.

Et il se tourne vers Ricardo.

— Toi tu l'accompagnes, tu fais le guet, ensuite on se retrouve à la gendarmerie de Thionville, roule doucement, et sois prudent.

On les dépose puis on va se garer un peu plus loin. Il se remet à pleuvoir. On attend.

Givert secoue sa gourmette et allume une cigarette. Hannah dort toujours. Il est bientôt cinq heures. Je rêve d'un thermos de café-sans-sucre-premier-prix-froid-de-la-veille. Quelques fourgons de livreurs filent au loin. Un couple chancelant passe devant nous sans nous voir, trop occupés à se rouler des pelles enfiévrées. La fille a les épaules nues, l'alcool aidant, un dragon ailé tatoué sur son omoplate se ferait bien la malle. Le gars est coiffé d'une petite crête qui tombe sur le côté, ça a indéniablement son charme. Je me retourne vers Hannah. L'enterrement est dans cinq heures, je ne suis tellement pas prêt.

Puis Rémy vient se poser à notre niveau au volant de l'Audi, un sourire ravageur sur les lèvres, fier.

— *¿ Vamos ?*

— Donne-moi ton portable maintenant, et les autres aussi.

Chacun s'applique à se séparer de son mobile sans broncher, même Bill. Givert les récupère puis il sort du fourgon et il va les jeter dans l'égout le plus proche, il revient en courant, la pluie prend des tours. On repart.

On sort de Metz sous une pluie battante. On suit notre duo de choc à bonne distance sans exciter le moindre radar, j'hésite à mettre de la musique puis je me ravise.

— Dites, déjà je ne m'appelle pas Bill, OK ? Et vous n'avez pas peur qu'ils se tirent vos deux compères là ? Parce que moi je ne voudrais pas dire mais s'ils étaient en garde à vue ce n'est certainement pas par hasard vous ne croyez pas ?

Givert souffle.

— Putain il va pas recommencer.

— Eh oh, je ne suis qu'un p'tit employé qui était venu vous dépanner au cas où vous l'avez oublié. C'est vous qui êtes devenus fous. Et cette droguée qui m'a vomi dessus ! À un moment, je le dis sans provocation, attention hein, ne voyez pas le mal partout, mais à un moment, j'ai quand même cherché les caméras, si, si je vous jure, j'ai cru que c'était une émission de télé-réalité.

Je le fixe avec une certaine fascination dans le rétro intérieur. Il a l'air sincère avec sa calvitie qu'il essaie de masquer avec une mauvaise raie sur le côté, et sa pommette droite qui sursaute trois fois par phrase comme prise de convulsions. Je ne sais pas s'il fait ça tout le temps ou uniquement quand il est stressé. Et voilà que maintenant il se chuchote à lui-même.

Je ne sais pas non plus s'il se rend compte qu'Hannah dort toujours sur son épaule. Elle respire fort, le nez pressé sur son costume en polyester, la lèvre relevée à force de glisser qui nous délivre ses dents.

On arrive sur Thionville, il est presque six heures, la ville se lève, le ciel déchire l'obscurité à l'est.

Rémy et Ricardo sont stationnés devant la gendarmerie, ils nous attendent. Je dois m'y reprendre à trois fois pour me garer en créneau, surtout que sur la première tentative j'ai légèrement éraflé la voiture de devant avec l'arrière du fourgon. Givert a gueulé comme un putois et ça a réveillé Hannah, qui au passage a mis un coup de tête au menton de Bill, qui à son tour s'est mis en pétard. Givert a ressorti son flingue pour la énième fois, et tout le monde s'est calmé.

Je peux enfin faire ma manœuvre. Il pleut toujours.

Juste avant de sortir du fourgon, Givert se retourne calmement, délivre délicatement Hannah de ses menottes, et se harnache à sa place.

— Sors de là Bill, et ferme-la.

— Je ne peux pas sortir vous voyez bien que nous sommes menottés !

— Passe par-dessus le siège ducon.

Il obtempère non sans râler, il en bave pour s'extirper, surtout que Givert ne fait aucun effort pour l'aider, au contraire, il montre certains gestes d'impatience en tirant par à-coups sur les menottes. Quand on est tous sortis, il nous invite Hannah et moi à rejoindre les deux autres dans l'Audi le temps que Bill et lui aillent reposer les clés du fourgon dans les bureaux du deuxième. Quelques courtes minutes plus tard, ils reviennent, Givert ouvre le coffre de la voiture et ordonne à Bill de grimper.

Bill ne résiste pas trop, il se faufile au milieu des sacs, Givert le menotte, les deux mains dans le dos, et il nous rejoint à l'arrière de l'auto.

— Allez, on y va Rémy, roule doucement.

— On va où patron ?

— Première à gauche.

Il fait bien jour maintenant. Je tuerais pour une nuit de sommeil. Je ne veux pas que Gladys soit morte. J'avais tellement de choses à lui dire, je ne m'en rends compte que maintenant. Je caresse les cicatrices de mon torse, elles ont tendance à me démanger lorsque le temps va changer.

Nous sommes tous les trois sur le siège arrière de l'Audi, Hannah, Givert et moi. Hannah est au milieu, je me penche en avant et je vois que son épaule touche celle de Givert.

— Ça va Hannah ? lui demande-t-il.

Elle lui sourit, papillonne exagérément de ses yeux rouges.

— Il faut que je change de lentilles et que je mette une culotte propre, docteur.

— Ne vous inquiétez pas, vous allez pouvoir faire tout ça bientôt.

— Merci beaucoup, vous êtes bien urbain.

— Il n'y a pas de quoi, c'est la moindre des choses.

5.

Givert jette ses sacs dans l'entrée, la clope qu'il a au bec perd le bout de sa cendre, elle vient mourir sur ses souliers puis sur la moquette à poil long écru, il l'écrase brièvement, et pose dédaigneusement les yeux dessus histoire de vérifier qu'elle ne va pas mettre le feu aux poudres. Il a les traits tirés.

— Prenez une douche, reposez-vous, mangez, nous n'avons que deux heures.

Rémy demande poliment s'il peut s'y jeter en premier, personne n'y voit d'inconvénient, au contraire.

Hannah pleure. Dès qu'on a franchi la porte de l'appartement, elle s'est effondrée dans un fauteuil en cuir couleur chocolat blanc puis elle s'est roulée sur elle-même en sanglotant. Ses bas boudinent au niveau des orteils, trempés, et l'humidité monte jusque mi-mollet. C'est ridicule et triste. Ce bout de bas dégueulasse, fripé, cet appendice absurde en lycra qui défigure la beauté des pieds de cette femme. Elle n'est plus très sexy ma diva du pianissimo.

Givert ouvre son sac, il sort son tupperware au couvercle rose. Il se pose dans la cuisine et commence à manger ses légumes vapeur.

— Fouillez les placards pour ceux qui ont faim. Qui lance des pâtes ?

Je fais des séries d'expressos que je distribue à la volée. Lorsque j'ai fini, il m'en reste un que je destine à l'informaticien, mais Givert me coupe dans mon élan.

— Pas pour lui.

— Pourquoi ? Vous êtes dur sur ce coup-là.

— Ah ouais ?

J'aperçois un bout de carotte râpée qui lui sort de la bouche, il le rattrape in extremis avec la pointe de sa langue, puis il le broie sèchement. Il me fixe, presque me toise. Je baisse les yeux sur le café en trop.

— Bon et bien puisqu'il n'est pour personne, je vais le boire.

— Fais-toi plaisir, c'est le contribuable qui paie.

— On est chez qui ?

— Un dealer de coke qu'on a saisi la semaine dernière.

— Grand luxe quand même.

— Une affaire qui rapporte.

— Dites…

Je scrute autour, ça m'ennuierait qu'on nous entende.

— À propos de l'histoire d'hier au supermarché…

— Oh putain Cervantès…

— Attendez, deux secondes, s'il vous plaît. Cette fille est une folle, elle a essayé de me poignarder, vous savez, j'ai peur qu'elle ne cherche à recommencer à la première occasion. Je pense que je suis réellement en danger de mort.

— On est tous en danger de mort devant les femmes, elles ont des armes de destruction massive concaves en forme de pointes de flèche planquées sous leurs jupons, et nous on est tellement naïfs qu'on ne pense qu'à y planter nos bites. Leurs berceuses ont plus des airs de requiem que de sonates si tu vois ce que je veux dire, elles nous enterreront tous, tu ne m'apprends rien, et puis, qu'elles soient armées ou pas, ça ne change pas grand-chose sur l'issue, tu sais.

— Putain mais merde Givert, arrêtez vos phrases de flic dépressif deux secondes par pitié, c'est cliché à mort ! Écoutez-moi ! Ce que je vous dis est grave !

Dieu sait pourquoi, ma phrase le fait rire.

— C'est bon ? Tu as fini de te plaindre ?

Il aperçoit Rémy qui vient de sortir de la douche.

— Écoutez-moi tous. Hannah et Cervantès ont une amie qui vient de mourir, elle va être incinérée à dix heures ce matin, nous allons tous y aller. Enfin, Ricardo, Rémy, Bill et moi on va les attendre dans la voiture. Hannah et Jason vous irez seuls, c'est plus discret, mais il va falloir changer deux ou trois choses sur vous pour qu'on ne vous reconnaisse pas.

— Ce que vous faites est ridicule. Vous allez vous faire choper et ce sera bien fait pour vos gueules. Comptez sur moi pour vous enfoncer. Vous le payerez cher Givert. Imprimez-vous le bien en caractères gras dans votre gros cul de gros con.

Bill est menotté d'une main au radiateur de l'entrée, de l'autre il profère ses menaces à notre gendarme de service le poing serré. Suite à cette réflexion, Givert lui attache les deux mains, et il lui scotch la bouche avec un adhésif superpuissant gris argent, pendant qu'autour tout le monde s'affaire par monts et par vaux. Le réparateur se débat comme il peut, on devine des meuglements de colère étouffés, mais personne n'y fait attention.

Givert se relève, satisfait, puis il se dirige vers Hannah qui sanglote seule sur son canapé.

— Ça va Hannah ? Allez prendre une douche, ça va vous faire le plus grand bien, et après vous mangerez d'accord ?

— Toi j't'emmerde OK ?

Givert recule d'un pas. Ah, tu ne t'y attendais pas à celle-là. Je te l'avais dit, le feu ça brûle, l'eau ça mouille, et Hannah est une barjot perpétuellement imprévisible.

Elle se lève violemment, les joues trempées de larmes, le nez plein de morve translucide, elle passe à côté de lui sans le quitter des yeux.

— Je vais me laver si je veux OK ? Alors maintenant tu me lâches avec ton ton mièèèlleux de mêêêrrde OK ? Tu me fous la paix, espèce de sale flic.

— Et bien on dirait que vous allez mieux, c'était bien cette gastro ?

— C'est pas tes oignons ! La gastro, à la différence de la cuite, c'est que t'as que la gueule de bois OK ? Tu vois ce que je veux dire ? Fais pas chier inspecteur La loose, c'est pas l'jour OK ?

Sur ces bonnes paroles, elle chope son sac et elle file sous la douche comme une balle, plantant sur place un Givert soufflé. Ce qui ne nous empêche pas ni l'un ni l'autre de jeter un coup d'œil au passage sur le haut de ses cuisses, dont le tissu de sa jupe, si mini, ne nous prive pas.

Un petit tour de gourmette et il s'allume une clope.

Je reviens à la charge.

— Écoutez-moi Givert.

— Quoi encore ?

— Il faut qu'on fasse un point. Vous êtes seul Givert ou on fait la route ensemble ? Qu'est-ce que vous direz à vos collègues quand ils nous arrêteront ? Lequel d'entre nous avez-vous choisi comme bouc émissaire ? La pianiste cyclothymique, le photographe froussard, l'Équatorien jovial, ou le voleur de voiture qui ne paie pas de mine et qui est pathologiquement cleptomane vu ce que je suis en train de constater ?

Rémy est en train de fourrer dans ses poches une poignée de sucre roux en morceaux.

Je reprends de plus belle sans chercher à comprendre pourquoi ce jeune malade est en train de faire une chose pareille.

— Alors Givert ? Le commissaire Moutarde avec le chandelier dans le petit salon ou sa mère la pute avec le voisin dans la buanderie ? Putain bordel Givert, accouchez merde !

Il recule de quelques centimètres et il ferme un œil, il vise, il cherche un visage sous mon visage, il m'observe sous un nouvel angle, puis il m'asperge de son regard océanique, comme il sait le faire, franc, direct, tempétueux, les pupilles translucides centrées par un point noir à tête d'épingle. Enfin il baisse les yeux. Je lui attrape le bras, parce que oui j'ai la trouille.

— Vous avez un coup de mou ou quoi ? C'est quoi la suite ? Qui vous dit qu'on avait envie de vous suivre ? Je pense que vous avez perdu la raison Givert. J'ai cru à un moment que vous étiez un type génial mais maintenant j'ai comme un doute.

Il balance son paquet de nicorettes sur la table de la cuisine et il repousse ma main sèchement, puis il va se coller à la fenêtre. Lorsqu'il commence à parler, son souffle chaud fait un rond de buée sur le carreau.

— Nous avons été patients, c'est bien… Il est l'heure de la nouvelle ère… Ne me demande pas pourquoi ni comment mais je le sais… C'est dans l'air, partout… Ça sent le printemps, les fruits pressés… Ça fleure bon le lâcher-prise…

Il se retourne.

— Il est trop tard maintenant, en un claquement de doigts on est devenu des junkies de la vie. Il ne peut plus rien nous arriver. Le plus dur est derrière nous.

— Mais comment pouvez-vous ? Mais enfin, je suis sidéré. J'ai l'impression que vous n'assumez pas, que vous vous débinez, on se défend, on ne fuit pas !

— Jusqu'ici tu n'as fait que fuir…

— Vous me fatiguez Givert avec vos phrases toutes faites… Et le réparateur ?

— Quoi le réparateur ?

— On ne connaît même pas son nom, il n'a strictement rien fait, j'étais là, à part vous vexer sur des choses qui n'appartiennent qu'à vous, ce type est innocent, vos réactions sont totalement disproportionnées, je vous trouve si injuste.

— Propaganda Cervantès… Propaganda.

— Propaganda mes couilles ! Vous ne comprenez pas… Vous savez ce que je me dis ? Que vous êtes un parano qui se la joue ! Un mystique parvenu ! Dès que vos collègues vont remettre la main sur nous, vous allez vous chier dessus et la jouer perso. Je n'ai aucun doute là-dessus. Je pense que vous ne réalisez pas l'ampleur de tout ce qui se trame.

— Tu devrais aller manger, il ne nous reste pas beaucoup de temps, et tu n'es toujours pas douché, ça te ferait du bien.

— Ah bon ? Alors on en reste là c'est ça ?

A priori.

— Et après on va où ? Répondez-moi ! C'est quoi le plan ? Putain Givert…

Silence radio, nous avons perdu la communication. Rappelez ultérieurement.

Une plâtrée de pâtes est improvisée, agrémentée d'huile d'olive et d'ail, et c'est Ricardo qui a préparé.

On fouille les placards, j'essaie des lunettes, une fausse barbe que Givert me propose, quelques perruques, ça remet un peu de légèreté dans l'assemblée.

Puis, la clope au bec, Givert sort de son sac un drôle d'objet, une espèce de trépied en métal cerclé par des tiges en cuivre, coiffé d'une boule en verre elle-même percée comme une passoire, dans laquelle une pierre verte est posée. Je m'approche, il me sourit.

— Tu veux savoir ce que c'est ?

Je confirme de la tête. J'aperçois des électrodes.

— Un détecteur de mensonges ?

— Un purificateur d'eau, vieux. La labradorite absorbe les énergies négatives, c'est une très belle pierre de protection. Mais tu peux aussi la remplacer par une améthyste, ou un lapis-lazuli. Le cuivre, les pôles des électrodes, permettent de retenir les microparticules, les nanotechnologies de contrôle, les fameuses dont je t'ai parlé hier. C'est moi qui l'ai inventé. Le transfert d'électrons entre un donneur et un accepteur électronégatif libère de l'énergie, utilisée pour pomper des protons hors de la matrice mitochondriale, ce qui génère un gradient de concentration de protons, et donc un gradient électrochimique, à travers la membrane mitochondriale interne. Je pense que je vais pouvoir tester bientôt cette machine sur des patients atteints de retards mentaux, ou de problèmes cardiaques, et même sur le vieillissement !

Je l'observe avec contemplation remplir un jerrican d'eau purifiée via son invention, mais rien d'extraordinaire ne se passe sous mes yeux, aucune poudre de perlimpinpin ne se forme, aucun troll ou autre habitant du merveilleux n'apparaît. Je ne suis pas sûr du tout de l'efficacité de cet objet, je pense même que Givert est un charlatan, un dangereux mythomane bipolaire qui ne comprend strictement rien à ce qu'il fait, cet engin n'a pas plus d'efficacité qu'une saignée, ou qu'un vaccin à base de crème à la châtaigne si vous voulez mon avis de membre de l'Académie de médecine.

Je le laisse seul et je vais errer dans l'appartement, je n'ai aucun complexe à ouvrir les tiroirs et à fouiller les placards des chambres. Je glane une frontale, un jeu de piles rechargeables, une boîte de mouchoirs, un billet de cinquante euros trouvé au fond d'une veste de costume, un thermos.

Je relance des cafés, et je remplis ma dernière acquisition.

Je fais quelques photos instinctives de Ricardo.

Je retrouve Givert dans une chambre, il finit de tondre au gros sabot l'énorme touffe brune qu'il a sur le crâne. Je suis stupéfait par le changement de son visage. Je remarque alors la protubérance de son nez tordu qui m'avait échappé jusque-là.

Quand le sage désigne la lune, l'idiot regarde le doigt.

Je vais pour lui dire, quand il me coupe brutalement l'herbe sous le pied.

— Qu'est-ce qu'elle fait ta copine dans la salle de bains ? Elle se touche ou quoi ?

Il s'époussette les quelques cheveux qui gisent sur ses épaules, puis provoque son reflet dans le miroir de l'armoire, il se frotte le crâne, et il tape dans ses mains en mode coach avant match.

— Allez !

Il traverse l'appartement au trot et vient frapper à la porte de la salle d'eau.

— Hannah s'il vous plaît, il va falloir sortir.

Une demi-heure plus tard, il la supplie, les poings collés à la porte, de quitter la pièce et de laisser la place aux autres. Moi j'ai commencé une toilette de chat dans l'évier de la cuisine, tandis que Ricardo poireaute derrière Givert, une serviette de bain à la main et un costume noir de la plus grande élégance posé sur son avant-bras. Personne n'ose lui dire qu'il est beaucoup trop grand pour lui.

Parce que je suis énervé, et par pure méchanceté, je décide de lui dire que son costard n'est pas du tout à sa taille, mais c'est le moment où Hannah finit enfin par sortir. Métamorphosée. Le résultat est époustouflant.

Maquillée, coiffée d'une longue perruque noire ondulée, vêtue d'une robe rouge à effet miroir, avec un décolleté en trompe-l'œil, d'un bas noir, et d'une paire de talons hauts, des escarpins noirs de chez Christian Louboutin – une fortune avec leur petite lanière sur le dessus pour nous faire croire qu'elle est une enfant sage. Elle est superbe. Et elle le sait. Personne n'aurait parié un kopek sur cette clocharde il y a à peine une heure. Elle arrive tout droit de vingt-quatre heures de garde à vue, et d'une gastro carabinée, sans parler de la mort de sa meilleure amie. On a l'impression que cette gonzesse va donner une représentation d'anthologie.

Elle déambule faussement dans le salon à la recherche de son vernis à ongles, même sa démarche semble avoir subi un électrochoc, un shoot de confiance pure. Sa voix est posée. Elle va jusqu'à sourire à la glace, à moins qu'elle vérifie ne pas s'être mis de rouge à lèvres grenat sur les dents.

Ricardo en a perdu sa légendaire banane, et il oublie pourquoi il attendait devant la porte. Sans la quitter des yeux, Givert lui envoie des coups de coude, mais Ricardo ne réagit pas. Il marmonne un truc en espagnol qu'il conclut par un *grande espíritu.*

Cette femme est une tragédie en cinq actes, un pour chaque homme qui la dévore des yeux. Elle a décidé d'être forte c'est clair. Elle veut lui dire adieu la tête haute. La puissance de cette femme est un souffle d'explosion nucléaire. Mais combien de temps avant les retombées radioactives ?

La demi-heure qui suit, on la consacre à finir de se préparer. Je colle une vieille moumoute brune sur ma tête, et je m'arme de lunettes d'écailles et de souliers vernis.

Ricardo a fait un triple ourlet à son pantalon et à sa veste de costume, ce qui nous fait tous bien rire, je crois qu'il n'a pas compris qu'il n'a pas besoin de se grimer, qu'il ne va pas assister à cet enterrement. Hannah enfile de grosses lunettes de soleil carrées. Givert est prêt, il attend, il commence à s'impatienter, il fume clope sur clope, il ronge ses ongles, il tourne et retourne son poignet, et chaque cliquetis de sa gourmette est un insupportable supplice.

— Il faut s'activer, dit-il, ça va être l'heure.

Rémy a trouvé un jean propre à sa taille, un sweat jaune pisse et une veste en cuir, il se mire un moment dans la glace, il trouve qu'il a la classe, c'est presque vrai ma foi, s'il n'y avait pas ces yeux. Givert aperçoit deux boursouflures au niveau des poches de son pantalon. Il s'approche de lui.

— Qu'est-ce que tu as dans tes poches ?

Rémy vire rouge pivoine, il bégaie *rien rien j'vous jure.* Puis cessant la lutte immédiatement, il sort le sucre en morceaux, ainsi qu'une bague en argent sertie d'une turquoise, un billet de cinq euros, un stylo au bouchon mâchonné, un briquet, un tube de dentifrice, une télécommande.

— Putain qu'est-ce qui va pas chez toi ?

— J'sais pas, répond-il tout penaud, les yeux fixés sur ses pieds, à peine audible comme s'il aspirait les mots.

— Pourquoi une télécommande ?

— J'sais pas.

— Tu sais pas ?!

— Non j'sais pas.

— Tu sais pas pourquoi tu as volé une télécommande ?

— … C'est pour ma mère.

Et le gosse se met à chialer. Givert défroisse ses sourcils, il souffle un peu de fumée de cigarette par les narines. Il lui met la main sur l'épaule.

— Allez c'est pas grave, va mettre des groles, on va être en retard.

On rassemble nos affaires, on blinde nos sacs de victuailles pour la suite, on remplit des bouteilles d'eau. On est tous fins prêts.

Givert décroche Bill du radiateur sans lui enlever le scotch qu'il a sur la bouche, et il se menotte à nouveau à lui. Notre héros national tente mollement de se débattre mais il est épuisé. L'image de cette bête blessée à bout de force se débattant faussement me fend en deux.

Puis c'est l'heure d'y aller.

— Il faut acheter des clopes, dit Hannah.

— C'est prévu, répond Givert.

On saute discrètement dans l'Audi, sans qu'on le lui demande Bill reprend sa place dans le coffre avec nos sacs, résigné. C'est encore Rémy qui conduit. On trace vers le crématorium, Givert s'allume une cigarette puis branche une radio à l'allume-cigare, et il se met un écouteur dans l'oreille.

Personne ne pipe mot quand on croise une voiture de gendarmerie toutes sirènes hurlantes deux minutes à peine après avoir démarré. Puis une autre juste après. Une autre encore, mais cette fois dans l'autre sens, elle nous double à grande vitesse, et poursuit sa course folle. Givert fait passer Rémy par des petites rues. Il jette des coups d'œil dans le rétro, le doigt pressé sur son écouteur, il lui dit de ralentir à un croisement, puis d'accélérer à un autre. Il tend l'oreille, se ravise.

Juste avant de se garer dans une ruelle à sens unique, il me semble apercevoir un de mes célèbres portraits tagué sur un mur, je me tords le cou comme je peux mais il a disparu. Givert sort une liasse de billets de cinquante euros de sa poche.

— Va nous acheter des clopes Cervantès.

— Dites, vous parliez de nanotechnologies dans la nourriture hier… mais, et les clopes ?

— Bouge ton cul Cervantès et achète-toi des chewing-gums, tu pues de la gueule.

Je claque la porte, furieux, le rire d'Hannah transperce la vitre fumée et me poursuit en écho sur quelques mètres. Je longe le mur du trottoir en zyeutant dans tous les sens. Personne ne se retourne sur moi lorsque je rentre dans le bureau de tabac. La vendeuse n'est pas surprise par la quantité que je lui achète cash. L'échange se fait normalement tandis que moi, j'ai l'impression d'acheter un kilo de shit à la terrasse d'un bar un jour de marché. Je me retourne trois fois entre la boutique et l'Audi, je tremble un peu. Je remonte dans l'auto, je leur balance leurs clopes mais je garde la monnaie.

On repart. On repasse devant le tag de tout à l'heure, c'est bien une de mes photos. Je ne comprends pas.

Personne ne me dit merci, même lorsque j'avale une gomme à la menthe fraîche extra forte qui me fait monter deux larmes fugaces.

Moins de dix minutes plus tard, on se gare au milieu des voitures du funérarium. C'est joli, il y a quelques arbres et des parterres de fleurs trempés par la pluie qui vient de cesser. Le soleil pointe même un bout de son nez au moment où l'on descend de la voiture.

— C'est chouette il y a du monde.

Par-dessus ses lunettes de star, Hannah me mouche d'un regard du fin fond de l'Arctique, accompagné d'un soupir qui dure des siècles. Givert ajoute :

— On va pas à un concert.

Je sais, bande de nases.

Hannah lui suggère une amorce de sourire. Elle apprécie. Lui aussi.

Givert et Hannah fument une cigarette, elle accepte même qu'il lui allume sa dunhill.

∞

Je suis tombé l'autre matin sur une information absolument passionnante à propos de la robe de rentrée des classes de Charlotte, la fille de Kate Middleton. J'ai d'abord cherché qui était Kate Middleton, avant d'avoir l'impression qu'on me jetait du sommet d'un building.

J'ai fait fumer mon cerveau sur cet événement qui valait vraiment qu'on y accorde de l'importance.

Voilà à quoi l'homme du vingt et unième siècle en était rendu. La quintessence de la dégénérescence humaine. Des millénaires d'évolution pour ça.

Du strass sans stress.

Des gens qui ne doutent plus de rien, coupés de la réalité sans complexes.

Je me suis rappelé le Noël de mes dix ans, lorsque mes parents m'avaient offert mon premier vélo et que j'en avais chialé de bonheur tout le réveillon, et que mon père, pour que la famille ne le voie pas dans le même état que moi, était allé s'enfermer un moment dans le garage prétextant la recherche de je ne sais quelle bouteille de chablis évidemment virtuelle.

Je suis issu d'une famille modeste et j'en suis extrêmement fier. Je ne porte pas ce patrimoine comme une légion d'honneur, mais pas loin, un dérivé de médaille du mérite made in Calabre. Je suis estampillé populaire sur mon front en caractères gras, dans mes chairs et dans mon bide, et pas seulement à cause des nouilles pas cher que j'ai bouffées toute mon enfance. Mes couilles produisent des spermatozoïdes d'ouvriers, chez nous les bébés naissent avec des truelles dans leurs petites mains charnues, les sages-femmes hallucinent, les enfants Cervantès sortent des maternités avec des chaussures et des casques de chantier, pas avec des robes à fleurs qu'ils porteront pour leur rentrée des classes dans des écoles privées anglaises. Je ne suis pas un fils de et c'est ce qui m'a rendu fort. L'effort est mon quotidien, la difficulté m'a donné de la consistance et je la trouve facile. Notre patrimoine génétique est tapissé de ténacité et de patine artistique, nous sommes constitués d'acharnement, d'abnégation, de pugnacité maladive, d'obstination obsessionnelle, exagérée, quasi absurde ; ne pas naître avec une cuillère en argent dans la bouche m'a offert du mordant, un héritage customisé pitbull, une notion élémentaire fondamentale du travail bien fait. C'est notre étendard, notre blason, notre échafaudage, notre secret de fabrication, ils sont ancrés dans nos viscères et sous nos peaux.

Mon père me faisait jouer de la bétonnière des week-ends entiers pour que je me paie l'entrée du cinéma. J'avais onze ans. Lorsque j'arrivais à la caisse du cinéma avec ma pièce de cinq francs qui prenait la moitié de la main, j'avais la tête haute, les mains en feu par le manche de la pelle et le ciment pur, mon dos était en miettes, mais je marchais droit.

À douze ans je ratissais les feuilles mortes de mes voisins.

Je me suis payé mon premier argentique avec cet argent, un Ricoh modèle 500 ST, une merveille qui m'a apporté mes premiers frissons photo. Je me rappelle des hésitations, parce que la pellicule coûtait une fortune, l'attente du cliché idéal, la contemplation, les soirées à guetter la lumière du couchant qui n'arrivait jamais. Le délai d'attente du développement, interminable, où tu avais l'impression que ton horloge de salon remontait le temps et que tu rajeunissais. Les premières merveilles pondues lors de focales hasardeuses, et de diaphragmes réglés à la wanagain, le tout couronné d'une bonne couche d'à-peu-près et d'advienne que pourra. Autodidacte fauché, je m'en référais à l'instinct de l'instant de mon instantané. Des souvenirs de résultats miraculeux viennent à moi, des photos qui me valurent parfois les compliments de photographes bluffés par ces visages figés mais en mouvement. Il n'est pas si loin le temps où des âmes bienveillantes me prodiguaient des conseils pratiques parce qu'ils avaient vu en moi comme une sorte de don de l'œil, de Don Juan du Canon.

J'attendais alors, impatient, les week-ends, que papa rentre de sa semaine de déplacement de l'autre bout de la France. Il était rincé, brisé, mais ses yeux s'émerveillaient lorsque je lui tendais mes divines photos.

— C'est toi qui as fait ça? disait-il les yeux écarquillés.

— Ben ouais.

— C'est bien mon fils, continue, je suis fier de toi, ne t'arrête pas de prendre des photos mon cœur.

— Oui papa, promis.

∞

Je me réveille. Les yeux collés, j'arrive toutefois à lire les aiguilles de ma montre, j'ai dormi une bonne paire d'heures.

Le soleil est sur notre gauche, nous roulons à allure modérée, plein ouest. J'aperçois les fumées anxiogènes d'une centrale nucléaire au loin, j'ai des haut-le-cœur et la bouche pleine de salive épaisse, ma nuque raide me fait affreusement souffrir, j'arrive à peine à me tourner vers Hannah. Des hectolitres de larmes coulent sur ses joues. Elle renifle, sa peine est trop grande pour qu'elle se soucie de l'image qu'elle renvoie à la bande de loosers que nous sommes. C'est tout à son honneur.

Elle est restée digne durant toute la foutue cérémonie, le dos droit, les jambes croisées. Elle a pris sur elle quand le curé a accouché de ses sermons, de ses satanées bondieuseries collantes comme du sirop d'érable. Elle n'a pas bronché au moment de la crémation, aucun témoignage d'émotion. Elle a pincé ses lèvres, et elle a réajusté ses lunettes de soleil de star quand l'intro de *Purple Rain* a brisé le silence et entrecoupé les sanglots discrets de celles et ceux qui étaient pour nous de parfaits inconnus. Interminable. Huit minutes comme deux fois l'éternité. Mais maintenant qu'elle a récupéré l'urne funéraire noir réglisse, et que nous avons repris la route, elle craque, fracassée comme un radeau moisi échoué sur un éperon rocheux. Un oiseau mazouté.

Elle serre l'urne si fort que j'ai peur qu'elle finisse par la briser.

On a beau le savoir, s'y préparer, se le répéter en boucle, on n'est jamais prêt au départ d'un être qu'on aime, jamais. Hannah avait Gladys dans la peau. Et vice versa.

Ses bras maigres sont rouges mais elle ne lâche pas. Elle en bave. Son visage difforme est pressé contre l'urne, laissant des traces de salive tels les stigmates d'un escargot égaré. Elle lui parle, la supplie de rester.

Personne ne pipe mot, on regarde l'horizon les yeux plissés.

J'ai pleuré durant mon sommeil.

Gladys sur dix.

Le goût salé de sa peau sur ma langue.

Ses entrées fracassantes.

L'intelligence aiguë de son regard dans les provocations. Sa fulgurance dans les joutes verbales.

Son penchant pour le *too much*, assumé.

Son parfum sucré, *La vie est belle* de chez Lancôme, tout sauf discret.

Sa complicité avec Hannah, sans failles. Vaille que coûte.

Je voudrais serrer Hannah dans mes bras et lui dire des mots qui consolent.

Rémy conduit, il écoute les ordres que lui prodigue Givert. Lui, il est rivé sur sa radio, et il fume clope sur clope qu'il jette nerveusement par la fenêtre. Je crois qu'il est sur la fréquence de ses collègues et qu'il essaie de nous faufiler au travers des mailles du filet.

Entre Hannah et moi sur la banquette arrière il y a Ricardo. Je ne sais pas s'il parle en rêvant ou s'il prie les yeux fermés. Sa main est posée sur la cuisse d'Hannah.

Des lambeaux de sommeil restent cramponnés à mon cerveau. J'ai l'impression d'être spectateur de ce qui est en train de se passer. Mon cœur bat vite, une vieille tachycardie, conséquence de la cascade de cafés que je me suis ingurgité, mes mains sont moites, j'ai le bide en vrac, et une mauvaise circulation du sang dans les jambes. J'ai envie de gerber. Des mots de ma mère me claquent la tête comme des élastiques envoyés à bout portant, des monologues sur les pathologies qu'on se traîne dans la famille depuis des lustres. Des crises cardiaques à répétition, des AVC, des bobos béton à la pelle, à la pioche, laborieusement vécus par des aïeuls aux joues creusées et aux poches sous les yeux qui se seraient perdus une bonne fois pour toutes dans les nimbes de folies congénitales. J'ai chaud, mon ventre est ballonné, bâillonné. Je trouve qu'il y a une drôle d'odeur, un dérivé de putréfaction discount, de vomi confit. J'ai peur de ce qui est en train de se passer. J'ai peur de mourir.

Nous croisons une voiture de flics garée sur le bas-côté en train de fouiller une grosse berline, mais, trop occupés, nous leur passons devant sans le moindre danger. Ce connard de Givert a même le culot de leur faire un signe de la main, ce qui a le don de me mettre en rogne.

— Putain Givert vous êtes con ou quoi ?

— T'es réveillé toi ? Qu'est-ce qu'il t'arrive ? Tu veux un café ? Les vitres sont fumées Cervantès, ils ne peuvent pas nous voir.

Je lui jette un œil noir sur la nuque, il se retourne, voit ma gueule au réveil et mes joues trempées, il devient pâle et s'excuse immédiatement, je ne relève pas, je suis au bout de mes forces. J'ai besoin d'aller aux toilettes.

— Il faut qu'on s'arrête.

Personne ne relève. Je macère plusieurs minutes dans ma déprime, puis je reprends.

— On est où là ?

— Dans les Vosges.

Nous roulons au milieu d'une forêt de sapins, interminable, j'ouvre ma fenêtre, ça sent le cèpe, la fougère, la résine d'épineux. Les rayons du soleil slaloment entre les troncs.

— C'est beau les Vosges.

— Oui c'est beau.

— Chez moi, dit Ricardo, les esprits de la forêt sont plus puissants.

— Mais bien sûr, je lui réponds les dents serrées.

C'est sur ma cuisse qu'à présent notre apprenti chaman pose sa main, c'est sur moi qu'il décide de jeter son putain de dévolu sacré. Mon sang se glace, j'ai horreur qu'on entre dans ma zone d'intimité sans y être invité, j'ai horreur qu'on me touche, je n'ai rien d'un tactile, je trouve ça pervers et malsain. Intrusif. Violent. Vampirique. Je lui enlève la main avec deux doigts, ça le fait bien rire.

— Tu sais Jason…

— Quoi ?

— Dans mon pays, je suis un grand homme, des gens font beaucoup des kilomètres pour que je pratique la médecine Shuar, la médecine de mon peuple. *Es una médecina* très puissante tu sais, elle peut tout soigner *si te quieres.* C'est les plantes.

Vous les gens de l'Occident, vous oubliez que les forêts sont des pharmacies.

— Balance tes sornettes à un autre, et apprends à conjuguer tes verbes si tu veux qu'on communique sans que ça me foute les nerfs, on comprend rien à c'que tu dis ! ¡ *Nada!*

Ricardo me sourit. Je baisse les yeux, je ne veux pas voir son sourire qui va d'une oreille à l'autre et qui n'est pas sans me rappeler le chat défoncé d'*Alice au pays des merveilles.* Je ne veux pas de son amour.

— Pourquoi ton cœur bat vite Jason ? Pourquoi ton sang ne trouve pas le bon chemin dans tes jambes ? Pourquoi la peur là (il pointe mon cœur) prend toute la place ? Pourquoi ton trou du cul est bouché ?

Je suis scié, comment sait-il que je suis constipé ?

— C'est la fatigue...

— Le *Natem* peut donner les visions du chemin de la guérison, il va te soigner, je vais m'occuper de vous. Le *Natem*...

— C'est quoi *Natem* Ricardo, demande Rémy ?

— Ayahuasca, reine des plantes médecines, Elle veut vous rencontrer, je ne suis que la... voiture pour vous connaître à elle, Elle va vous soigner, le *Natem* peut tout soigner.

— Tout ?

— Sí, même ce qui vous fait parler pour dire rien, comme si vous bouchez les trous du silence pour pas entendre les cadeaux vérités des esprits, *recogedlos de las lagunas.*

— Qu'est-ce que ça veut dire ?

— Cueillez-les dans les failles.

— C'est beau.

Ricardo poursuit :

— Les vérités vont fleurir vos vies. Laissez-toi vivre le vide *amigo*, acceptez d'être envahis par rien, tu verras comme l'esprit du silence est bon et ami, il te donnera le sens et la direction du nourrissement.

— Et les morts, vous pouvez les ramener les morts ?

— Ah *claro que no señora*, ça on ne peut pas, personne ne peut donner vie à la mort, pas dans ce monde-là, dans l'autre oui, *en cambio* je peux parler et entendre les esprits, sí, ça je peux faire.

Elle éclate en sanglots, la bouche collée à l'urne, c'est entrecoupé de syllabes qui assemblées les unes aux autres ne veulent rien dire. Ça me brise.

— Je peux soigner la souffrance des hommes cassés, sí, je peux faire.

— Mais merde ça suffit maintenant !

— Du calme Cervantès ! Ricardo, écoute-moi, on reprendra cette petite discussion *más tarde*, je crois qu'il est temps de faire une pause sur le mystique ou je vais tous vous perdre. Il y a un estanco à quelques kilomètres, une espèce d'auberge au milieu des bois, vous allez en profiter pour détendre vos sphincters.

Ricardo a l'intelligence du cœur de celui qui n'en rajoute pas.

On roule encore un bon quart d'heure en silence au milieu de la forêt et enfin on arrive à l'auberge. Je sors le premier de l'Audi d'un pas précipité. Les fesses serrées, je me dirige vers les toilettes qu'indique une vieille pancarte claudicante tremblant au vent. En entrant dans une vieille cabane de fortune qui fait office de wc, je ne fais pas la mijaurée devant l'ampleur de la crasse.

Peu de temps après mon arrivée, Rémy vient tambouriner à la porte en mode rafale, faisant ainsi trembler tout l'édifice fatigué, il me supplie de lui laisser la place, il dit qu'il a de l'argent et des drogues, qu'il est prêt à tout m'offrir contre une place sur la cuvette. J'abdique, de toute façon je n'y arrive pas, rien ne vient, c'est une tragique constipation qui m'assaille. J'en viens à souhaiter de choper la gastro qui a déjà ravagé une partie de la bande.

Le bide en vrac, je retourne à la voiture. Par prudence, Givert s'est garé derrière l'auberge. Je salue un type qui fume une cigarette devant la porte d'entrée. Il me répond du menton, les mains dans les poches d'une combinaison grise.

Je contourne le bâtiment par un chemin de terre boueux défoncé par des pneus d'engins forestiers, parsemé d'ornières géantes pleines d'eau marron et de branches de sapin que j'évite tant bien que mal.

Le coffre de la voiture est grand ouvert, et mes trois acolytes sont autour, debout. Je m'approche. Tiens, et Bill, je l'avais oublié celui-là. Il était temps de le libérer, il doit mourir de soif le pauvre, j'espère que Givert va enfin lui enlever ses menottes et son scotch.

Je m'approche. Hannah pleure, l'urne toujours dans ses bras. Givert est statique, blanc, gris perle, gris tourterelle plombée, crème anglaise daubée, écume, bave d'épileptique, mousse d'émulsion. Je fais encore quelques pas. Ricardo enchaîne les signes de croix, puis il enlace Hannah, elle fait une tête de plus que lui, son visage disparaît dans les méandres de sa poitrine. Ce couple est ridicule. Givert se retourne, il est livide, ses bras tombent le long de son corps large comme une charpente de cathédrale, mais je ne lis que de la stupeur et de la fragilité, la peur du grand incendie. Il vient au-devant de moi.

— T'approche pas Cervantès…

Je le repousse, il insiste, j'esquive, j'essaie de voir, il s'interpose, je le pousse à nouveau, j'aperçois les cheveux de Bill trempés mais secs, sa main menottée retournée vers l'extérieur à quatre-vingt-dix degrés. Je m'approche. Ses yeux sont fixes, de verre, de glace, de porcelaine rococo, pétrifiés, ils regardent sans voir.

Sa bouche et son nez sont pleins d'une étrange matière, on dirait du vieux coton mouillé couleur glace au café.

C'est Givert qui s'y colle, qui m'annonce la nouvelle, c'est son boulot après tout, il en a vu des dizaines, et des bien plus chelous.

Je suis paralysé, j'ai peur, l'air manque dans mes poumons, putain les gars, dites-moi que je rêve. Je ferme les yeux, je ne veux pas entendre la suite. Dites-moi que ce n'est pas vrai, que c'est une blague, que je vais me réveiller.

— Ce con a dû choper la gastro, il s'est étouffé dans son vomi.

6.

Quand il se réveille, le lendemain de sa fulgurante mais néanmoins carabinée gastro-entérite, l'adjudant-chef Le Tallec, le chef de la brigade de recherche de Thionville, est plein d'angoisses.

Il respire profondément, puis fait un bref briefing sur sa grippe intestinale. Il pense que le pire est derrière lui, ne lui reste que les symptômes d'une gueule de bois gigantesque, un lendemain de cuite d'anthologie à la vodka frelatée dont il aurait tout oublié. Il culpabilise d'avoir abandonné le navire si vite, la veille, d'avoir planté Givert à la gendarmerie, de l'avoir laissé gérer seul les quatre gardés à vue, pas des parrains de la pègre certes, mais des délinquants quand même. Paradoxalement à cette culpabilité qui l'habite, il sait que Givert est un bon, qu'il n'a peur de rien ni de personne, surtout depuis qu'il a rencontré la mort en loge VIP, et des cadors de cet acabit dans sa gendarmerie, finalement, ben il n'en a pas tant.

Il est six heures tapantes, il ouvre les yeux, il s'assied délicatement sur le rebord de son lit pour ne pas réveiller sa femme. Il attend que sa gaule du matin veuille bien piquer du nez, il pense à la pile de paperasse qui planche sur son bureau, et l'effet escompté sur son érection fonctionne immédiatement. Il enfile ses chaussons mules bleu flic, et il se lève, non sans traîner des pieds.

L'adjudant-chef est un homme élancé d'un bon mètre quatre-vingt-dix, plutôt maigre, qui n'a pas besoin d'en faire trop pour en imposer. Il se prépare un copieux petit-déjeuner, il n'a pas très faim mais il doit reprendre des forces, emmagasiner de la protéine pour affronter cette journée qui l'attend et dont il sous-estime l'énergie qu'elle va lui coûter.

Le Tallec est un bosseur, un acharné structuré par la rigueur qui mérite bien son grade. Mais ce n'est pas tout, il a comme qui dirait par moments une espèce de sixième sens qui s'offre à lui, un don, une différence instinctive qu'il ne contrôle pas vraiment. Il se souvient très bien par exemple du jour de la mort de Lady Diana, la magnifique princesse aux cheveux d'or, il s'était réveillé avec le même genre d'angoisses que ce matin, un stress confiné et charnu, poivré, menthe poivrée, comme une alarme interne sortie de nulle part, un briquet tempête impossible à éteindre malgré le souffle de la réalité. Il se rappelle aussi de ce fameux onze septembre, ainsi que du matin tragique du treize novembre, ces deux moments inoubliables où il s'était réveillé plein d'appréhension, la cage thoracique prise en étau par des tessons de bouteille.

Et puis plein d'autres matins encore, les attentats de Charlie Hebdo, Fukushima, la mort de sa mère… Sous la douche, il gamberge à cette foultitude d'événements tandis qu'il se frotte le torse au gant de crin, pendant que ses toasts bronzent dans le grille-pain, et qu'il observe le triste spectacle de sa bite rétractée sur elle-même tel un jerrican souple. Cette image ne lui remonte pas vraiment le moral, cela fait bien longtemps qu'il ne bande plus très dur, et qu'il essuie des pannes sèches à chaque tentative de faire l'amour à sa femme. C'est dans la tête, elle lui dit. C'est ça, dans la tête.

Le Tallec n'est pas un allumé de la croyance mystique. Le Tallec le pragmatique n'est pas non plus un poussin de trois jours, c'est un condor de l'hyperréalisme, un oiseau à l'envergure large et à la vue perçante. Cette métaphore lui plaît bien, il visualise la bête en train de planer à fleur d'un lac d'altitude avec des montagnes pointues au loin couvertes sur le sommet par une neige éternelle. Il trouve que cette vision bucolique est très belle, très poétique, et qu'elle lui correspond bien, non pas qu'il soit écolo, mais disons qu'il a de la sensibilité pour les belles photos de nature même si celle-ci suinte la carte postale facile, le canevas rococo des grands-mères.

Le Tallec a l'expérience des vieux de la vieille, ses serres sont certes émoussées, mais toujours acérées pour transpercer les bandits tels des pics à brochette, il sait qu'il a toujours les atouts pour être un bon adjudant-chef. Au fond, Le Tallec s'aime bien, il trouve qu'il est un homme habité par de grandes qualités, comme la vaillance, l'intelligence, la solidité, l'humeur toujours égale, un naturel envoûtant, et surtout, surtout, il est juste. Mais attention, Le Tallec est de l'école des modestes, de la haute humilité, il n'avouera jamais qu'il pense qu'il n'est pas n'importe qui.

Peu avant sept heures, il arrive à la brigade, il est le premier comme d'habitude, l'autorité par l'exemplarité. Ses angoisses ne l'ont pas vraiment quitté, elles sont juste un peu plus stratifiées, plus en profondeur, avec le temps il trouve qu'il se blinde moins bien contre elles, et contre les méchants aussi, ils lui deviennent plus attachants, avec ou sans menottes. C'est peut-être Vincent Givert qui le chamboule, lui et son satané bouquin. Il considère que le genre humain a changé ces dernières années, comme le climat, que c'était mieux avant, qu'on était moins prolixe, plus pudique, plus charnu du dedans, et surtout moins con, que les gens étaient plus respectueux envers la police et les bonnes mœurs, plus attentifs à leurs voisins, plus tolérants sur les différences, enfin moins tout ça quoi. Il se dit que c'est à cause des psys, de Facebook et toutes ces merdes, qu'on se parle trop pour ne rien dire, qu'avant on ne venait pas se pleurer dessus quand on avait des traumas liés à un manque du père ou à des conneries comme ça, Dolto et compagnie. On profitait de la vie et on se posait moins de questions d'ordre masturbatoire, on avait autre chose à foutre, couper du bois, planter des patates, refaire la toiture avant l'hiver, préparer des terrines de lapin, détordre des clous à la veillée.

C'est de ne pas sentir l'odeur du café de Givert dans la montée des escaliers de la gendarmerie qui le sort de sa réflexion sur l'état du monde. Il ouvre la porte de sa brigade et, au premier coup de groin il devine que quelque chose d'inhabituel s'est passé. Ça pue à plein nez la loucherie des matins qui déchantent, ça cague le fait divers en trois exemplaires. Le Tallec presse le pas, car il pressent le pire, il le sent dans ses tripes, il a la trouille, et conséquence immédiate, une infâme flatulence fait parler d'elle à ses narines sensibles.

D'un pas rapide, le curseur du battement de son cœur indiquant un léger surrégime, il longe le long couloir de la brigade, il fonce dans le bureau de Givert. Là, c'est la stupéfaction, la sidération. Tout est sens dessus dessous. Et vice versa. En trois dimensions.

Il se met alors à courir comme un possédé dans les autres bureaux, et il appelle Givert.

— Givert ! Givert ! Putain Givert t'es où ?

Personne ne répond, évidemment. Un silence de plomb règne dans la gendarmerie. Paniqué, il fonce dans les cellules, mais là aussi il ne peut que constater, sa brigade est en charpie, et tout le monde a disparu.

Scié à la base, il reste plusieurs minutes subjugué, lui le grand chêne remarquable par son âge, sa dimension, ses actes légendaires, son allégeance héroïque.

Il finit par s'avachir sur la chaise à roulettes de son bureau, flirtant avec le KO, contemplant le massacre, le chaos. Sa tête est vide, ses pensées lui arrivent en échos, il ne comprend pas.

Et Le Tallec aime par-dessus tout comprendre.

Puis rapidement, le brouillard épais de l'incompréhension se fait de moins en moins opaque, et de fil en aiguille les choses commencent à se construire, à s'imbriquer, à s'échafauder. C'est sans doute dans le bureau de Givert que tout s'est passé, aucune trace de lutte ailleurs, on a juste fouillé les tiroirs des autres bureaux et retourné les placards. Mais nom de Dieu à la recherche de quoi ?

Lorsqu'il se précipite sur le coffre-fort dont il est le seul avec Givert à connaître le code, là encore le constat est éloquent, il est bel et bien vide.

Il respire un grand coup, s'inflige quelques gifles qui le tonifient, puis, retrouvant un brin son calme, il sort le registre sur lequel il note quotidiennement la contenance du coffre-fort. Il tremble légèrement, il a un peu mal au ventre, un goût amer dans la bouche, son œsophage le brûle, il est fébrile, encore une flatulence, puis une autre, plus soupirante, libératrice tel un soupirail d'égout.

Mardi 30 avril 2019. Espèce : 39 841,15 euros. Armes : Néant. Stupéfiants : 723 grammes d'herbe de cannabis, 7 grammes de cocaïne. Autre : Néant.

Après la sidération, c'est la tristesse qui s'invite, celle du sentiment intime d'un chez-soi dévasté, souillé salement, comme si on avait balancé de la merde sur les murs.

Ces salopards vont me le payer, se dit-il, ça chlingue l'arrogance de crevure, ça dégouline velu la dérobade en loucedé, l'esquive mesquine des petites frappes, la prise d'otage pas cool.

Il décroche son téléphone et il appelle Rouquin :

— Putain Rouquin préviens toute l'équipe, alerte maximale, on déclenche le plan épervier, tous les gardés à vue se sont carapatés... Tu m'écoutes Rouquin ?

— Oui.

— Il y a eu prise d'otage sur Givert !

— Non !

— Je veux tout le monde dans mon bureau dans un quart d'heure.

Puis dans la foulée il téléphone à la gendarmerie voisine de Fameck :

— On va les choper les enculés, ça j'vous l'promets, quelle bande de fils de putes ! Je veux tout le monde sur le pont, je veux des barrages à tous les croisements de toutes les routes du département, prévenez le Luxembourg, l'Allemagne et même Monaco s'il le faut ! Je veux le maximum d'escadrons de mobiles sur le tarmac pour effectuer des patrouilles dans tous les patelins de la région, je veux la brigade cynophile, des hélicos, Interpol, le préfet, et s'il le faut nous ferons remonter cette affaire jusqu'au ministre ! Bordel de merde de bordel de merde ! Sortez-vous les doigts du cul ! Le premier planqué que je vois buller aura affaire directement à moi vous m'entendez ? Bordel ! Toutes les autres missions sont annulées ! On est sur la priorité des priorités !

Le Tallec est furax. Épuisé, essoufflé, lorsqu'il raccroche des rafales de pets sortent de son cul. Il respire, se convainc qu'il doit se calmer, il sait bien pourtant qu'il doit freiner le café. Encore un peu atone, ses mains tremblent, il sait que rien n'est plus dangereux qu'un gendarme énervé. Il recoiffe sa mèche folle avec son peigne, se fixe dans la glace à bout portant, puis se lave les mains, respire encore un grand coup, lâche une nouvelle caisse, et ouvre la fenêtre de son bureau en grand par respect pour ses collègues qui vont arriver. Ce n'est pas vraiment un bol d'air qu'il inspire longuement, non, plutôt un saladier.

Ensuite, le plus calmement possible, il compose le numéro du commandant du département :

— Adjudant-chef Le Tallec de la brigade de Thionville.

— Oui, Le Tallec de Thionville, bonjour mon vieux, qu'est-ce qui vous arrive ? Vous avez vu l'heure ? Faite vite, je suis occupé.

— Nous venons de déclencher le plan épervier mon commandant.

— Épervier ? Ça ne s'appelle plus épervier depuis des années, on parle du Plan immédiat d'intervention à présent et vous le savez bien, on ne peut pas dire que vous marquiez des points… soyez bref je n'ai que très peu de temps à vous consacrer.

— Oui, excusez-moi mon commandant…

— Inutile, c'est trop tard, vous m'avez tendu Le Latex…

— Le Tallec mon commandant…

— On s'en fout mon vieux !

— Pardon mon commandant… J'avais quatre gardés à vue dans la BR et un seul homme cette nuit pour les surveiller.

— Allez, allez, des faits.

— À mon arrivée ce matin j'ai trouvé la gendarmerie toute retournée, un capharnaüm sans nom, et tout le monde avait disparu.

— Pardon ? C'est une plaisanterie ? Qui est le gendarme en question ?

— L'adjudant Givert.

— Givert… Givert… le miraculé ? Et bien dites-moi, il semblerait que cet énergumène soit né pour mener une vie… comment dirais-je ?

— Mouvementée ?

— C'est moi qui dit Le Tallex… je dirais plutôt… houleuse… oui c'est bien houleuse… Bon, et bien c'est grave, dites-moi, très grave, qui sont les évadés ?

— C'est là que l'histoire se complique un peu plus mon commandant, il s'agit de la Dabrowska et de Jason Cervantès.

— Dabrowska… Dabrowska… la pianiste ?! C'est une blague ?! Et Cervantes… ce n'est pas ce type qui écrit des chansons pour enfants et qui porte des cols roulés orange ?

— Si je puis me permettre vous devez confondre mon commandant, Cervantès est un célèbre photographe, c'est le photographe des pauvres.

— Pas du tout, je ne confonds rien ! Mais qui êtes-vous pour oser vous permettre ! Je vous conseille de bien la fermer tant que vous n'aurez pas de contre-ordre, vous vous rendez compte du bordel que vous avez foutu ? Vous faites vraiment chier Le Tallex !

— Oui mon commandant.

— Pas du tout, je ne crois pas que oui !

— ?!

— Je ne vous félicite pas Le Tallex. Vous allez y perdre des plumes et des galons sur ce coup-là mon garçon.

— Oui mon commandant, je sais.

— Vous ne savez rien du tout ! Vous n'êtes pas en position de la ramener !

— Permettez-moi toutefois de vous demander une chose.

— Quel culot…

— Je voudrais mener moi-même cette opération, je sais qu'officiellement ce rôle vous revient de plein droit…

— Je crois que vous n'avez pas très bien compris, rabaissez votre caquet de tocard, faites canard nom de Dieu !

— Pardon commandant… je voudrais rattraper mon erreur.

— C'est une connerie monumentale vous voulez dire, si on ne règle pas ça très rapidement vous savez qu'on va tous prendre cher… Mais d'accord, puisque vous tenez à vous faire crucifier… Puisque vous êtes responsable de cette chienlit, je vous laisse gérer, mais attention Le Tallex, attention, vous avez vingt-quatre heures pour régler cette histoire qui pue la merde, pas une minute de plus. Passé ce temps-là, c'est moi qui récupère ce tas de pus. Castaner va être ravi. Je ne vous salue pas mon vieux.

Quand il raccroche, Le Tallec ne fait pas le malin, son dos dégouline la sueur aux toxines, son front perle. Il frissonne, sa paupière gauche sautille nerveusement. Il se regarde dans la glace de son bureau, il a perdu dix ans, il caresse la retraite. Il s'envoie une série sèche de gifles pour reprendre ses esprits. Il souffle. Il sent son haleine avec la paume de sa main, bordel, la journée commence trop vite, la tête lui tourne. Il fait fondre un sachet de vitamine C dans un verre puis se repeigne, il plaque sur son front sa raie sur le côté, et il va se laver les dents.

Puis Le Tallec décide de prendre un certain recul sur lui-même. Il ferme les yeux et essaie de faire le vide. Il pense à son ami Givert, il se rend compte qu'il le connaît depuis des années, trente ans peut-être, mais qu'il ne sait rien de lui, il ne sait pas vraiment qui il est, ce qu'il aime, ce qu'il fait une fois qu'il a quitté le bureau, qui il voit. Pourtant, il vient inconsciemment de le nommer ami. Comme le jour de son suicide raté, il réalise qu'il y est profondément attaché.

Quand il reprend du poil de la bête, Le Tallec plonge le nez dans un de ses tiroirs à la recherche d'une paire de surchaussures jetables pour commencer à relever les indices dans le bureau de Givert. Il fouille au milieu des kits à empreintes, des gants en latex (tiens, il en manque), des pinces à épiler, des tournevis d'électricien, des tests ADN, des alcootests, des tests salivaires à haschich, des charlottes, des masques chirurgicaux FFP3.

Puis son instinct le fait s'arrêter sur un point de détail qui peut avoir son importance. Pourquoi ce tiroir, et pas un autre, est-il resté fermé, pourquoi on ne l'a pas fouillé ? Ou pourquoi l'avoir spécifiquement refermé ?

— Comment qu'ils ont réussi à s'échapper chef ?

— Comment ont-ils réussi à s'échapper mon p'tit Xav' ? Je te rappelle que c'est pour ça qu'on te paie.

— Ah ouais, pas faux.

— Passez les serrures au peigne fin, et trouvez-moi des putains d'indices ! Je veux qu'à midi cette histoire soit réglée, et qu'aux infos du treize heures nous soyons la fierté du pays, sinon nous allons passer pour des branquignoles ! Vous m'avez bien compris ?

Lorsque toute son équipe se met au travail, Le Tallec retourne s'asseoir à son bureau. Il souffle. Il sent une petite accalmie au niveau de son gros intestin. On dirait que le soleil va revenir, enfin, il n'en pouvait plus de cette pluie. Il repense sereinement au tiroir que le fuyard n'a pas ouvert, comme si le coupable savait ce qu'il n'allait pas trouver.

— Il connaissait les lieux.

Il cherche dans le TAJ (le Traitement d'antécédents judiciaires) et dans le FR (le fichier national de la police) le dossier de Rémy Hervé, le voleur de voiture. Walou. Bordel de merde, son casier est vierge comme une pucelle, aucune arrestation au préalable, pas un contrôle d'identité, même pas une petite plainte, ni la moindre main courante.

Il épluche ensuite le dossier d'Hannah Dabrowska. Son moteur de recherche lui propose des dizaines de portraits de la pianiste. Le Tallec s'arrête sur une photo de la diva, splendide, La Cigale 2013, ses cheveux sont tressés, blonds presque blancs, une mèche lui fend le visage, ses yeux explosent de vie, cette femme est de toute beauté. Il est troublé, mon Dieu qu'elle est belle, deux boucles en forme de gouttes d'eau coulent à ses oreilles, et ce micro qui lui colle à la bouche. Un début d'érection le sort de sa rêverie. C'est sûr, cette Dame ne ferait pas de mal à une mouche, même morte.

Même triste conclusion pour Jason Cervantès, le photographe des ouvriers, des migrants, des sans dents. Il fait défiler les centaines de photos de pouilleux que lui propose son ordinateur. Il est brisé en deux par ce que lui dévoile son écran, les âmes meurtries, la peur et le désespoir, les pièces surpeuplées, les torses nus balafrés, les côtes apparentes, les matelas moisis qui jonchent les sols des squats, les crevasses, la crasse, la mélasse, la mort qui caresse les corps du bout des doigts, les plaies infectées purulentes, la gangrène, les joues bouffies par les courtes nuits et l'alcool premier prix, les sourires édentés, les brodequins éventrés, les regards éteints, les pupilles dilatées, le blanc des cristallins jaunis zébrés de vaisseaux sanguins tels des fleuves vus du ciel sur la pente descendante, les cartons trempés des matelas génériques sous les porches des immeubles haussmanniens, le bitume gelé, l'odeur de la piquette au réveil qui pique les yeux. Tout simplement bluffant. Tous ces regards de misère plongés dans le sien le mettent mal à l'aise, et Dieu sait que dans sa carrière il en a croisé et recroisé de la misère. Comment un type faisant des photos d'une telle splendeur, un si bel humaniste pourrait-il virer bandit? Non, non, impossible. Ce type n'a rien d'un évadé, il transpire la droiture de gauche, la petite obéissance, les valeurs du respect, l'absurde intégrité, le combat vain contre les moulins à vent. Ça ne peut pas être lui, il n'a pas les épaules d'un Mesrine. C'est un idéaliste viscéralement non violent. Un putain de baba cool incorruptible.

Et l'Américain du Sud, celui qu'on a coincé avec de l'ayahuasca plein ses valises… Ricardo Kapsimt… Humm, pff, grr. Le grand ordinateur ne le connaît strictement pas, cet homme est un mystère, une ombre de fumée, un fantôme. Xav' a peut-être raison, ce ne peut être que ce petit con de voleur de voiture qui a fait le coup.

— Chef?

— Quoi Rouquin?

— Z'avez pas vu le scanner radio ?

— Non cherche mon vieux, tu vois bien que je suis occupé.

Les yeux vitreux, statiques, fixés sur le tiroir, il tourne et retourne en boucle l'histoire. Qui a bien pu ouvrir ce putain de tiroir ?

∞

Givert n'est pas sensible aux odeurs, son odorat est en berne depuis des années, un vieux patrimoine de la cigarette. Aussi, le vomi étouffé dans la bouche du réparateur de voiture, la bile de l'autre débile de Bill, ne l'écœure pas, ne lui file pas la nausée, contrairement à Hannah qui elle, est en train de dégobiller sur ses talons aiguilles.

Ricardo a relevé le col de son tee-shirt sur son nez, et il ne quitte pas le cadavre des yeux.

Quant à moi, je vomis aussi. Je suis en état de choc. Le visage du cadavre ciré défile devant mes yeux comme un film rayé qui diffuserait toujours la même image, un hoquet visuel. Puis, étonnamment, des flashs futiles de la vie de Bill défilent. Bill au travail. Bill en voiture. Bill se trompe et va pisser au restaurant dans les toilettes des filles, il a beau nier, un doute plane sur le fait qu'il l'a peut-être fait exprès. Bill éternue sur son steak saignant à la cafèt'. Bill joue au bilboquet et obtient quinze jours d'arrêt maladie parce qu'il s'est bousillé le pouce. Bill baise sa femme comme il peut, il ne veut pas rater le coche, il ne sait pas quand sera la prochaine fois où il aura une telle aubaine, elle ne l'excite plus vraiment mais il compte bien aller jusqu'au bout de sa besogne. Bill a les *bollocks* qui ballottent. Bill a le tournis à la tour Eiffel. Bill bulle et bâille un brin parce qu'il a les boules à cause de son boulot bidon. Bill se bat sous son bureau avec un fil rebelle de téléphonie mobile. Bill like un tweet de Donald Trump dans son living-room vintage, cool. Bill ne dort pas bien, car il est persuadé que les gens ne l'aiment pas et qu'Agathe le trompe, oui mais avec qui, pas le mari de la voisine quand même. Bill tire une taffe sur un joint un soir de fête où il est bourré, c'est la première fois, mais comme c'est un vieux copain de fac qui lui a tendu il a confiance. Bill fait un bad trip dans les chiottes, il a des sueurs froides, et une parano himalayenne l'empêche de retourner voir les autres. Bill hésite entre Fillon et Macron, finalement ce sera Hamon ou Mélenchon, enfin une chose est sûre c'est qu'il ne votera pas Le Pen. Bill se voit crever dans le coffre de l'Audi, il vit chaque demi-seconde comme une étreinte de liberté avant l'échéance, une extralucidité lui affirme qu'il vit ses derniers instants, des images oubliées de son enfance défilent. Bill a les yeux qui vont exploser. Bill souffre, il m'appelle en silence, aucun son ne s'échappe de sa gorge, pourtant je suis juste là, à moins d'un mètre, obnubilé par la poitrine de la star narcissique, et lui, il crève. Maintenant il est mort. Mort. Bill est mort. Je ferme les yeux, je sens l'odeur de la peur comme un métal froid qui frappe mes tempes trempées d'effroi, la gerbe compactée qui l'étouffe comme de la mousse expansée, sa vie qui défile. Et pour dernière image, son corps chétif imbriqué, torsadé de panique, laissant filer son dernier souffle dans le tas de valises qui l'accompagne dans son dernier voyage. Bill est mort. Mort. C'est la faute à Givert, des glaviots plein les dents, c'est la faute à Vincent.

C'est à cet instant que le type qui fumait devant l'auberge débarque, absorbé par la curiosité boîteuse de découvrir ce que manigancent ces étrangers. On n'a pas trop l'habitude d'en croiser par ici des gars avec des voitures de cette qualité.

Ni une ni deux, Givert referme le coffre de l'Audi, et il va au-devant de cet inconnu suspicieux. Ne laissant aucune place à l'hésitation, il pointe sous son nez sa carte de gendarme.

— Interpol ! Les mains en l'air ! Qui êtes-vous ?

— Interpol ? ! Mais…

— Où est votre véhicule ?

— Mais…

— Nous sommes sur une enquête de trafic de cueillette massive de cèpes, via un réseau romano-espagnol. Ça vous parle ? ¿ *Te habla* ? ¿ *Entiendes, son of the bitch* ?

— De quoi ?

— Le trafic espagnol, voyons !

— Mais…

— Il n'y a pas de mais qui tienne, arrête de bêler et de jouer au con, écarte les jambes, ne bouge plus ! Putain les mecs je crois qu'on en tient un.

— Qu… qui ?

— Allez vas-y ne résiste pas, accouche.

Il est trop fort de chez trop fort ce Givert.

D'un geste sec et rapide, il le retourne et le palpe de la tête aux pieds histoire d'affermir sa crédibilité, puis, sans que l'autre n'ose quoique ce soit d'outrecuidant, il lui dit qu'il peut baisser les mains. Le gars obéit, pissant la peur et la surprise. Ensuite, avec la même détermination, Givert l'empoigne et l'accompagne à son véhicule, le pauvre type est décomposé.

Givert inspecte son coffre nerveusement, il scrute faussement les banquettes, soulève les tronçonneuses, il se tourne vers le pauvre gars éberlué, il hésite à démonter la calandre puis il se ravise, il vide le vide-poches, la boîte à gants, et quand il a fini, il joue le déçu vexé et il lui conseille vivement de déguerpir. Ce que le type fait ventre à terre sans demander son reste.

Puis Givert, ravi, satisfait, s'allume une cigarette, et il regarde l'horizon. La forêt de sapins, le tas de grumes géant stocké au fond du parking, il hume, devine une infime volute d'odeur de fougère, il apprécie le soleil sur son visage qui le nettoie de la grisaille thionvilloise. Une nuée d'oies sauvages le survole, il entend leurs ailes claquer l'air, il les envie. Le voyage, la légèreté. Aller vers instinctivement sans le moindre doute. Il aime sentir l'air caresser son cuir chevelu depuis qu'il s'est coupé les cheveux. Le ciel pète de bleu, l'anticyclone a pris le dessus avec ses basses pressions, mais pressions quand même. Il se dit que ça va aller. Il jette sa clope dans une flaque d'eau et il retourne derrière l'auberge, ses souliers sont couverts de boue, et sous ses semelles une épaisse couche alourdit considérablement sa démarche, un moellon sous chaque pied. C'est sans grimacer qu'il nous rejoint, essoufflé toutefois, je sens de la fatigue dans son allure de monstre sacré, son regard est plus fuyant, plus vaporeux, ses épaules sont voûtées, son regard se camoufle derrière sa paire de Ray-Ban démodée.

C'est la première fois que je vois un mort.

L'image passe et repasse en boucle dans ma cervelle. Je tente de vomir à nouveau mais rien ne vient, la source est tarie, quelques filets de bile refusent de quitter ma lèvre inférieure. Je suis si las.

On est en cercle, Hannah s'essuie la bouche avec un mouchoir en papier que lui tend Givert le bienveillant, Ricardo se parle en espagnol, Rémy, qui vient de nous rejoindre, a les yeux qui ont doublé de volume.

Je me demande comment Hannah arrive à tenir le coup, comment elle fait pour résister à une telle pression. Elle n'est pas construite pour résister au stress, elle est bourrée de compost dont les émotions se nourrissent, les événements se délectent d'elle, elle les pénètre à pieds joints, elle fonce dans les murs pied au plancher, elle ne pile pas, elle ne plie pas, elle explose et s'expanse, elle se dissipe aux quatre vents comme un pistil sans se soucier du temps qui passe.

Puis, comme un et un ne feront jamais deux, les émotions n'ayant aucune logique en elle, elle fait un pas en avant vers Givert, je jurerais qu'elle cherche à l'embrasser, la garce, puis elle l'enlace délicatement de sa main libre. Pourquoi maintenant? Elle vient presser son bassin contre le sien, il est troublé, surpris, pris en étau, silencieux, ses lèvres cherchent à s'en sortir. Elle, elle entrouvre sa bouche dans une époustouflante lenteur, et elle libère son haleine fétide, mais lui a l'odorat cramoisi. Langoureuse Hannah, sexuelle Dabrowska, le curseur de la libido au taquet, elle pose ses doigts chauds, sa main béante qui s'offre généreusement sur l'arrière de la ceinture de Givert, là même où il gare son flingue, son cabriolet semi-automatique aux jantes chromées, elle saisit fermement la poignée dure, y trouve un certain plaisir. Elle décalotte la bête, puis, lentement, elle la secoue du bas vers le haut, elle se sent un soupçon excitée, des frissons parcourent le bas de son ventre, sa culotte mortifère s'humidifie, et, enfin, toujours dans une indécente lenteur, elle libère l'arme en érection. L'acte est de toute beauté, juste, précis, expert, sans hésitation.

Hannah Dabrowska, star du piano, braque à bout portant Vincent Givert, adjudant en gendarmerie. Son haleine d'équarisseur vient caresser mes narines, ses guiboles flageolent, elle semble si forte et si fragile à la fois, c'est tout elle, un oxymore en talons hauts, partout et nulle part.

La voix de Givert devient soudain suave, il chuchote, personnifie la maîtrise de soi, se veut rassurant, calme, il tend la paume de sa main ouverte vers elle, elle recule, il avance:

— Hannah…
— Ta gueule ! Recule enculé ! Recule j'te dis !
Tout de sang-froid, une légère brise de déception l'enveloppant, Golgoth-Givert fait un pas en arrière.
— Mets tes mains sur ta tête putain ou je t'en colle une, je te jure que je vais t'en coller une !
— Hannah…
— TA GUEULE !
Elle se tourne vers moi, elle attend une réaction à la hauteur de l'événement, mais mon cerveau est emballé dans un linceul, rien ne vient, excepté cet absurde et sorti de nulle part :
— Je sais.
— Tu sais quoi toi à part te chier dessus ? Hein, tu sais quoi ?... Je vais aller la vider cette urne à Tristan da Cunha, Jason, sur la tête de Gladys que je vais aller la vider, avec ou sans toi… Maintenant on s'en fout, ça n'a plus d'importance…
Elle tend les bras, son corps se crispe, elle vise Givert avec son flingue, elle tient la crosse à deux mains, elle tremble, elle tangue, ivre d'elle-même, elle ferme les yeux, elle appuie sur la détente. Elle tire plein fer sur Givert.
Je me recroqueville sur moi-même. Je refuse de voir ça. J'hurle. Je bouche mes oreilles.
Noir.
Je vole vers.
Camaret-sur-Mer et ses palettes de bonheur, bénies dans une logique qui ne dit pas son nom.
Ma liberté.

Ma quiétude de solitaire.

Le vent qui nettoie.

L'électrocution de mon père un jour de pluie. Sa putain de tondeuse électrique et la mauvaise prise terre qu'il promettait de réparer depuis des jours. Mon front collé à la vitre de ma chambre, et mes cris qui ne le sauveront jamais.

Mon cliché mythique, ma postérité, l'enfant pickpocket du boulevard de la Libération, Vincennes.

Les tatouages de Gladys vernis par ma salive.

Lorsque j'ouvre les yeux, elle est en train de partir en courant dans la boue. Elle ne fait pas trois pas sans perdre une de ses chaussures. Sans hésiter, elle shoote la deuxième à cent mètres. Des « ploc » vulgaires accompagnent ses pas ventousés par la boue.

Sidérés, Ricardo et moi nous penchons sur Givert qui se relève d'un bond, la balle a effleuré sa tempe, il est dans une colère noire, il chasse la main que je lui tends. Il prend la pianiste en chasse.

Il a des couilles Givert, grosses comme celles d'un bison.

Cinquante mètres plus loin, il l'a rattrapée. Sans qu'elle s'y attende, il la plaque au sol, et elle vient s'écraser comme un rocher dans de la glaise. Elle crie. Il lui arrache violemment l'arme des mains. D'un geste éclair, il la menotte aux deux poignets. Elle brame, l'injurie, glapit, hennit, pleure des larmes de crocodile. Elle a lâché l'urne qui gît à ses pieds, intacte. Elle se débat. Un brin de blé dans une moissonneuse-batteuse. Elle est recouverte de boue, elle en a dans la bouche, sur le nez, les paupières. Elle supplie, elle quémande son urne. D'une main couverte de terre, Givert la tient par le poignet, de l'autre il ramasse l'urne toute crottée. Nous, les trois autres, nous n'avons pas bougé, on observe la scène.

Puis il se met à lui parler, calmement, elle secoue la tête, dit que non, ses cheveux fouettent l'air, elle ne veut pas écouter, il insiste, lui tient le visage. Elle crie un peu moins fort, sa voix se casse. Elle semble se calmer. Des larmes coulent et font des ornières sur son masque de boue, des points de fuite, des sillons, des peintures de guerre. Elle écoute à présent. Des mots en pointillés viennent jusqu'à moi… *désamour* (des amours ?)… *promesse… de border le vase… ma parole… bourg des Sept-Mers… Tristan… nah votre piano… ça veut dire fleur… nez… ber amor… vous plaît… croyez… je vous jure… faites-moi con… va aller… mis juré… vous me boule… vous me tom… vous me lib… comment vous… je vous attendais…*

Elle l'entend. Il a trouvé les mots. Il lui tient les épaules avec ses mains grandes comme des archipels, ses doigts sont tentaculaires. Ses paupières s'ouvrent et se ferment tels les rideaux d'un théâtre qui se paierait une dernière représentation. Elle souffle fort, on dirait un buffle attrapé au lasso, elle renifle, crache un glaire à ses pieds. Leurs visages sont à quelques centimètres l'un de l'autre. Elle est sous le charme des rides qu'il a au coin des yeux. Elle le trouve très très beau. Elle s'approche. Trop tard. C'est trop tard. Je ne peux plus rien faire. Le mal est fait. *Alea jacta est.* Elle l'embrasse. Salaud. Il se laisse faire. Elle lui pose un baiser, un merci à deux lèvres, furtif, il est à sa merci, condamné, sa bouche est un canon scié, une flèche empoisonnée, des clous rouillés. Tu es mort Givert, j'espère de tout mon cœur que tu vas choper le tétanos, la maladie de Charcot, le scorbut, la chtouille. Je suis si fatigué. Je voudrais m'allonger.

Givert se relève un peu sonné, il vacille sous les coups du baiser de la mort. Il lui enlève ses menottes et, sans se faire prier, elle récupère l'urne, puis elle vient se vautrer copieusement sur la banquette arrière de l'Audi, comme si de rien. Elle a pourri la voiture. J'ai mal au corps, mon cœur est sur vibreur, je ne délivre aucun message, je reste sage.

— Bon les gars, on se ressaisit.

OK Givert de mon cœur.

— On fait quoi, demande Rémy?

— On continue, on s'occupera de Bill plus tard, faut pas traîner ici, tu reprends le volant.

— Honnêtement je suis cuit là.

— OK… Cervantès?

— Ah non, oubliez, impossible, désolé mais là vraiment…

Il scrute Ricardo de haut en bas le temps d'un battement de cils, n'insiste pas, zappe sur Hannah, puis il décide de conduire.

— Cervantès, tu passes devant.

Je ne lutte pas, j'arrive tout juste à mettre un pied devant l'autre.

On reprend la route. Givert conduit avec les genoux, il remet ses écouteurs et il allume deux clopes, il en tend une à Hannah, il tire longtemps sur la sienne, puis il la sort de sa bouche, et il lui sourit.

— Putain c'est quand même bon de fumer, dit-il le visage taché de glaise.

On roule plusieurs heures sans s'arrêter, on prend les routes de traverse sans jamais être inquiétés par la moindre voiture de gendarmerie, les seuls gyrophares qu'on croise sont ceux des tracteurs. Saint-Loup-sur-Semouze, Auxon-Lès-Vesoul, Oyrières, Fontaine-Française, j'en passe et des meilleurs.

À l'arrière tout le monde dort. Hannah et Rémy ont leur tête posée sur les épaules de Ricardo. Ils ronflent.

Je suis rincé. Derrière chaque panneau que nous croisons jaillit le visage figé de Bill, le baiser de la mort, la prison, la nuit sous l'orage à Collioure, le cercueil de Gladys enflammé, ses tatouages qui prennent vie, mon sperme luit sur ses cuisses, nos destins s'animent, ce qui se joue maintenant nous vient du passé. Papillon, boule de neige, domino.

Au nord de Dijon, sur une départementale qui serpente au milieu de collines bedonnantes, tapissées par des vignes aux pousses vertes fluos, Givert allume la radio. Je me laisse pénétrer par le *In the Ghetto* d'Elvis qui tombe à pic.

And his mama cries,
'Cause if there's one thing she doesn't need
It's another mouth to feed,
In the ghetto, in the ghetto!

Ce morceau d'anthologie vient rajouter une boule au fond de ma gorge remplie déjà par tant d'autres, ma trachée est une manufacture de boules, j'ai envie de chialer mais mes larmes s'éternisent à la lisière de mes yeux, je suis tari, tarabiscoté, beurré des deux côtés, puissamment épuisé.

Les jours sans, il faut faire avec. Merci docteur. Combien je vous dois ?

7.

Gladys était aussi brune qu'Hannah est blonde. Elle était d'exception. Elle faisait partie de ces beautés déroutantes qui ont les yeux verts, ces superbes qui nous échappent et qu'on prend pour des sorcières. Il n'y a pas si longtemps que ça on l'aurait brûlée sur la place publique, une ancienne forme de crémation en quelque sorte.

Gladys était élancée, catapultée vers le haut, bondissante comme un cabri, positive comme un thermomètre un jour de canicule.

Elle parlait fort, elle suintait la beauté, ce n'est pas moi qui le dis, tout le monde le disait, même certaines femmes blêmes devant la pâleur vibratoire de son charme.

Autant Hannah est de celles qui vous chavirent par la force de leur entièreté, par la puissance intime et l'énergie vive de leurs émotions exacerbées, tranchante dans son ultrasensibilité, moitié cadavre, moitié vivante, tout dépend du moment de la journée. Mais cette beauté se délite avec le temps, par usure, ou fragilité, ou simple fatigue.

Hannah vous pompe, vous vide, vous vampirise, vous assèche le corps, et quand elle n'a plus rien à sucer elle recrache tout votre suc sur son clavier.

Gladys avait une autre superbe, une intelligence des actes plus calculée, moins sauvage, moins feu d'artifice foireux, pétard mouillé. Insaisissable, elle avait besoin qu'on la remarque, par sa présence, sa gestuelle, sa gouaille, ses envolées verbales sans fin. Elle avait de la verve, du verbe à lier, des tresses de lierre dans le sang. On la remarquait par son style clinquant et la masse de ses tatouages, mais pas que. Elle en imposait naturellement quand elle ouvrait la bouche. Elle était dans l'effort lors des rencontres, une philanthrope absolue qui voulait savoir qui vous étiez parce que ça l'intéressait. La densité de ses mots était habitée par des colonies d'habitants du merveilleux, c'était de la sorcellerie pure. La retenue l'ennuyait. Les manières la lassaient vite. On ne lui refusait rien et elle vous donnait tout. Elle parlait comme elle arrivait, à l'improviste. Elle entrait dans les maisons en glissant sur les genoux, elle repartait en marchant sur les mains. Elle avait la diablerie de la mise en scène dans tout. Elle s'exprimait fort, interpellait les foules, montait sur scène dans les concerts pour danser. Elle n'en avait rien à foutre de rien, et surtout de l'amour. Gladys ne tombait pas amoureuse, sa structure n'était pas faite pour ça. Sa frontière intime s'arrêtait là, aux premiers instants. Une distance entre elle et ses hommes s'instaurait vite, une fois que les prémices de la passion, de la découverte, et des premiers émois sexuels étaient délavées par les réveils blues. Elle quittait tôt ses amants, ses histoires étaient fulgurantes, elle sortait de sous la couette juste avant le lever du soleil, sans se retourner, avant l'ennui, le glas Gladys sonnait juste avant qu'elle ne ressente plus de frissons lorsqu'il l'embrasserait. Un appel de l'intense sans cesse renouvelé.

Elle était claire là-dessus. Les seuls à avoir échafaudé des relations durables avec Gladys sont ceux qui ne l'ont pas écoutée, ou qui n'ont entendu que ce qu'ils voulaient, donc, qui ne l'ont pas aimée, car aimer c'est prendre l'autre tel qu'il est non ? Est-ce ça l'amour, dites-moi ? Ne rien attendre d'autre de l'autre que ce qu'il vous donne dans le plus simple appareil de qui il est vraiment. S'oublier sans se renier, ne pas se mentir sur ce qu'il n'est pas. Et que vous espériez.

Gladys-grâce n'attendait pas l'âme sœur, elle avait Hannah, ou peut-être que son masculin était plus fort que celui de ses hommes, tout simplement. Hannah, un négatif, une jumelle, comme si ensemble elles voyaient plus loin, à la vie à la mort.

La première fois qu'on a mangé ensemble tous les trois, j'ai tout de suite remarqué l'interminable cicatrice que Gladys avait sur la cuisse. Elle m'avait dragué ouvertement toute la soirée sans qu'Hannah ne témoigne la moindre réaction de jalousie. On avait continué à dîner comme si de rien, et elles, ces deux dindes, elles avaient ri à pleines dents en se narrant de vieilles histoires d'adolescentes bouillantes comme des théières, et moi j'avais fini mon repas les yeux dans les yeux avec mon assiette vide mille fois essuyée par un misérable bout de pain, rouge entrecôte de honte, tellement mal à l'aise, boudiné complet dans ma pudeur.

Gladys venait de quitter la Creuse un soir de pleine lune.

— C'est toi la creuse.

— Tu veux la voir ma pleine lune ?

Et de redoubler de rire à la moindre vanne pourrie.

J'étais loin d'imaginer à quel point ces deux nanas avaient tout partagé. L'enfance, les poupées, les stylos roses à paillettes, les mines boudeuses de l'adolescence, les tubes de crème anti-acné, les boutons de fièvre, les culottes, les gueules de bois, les éviers bouchés et la vaisselle qui dégueule, les plats de pâtes des fins de mois, les nuées d'hommes accoudés aux comptoirs des discothèques qui faisaient fumer les CB pour leur payer des verres, les cendars pleins, les lits tachés à plusieurs, les bons coups, les éjaculateurs précoces dont elle ne savait même pas le prénom, et ceux qu'on n'a connus que dans le noir.

Un soir de journée caniculaire, après le repas, tandis que je reluquais pour la ixième fois les cuisses longues et fines comme des obélisques de Gladys, et encore sa cicatrice, sous le regard d'une Hannah complice, nous avions un peu bu, elles sortirent de derrière les fagots un vieux rhum antillais. Gladys avait ensuite fait tourner un joint d'une petite herbe de la Creuse très agréable, qui me retourna le cerveau en douceur, une montée lente et progressive mais qui ne voulait pas s'arrêter. Je ne sais lequel de ces produits fut le coupable, peut-être le cocktail de tout cela, en tout cas je me mis à enchaîner les fixettes. Hannah et Gladys passaient et repassaient leur langue sur leurs lèvres, tantôt pour lécher les gouttes de rhum fuyantes, tantôt pour humidifier ces pulpeuses parties charnues du visage asséchées par la drogue, tantôt par l'excitation du plan à trois qui nous ouvrait les bras.

Elles rirent encore à gorge déployée tandis que moi je les fixais sans fin, et un silence s'abattit, tellement bavard, un silence qui suit les trois coups. Gladys se leva, elle retroussa sa robe et elle s'assit à califourchon sur Hannah, elle lui attrapa le visage à pleines mains et elle lui roula une pelle d'anthologie, puis sans attendre, elle empoigna sa poitrine qu'elle mordit par petites attaques rapides à travers son chemisier Arlequin.

Yeux comme des billes, souffle coupé, érection en titane.

Hannah glissa sa main sous la culotte de Gladys et elle joua avec son clitoris plusieurs minutes avant de lui enfoncer un doigt dans son vagin trempé. Elle cessa, sortit sa main, fourra ensuite son majeur dans sa bouche tout en tournant sa tête de rêveuse vers moi. Gladys l'imita, œil pour œil, doigt pour doigt, et elles éclatèrent de rire sans risquer le moindre mot. Nous nous levâmes en nous tenant la main, et nous nous enfonçâmes pieusement dans l'antre de ce qui allait devenir mon premier plan cul à trois, contre toute attente.

Éreintées, trempées de sueur, elles s'endormirent dans les filets des persiennes de la fenêtre qui donnait plein est, ces trouées de lumière sur leurs ventres dans le viseur de mon vieux Canon. Le bruit des mouches, les oiseaux dehors, les pales du ventilateur, les commerces au loin qui ouvrent leurs rideaux, l'odeur du poulet cuit à la rôtissoire, le clic de l'appareil photo. Leurs corps relâchés, cadrés pêle-mêle, la cuisse de l'une qui croise l'autre. Quoi est à qui ?

L'odeur puissante des parties intimes sollicitées.

∞

J'ouvre les yeux. Il fait jour. Mes draps sont rêches, on dirait de la toile de jute, ils puent la poussière et la moisissure, le vieux cheddar et la chanterelle daubée. Mon matelas a la mollesse d'un trampoline éreinté, je touche le sommier à ressorts avec mon dos et mes fesses. Je me sens bien, courbaturé mais bien, reposé. Le lit grince, un lit à baldaquin en bois sombre du siècle passé, avec des rosaces fines taillées au ciseau à bois au sommet des colonnes. Où suis-je ? C'est moche.

La pièce est haute, peut-être trois mètres, le plafond pèle au cœur d'une tache marron, il fait frais. La lumière au travers des vieux volets est puissante, je sais qu'il fait beau dehors. Je suis en caleçon. Mes vêtements ont été posés convenablement sur le dossier d'une vieille chaise en bois et en velours couleur taupe, on dirait qu'ils ont été lavés. Mes sacs sont là.

Je me souviens de m'être endormi dans la voiture au nord de Dijon, des bribes de ceps troubles défilent, des sommets de feuillus se perdant dans le bleu saphir céleste, et puis plus rien. Je ne sais pas si j'ai dormi longtemps, mais mon corps éreinté va franchement mieux, quelques douleurs rebelles dans les articulations me rappellent à l'ordre ici ou là, quelques griffures superficielles, mais je valide le contrôle technique. Ma peau colle la transpiration et la toxine, j'ai dû suer, c'est bien. J'ai un pincement au cœur en pensant à Gladys, puis à ce pauvre Bill, je crois qu'il est venu me visiter dans mon sommeil.

Je m'assieds sur le bord du lit quelques minutes face à un miroir géant poussiéreux et déformé, j'ai les cheveux en bataille, je n'ai pas le courage de me regarder dans les yeux, je tourne la tête et j'observe la chambre. C'est vieillot et mal entretenu, les tapisseries murales sont fissurées, elles sont décollées aux angles de leurs pans mal jointés, jaunis, couleur pisse au café, ça sent le renfermé, l'odeur acide des rongeurs quand ils sont maîtres chez eux. Je vois des traces de pas dans la poussière du sol.

Çà et là des tableaux baroques aux cadres dorés, invendables dans les meilleurs vide-greniers. Des paysages vus et revus suintant la vertu, les gestes polis et les bonnes mœurs, les petits doigts en l'air, la pince à sucre argentée. Un fauteuil d'un autre temps au cuir usé est recouvert à moitié par un drap. Une commode trapue sur laquelle il y a une photo noir et blanc, le portrait d'un homme à moustache auréolé de brouillard. Un bouquet miraculeux de fleurs séchées lutte contre le temps, des bibelots en cuivre et en porcelaine sont posés sur des napperons brodés il y a une éternité et des poussières, beaucoup de poussière.

Je déteste la porcelaine. Le kaolin me dégoûte. Ma mère est une adepte du rococo. Son prénom, Marie-Madeleine, est rococo. Le fond de teint de ma mère date du siècle dernier, son yorkshire est une antiquité, la décoration intérieure de sa maison est l'antithèse de la modernité. Démodée avant l'heure, ma mère était une avant-gardiste géniale de l'obsolescence. Même ses mots lorsqu'ils traitent d'actualité ont une connotation d'avant. La porcelaine me déprime. J'ai grandi dans une ambiance d'antiquaire avec laquelle on m'a badigeonné, on m'en a mis des couches dans mes petits-déjeuners, dans mes pyjamas et l'odeur du savon. Je me suis enfui en courant de chez moi dans des bruits de service à thé en porcelaine brisé qu'on jetait en furie dans mon dos.

Je vais à la fenêtre, j'ouvre les volets avec difficulté, la chambre n'a pas été aérée depuis des siècles, mais ma détermination en vient à bout. Le soleil m'aveugle quelques secondes mais rapidement le paysage se dessine. Je déplisse les yeux. Il fait une chaleur anormalement étouffante pour une fin avril. Des platanes gigantesques ballottent au vent. L'herbe est haute, l'immense parc à mes pieds semble abandonné depuis des lustres. Des arbustes d'acacias déjà solides foisonnent çà et là, des buissons de buis plient sous la chaleur au milieu de brisures de tuiles en terre cuite, des branches mortes jonchent le pied des platanes. Une chaise longue au tissu déchiré se love autour d'un tronc, une autre est couchée sur le côté, entremêlée dans les restes d'un fil de fer rouillé qui devait servir d'étendage.

Une voix lointaine arrive jusqu'à moi, des résidus de mots balayés par la brise. Il me semble reconnaître Rémy.

Je laisse la fenêtre ouverte et j'enfile mes vêtements. Je sors pieds nus de la chambre, et je me retrouve dans un long couloir ponctué de portes en bois sculptées. Il mène à deux escaliers en marbre blanc, l'un monte, et l'autre conduit au rez-de-chaussée. Je descends. Quelqu'un a balayé. J'arrive dans un immense hall rond couronné d'un lustre massif en bronze souillé par de vieilles coulures de bougie. Des tableaux, des scènes de chasse à courre, des portraits de griffons, de braques allemands, des meutes de bassets. J'emprunte une porte qui me mène dans un vaste salon. Là, un billard, une immense cheminée, une bibliothèque remplie de vieux livres reliés, un bar à colonnes, des fauteuils en cuir, des canapés, un piano droit. Je m'approche. L'urne de Gladys est posée à côté d'un cendrier qui dégueule de mégots. Je lis les traces de doigts. Je cherche un parfum, mais hormis la poussière et l'humidité aucun ne se livre. Le bout de mes doigts caresse le tabouret, puis l'urne. J'ai un pincement au cœur. J'appuie sur quelques touches.

J'entends de la musique dans une autre pièce, elle me conduit à un vieux poste radio dans la cuisine. Le plafond est piqueté de crottes de mouches, graissé par les huiles de cuisson au-dessus d'un fourneau bouilleur noir et cuivre de toute beauté sur lequel trône la cafetière de Givert, je l'entrouvre timidement comme un rideau de douche. Je saisis un mug rococo qui sèche sur l'évier en émail craquelé et je me sers copieusement. La lumière du soleil inonde la pièce. La plomberie est cuivrée, le carrelage rouge et blanc est fendu, creusé au passage des portes et sous l'évier. Quatre assiettes sèchent. Une table en formica jure au milieu, et ses chaises pas mieux.

Je ne sais pas où sont les autres mais je m'en fous en vérité, là maintenant je n'ai aucune attente, je sirote l'excellent café du Chiapas, je suis bien, j'apprécie ce moment de répit, je copule avec le présent, je profite, car je sais que la paix ne dure jamais. La paix est un leurre, un hologramme, un appeau pour les mièvres.

Je me demande où est Bill.

C'est Givert qui me ramène à la réalité. Il entre en sifflotant par une porte extérieure, son oreillette lovée dans son pavillon, il a les bras chargés d'asperges sauvages, de kiwis, de trèfles violets, de baies précoces. Il est d'abord surpris, puis il me sourit, il a l'air reposé.

— Ah ben ça y est, enfin réveillé.

Je plante mon regard dans le sien et j'avale une longue gorgée de café.

— Tu as dormi deux jours, vieux. On est le premier mai !

— C'est bien.

— Ça va ? Tu te sens comment ?

— Ça va… On est où ?

Il pose sa cueillette sur la table, il a l'air heureux. Il se roule une cigarette.

— Au bord du canal latéral de la Loire, à Saint-Firmin-sur-Loire exactement, dans une vieille maison de famille du côté de mon père. T'as vu, c'est incroyable, il y a toujours l'électricité ! Tout le monde est mort depuis des décennies, plus personne ne vient, j'ai passé un bout d'été ici gamin, y'a longtemps… Regarde, je vais enfin pouvoir manger ! J'ai trouvé tout ça à moins de cent mètres, des asperges sauvages tu te rends compte ? Je n'en ai pas mangé depuis pfou ! Je crève la dalle.

Il allume sa clope.

— Tu as faim ?

— Oui, j'ai des envies de viande sanglante.

— Il y a un riz arrangé au frigo…

— …

— Qu'est-ce qu'il y a Cervantès ? Tu fais la gueule ou quoi ?

Je plonge le nez dans mon mug vide, j'aimerais savoir lire dans le marc de café. Pour le moment je ne vois rien qui vaille.

— Crache le morceau.

— C'est vous qui l'avez tué Givert.

— Ah ouais d'accord…

— C'est vous qui l'avez scotché dans le coffre, c'est vous qui avez pété les plombs. À un moment j'ai cru que vous étiez un flic bien. Vous nous avez tous foutus dans une belle merde.

— Commence pas à me faire chier Cervantès…

— On ne peut rien vous dire c'est ça ? Pourquoi vous vous énervez Givert ? Vous êtes un peu soupe au lait non ? Franchement, je me demande qui fait chier l'autre depuis le début. Vous comptez me menacer ? Allez-y, sortez votre flingue pendant que vous y êtes, allez ! Vous faites toujours ça ou vous vous sentez pousser des ailes depuis votre craquage du slip de Thionville ? N'est pas ange qui veut, alors calmez votre joie Givert.

Une violente envie de chialer me monte du style crue décennale, je tourne la tête, je refais le plein d'air dans mes poumons, je ravale mes larmes, elles se font la belle par-dedans, puis je reprends sur le même ton, affreusement calme, la salive pâteuse, limite grumeau :

— De plus, vous avez reçu le baiser de la mort, je suis surpris que vous soyez encore debout avec la dose que vous avez reçue, à votre place j'irais consulter sans plus tarder.

— Ah c'est donc ça…

— Vous l'avez baisée ?

— Non.

— Vous mentez.

Au bras de fer du silence c'est indéniablement lui qui gagne, il m'inflige une dose quasi létale, interminable, insupportable, lourde mais lourde, tellement gênante pour les autres, le silence qui te pulvérise au fin fond du cosmos, qui te harponne et qui t'absorbe tout au fond. J'entrouvre la bouche pour poursuivre mais il me coupe l'herbe sous le pied :

— Pas encore.

— Vous mentez ! Je suis sûr que vous l'avez baisée, vous avez l'assurance de celui qui a vidé ses couilles.

— OK je vois. Bon, plus sérieusement…

— Plus sérieusement ! ? Vous vous foutez de moi ? Vous avez quoi en stock de plus sérieux ? La fin du monde ?

— Règle d'or Cervantès, personne ne s'éloigne à plus de cent mètres de cette maison, cent mètres ça fait cent pas. On est protégé des vis-à-vis grâce à l'isolement et à la végétation, mais tout ça a des limites, on est juste au bord d'un canal, et il y a des péniches qui passent toute la journée. Tout le pays est à notre recherche, nos portraits sont dans tous les journaux, on est des stars, alors prudence.

— Déjà Givert vous ne me coupez pas la parole OK ? Et puis qui vous dit que j'ai envie que ça continue ?

— Bouge ton cul on t'attend.

Il sort, je ne peux m'empêcher de penser que ce type a un charisme hors du commun. Et une insupportable façon de me parler ! Je prends mon courage à deux mains face à cet outrage, et je lui tends mon plus beau majeur, mais c'est ce moment-là qu'il choisit pour se retourner, noyé par le soleil, il a le dos droit, la nuque trapue, des poils de son dos sortent du col de son tee-shirt kaki, le dessous de ses bras est auréolé de sueur, il est mal rasé, de la fumée sort de ses narines épatées, la fente de son regard me foudroie :

— J'aime le pétillant de tes yeux quand tu te rebelles Cervantès, je te trouve très beau… Je veux bien te suivre jusqu'au bout du monde quand tu me parles sur ce ton.

Et il disparaît dans la blancheur du dehors.

Je reste le doigt suspendu dans le vide, mon insulte qui n'est plus destinée à personne, ou peut-être uniquement à moi-même.

Je tourne les talons, perplexe, mais je chasse ça de ma tête et je me sers une bonne assiette de riz arrangé. Je l'engloutis en un rien de temps. Je rumine un peu. Je râle beaucoup. Je ressasse mille fois la scène. Je me ressers une copieuse assiette, puis je décide de les rejoindre.

Ils sont assis dehors autour d'une table en fer forgé blanche, trouée par des ferrures en forme de fleurs et écaillée de toute part, recouverte par des bouteilles dont la plupart sont vides. Un énorme pochon d'herbe éventré trône au centre.

Rémy, vautré sur sa chaise, se relève un peu lorsqu'il me voit et il accompagne son mouvement d'un « Ahhhh » de bienvenue. Il a un joint dans une main et un verre de bière dans l'autre.

Ricardo s'arrête de parler et de gesticuler, il me sourit. Il porte sa couronne de plumes rouges, d'énormes pendentifs en or sont crochetés à ses oreilles, je remarque alors la proéminence de ses lobes qui m'avait échappé jusque-là. On dit que ce sont les vieilles âmes qui ont des lobes pareils. Il est torse nu. Je suis surpris par sa musculature et la jeunesse de son corps, on voit qu'il le sollicite, que c'est un homme de la forêt.

Givert dépiaute des oignons blancs sans lever la tête. Sans chialer.

Rémy tend le joint à Hannah, elle me tourne le dos. Cette garce ne bouge pas d'un cil à mon arrivée. Elle attrape le joint.

Je m'approche, moi qui la connais sous toutes les coutures à commencer par les plus effilochées, je sais qu'elle joue l'indifférence. Elle a mis une petite robe à fleurs multicolores. Une robe d'été à bretelles, légère, si courte ma foi qu'elle lui effleure sa petite culotte lorsqu'elle est assise comme c'est le cas ici. La blancheur de son dos, que ses cheveux relevés à l'arrache m'offrent, me flagelle le bide. Sa maigreur dessine impeccablement la perfection de ses omoplates que je rêve d'embrasser.

Je m'assieds, je pose mon assiette et je lève les yeux sur elle. Elle porte de nouvelles lunettes de soleil de star, noires et pailletées de doré. Elle sourit. Elle me sourit ? Elle saisit un verre de rosé, elle est défoncée.

Elle rend le joint à Rémy. Givert lui sourit, elle lui répond. Ça me glace le sang. J'ai la bouche pleine de riz trop cuit.

Je suis sûr qu'il l'a baisée. Même les verres fumés de leurs lunettes puent le cul.

Je suis brisé. Cette fille m'échappe encore. Elle est comme du blanc d'œuf qui se faufile entre mes doigts.

— Tu as bonne mine, me dit-elle.

— C'est vrai que tu as bonne mine, surenchérit Rémy.

Elle se marre.

— Et Bill, il est où ?

— Au congélo.

Comme un bâtonnet de poisson pané.

— Et la suite ?

— Quoi la suite ? Profite au lieu de penser à après.

— Je parle français Givert ou merde ? ! Qu'est-ce qu'on va faire ensuite du corps ? Et après on va où ? On fait quoi ? Qui fait quoi ? On se sépare ? On reste ensemble ? Putain Givert dites-moi putain que vous avez un plan béton.

— Pas encore, mais on brainstorme.

— Tout le monde nous cherche, vous venez de me le dire. Vos potes les gendarmes, la police, peut-être même l'armée qui sait ? Avec des radars, des drones, la géolocalisation de ouf, les algorithmes, les tirs croisés, l'ADN, la dilatation de la délation… ça va être du gâteau pour eux !

Hannah consulte Givert par-dessus ses lunettes, elle souffle.

— On était mieux sans lui, non ?

— Écoute Hannah, tu n'es certainement pas une référence en termes de prise de responsabilité, tu as toujours plané à dix mille pieds, alors s'il te plaît, hein, fais-moi plaisir, hein, ferme-la, c'est quand même un peu facile de se la jouer maître zen quand on n'a rien à penser. C'est facile de pas se prendre la tête quand tout vous tombe du ciel. Tiens, tu peux me dire combien coûte une baguette de pain ?

— Une baguette ?

— Oui tu sais, ce pain blanc oblong qui sert à essuyer son assiette, tu la vois la croûte dorée et la mie blanche ?

Tout le monde se regarde, ils se sourient ironiquement.

— Il est un peu con non ?

— Tu as perdu la raison Cervantès.

— Tu sais Jonas *puedo…*

— Jason pas Jonas ! Jonas c'est l'histoire du gros poisson. *¡ El pez grande ! ¿ Te entiendes ?*

— Si, si… *lamento…* Jason, je peux soigner ça aussi, le *Natem* retrouve l'esprit perdu dans les plaines *della locura.*

Je coupe court à la discussion.

— N'essayez pas de noyer le poisson les gars, je vous vois venir avec vos diversions de perchés, alors Givert, maintenant répondez-moi une bonne fois pour toutes, c'est quoi la suite ? On se rend ? On s'enfuit ? On creuse un tunnel sous la Manche ? On vit dans les arbres ? On cueille de l'ail des ours en scandant des prières aux platanes ? On récupère l'eau du canal et on se la filtre dans votre purificateur de jus de couilles ? Putain mais réagissez !

Ce qui le structure Givert, ce qui le tient debout, son fondement intrinsèque, son squelette, ce sont bien ses silences, il en met des tonnes à toutes les sauces, il en abuse comme l'oignon blanc qui parfume son haleine de fennec, un argument ressassé, un leitmotiv vu et revu, un mantra, une expression prétentieuse poussée à son paroxysme. Puis enfin, il me répond :

— La suite dans les détails j'la connais pas. Je sais pas encore ce qu'on va faire du corps de Bill, mais c'est pas un problème… Ce que je veux pas c'est qu'on s'en débarrasse, parce qu'on finit toujours par retrouver un corps à un moment ou à un autre. Y'aura bien un clébard pour aller te le déterrer du trou que tu as fait au fond de la forêt. Y'aura toujours un phénomène à la con, inexplicable, qui te le délestera d'un plan d'eau alors que tu l'avais sanglé à douze moellons, tu vois c'que j'veux dire ? On se le garde.

— On pourrait le brûler.

— Non Hannah, le problème d'un corps calciné c'est qu'aujourd'hui avec la technologie on arrive à extirper du jus d'ADN de tout, même d'un infime morceau de charbon. Il faut qu'on trouve autre chose, j'ai déjà pensé à le brûler mais ça marche pas, et puis la fumée pourrait nous faire repérer. De toute manière, pour le moment il est congelé donc tout va bien, on n'a pas de souci à se faire.

— Non mais vous vous entendez parler là tous ? Eh oh les dingos allô ? Vous parlez d'un homme ou d'un morceau de viande ? Et si on en bouffait tous un p'tit bout pendant qu'on y est ?

— C'est de son âme qu'il faut se soucier Jason. Et elle va bien son âme, elle a passé les portes sans problème. Le corps n'est qu'un emballage.

— Qu'est-ce que tu racontes le nain de jardin ?

— Du calme Cervantès.

— Les hôpitaux psychiatriques regorgent de dingues moins atteints que toi.

Givert reprend :

— J'ai dit du calme le photographe ! Tu commences à dépasser les bornes... On arrête de parler de ça, j'ai dit !

Je fulmine. De la fumée noire me sort des narines.

— L'autre priorité qui nous concerne tous... c'est l'urne.

— Quoi l'urne ?

Givert scrute l'horizon, il sourit au paysage. Il attrape un paquet de tabac et il se roule une cigarette bien épaisse, pas trop tassée, il prend son temps. Il l'allume, nous sommes pendus à ses lèvres, il souffle la fumée au ciel, Ricardo et Rémy se régalent. Hannah aussi. Moi pas du tout.

— C'est la chose la plus belle qui me soit arrivée cette urne tu sais Cervantès... Tout prend sens. On amorce l'ascension, on s'extirpe du grand merdier, on se déleste, propaganda Cervantès, propaganda. On encule le contrôle... Je me fous royalement de Bill et du congélo… On est devenus solides comme des barres de fer que personne ne peut tordre à la main ! Il faut qu'on continue parce que le chemin s'efface derrière nous tu comprends ? À croire même qu'il n'a jamais existé, que le passé n'est plus, que nous n'habiterons pas le futur, seul le présent compte.

Il se tourne vers moi, il ôte ses lunettes, il est fascinant, je ne lui arrive pas à la cheville. Je ne suis rien.

— Continuer quoi Givert ? Tout sera fini dans un quart d'heure, la police va débarquer au portail, leurs viseurs pointés au milieu de nos fronts fripés, ils vont nous dézinguer ! On est au bout, elle est finie la cavale !

— Nous ne sommes remplis que de vide, d'émotions, et de mouvement. Qu'est-ce qui fait contrepoint à nos pleins si ce n'est nos plus fines failles ? Voilà enfin la vie ! Oui la vie !

Il s'est levé et il a ouvert les bras. Hannah rayonne, elle adore ! Cette dinde applaudit, il est ravi. C'est dingue. Il poursuit sur sa lancée :

— Je vais à Tristan da Cunha avec Hannah… qui m'accompagne ?

— Gladys ne vous a rien demandé à vous Givert…

— Lorsque le soleil est ras, les ombres des graviers sont des géants.

J'aperçois un filet de bave qui pointe à la commissure des lèvres d'Hannah, j'hésite entre éclater de rire et éclater de rire.

— Mais on ne peut pas faire ça Givert.

— Pourquoi mon p'tit ?

— Parce que c'est interdit. Tout simplement. Vous connaissez le Code pénal sur le bout des doigts vieux, on a un annuaire de chefs d'inculpations au cul !

— C'est pas faux. Participation à une association de malfaiteurs en vue de soustraire à la justice des personnes, désertion, évasion, port d'arme sans permis, facilitation à évasion, vol de matériel sensible, vol de voiture, manquement délibéré à la prudence, violence volontaire ayant entraîné la mort sans l'intention de la donner, homicide involontaire en bande organisée, enlèvement, séquestration avec préméditation, détention de stupéfiant de première catégorie, marijuana, ayahuasca, j'en passe et des meilleures…

— C'est quoi ayahuasca ?

— Demande à Ricardo.

— C'est le *Natem,* la reine des plantes, chez vous elle est illégale, dans ma forêt tout le monde la respecte, et la prend. Meilleur médicament pour la santé de l'esprit. C'est une liane qu'on cuit avec la chacruna. La chacruna donne les visions, l'ayahuasca donne la médecine, l'infusion des deux permet le voyage vers l'autre réalité. Elle peut te désamourer de la dépendance Jason tu sais…

Mytho, menteur, affabulateur, manipulateur, gourou de mes deux.

Givert lève la main, il demande à parler.

— J'ai besoin de savoir qui m'accompagne.

— Comment on va y aller ?

— Aucune idée Rémy.

— OK, alors j'en suis.

— Qui d'autre ? Ricardo ?

— Si, si, *bueno*, ça va me rapprocher de chez moi. Je viens.

— Cervantès ?

Un fil d'araignée fait son manège à deux pas. Solide barrière sur laquelle je me repose quelques secondes. Il monte et descend dans la douceur de la brise de ce milieu d'après-midi caniculaire.

— Putain Givert, vous ne pouvez pas m'appeler Jason comme tout le monde ?

— C'est pas beau Jason.

Hannah éclate de rire, elle n'a jamais trop supporté l'herbe, ni mon prénom, ça a une certaine tendance à la lobotomiser, déjà que. Autrefois, il lui arrivait de m'appeler Jaz'. J'aime le Jaz', disait-elle à Gladys, pliée en deux, j'écoute du Jaz', Jaz' bande, Jaz' frit, Jaz' saoule, Jaz' en fusion.

C'est le son d'un gros moteur au loin qui nous fait taire, tout le monde observe tout le monde.

— Pas de souci, chuchote Givert, c'est une péniche qui passe.

∞

Le Tallec n'étrenne pas la persévérance. Il est la persévérance. Quand il a une idée en tête, elle n'est pas ailleurs, n'allez pas la chercher sous ses aisselles ou dans son cul, vous ne la trouverez pas.

Le tiroir fermé de son bureau est pour lui une raison suffisamment solide de poursuivre l'enquête dans cette direction. Une piste aussi maigre qu'un toxico en fin de vie, peut-être, mais piste quand même, ce sont les ruisseaux qui créent les fleuves, par accumulation et acharnement, pas la pisse des hommes dans les caniveaux.

Le Tallec considère que s'écouter c'est finir par s'entendre, et s'entendre c'est déjà une victoire en soi quand on voit la vitesse à laquelle cette foutue vie défile.

Il veut comprendre. Pourquoi toute la brigade est éventrée, pourquoi les tripes de la confidentialité, du secret d'État sont éparpillées aux quatre vents, et pas ce tiroir, spécialement celui-ci, le sien, à lui l'adjudant-chef, son tiroir qui renferme toutes ses clés.

Le Tallec hurle à Rouquin de venir. Celui-ci arrive dans la seconde, tétanisé à l'idée que son chef se remette à péter les plombs. Il lui ordonne de prélever les empreintes sur la poignée du tiroir. Rouquin obéit.

Puis l'adjudant-chef enfile une paire de gants en latex taille huit. Il ouvre le tiroir religieusement, il cherche des yeux, recense les clés une à une. Prisons, véhicules, porte d'entrée, portail, garage, menottes, bureaux, cadenas. Elles sont toutes là. Et si le coupable avait pris et remis des clés dans le tiroir, et qu'il avait refermé derrière lui par réflexe? Et si ce fils de pute avait commis cette erreur. Pour Le Tallec, l'erreur c'est l'essence même des loosers qui veulent s'immoler. Comme lui disait son père, ne baisse jamais la garde devant l'eau du ruisseau, c'est lorsque tu dors que ton ennemi en profite pour venir te loger une balle entre les deux yeux, ne fais jamais confiance à personne, et surtout pas à ton meilleur ami, fils, car si l'occasion se présente il n'hésitera pas à baiser ta femme sans préservatif. Et si c'était Givert le coupable ? Et si c'était son vieux collègue qui cherchait à le mener en bateau. Le Tallec sent la colère lui monter dans les oreilles. La graine de la gangrène et du doute est semée. Bordel de merde, Givert.

Il regarde l'horizon, les nuages disloqués qui s'évaporent, le bleu qui revient, la lumière, le soleil.

C'est Givert qui a fait le coup.

C'est Givert le malin, le goupil, le bâtard, le scénariste surréaliste, le metteur en scène, le comédien, le maquilleur.

Quand l'évidence se révèle à son cerveau définitivement, parce que tout colle, la chape de plomb qui lui tombe sur le coin de la gueule le rétracte sur lui-même de façon assez spectaculaire, il a perdu vingt bons centimètres ainsi que sa légendaire assurance. Givert, un mutin, et merde, un putain d'insurgé. Givert est un traître. Bordel Vincent, mon vieux copain, tu as donc choisi ton camp camarade.

Pendant ce temps les empreintes relevées sur la poignée du tiroir par Rouquin se mettent à parler, celles de Givert, toutes fraîches, y sont bien. Le Tallec se précipite dans le bureau de son collègue, il fait le point. Les seules clés qu'il ne trouve pas sont celles des véhicules. Le Tallec est furieux.

Et comme une mauvaise nouvelle n'arrive pas sans une autre, un mail vient de tomber, une Audi Q8 a été volée cette nuit dans l'ancienne ville de Metz, rue de l'Épaisse-Muraille. OK, mais comment ont-ils fait pour aller jusque là-bas si c'est bien eux qui ont fait le coup ?

— Peut-être avec un de nos véhicules, justement… Genre, le fourgon de la brigade qui est garé devant depuis hier soir. Ils sont peut-être allés tous là-bas avec, puis ils sont revenus se garer à la même place pour nous faire croire qu'il n'avait pas bougé, le fourgon, chef.

— …

Le Tallec vient d'essuyer sa troisième surprise majeure de la journée. Il semblerait que le chef Xav' ne soit pas si absurde que ça, ou alors, quand il s'agit de vol de voiture, qu'il ait des fulgurances de génie, que toute son intelligence ne soit destinée qu'à ce domaine, une sorte de contrat d'exclusivité tacite avec le monde de l'automobile. Il trouve que sa remarque a du sens, que sa conclusion est assez bien ficelée.

— OK, Xavier et Rouquin je veux vous voir relever toutes les empreintes de ce putain de fourgon, vous faites le tour cent fois s'il le faut mais je veux que vous me trouviez la preuve de ce que vous avancez ! Au boulot !

Le Tallec n'en mène pas large, il évite sa gueule dans le miroir. Une légère douleur ventrale l'assaille, il libère un gaz de compétition dans une marmelade de grimaces, il rougit, il a honte.

Décidément, tout va de travers ce matin. Givert, putain Givert. Tu vas payer.

Puis Xav' vient frapper à la porte.

— Yes Xavier ?

— Ça va chef?

— Un peu la tête dans le cul…

— Heureusement qu'on n'est pas des licornes, chef!

— …

— Ça y est, on a relevé des empreintes un peu partout, et surtout on a la preuve que le fourgon a bougé cette nuit. L'arrière a touché l'avant d'une voiture qui est toujours garée là, comme un et un font deux.

— Bingo!

Puis le téléphone sonne. Le Tallec regarde le combiné, gavé de lassitude, il a peur de décrocher, il est très fatigué.

— Le Tallec, j'écoute.

— Ici la brigade de Saint-Dié-des-Vosges, c'est à propos de votre évasion de cette nuit, nous avons un témoin, un homme, il affirme qu'il vient de croiser la bande.

— Où ? Quand ?

— Pas loin d'ici, il n'y a pas une heure.

Le Tallec sent tressaillir le bas de son ventre, un vieux plaisir orgasmique, un magma de fond de cratère, une décharge électrique miraculeuse qui lui redonne du jus.

— Ils vont vers l'ouest alors, se murmure-t-il à lui-même, c'est bien… je te tiens Givert, profite mon vieux, bientôt tu vas pleurer ta mère.

8.

Hannah est une petite bourgeoise. Une insupportable espèce de fille de en socquettes roses. Une petite crâneuse qui signe ses caprices à coups d'expressions à tarter. Son père était un médecin de campagne boulimique de travail et de littérature. C'est un homme que j'ai eu le plaisir de rencontrer il y a longtemps, juste avant sa mort dans un stupide accident de montagne. Un personnage hors du commun qui mâchait tellement ses mots qu'on n'y comprenait rien. Il y avait du génial à foison en lui, et beaucoup de solitude. Il complétait le vide de la mort de sa femme par des litres d'alcool dès qu'il avait fermé la porte de son cabinet, et il se plongeait dans ses livres. Son alcoolisme donna parfois lieu à des scandales de campagne, des ragots d'agneaux tristes mais surtout pitoyables, le genre humain est bien une drôle de bestiole avec son penchant qui frise le cannibalisme lorsqu'il livre ses comparses sur la place publique. Un soir, le père Dabrowska arriva sur une urgence avec quatre grammes d'alcool par litre de sang, mais sans sa sacoche médicale. Des histoires croustillantes du genre il y en eut à la pelle, à la louche, des camions-bennes pleins, mais je laisse aux croquemorts, aux soiffards de on-dit, à ceux qui savent mieux que tout le monde, le soin de perpétuer les rocambolesques aventures du doc. Ils s'en sortiront mieux que moi. Je suis meilleur pour la photo que pour échanger avec ces bouches de vieilles.

Ce père absent, par sa présence ou son bel esprit, légua à Hannah un patrimoine névrotique conséquent, un joli pécule d'angoisses. Fille unique, elle en fut la seule héritière. Cet homme malheureux, désarçonné, si seul et dépourvu, combla le vide comme il put, surtout par des oui, des oui à tout.

— Papa je veux un cheval jaune.

— Oui ma chérie.

— Daddy, je veux marcher sur l'eau.

— Oui, bien sûr mon cœur, on va s'organiser.

Je ne sais pas s'il lui disait oui pour lui faire plaisir, pour lui laisser croire qu'elle pouvait vraiment avoir tout ce qu'elle voulait tout le temps à défaut d'une maman, ou s'il l'écoutait vraiment, avec ses deux oreilles, s'il entendait véritablement ce qu'elle lui disait. Si les échos du père d'Hannah à ses questions n'étaient pas simplement qu'une suite de mots inconscients, de lettres collées les unes aux autres, des réponses toutes prêtes comme les boîtes mail nous en proposent, des toutes cousues bien propres, lisses, uniformisées. Des réponses mécaniques en plastique de son *cloud* intérieur.

— Tu m'écoutes papa ?

— Bien sûr que je t'écoute.

— Tu m'entends papa ?

— C'est magnifique ce que tu joues mon amour, continue, j'adore.

Ça de l'amour, il y en avait. Un amour qui arrivait parfois d'une autre réalité, certes, son monde d'à côté, sa pensée parallèle, sa bulle de papier relié, mais c'était bel et bien de l'amour. Un amour vodka à la sauce polonaise, un amour au shaker, un amour vieilli en fût de chêne, sans pastiche, sans pesticide, sans sulfite, un amour avec un p'tit goût d'astringence vaguement bouchonné.

La mort de la mère d'Hannah, à sa naissance, avait pétri son père d'une nostalgie en pâte à sel qui avait fini par se durcir, se fossiliser, un minéral figé dans son évolution du jour au lendemain par la disparition de l'être aimé.

Hannah fut élevée par des mères de substitution, des nounous, des bonnes, des jeunes filles au père, des petites mains qui lui autorisaient tout, mais qui ne comblaient rien, et surtout pas l'absence de cette mère qu'elle n'a jamais connue, et d'un père qui vous parlait d'un autre monde, avec une autre langue. Les souvenirs d'Hannah sont vagues, elle ne sait plus très bien qui a dit quoi, elle n'était pas toute là, déjà, elle mélange tout, elle se demande parfois si ce n'est pas lui, le médecin de campagne, le mari, l'aimant passionné, qui est mort sur cette table d'accouchement les cuisses ouvertes ensanglantées, et si l'âme de cette femme fabuleuse n'est pas venue prendre possession de ce corps d'homme silencieux vacillant dès le soleil couchant.

Heureusement, il y eut le piano, et Gladys, à l'adolescence, quand les corps changent même si on n'a rien demandé.

Gladys eut une enfance aux antipodes de celle d'Hannah, elle venait d'un milieu ouvrier, populaire, pas pauvre, parce qu'elle mangea toujours à sa faim. Elle n'eut jamais froid, et elle ne sentit pas le besoin viscéral d'avoir une télé coins carrés, ou des robes en dentelle de guipure, voire une mère l'amenant à l'école dans une Golf cabriolet jaune canari. Au supermarché, le samedi, on piochait toujours dans le rayon du bas, le moins cher, celui aux étiquettes génériques qui ne donnent pas envie, mais qui faisaient qu'à la caisse le caddie était rempli à bloc, et qu'on en avait pour la semaine pour pas cher, avec quatre gosses à la maison, dont trois frères rugbymans qui mangeaient comme quatre et qui sortaient de table en râlant parce qu'ils auraient bien encore avalé un poulet chacun.

Je ne dis pas qu'Hannah ne s'est pas faite toute seule mais disons que Gladys avait la notion de l'effort ouvrier excessif, du travail compulsif de celui qui craint de ne pas y arriver, de manquer, une saine frustration modeste.

Hannah sait jouer du piano des heures durant à s'en faire saigner les doigts, c'est vrai, elle bosse, elle peut être vaillante, mais uniquement pour sa gueule et pour se faire de la place, pas pour manger.

Gladys était constituée d'abnégation positive, elle maîtrisait son effort sur la durée, elle était endurante, courageuse, rageuse, généreuse, combattive, limite belliqueuse. Elle ne se plaignait jamais, même les fins de mois difficiles, parce qu'intrinsèquement elle savait qu'elle y arriverait en se sortant les doigts. Je le dis sans jugement, comme un constat édulcoré, comme une table est une table. Nous avions elle et moi cette similitude d'éducation ouvrière, cet effort acquis dans l'exemple de nos parents et des petits boulots d'étudiants que le système nous paie à coups de lance-pierre. Nous, on pouvait compter sur nous. Nous, on savait que c'était la faute à personne, à part peut-être celle des lobbys, et encore, c'est un peu nous qui le choisissons, le système, quand on met nos bulletins dans les urnes ou qu'on décide d'acheter de la merde.

Gladys bossait tard le soir pour des cabinets d'étude. Elle se levait à l'heure où Hannah allait se coucher. Je ne sais pas si Gladys ne rêvait pas de l'insupportable légèreté irresponsable d'Hannah, et si Hannah ne convoitait pas secrètement le sens acquis par Gladys de la pugnacité maladive.

Une chose est sûre, Gladys était reliée, incarnée, ancrée dans la réalité, enracinée profond. Elle était toute là. Puissamment. Elle vous fixait droit dans les yeux et vous ne pouviez lui échapper sans être débusqué. Elle lisait à travers vous avec intelligence, une lecture laser de votre psychologie comme une recette de cuisine.

Je me souviens, lorsque désabusé par une Hannah opaque et silencieuse, je me lovais dans les bras d'une Gladys compatissante, gavée de maternité, gorgée d'altruisme, tournée vers moi, disponible, elle me rassurait sur un avenir à l'accent incertain, elle retissait de la confiance là où Hannah effilochait d'un silence grand écran mes plus solides et mes plus sobres certitudes. Hannah mon talon d'Achille, ma faille sans fond, Gladys ma chaussure orthopédique, mon orthophoniste, mon tuteur à toute heure.

Mais c'était Hannah dont j'étais dingue. Ses « Fuis-moi, je te suis, suis-moi, je te fuis » en rafale, inconscients, m'avaient rendu dépendant d'elle. Elle était ma came dure, mon héroïne, mon LSD (Libido, Sexe, Dichotomie). L'amour idéal et éperdu qu'elle m'avait donné sur les premiers mois de notre histoire, jusqu'à l'arrivée soudaine de Gladys, m'avait rendu accroc et incapable de voir la vie sans elle. Elle m'avait embarqué si loin dans son monde à deux soleils, que je ne savais plus distinguer le jour de la nuit, que je ne discernais plus le ciel du niveau de la mer. Elle devenait mon sens de désorientation, et moi je la suivais bouche bée comme un toutou lobotomisé, persuadé qu'elle était ma boussole. Je commençais à devenir lourd, en attente, mais, silencieux, je ne lui reprochais rien.

L'arrivée de Gladys nous avait involontairement éloignés. Elle avait moins besoin de moi, sur un plan moral et physique, sa vieille amie n'avait pas son pareil pour lui lécher la chatte et dénicher d'un doigt ses innombrables points G. Mais je n'en voulais à personne. C'était comme ça.

C'était juste un début de sac de nœuds. J'avais peut-être tiré un peu fort du mauvais côté, du coup, par impatience, par peur de la perdre. Tout commençait à se compliquer.

∞

Le passage de la péniche a coupé court à notre discussion.

Possédé par la curiosité, j'ai demandé à Givert si je pouvais aller la regarder passer. D'un ton autoritaire et paternel il me l'a interdit, prétextant le risque de se faire repérer, qu'on n'avait pas les moyens de se le permettre, blablabla, mes couilles et compagnie.

— Négatif Paulo. Tu restes ici.

— Je vous préviens Givert, ne m'appelez plus jamais Paulo sinon…

— Sinon quoi ?

On l'a laissée passer dans des silences de mort. Ça a cassé l'ambiance. On est restés là sans rien dire autour de cette table de jardin d'un autre siècle, puis Rémy, défoncé velu, est allé se faire une sieste dans sa piaule jusqu'à la tombée de la nuit. Ricardo, en tailleur sous un tilleul malade, a bidouillé des trucs les yeux fermés à un vieil œuf pourri qu'il tenait à trois doigts, il a marmonné en espagnol des prières au grand esprit pendant des heures et tout un tas de choses que je n'ai surtout pas cherché à comprendre. J'ai vu que ça titillait Givert, mais il lui a foutu la paix tout en le fixant du coin de l'œil avec curiosité. J'ai pris des clichés de Ricardo, et j'ai été particulièrement fier de l'un d'entre eux, le moment où il a recraché au vent un liquide aux odeurs d'eau de Cologne qu'il venait d'avaler. J'ai figé le jet dans une raie de soleil rebelle qui s'échappait d'entre les feuilles du tilleul.

Détendu, Givert a nettoyé ses légumes patiemment, en silence, à croire que sa ride du lion qui rugissait d'habitude toutes les trois secondes avait été balayée par l'écho. Hannah a bloqué les yeux dans le vide quelques minutes après le passage de la péniche, naviguant dans une réalité partielle et parallèle, puis, dans une lenteur insupportable, elle s'est levée et elle est allée jouer du piano jusque tard dans la nuit. Moi, j'ai attrapé une crampe au moral quand je l'ai entendue entamer son interprétation décalée de la sonate numéro neuf de Chopin. J'ai hésité deux secondes, puis je n'ai pas résisté à l'envie de la photographier elle aussi dans son jus de névrosée dans les prémices du soir, dans la lumière qui s'en allait à pas de fourmi géante comme pour aller me tromper avec un autre. Au bout d'un moment, il n'y a plus eu que le noir de la pièce et le son du piano. Je suis resté prostré dans un fauteuil en cuir, subjugué par l'ampleur de ce qu'elle pouvait envoyer avec les touches d'un vieil instrument désaccordé, sans lumière, avec juste son bide en charpie et le néant intersidéral pour la guider. Elle chialait sa Gladys. Elle a joué et rejoué cette sonate sans fin, en boucle, sans blanc, marmonnant parfois des contretemps géniaux. Je n'ai ni vu ni entendu le reste de la bande me rejoindre dans le salon, l'un après l'autre, comme téléguidés par le chant de la sirène aux cheveux de serpent à sornettes, irrésistiblement. On est restés là tous les quatre à écouter, bouleversés dans le reflet dansant d'une bougie que Ricardo avait allumée, entremêlés dans les notes, imbriqués dans cette partition, notes parmi les notes.

Ça, c'était hier soir.

Comme j'ai beaucoup dormi ces jours-ci, je suis le premier debout. Tandis que l'eau du café chauffe doucement sur le fourneau bouilleur, je fais défiler mes clichés à la lumière de l'ampoule de la cuisine, même si Givert nous a interdit de l'allumer, de peur qu'on nous repère, mais je l'emmerde, tant mieux si la lumière nous balance. Malgré ma colère contre lui, je n'ai pas pu m'empêcher hier de mitrailler une série sur sa splendide gueule de salopard en cogite qui dépiautait ses asperges sauvages, légèrement surexposé, l'ampleur de son âme a jailli au premier plan. La proéminence de son nez aquilin, ses épaules voûtées, la gravité de sa vie de merde. J'ai fait du bon boulot, on entend presque siffler ses narines sèches de fumeur.

Je me sers un café que je vais boire dehors. Il fait encore bien nuit, il est cinq heures. Je fixe l'est qui s'éclaircit à peine. J'ai peur soudain du jour qui va se lever. J'ai froid, je frissonne, mais j'ai aussi peur de rompre le charme de cet instant si je fais quoi que ce soit.

Hier, lorsque Givert écoutait Hannah jouer sa sonate, à un moment, j'ai cru percevoir une larme de fond pointer dans le coin de ses yeux, et comme il a senti que je l'observais, il s'est tourné vers moi, me provoquant du regard, m'envoyant un éloquent « Quoi ? T'as un problème ? ».

— Non, non, rien, j'ai dit.

Je ne comprends toujours pas le sens de ce que nous faisons, et comment nous avons fait pour nous retrouver dans cette situation. Je me demande s'il ne vaut pas mieux chasser de ma tête ces questions au risque de perdre la boule définitivement, et de tourner en boucle cette équation à six inconnus. Je suis déjà rassuré de savoir que Givert a passé la nuit loin d'Hannah. Vers deux heures du matin, je suis allé entrouvrir la porte de sa chambre, qui est voisine de la mienne, pour vérifier qu'ils n'étaient pas en train de baiser. J'ai marché jusqu'à son lit sur la pointe des pieds et j'ai reniflé les draps. L'odeur de son corps suant la souffrance et le manque, serrant l'urne comme une peluche cendrée, le parfum de son entre-jambes transpirant, tout ce cocktail m'a vrillé le cerveau.

Je suis allé manu militari me palucher dans les toilettes de ma chambre, rouge de honte, la bite surgonflée de désir, ça n'a pas duré des heures, croyez-moi. Une giclure de sperme, puissante, a jailli en moins d'une minute et a fini sa course sur la cuvette des WC. J'ai l'ai suivie des yeux, essoufflé, au cœur de la nuit, le caleçon sur les chevilles, les chaussettes à mi-mollets, les cheveux collés sur mon front par la transpiration, tétanisé à l'idée que le reste de l'équipe ait pu m'entendre m'astiquer, une dernière goutte translucide refusant de quitter mon gland.

Je reste un moment debout dans la cuisine, j'écoute les infos de cinq heures trente. C'est pathétique, ça ne me remonte pas vraiment le moral, j'ai envie de hurler. J'apprends qu'aujourd'hui c'est l'abdication de l'empereur du Japon, et qu'Anémone est morte. Je vais vomir lorsque j'entends que deux propriétaires viticoles ont été relaxés après l'épandage de pesticides à proximité d'une école. Mon ventre se tord lorsque le journaliste m'annonce que le dissident chinois Zhang Jian est mort. Le PDG de Facebook entame un virage plus privé, je ne sais pas ce que ça veut dire, si c'est plutôt bien, ou si ça va faire mal. Quatre personnes, dont un mineur, sont mises en examen pour projet d'attentat contre les forces de l'ordre. À ce jour on recense quatre-vingt-quatorze blessés graves chez les Gilets jaunes, dont soixante-neuf par tirs de LBD 40, membres arrachés, gens éborgnés, fractures, ça se passe en France, juste en bas de chez nous. Hier, deux mille désobéissants ont bloqué la Défense dans un esprit de non-violence, aucun employé n'a pu entrer dans les tours d'EDF, de Total, du ministère du Développement durable, et de la Société Générale. Je vacille entre fascination et exaspération.

Désobéir c'est quoi ? Refuser de se soumettre ? Ne plus s'écouter ? Obéir à qui ? À soi ? Assis-couché-debout ! C'est courber l'échine ? Bomber le torse ? Tendre son cul ? Traverser en dehors des passages pour piéton, c'est ça désobéir ? Ne pas mettre sa photo sur son passe navigo ? Se faire passer pour plus con qu'on est ? Croire aux moins-que-rien ? Se battre contre des moulins à vent ? Pénétrer dans l'enceinte d'une centrale nucléaire et y faire péter un feu d'artifice pour démontrer la vulnérabilité de la sécurité ? Décrocher un portrait de Macron dans une mairie parce qu'on est plus chaud que le climat ? Tromper sa femme avec un homme ? Voter Macron c'est obéir à quel diable ? Faire son plein chez Total c'est coucher avec quel démon ? Prendre l'avion c'est vraiment mal quand on est un écolo revendiqué ? Prendre des drogues, boire et conduire. Fumer et voler. Scier un arbre remarquable. Culpabiliser de désobéir. Trahir ses promesses de rêveur. Nourrir ses gosses au soja transgénique. Voter contre. Ne pas commettre la loi du plus fort. Se faire flasher pour excès de vitesse par un photographe hypersensible qui ne sait pas toujours ce qu'il fait. Qui vole un œuf cherche l'embrouille. Qui vole un steak crève la dalle. Douter des proverbes. Se sentir coupable de rien. Penser ce qu'on pense. Tuer le père. Menacer une pianiste sur un parking de supermarché. Voler une voiture avec un téléphone portable. Passer de l'ayahuasca dans un aéroport pour soigner des gens. Réparer des ordinateurs en dehors des heures de bureau. Libérer quatre gardés à vue qui galochent avec l'innocence. Balancer dans un congélateur un informaticien mort étouffé dans son vomi.

Le jour commence à se lever, il est six heures trente, je suis frigorifié.

Je me redresse, car j'entends au loin le bruit d'un gros moteur. Je tends l'oreille. Je suis debout. J'ai peur. J'attrape par le goulot une bouteille en plastique vide qui est restée sur la table, et je m'avance lentement vers le canal. Le moteur monte en régime.

C'est une péniche.

Ni une ni deux, je décide d'aller la voir passer. J'ai du mal à évoluer dans la nature épaisse qui me mène sur les rives du canal, il fait encore sombre, et comme je suis transi de froid, mes gestes ne sont pas très sûrs, pas vraiment vifs, ils ne suivent pas les ordres de mon cerveau, mes appuis manquent d'efficacité, je suis dans une approximative obéissance de moi-même. Je m'accroche à une aubépine grosse comme mon poing, je mets un moment à m'en dépêtrer, puis je finis par péter les plombs et par déchirer ma veste à capuche. Je grimace sur l'accroc abyssal que j'ai à l'aine, puis je reprends ma route, la mâchoire étau. Je trébuche sur une branche morte et j'insulte sa mère. Je poursuis et arrive enfin au bord du contre-canal de la Loire. J'aperçois les phares de la péniche au loin qui s'approchent lentement. Frissons. Elle glisse dans une légère brume qui se tortille à fleur d'eau, un pachyderme aquatique zen. Elle se glisse dans l'étroit canal à peine plus large qu'elle. Un mono phare géant pointe tandis que je suis caché derrière le tronc d'un acacia râpeux qui griffe le haut de ma joue. Son pont surplombe la rive d'un bon mètre, il me suffirait de courir, de sauter et de l'enjamber, et le tour serait joué. Un mètre pour ouvrir mes ailes. Un mètre pour me carapater. J'irais vers le pilote les mains en l'air, suppliant de me recueillir, lui dévoilant que je suis un des fuyards de Thionville, l'otage du flic parano autodestructeur, le complotiste, le putréfié qui purifie sa flotte avec une machine de l'enfer, que bientôt il va nous faire boire son pipi, et qu'il va nous assurer que si on suce sa bite on ira tous au paradis.

Elle s'approche, elle doit faire dans les trente mètres. Je respire profondément, mes mains tremblent.

Une fumée noire crache d'une cheminée au-dessus de la cabine de pilotage, elle précède la péniche en éclaireuse. L'odeur des échappements au diesel m'arrive dans le nez, la proue de la péniche n'est plus qu'à quelques mètres maintenant, sept, huit… cinq, quatre, trois… Je m'autopersuade de l'évidence d'un tel geste… Deux… Je plie les genoux, je vais sauter… Un…

— Tu fais quoi Cervantès ?

Quatre mots pour faire de mes jambes de la brisure d'os.

Dans le raffut du moteur, l'approche de Givert m'a été masquée. Il est là, à deux mètres de moi, la clope au bec, les mains dans les poches de son bombers, paisible, appuyé contre le tronc d'un tremble centenaire, on dirait qu'il attend le bus, les yeux embués par le sommeil, lui et sa putain d'aura, lui et sa façon de débarquer, à l'improviste, quand il ne faut pas.

— Rien. Je fais rien.

Je suis tétanisé par son expression de marbre, de faux calme cool. Je supplie un dieu imaginaire créé pour l'occasion de venir me secourir, une espèce d'ange géant qui viendrait m'arracher du sol de cette forêt lugubre dans un claquement d'ailes massif et qui lui flagellerait la gueule au passage.

— Comment ça rien ?

— Rien, je voulais voir passer la péniche…

Il me fixe, il a relevé le col de sa veste, je suis sûr qu'en cas de tremblement de terre historique, il ne restera que lui debout, qu'autour, les maisons, les arbres, la tour Eiffel, le mont Saint-Michel, les falaises de Camaret, les Pyrénées se seront effondrées sur eux-mêmes, mais pas lui, pas Vincent Givert. Ses fondations épousent le métal du centre de la Terre. Il est le noyau interne, la graine terrestre. Le pilote de la rotation de la planète, c'est lui. L'instigateur du cosmos, l'aménagement du système solaire, le logisticien du grand tout c'est lui aussi. Moi je ne suis que poussière, poussière de poussière, un résidu de balayure de chiotte qui regarde, dépité, la péniche le longer, pétrifié par la trouille, une matière fécale, un flotteur inerte impuissant, à côté duquel elle passe, lentement, un brin bêcheuse, à dix kilomètres à l'heure, peut-être moins.

— Ça va ? Tu as l'air énervé. Tu trembles ?

— Non pas du tout, j'ai un peu froid c'est tout.

— Rentre alors si tu as froid.

— Oui.

Ça y est, elle nous a dépassés, elle est passée, elle ne se retourne même pas sur mon passage, à elle aussi je lui suis profondément invisible.

— Je vais faire ça. Vous restez là, vous ?

— Non… ça me ferait bien plaisir de t'accompagner…

— …

— Ça te dérange Cervantès si je t'accompagne à l'intérieur ?

— Non, pas du tout.

— Si ça te dérange t'as qu'à me le dire.

— Non non pas de souci, au contraire.

— Très bien… alors faisons comme ça… allons-y, je t'en prie… passe devant.

Nous retournons à la maison, il fait presque jour à présent, le ciel se couvre un peu, des nuages étalés comme une pâte à pizza nous surplombent, je ne sais pas si le temps va virer à l'orage ou si le soleil va encore avoir le dessus aujourd'hui. Givert me colle aux baskets, ses iris pointent ma nuque.

Arrivés à la cuisine, nous croisons Ricardo, il s'est attaqué à la préparation d'un pain au maïs, il nous sourit.

— *¿ Holà qué tal ?*

J'avale un café tiède puis je décide d'aller me recoucher, brisé par la déception et la fatigue, vidé par le stress. Givert me suit des yeux avec une pointe d'exaspération et un épais soupçon de méfiance, je lui envoie un sourire en demi-teinte auquel il ne répond pas. Je me demande pourquoi je fais une chose pareille. Il est déçu, nous ne sommes plus vraiment potes. Il déteste ma lâcheté, ma petitesse décalottée. Il était convaincu que j'en avais plus sous le pied, que sous mon habitacle se cachait un moteur de Corvette, alors qu'en fait je pilote une voiture à pédales.

Je sors de la pièce, englué par la culpabilité et la honte. Je ne mets pas cinq minutes à m'endormir.

Je me lève vers midi dans les vapeurs des odeurs du pain au maïs. Hannah s'est remise au piano, elle joue un air qui a cartonné sur les radios, un morceau à l'odeur des prés, de fleur sauvage, quasi-disque de platine, léger, qui témoigne de son humeur joviale.

Agenouillés devant deux vélos en kit, Givert et Rémy tentent de les remettre sur pied avec trois outils de fortune rouillés. Ricardo se bat avec un vieux poste télé noir et blanc et son antenne, puis il finit par lui envoyer des séries de coups de poing sur la tête et par le mettre définitivement KO.

Le ciel semble tissé dans une toile cirée. Il fait affreusement chaud.

Chacun passe sa journée à s'occuper comme il peut, de préférence à l'ombre.

Je m'énerve sur la série de clichés d'Hannah jouant Chopin parce que le grain est grossier, le piqué de mauvaise qualité, ça manque de lumière et l'effet est copieusement raté, ça n'a aucun charme, c'est poussif, raté.

J'envoie chier un Rémy défoncé à l'herbe qui fait une pause casse-croûte penché au-dessus de mon épaule, m'inondant de miettes, et me questionnant d'une voix nasillarde :

— Qu'est-ce tu fais ?

Je t'emmerde ducon.

Je grogne un truc incompréhensible qui est censé le faire partir en courant, mais qui au contraire le fige. Il vient se coller à mon oreille, et l'odeur de son haleine me soulève le cœur, incapable de subir sa présence une seconde de plus je le vire de la pièce en le traitant de mongolien. Les yeux globuleux, le temps suspend son vol. Lard ou cochon ? Hallal ou casher ? Peste ou choléra ? Voilà ce qui semble le traverser. Grâce à un regard grincheux gris coron, nuage chargé, orage imminent, vigilance orange, il reçoit le message et il quitte la pièce en sifflant *Lose Yourself* d'Eminem.

Je replonge dans mes photos mais, rapidement distrait par des cornes de brume de deux péniches qui se saluent, je finis par abdiquer.

Le soir venu, dans des odeurs de lilas cueilli par Ricardo, nos deux bricoleurs nous annoncent fièrement que les vélos fonctionnent à merveille, ils les ont même rafraîchis d'un petit coup de peinture vert métallisé trouvée dans une remise en friche, que la chaleur a séché de manière fulgurante.

— On va pouvoir enfin aller faire des courses en toute discrétion. Vous avez vu ? On a fixé des cabas à roulettes autoportées sur le côté, et des caisses en plastique sur le porte-bagages ! C'est la classe non ? C'est moi qui ai eu l'idée.

— Bravo Rémy ! applaudit la pianiste.

Ce qui fascine Hannah me brise tout autant le moral, car je suis incapable de planter un clou sans finir à l'hôpital, et que s'il suffit de fixer un cabas sur un vélo pour briller à ses yeux, à quoi bon s'évertuer à prendre des photos comme si c'était le dernier acte que je faisais délibérément avant de mourir ?

Je file dans ma chambre passer la soirée à lire *Sexus* d'Henry Miller.

Je me réveille au milieu de la nuit, trempé de sueur, paniqué, ne sachant plus où je suis, si le cauchemar que je viens de traverser n'a pas sa part de réalité.

Je fonce dans la chambre d'Hannah vérifier qu'elle n'est pas en train de baiser Givert, mais sa porte est fermée à clé. Nom de Dieu ! Je colle mon oreille contre la porte. Rien. Pas de lit qui grince, pas d'orgasme étouffé. La tête me tourne. Un murmure chanté émane d'une chambre voisine, Ricardo fait des vocalises. Des reliquats de rêves me collent à la peau, des restes d'hallucinations à la Lewis Carroll, des visions fabuleusement colorées, volées à cette petite pute d'Alice et à son pays des merveilles.

Je touche mon front. Chasse le rêve Jason, sois fort, reviens dans la réalité et trouve le moyen d'ouvrir cette foutue porte. Me revient le souvenir d'un tiroir rempli de clés dans le salon. Je descends au triple galop, puis je remonte l'escalier en deux enjambées. Essoufflé, les mains moites, j'essaie le plus silencieusement possible les clés une à une, épouvanté à l'idée d'un échec qui ne ferait qu'augmenter ma parano qui gronde. Ô miracle, plusieurs interminables tentatives plus tard, je réussis mon coup, la porte finit par s'ouvrir. Je rentre à pas de chat, je m'approche du lit, elle dort, elle est seule, elle serre l'urne, elle est si belle. Je la contemple dans la pénombre, je me nourris de son visage. Je reste un long moment debout, une heure, peut-être plus, je ne sais pas, le temps passe si vite en sa compagnie.

9.

Après le coup de téléphone libérateur des gendarmes de Saint-Dié-des-Vosges indiquant la direction de la fuite de la bande à Givert, ce furent la déception, la colère, la tristesse, puis enfin une déprimante désillusion qui s'imposèrent sur la carte motivation du narcissique Le Tallec.

Il avait d'abord vu un signe fort du destin, un coup de pouce mérité nimbé d'un halo de lumière blanche, voire un espoir secret de monter en grade au moment où sa carrière semblait piétiner comme jamais. Il s'était rêvé soudainement la possibilité de finir major. Oui, major. Major de la gendarmerie.

Il avait alors foncé au volant d'une Mégane turbo bleu métallisé interroger le témoin des Vosges, qui lui avait raconté dans les moindres détails la rencontre avec la bande.

— Vous êtes sûr qu'ils étaient tous libres ?

— Oui, sûr.

— Pas de menottes ? Personne ?

— Ça a été vite vous savez, j'ai pas eu bien le temps de voir grand-chose, l'autre m'a sorti sa carte de d'sous le nez, et on est allés à ma voiture, et ensuite je suis parti sans demander mon reste, j'étais déjà bien content de caleter.

— Et la fille ? Vous avez vu la fille ?

— La fille ? La blonde ? Ouais j'l'ai vue, difficile de la rater celle-là, vu le morceau.

— Et les autres ?

— Ben y'en avait un gringalet penché au cul du coffre, celui-là quand j'l'ai vu sortir des toilettes j'ai tout de suite su qu'il avait quelque chose de pas catholique, sale tête, pas net, blanc comme un cul, bizarre, pas comme tout le monde.

— Et Givert, il avait l'air comment ?

— Givert ?

— Le flic.

— Comment ça comment ?

— Je ne sais pas moi, énervé, tendu, agressif, ou juste pas pire ?

— Oui c'est ça.

— Tous libres alors ?

Le témoin avait éclairé Le Tallec aussi puissamment qu'une frontale en fin de pile. Il l'avait remercié poliment, puis il avait jeté violemment un caillou au loin dans un geste navrant de fin de journée.

Dans la foulée, il avait envoyé des rafales de messages aux brigades cynophiles, et aux hélicos, puis des centaines de gendarmes avaient dressé des barrages sur tous les ronds-points de la région Alsace

Champagne-Ardenne Lorraine, et de Bourgogne-Franche-Comté. On avait arrêté toutes les Audi noires, fouillé les coffres, relevé des empreintes, mais aucune piste ne les avait emmenés plus loin que le bout de leur nez. Un bide total. Un mystère au pays de la bizarrerie. Un tour de passe-passe abracadabrant.

Puis plus rien. L'enquête s'était arrêtée aussi vite qu'elle avait commencé.

Disparus dans la nature. Gommés de la circulation. Depuis plus de trois jours. Une éternité.

Le commandant Gescuel avait viré hystérique, il avait ordonné à son inférieur de mettre un terme immédiatement à cette cavalcade ridicule. Le Tallec se sentait sur le point d'imploser comme une supernova.

Le matin du quatrième jour, l'adjudant-chef sait qu'il est en sursis, que ses chances de devenir major sont aussi maigres qu'un phacochère du Niger. Ce n'est pas faute d'avoir essayé pourtant, d'avoir tout donné, à deux cents pour cent, d'être allé plus loin que ce que sa carcasse peut supporter. Mais malgré tous ses efforts, l'Audi reste introuvable.

Il est inquiet pour les otages, pour sa carrière, sa réputation, pour sa putain d'image. Les réseaux sociaux explosent d'insultes, le public reproche à la police son amateurisme, la facilité avec laquelle ils se sont bien fait bananer. Les gens se font du souci pour la star du piano, réputée fragile comme du papier vitrail, et pour ses émotions à fleur de peau qu'elle transforme si merveilleusement en musique. Les fans de Jason Cervantès hurlent au scandale, ils sont désabusés face à cette histoire qui fait le buzz mais qui ne se résout pas, ils sont sûrs que c'est un coup du gouvernement, ses photos dérangent parce qu'elles dénoncent la misère. Pas bon. De mémoire d'homme on n'a jamais vu une histoire comme celle-ci. Les producteurs de cinéma se frottent les mains, on tient un scénario d'enfer dont on ne connaît pas encore l'issue mais qui s'avère prometteuse, quelle qu'en soit la finalité. Les journalistes se gavent, des hordes de camions chapeautés d'antennes paraboliques squattent le trottoir de la gendarmerie de Thionville dans l'attente d'événements qui n'arrivent pas. Hystérique, le préfet a promis à Le Tallec de briser sa carrière s'il arrivait quoi que ce soit au mari de sa nièce.

Le Tallec a tout essayé, il a remonté toutes les pistes possibles, aussi absurdes soient-elles. Il a téléphoné en Corse, à l'ex-femme de Givert, elle a été ravie d'apprendre que le père de ses gosses avait fini par péter les plombs, une convaincue de la première heure de la dangerosité de ce mec.

— Si vous me l'aviez demandé, je vous aurais prévenu depuis longtemps que ce type est un grand malade. Vous croyez que je l'ai quitté pour quoi ? Je suis surprise d'ailleurs que ça arrive si tard. Ce connard m'a fait subir des années de violence psychologique !

— Vous savez où il aurait pu aller ?

— Aucune idée. Je l'ai rayé de ma mémoire. Qu'il crève en enfer.

Il avait appelé ses parents, il espérait une confession du père Givert, Joseph, gendarme à la retraite. Le Tallec le croisait parfois au PMU, un déstabilisant copié-collé de son fils, avec trente ans de plus et autant de kilos. Un vieux caractériel taciturne et aigri, taiseux, qui se faisait royalement chier depuis la retraite, et qui s'était enfermé dans un mutisme qui glaçait le dos de sa femme.

— Vous n'avez pas idée Mme Givert d'où ils ont pu aller ?

— Désolée, j'y ai beaucoup réfléchi, je suis si inquiète pour Vincent, mais vraiment non je ne vois pas, aucune idée. Depuis sa tentative de suicide, il est devenu si mystérieux vous savez, je ne le reconnais plus, il a changé, il lit des livres fantaisistes auxquels je ne comprends rien, vous saviez vous qu'il voyait un docteur pour la tête ?

— Oui je savais, il dit que c'est pour son bien, qu'il fait du rangement, qu'il est sur le bon chemin, je ne vous cache pas que j'ai parfois moi-même du mal à le reconnaître.

— Et moi donc !

— Vous croyez que je peux parler à votre mari, Mme Givert ?

— Je ne sais pas trop si ça va vous aider, M. Le Tallec, il ne dit plus grand-chose depuis des années Joseph, je ne crois pas qu'il vous soit d'une grande utilité.

— D'accord Mme Givert, je ne vous dérange pas plus, merci en tous cas, et bon courage pour cette épreuve. Donnez le bonjour à votre mari.

— Merci, ça sera fait, vous ne m'avez pas dérangée, que Dieu vous protège, je prie pour que vous nous le rameniez entier.

Les gars de la brigade avaient forcé la porte de l'appartement de Givert à grands coups de rangers. La serrure avait sauté aussi facilement que lorsqu'on jette une pièce de deux centimes en l'air avec deux doigts. Ils avaient tout retourné, fouillé les placards, dépiauté les albums photo, vérifié les doubles-fonds des tiroirs, démonté l'électroménager crado, éventré les matelas et les coussins, scruté méticuleusement chaque millimètre carré de ses poubelles, dépiauté à la pince à épiler son compost, dépoussiéré au pinceau les poils de son tapis d'Orient. Ils avaient démonté le faux plafond, analysé la corbeille de son ordinateur perso, et le contenu du trop-plein de son lavabo. Rien. Que dalle. Le néant absolu. En dehors de cet endroit glauque et sale, Givert n'avait aucune vie personnelle, aucun passé au-delà de la frontière de Thionville, aucun souvenir de vacances, aucun projet dans les cartons, aucune trace nulle part de préméditation.

Le Tallec avait interrogé ses collègues, un à un. Ils étaient tous au courant pour les accords toltèques, ses séances chez la psy, sa lubie pour les légumes bios, on le trouvait changé, silencieux, étrange, différent, un brin parano, pas vraiment rigolo, mais ça s'arrêtait là.

On avait convoqué sa psy, une certaine Mme Dranuig, Le Tallec l'avait cuisinée aux p'tits oignons, au velouté de courtoisie et à la sauce sournoise, mais non seulement elle s'était protégée derrière le secret professionnel, mais en plus, elle lui avait certifié qu'elle ne comprenait pas ce qui avait bien pu traverser la tête de son patient, qu'elle l'avait vu la veille de la disparition, et que tout semblait bien aller, autant que faire se peut pour un mélancolique de cet acabit, alléluia, à part la cigarette mais ça, vous savez, un fumeur restera toujours un fumeur. Au final, sans s'y attendre, Le Tallec s'était offert une séance thérapeutique gratos, et il avait fini par tout lui déballer, la voix chevrotante, les larmes aux coins des yeux, une indéfectible tristesse le pénétrant comme un brouillard de matin de novembre mélangé à des odeurs d'œufs pourris. Il avait mis plusieurs minutes à s'en remettre, autobouleversé.

Démuni, éreinté, Le Tallec est à deux doigts de baisser les bras. Sa carcasse suinte la défaite, ça fouette la fin de carrière à la circulation, la réputation éternelle de celui à cause de qui tout est arrivé. Son corps long et fluet, sans fin, le supporte à peine, il a les épaules voûtées, et lui, si maigre déjà devant l'éternel, ne mange plus depuis des jours. Sa femme ne le reconnaît pas, il ne regarde même plus les jeux télévisés.

Alors, il décide d'aller marcher un peu, de souffler dans les rues de Thionville, de gamberger en mouvement. À la sortie de la gendarmerie, des journalistes hystériques lui sautent dessus, il baisse la tête, ne leur répond surtout pas, ils finissent par lui lâcher la grappe au bout de quelques mètres, il fait si chaud, trop chaud pour insister.

Il longe un long moment la Moselle, il se dit que son niveau est anormalement bas pour une sortie d'hiver, il s'arrête même un moment au passage d'une péniche de marchandise d'au moins cent cinquante mètres. Il enlève sa veste, sa chemise est trempée. Il se tient en respect devant le pilote de la bête, il le salue même, l'autre lui répond, puis il reprend son chemin, les mains dans le dos, les semelles qui s'éternisent parfois sur le gravier, il donne des coups de pied à des cailloux, il les envoie promener. Il met des gifles bon marché aux feuilles des arbres. Il déprime devant une poubelle municipale qui déborde au milieu d'un square désert. Il pense à sa carrière qui fout le camp, comme s'il trébuchait à quelques mètres de la ligne d'arrivée d'un marathon, incapable de se relever, ses forces l'ayant quitté.

De fil en aiguille, Le Tallec ne se voit pas arriver devant la petite maison pour laquelle il s'est déplacé, loin du centre-ville, en plein quartier résidentiel de retraités, un quartier ridé, télévisé, vidéo surveillé. Il s'arrête, c'est ici que vivent les parents de Givert. Il observe tendrement le jardin, les piquets en châtaignier qui servent de tuteurs aux jeunes plants de tomates, le grillage arrondi vert, la serre microscopique faite maison avec une porte vitrée, les sept nains en plastique, l'amanite tue-mouches en plâtre, une Blanche-Neige écaillée, la brouette cabossée, les sacs de terreau, l'allée impeccable, un râteau au manche usé, une petite cabane déglinguée, l'allée bétonnée craquelée, une chaîne de tronçonneuse rouillée qui traîne, Joseph Givert en train de bêcher, faisant semblant de ne pas le remarquer, courbé, vêtu d'un vieux bleu de travail pâle et d'une casquette au nom d'une coopérative agricole.

Le Tallec hésite, puis il finit par secouer le tocsin de la cloche en forme d'ange fraîchement restaurée. Le vieux jardinier ne lève pas le nez de son carré de terre noire sursaturée d'engrais, c'est Mme Givert qui s'y colle, elle ouvre sa porte, écarte le rideau de perles, elle est d'abord surprise, puis inquiète, elle redoute le pire. L'adjudant la rassure par un sourire léger. Elle se détend, un peu.

— Je suis ravie, commissaire.

Le Tallec ne relève pas. Il n'est plus commissaire depuis bien longtemps.

— Je passais par ici.

— Vous avez bien fait.

— J'espère que je ne vous dérange pas.

— Pas du tout, pas du tout, on va aller s'asseoir à la fraîche, vous allez boire une citronnade, il fait si chaud encore aujourd'hui ! Allez rentrez rentrez, ne vous gênez pas.

— Oui avec plaisir, cette chaleur n'est pas normale pour un début mai.

— Ne m'en parlez pas, Joseph arrose deux fois par jour, on n'a jamais vu ça, c'est arrivé si vite, y a pas à dire, il se passe bien des choses pas normales avec la météo.

— Pour sûr.

Il s'assied autour de la table en formica dans la cuisine sombre, les volets sont fermés, Mme Givert allume la lumière, elle sert les citronnades dans des verres à cantine, elle s'affaire, ouvre un paquet de gâteaux, Le Tallec est gêné, il dit qu'il n'a pas faim, qu'il est désolé d'être passé à l'improviste, elle lui répond que tout va bien, qu'il a bien fait, que ça lui fait plaisir de le voir, elle verse les sucreries dans une assiette creuse, elle se recoiffe un peu, baisse le son de la télé qui jure une télé-réalité débile, ajuste son tablier Poulbot, elle se frotte vigoureusement les mains, referme le journal qui traînait sur la table avec le visage de son fils en première page.

— Mon Dieu… murmure-t-elle.

Elle essuie ses mains trapues, épaisses, ridées, sur son tablier. Son regard part dans ses pensées.

Elle sursaute violemment lorsque son mari entre à son tour dans la cuisine. Il regarde Le Tallec, quoi, deux secondes, puis, du bout des doigts, il lui serre la main et il va s'asseoir péniblement à la table. Sa femme lui sert sa citronnade, rajoute une lichette de vin rouge. Il ne remercie pas. Il boit le verre cul-sec et demande, du menton seulement, qu'elle lui en resserve un autre. Elle se précipite et réitère le geste. Puis elle attend debout à côté de lui, la bouteille à la main.

L'adjudant observe les gestes, les silences, l'inquiétude, la modestie du lieu, le kitsch de la kitchenette, le fauteuil en skaï rouge usé, le panier du chien, vide, la faïence au-dessus de l'évier avec les géraniums. Les cartes postales sur le frigo maintenues par des magnets gagnés dans des boîtes à fromage. La huche à pain en épicéa achetée un jour de brouillard au col de la Schlucht, en plein mois d'août. Les portraits encadrés des petits-enfants sur une plage corse. Les tableaux en canevas. Le baromètre en forme de chalet suisse. La fausse tête naturalisée de chevreuil. Le calendrier des pompiers. Vincent Givert sur un vélo à roulettes.

— C'est Vincent sur la photo ?

— Oui, répond la mère.

Elle s'essuie à nouveau les mains sur son tablier, elle regarde dehors, elle soupire un peu. Ses mains tremblent. Elle se jette sur une poignée de patates qui perlent dans l'égouttoir, puis elle commence à les éplucher nerveusement.

— Déjà cette masse de cheveux, c'est marrant cette touffe qu'il a sur la tête, de qui il tient ça ?

— De son père, moi j'ai plutôt les cheveux fins, de mon côté on a tous les cheveux fins, les cheveux épais ça c'est du côté Givert, hein Joseph ?

Le vieux ne lève pas le nez de son verre, il le tourne dans un sens, puis dans l'autre, en silence, avec ses doigts épais couverts de terre et de crevasses, il menace sa femme du coin de l'œil.

— Il avait quel âge sur cette photo Vincent ? Six, sept ans ?

— Non, cinq ans à peine, il était grand pour son âge.

— Elle est belle cette photo noir et blanc…

— …

— C'était où ?

La puissance d'avoir un enfant. De lui donner sa vie. De le défendre coûte que coûte. Contre vents et marées, contre les typhons, les pythons, les tritons, les araignées au plafond, contre la folie de l'homme, ses doubles pétages de plomb, ses démesures inexplicables, l'anarchie de ses actes, l'inexcusable lâcheté. Le Tallec sent qu'ils savent, il a vu. C'est imperceptible, invisible à l'œil nu, mais ça a bien existé, infime mouvement de l'ancien levant le nez sur sa femme, les kilomètres d'éloquence des vieux couples liés par la complicité des ans, le tremblement à la commissure des lèvres. La menace proférée à sa femme dans le silence d'une épaule maladroitement déplacée qui trahit l'inquiétude.

— …

— C'était pas à Thionville ça.

— …

Le Tallec sait qu'il a mis le doigt là où ça fait mal. Il sent que dans cette photo il y a un bout de l'équation qui peut l'amener à celui qu'il recherche, ce vieux collègue qu'il aimait tant, et qui l'a trahi.

— Hein Mme Givert ? C'était pas à Thionville cette photo ?

— Je sais plus… C'était il y a des siècles.

Les pelures de patate volent de plus en plus haut, subissant la nervosité croissante du geste.

— C'est pas les bords de la Moselle ça, j'en suis sûr… C'était où cette photo Mme Givert ?

Le Tallec attrape avec toute la bienveillance du monde la main qui tient l'économe hystérique.

— Vous allez vous couper, Mme Givert... Allez, dites-le-moi qu'on en finisse... Ils sont là-bas n'est-ce pas ?

Le Tallec frotte son pouce sur le pouce de la vieille dame, les larmes lui coulent sur les joues. Le gendarme est fendu en deux, noyé dans la culpabilité de faire souffrir cette mère de famille, Joseph lève son gros nez de son verre à moutarde, et il comprend lui aussi que le gendarme a compris, il soupire longuement, il est comme soulagé pour son fils, il attend la suite, patiemment. Le plus dur est fait.

Quand il sort de cette maisonnette de retraités, un petit quart d'heure plus tard, le téléphone à l'oreille, le chef de la brigade de Thionville est surexcité dans le couchant du ciel orangé, ses épaules se sont rehaussées, la mamie a cafté. Il sait où est caché Givert, il a l'adresse, ils sont dans la maison sur la photo, à Saint-Firmin-sur-Loire. Il prévient la brigade d'intervention, les forces spéciales, le commandant, et il emmerde le préfet, puis il saute dans la Mégane qui vient de se garer devant lui dans un couinement de pneu qui dérape, c'est Xav' qui est venu le chercher. Sur le siège arrière, Rouquin envoie un texto à sa femme : Dis aux enfants que je rentrerai encore trop tard ce soir pour l'histoire, je vous aime.

Un plan calibré, millimétré, est vite préparé une partie de la nuit, grâce à une carte détaillée pondue par un satellite. On disperse les équipes, on distribue les rôles, on répète les ordres d'entrée, on rappelle qu'il y a des otages, des grosses pointures, et que Givert n'est pas une petite racaille inexpérimentée, qu'il faudra hautement s'en méfier, que depuis qu'il a arrêté de picoler il a repris les entraînements à la salle de tir, il tremble encore un peu mais il vise juste. Il est trois heures du matin, on est sur le point d'intervenir. On s'équipe de gilets pare-balles, de lunettes infrarouges. Le Tallec est fier de lui. Il aura fini par y arriver. Le ministre de l'Intérieur regardera ça en direct grâce aux caméras Go Pro scellées sur les casques, alors pas de bavure les gars. Il sent le bas de son ventre le chatouiller. Il remet sa mèche rebelle à sa place, il apprécie.

À trois heures trente, vingt hommes vêtus de noir, surentraînés, s'approchent à pas de loup de la vieille maison de famille bourgeoise, les armes au poing. Ils se faufilent dans le jardin sauvage.

Ils attendent le go.

Tout est éteint, ils distinguent des cadavres de bouteille sur une vieille table en fer forgé, les cendriers sont pleins. Ils communiquent l'information cruciale à leurs supérieurs. Tout le monde se regarde, ça sent bon la victoire, pas de doute ils sont bien là.

Go.

En deux temps trois mouvements, toutes les entrées sont plastiquées, dégondées, un phénoménal raffut résonne à des kilomètres à la ronde, puis ça va très vite, ça crie, ça hurle, go-go-go, allez-allez-allez, on défonce les portes à coup d'épaule, on braque les lampes torches sous les lits, on fait rouler au sol des grenades lacrymogènes, on respire fort sous les masques à gaz, les nuques sont tendues, on fixe le cœur des viseurs des armes automatiques, on postillonne dans les micros des radios. En quelques secondes tous les étages sont remplis d'hommes cagoulés qui défoncent tout sur leur passage. Deux hélicoptères sont à l'approche, ils vont bientôt balayer la zone avec leurs projecteurs géants.

Le Tallec a l'oreille focalisée sur sa radio, il suit l'intervention en direct sur un petit écran, il attend le moment où les otages vont être libérés, et où enfin, peut-être, Givert va être arrêté, menotté, ou alors dessoudé, c'est lui qui choisit, c'est lui qui sait s'il doit coopérer ou pas, il a son avenir entre les mains, soit il les met en l'air, soit on lui dessoude la gueule. Le Tallec est persuadé que Givert va mourir cette nuit l'arme au poing, ses collègues sont prévenus, ils ont carte blanche, au moindre geste du mutin on le descend, pas le temps pour les sommations et les salamalecs.

On entend les portes des chambres sauter comme des boutons de manchette, une à une, et les R.A.S. s'enchaîner. Un, puis deux, trois, et encore un, ainsi de suite, dans chaque chambre, dans chaque pièce, de la cave au grenier.

— R.A.S. !

— R.A.S. !

— R.A.S. !

— Nom de Dieu de bordel de merde ça veut dire quoi ça ? Allô allô ? Vous m'entendez ? Répondez-moi, c'est quoi ce bordel ? Vous les avez ou pas ?

— Y'a personne chef. Ils sont partis.

∞

La mère de Gladys avait un frère pété de thunes qui avait fait fortune en Amérique du Sud.

Il avait monté une boîte de guides pour touristes millionnaires dans un patelin du bout du monde, à Puerto Natales, à l'extrême sud du Chili, en pleine Patagonie, une des dernières villes avant Ushuaïa et sa Terre de Feu. Il emmenait des Américains obèses dans le désert observer les pumas, les renards gris, les tatous, les glaciers qui reculaient à vue d'œil et qui s'effondraient sur eux-mêmes dans un déchirant spectacle de fin du monde, et il leur faisait payer leur périple une petite fortune. Le privilège d'être témoin des derniers cris d'un glacier a un prix pour qui est prêt à enfourner ces sornettes.

Il rencontra une charmante autochtone et il décida de l'épouser. Pour l'occasion, il invita toute la famille à la cérémonie et régala tout le monde pour ce qui était des billets d'avion et du logement.

La mère de Gladys qui était enceinte de sept mois hésita tout d'abord, mais son mari et ses fils insistèrent, ils avancèrent l'argument que l'occasion ne se reproduirait certainement jamais. Elle finit par capituler et prit le risque d'embarquer à l'aéroport Charles-de-Gaulle un matin de fin avril 1972.

C'est au milieu de l'Atlantique sud que Gladys tambourina à la porte de sa mère, et qu'elle décida qu'il était temps pour elle de prendre l'air. Il y eut panique à bord lorsqu'on constata qu'aucun médecin, pompier, infirmière, ou même vétérinaire ne s'y trouvait. Un éleveur de bovins chiliens se proposa d'extraire la bête mais le père de Gladys le menaça avec un couteau en plastique s'il osait toucher sa femme. D'un commun accord avec le copilote, le commandant vira de bord et décida d'atterrir d'urgence sur la terre ferme la plus proche : l'île volcanique de Tristan da Cunha. Territoire britannique. À 2 790 kilomètres du Cap en Afrique du Sud, et à 3 222 kilomètres du Brésil. Au milieu de nulle part. Le rêve de tout écrivain en quête de solitude. 267 habitants. 98 kilomètres carrés. Un exemple d'endogamie. Trois noms de famille au cimetière. Deux églises. Un magasin général, une poste, un musée, une boutique artisanale. Un policier. Un volcan ultra-proéminent qui culmine à plus de deux mille mètres. Un trésor naturel pour naturalistes et scientifiques de tout poil. Des dizaines d'espèces endémiques animales et végétales. Des couchers de soleil jamais les mêmes, sans cesse renouvelés, une provocation de Dieu à William Turner et autre obsédé du couchant, son chef-d'œuvre en quelque sorte, son apogée.

Cette histoire semble tirée par les cheveux, ou écrite par un cocaïnomane californien schizophrène qui n'aurait eu que deux jours pour pondre un scénario catastrophe, mais c'est pourtant la stricte vérité. C'est du moins ce que les parents de Gladys lui ont raconté vingt fois, en gros à tous les anniversaires qu'elle a passés en leur compagnie.

Elle aimait afficher cette histoire. Elle était fière de brandir sa carte d'identité comme les couleurs d'un écusson, où, apposé à son lieu de naissance était écrit : Édimbourg-des-Sept-Mers (Edinburgh of the Seven Seas).

Gladys avait donc tout naturellement la double nationalité anglaise et française, elle adorait se vanter de cette originalité, une sorte de provocation à la bonne franquette entre camembert et apple crumble.

Pour ceux qui l'ont connue intimement, comme moi, nous avons eu la chance ultime et le plaisir de lire la carte de l'île de Tristan da Cunha secrètement tatouée avec promesse de trésor à l'appui, cachée tout en bas de ses reins, à la naissance subtile et charnelle de ses fesses impeccables et fermes, dans les prémices d'un canyon où de multiples et dangereux guets-apens vous étaient tendus.

À dix-huit ans et un jour, elle prit l'avion pour là-bas. Seule. Elle en revint bouleversée, bousculée, disséquée, instantanément changée, ou remise à sa place, remboîtée, c'est selon, révélée à elle-même dans une translucide évidence bleutée, du liquide amniotique, comme mise à nu par ce qu'elle avait de plus profond en elle, de plus intime, de plus animé. Elle fut escamotée dans sa structure interne par l'énergie de cette terre mystérieuse, par cet appendice minéral unique dans ses paysages qui la laissèrent sans voix des jours entiers. Les conditions climatiques dangereuses abondèrent ses joues de larmes grosses comme des océans. Elle fut nourrie sans fin de lâcher-prise et d'instant présent. Les francs vents puissants, tranchants, la scarifièrent fièrement, scalpèrent son cuir chevelu chétif de ses certitudes si naïves. Les reliefs abrupts et doux de ce paradis insulaire l'estomaquèrent comme des caresses, ainsi que la sauvagerie du vivant de ce rocher solitaire, poète minéral préservé de la violence de la modernité.

Ce morceau de caillou était d'une telle pureté qu'on était convaincu qu'il venait de naître et que le vert des hautes herbes qui jonchait l'infinie beauté de ses prairies sentait encore la peinture fraîche.

Gladys était une enfant de Tristan da Cunha. Personne ne sait laquelle collait à la peau de l'autre, et pas seulement en haut de ses fesses. Dans ses ovaires et dans sa poitrine le vent faisait tempête et elle ne craignait point la force de ses rafales. Elle était le typhon calme et lent, son origine même, sa création, sa semence, la semence de sa semence. Elle était la bourrasque de folie qui affolait les anémomètres et les sédentaires dans mon genre. Elle ne craignait personne.

Elle était la terre. Elle fut le feu. Une recette miracle, une tambouille philosophale constituée aussi d'eau et de vent.

Ces quatre éléments se retrouvaient alors en elle, compacts, parfois un peu, parfois passionnément, et à la croisée de leurs chemins, il y avait le cœur de Gladys d'Édimbourg des Sept Mers.

∞

J'ai un air dans la tête, il passe en coup de vent, il zigzague entre les archipels en bourrasques douces, un air du sud, un vent chaud chargé de pollen d'asphodèle qui augure l'orage, la pluie salvatrice, le nettoyage. Un vieil air que je connais. Je ne sais plus d'où, peut-être un vieux slow sur lequel j'aurais flirté ado, ou une berceuse de ma mère, un reliquat de tube de variété.

Quand le diable te caresse, c'est qu'il veut ton âme. C'est Givert qui me sort de ma rêverie. Il est environ trois heures du matin. Il me secoue comme un prunier. Je rêvais si bien, bullant dans un monde de quarante-cinq tours et de clips aux couleurs fluos. J'ouvre les yeux, je plonge mon regard dans le sien, je patauge, je barbotte, je mets plusieurs secondes à associer les mots qu'il m'assène nerveusement. Je vois ses lèvres bouger mais c'est comme si nous étions sous l'eau, il n'y a aucune cohérence, juste un vague son feutré, c'est bon ce flottement, cet entre-deux avant l'incision douloureuse, je suis hypnotisé par son regard mer d'huile. Il insiste. OK vieux, détends-toi, je remonte à la surface.

— Bouge ton cul Cervantès! Lève-toi! Vite!

Il sort de ma chambre en hurlant aux autres de se réveiller, j'entends les portes des chambres s'ouvrir à grands coups de talons. Il y a urgence dans le son de sa voix, ça panique au taquet, ça a l'air très sérieux.

Je me lève et je saute dans mes fringues.

— On a cinq minutes pour faire nos bagages ! Pas une de plus ! Vite ! Vite ! Vite ! Il faut qu'on se casse ! Ils arrivent ! Allez ! Allez ! Allez ! On n'a que cinq minutes ! Vite ! Bougez-vous, bordel ! Go ! Go ! Go !

Je vais dans le couloir, hagard, il court en direction de sa chambre, son doigt est pressé contre son oreillette. Il y a de la peur dans sa voix.

Hannah est dans le couloir, dans un mauvais tee-shirt betterave moche, tout détendu, troué par endroits d'avoir été trop porté, cette merveille ne me cache pas la vue de sa petite culotte échancrée couleur jaune moutarde. Encore un pied dans le sommeil, à deux doigts d'y retourner, elle est plus belle que jamais. Elle s'étire lentement, je crois qu'elle n'a pas bien compris. Elle est magnifiquement bardée de simplicité, sans fioriture, sans chichi. Elle bâille puis me sourit. Je suis transpercé. Peut-être pense-t-elle que je suis un autre, ou que c'est un exercice d'évacuation auquel elle va pouvoir échapper. Mais non ma belle, ma trop belle, pas cette fois-ci, j'ai l'impression que tu ne vas pas pouvoir te débiner devant la réalité.

— Putain, j'ai rêvé que j'étais plus pianiste !

Elle renifle grassement, puis elle passe sa main ouverte dans ses cheveux, elle relève sa mèche serpent, son tee-shirt remonte de quelques centimètres à peine, son nombril est un œil de Judas.

— J'étais scénariste pour le cinéma, et je m'engueulais avec un producteur bipolaire plein de coke qui me refusait mon dernier manuscrit sous prétexte que mes personnages avaient des arcs narratifs pourris.

Ses yeux dégueulent de sommeil, un tantinet vitreux, elle me fixe avec gravité, incernable cernée, pupille papier glacé, j'en profite pour reprendre du rab côté culotte. Puis, je crois qu'elle comprend enfin ce qui est en train de se passer, je vois de la vie ressurgir en elle, de la vivacité maligne, je recule d'un pas parce que je réalise que j'ai laissé ma bombe lacrymogène sous mon oreiller.

— J'emmerde les arcs narratifs, ajoute-t-elle la mine chiffonnée !

Apparemment non, elle n'a toujours pas compris.

Givert bondit de sa chambre avec son sac sur l'épaule, trempé de sueur, il se précipite sur elle, il lui attrape le bras puis il la secoue comme une bombe de chantilly. Il crie, je vois sa main trembler, sa voix café-clope chevrote, il la crible de postillons.

— Bouge-toi Hannah, il faut qu'on parte, maintenant ! Les flics arrivent ! Tu comprends ce que je dis ?

Son visage difforme est une poutre d'acier tordue sur elle-même dans un incendie. Hannah amorce un sourire. Tout n'est que cendre, chaos, et elle, elle tente d'éteindre le brasier avec une petite cuillère percée.

— Hannah, tu m'entends ?

Elle lui répond par un oui de la tête. Elle remue son crâne mécaniquement comme les chiens en plastique qu'on mettait sur la plage arrière des voitures et qui bougeaient leurs gueules de bas en haut à la moindre ornière. Il l'agrippe à nouveau, violemment, et il la jette dans sa chambre.

— Bouge-toi ou sinon tu peux dire adieu à Tristan da Cunha ! C'est dans la cuvette d'une chiotte de prison que tu vas la vider ta putain d'urne si tu réagis pas !

C'est là qu'elle réalise, enfin. Elle se rue alors fiévreusement sur ses affaires, elle harponne ce qui vient et elle le fourre dans son sac. Givert revient vers moi, j'imite Hannah en tournant les talons vers ma chambre, mais cet enfoiré ne peut s'empêcher de m'envoyer une baffe au passage, accompagnée d'un « toi aussi bouge-toi ». Je baisse la tête pour esquiver, mais ça claque quand même le sommet de mon crâne. Je vrille sur l'instant. Je me retourne, je vais le tuer, je vais mettre un terme à cette domination toxique, mais il a déjà enfilé l'escalier.

Je plonge dans ma chambre, je jette à l'arrache mes trois fringues dans mon sac, je glane mon matos photo. J'oublie de passer par la salle de bains, je panique, je respire mal, j'inspire par la bouche, j'expire par le nez, je bave un peu, je tremble, je dis putain toutes les deux secondes.

Cinq minutes pour ramasser une vie. Je ne veux pas finir mes jours en prison. Je ne suis pas construit pour supporter l'enfermement, la pression. Je suis fragile comme une chips sous l'averse. Ma structure émotionnelle est en papier aluminium. Petit, j'étais asthmatique. Les mycoses mal placées sont toujours pour ma pomme, j'ai passé ma vie à vider des tubes antifongiques sur mes testicules fripés. Je sais que si je veux vieillir, il me faudra des conditions optimales dignes d'un émir, d'une star de cinéma, d'un ministre. Je suis un parvenu revendiqué. Je suis devenu un putain de petit bourgeois qu'un rien écorne. Un branleur qui s'est construit à la force du poignet. Je dois mourir riche. C'est écrit.

Cinq minutes plus tard je luis de transpiration, perdu dans le hall d'entrée avec l'expression d'un possédé, je cherche les autres mais à part Givert personne n'est encore là, il me commande illico presto de sortir Bill du congélo.

Je me glace.

J'ai toujours eu peur des morts, des fantômes. La vue d'un cadavre est mon pire cauchemar.

Tout va très vite. Ricardo débarque en haut des escaliers, il traîne sa valise qui fait deux fois sa taille, il a perdu son sourire, son dos est rond sous l'effort, il enchaîne des petits pas rapides qui ne vont pas le mener bien loin. Sur ses talons Rémy fait sa tête de Rémy dans un tintamarre de tous les diables, des bruits de casseroles qui s'entrechoquent émanent de lui, une vraie batucada, il aide comme il peut notre Américain du Sud à déplacer le bagage surdimensionné, de drôles d'objets semblent être enfouis sous son pantalon et dans sa veste, il frise le décollement d'orbite, ses yeux globuleux cherchent à s'enfuir. Comme nous tous il a peur le gamin, il est encore défoncé de la veille, il lâche la valise et empoigne la main de Ricardo.

Puis c'est au tour d'Hannah d'arriver, elle est pieds nus, digne, essoufflée mais digne, dingue mais digne, elle crache ses clopes sur la pointe des pieds, sa valise est colossale. Givert qui est remonté à l'étage pour les presser ferme la marche, il la pousse en gueulant qu'il faut accélérer le mouvement.

Ils me rejoignent, on dégouline de transpiration. Givert « le givré » se racle la gorge et crache un vieux glaviot à même le sol, ça ne choque personne à part moi, que voulez-vous, on lui passe tout à ce garçon.

— Rémy putain, qu'est-ce que tu planques sous tes fringues ? Jette tout ça, tu vois bien que tu peux même pas marcher !

Le garçon obtempère, à contrecœur il se déleste d'un sucrier en céramique rose, d'un bougeoir en cuivre à trois branches, d'une lampe d'Aladdin, d'une coquille Saint-Jacques avec un ange allongé au fond, d'un cendrier rococo de chez rococo.

Givert se tourne vers moi :

— Où est le cadavre Cervantès ?

Chez ta mère.

— Dans le congel.

— Putain mais quel con !

Il envoie de nouveau vers moi le dos de sa main, quasi de manière détachée, un soupçon méprisant dans la corvée, il vise le haut de ma nuque, l'arrière de mon crâne. J'esquive, je suis à dix mille tours seconde, deux fois plus rapide que lui, il est surpris, ça me laisse l'espace de lui renvoyer instantanément sa gifle. Sans y réfléchir. Mon geste n'a rien de conscient, du pur réflexe, pas le temps de freiner au feu rouge et de contempler le paysage. Le plat de ma main vient frapper sa joue.

Ça me fait mal. Du titane. De la pierre. Une technologie du futur. Du bois d'homme dense. Il va me couper en deux avec sa main qu'il lève au-dessus de sa tête. Ses poings sont serrés. Il est la rage, la colère, la furie, une mayonnaise des trois. Il grogne, gonfle ses poumons, dilate ses narines, il me pousse violemment mais je ne tombe pas. Puis enfin, il plonge dans la buanderie en ordonnant à Rémy de venir l'aider.

— Dehors les autres !

C'est tout ? Et moi alors ?

Dans le noir de la nuit, nous nous devinons. Nous attendons quelques secondes que nos yeux s'habituent à l'obscurité, puis ils rappliquent. Givert est plié sous le poids du corps de Bill enroulé dans un drap marron chiasse, Rémy porte son sac d'une main et soutient l'arrière du cadavre de l'autre, il tremble de trouille. Ils soufflent bruyamment.

Nos poumons se gonflent, se dégonflent, nos cœurs battent dans nos poitrines, les fronts perlent la sueur moite et les abus, la peur d'un avenir coincé dans un neuf mètres carré, les têtes nous tournent, ma bouche est sèche. Je ne vais pas faire cent mètres sans perdre un poumon. Je regarde Hannah, pas mieux. Dix balles qu'elle s'effondre avant moi.

— Par ici !

Dans le sillage de Givert, nous fonçons tête baissée dans la forêt, j'ai perdu tout sens de l'orientation, je ne sais pas si nous plongeons dans la gueule du loup ou si c'est le contraire. Une bestiole à quelques mètres déguerpit soudainement, mon cœur sursaute trois fois dans ma carcasse tremblante. Hannah crie. Tout le monde s'arrête, on observe la bête surprise quitter les lieux à fond de balle.

Je me suis pissé dessus.

Ma cuisse gauche est trempée, c'est chaud et ça coule dans ma chaussure, je n'ai pas le temps d'avoir honte, je cherche à éviter les arbres, les branches mortes, les aubépines, les houx, les cailloux. Nous reprenons notre débandade en file indienne. J'oublie d'avoir peur, nous fuyons, nous sauvons notre peau. Givert avance en tête, le cadavre de Bill sur son dos, Ricardo le colle, suivi de Rémy et d'Hannah, moi je ferme la marche. J'aurais pu fuir mais je suis, du verbe suivre, je suis le suivant, j'obtempère à l'ordre des choses. C'est fou mais je ne pense même pas à me débiner.

J'entends les souffles courts, les plaintes d'Hannah qui se bousille la plante des pieds, elle est cramponnée à l'urne, Dame Courage, sa poitrine bouillonne de rage, elle trébuche mais ne tombe pas, elle se rattrape à un arbre, puis reprend sa course sans prendre le temps de souffler, je la colle, la pousse un peu, j'essaie de la soutenir d'une main. Elle ne se rend compte de rien. L'urne. Seulement l'urne. La mission. Se cramponner à sa quête jusqu'au bout. Suivre l'horizon. Finir à n'importe quel prix ce qu'elle a commencé, même amputée, sautillant sur des moignons. C'est son seul fil d'Ariane. Celui-là même qui empêche son esprit de décoller à tout jamais, et de virer folle parmi les chtarbés.

Je n'ai aucune idée du temps qui passe, si c'est à partir de maintenant que les flics débarquent, et que les balles sifflent à nos oreilles, s'il va y avoir sommation, si les lasers des snipers vont m'aveugler, si des grappes de colosses vont jaillir du ciel accrochés à des cordes, et me briser la nuque avec la crosse de leurs lance-roquettes.

Nous arrivons miraculeusement sur les rives du canal, le ciel s'offre à nouveau à nous. La lune se la joue bedonnante, limite insolente décontractée.

— *Nantu*… murmure Ricardo.

On marche cinq bonnes minutes encore dans le sens du courant, épuisés, nous ralentissons malgré un Givert qui nous somme d'accélérer. Rémy porte à présent la valise de Ricardo, ses genoux plient, il geint comme un animal agonisant, se demande ce qu'il y a de si lourd là-dedans, il chouine qu'il ne va pas tenir encore très longtemps. Je lui conseille d'abandonner le bagage, mais l'Équatorien le supplie de ne pas le faire, il lui affirme qu'on y est presque.

On dépasse une écluse, les rives sont bordées d'une épaisse forêt, il y a des odeurs de champignons, de fruitiers en fleurs, de vase, d'humus. Malgré la nuit, il fait encore très chaud. Ma chaussure gauche est pleine de pisse. Un bouquet de grenouilles coasse à quelques mètres, nos pas irréguliers froissent des tapis de feuilles. Grâce à la lune, on y voit comme en plein jour.

Puis, une drôle de forme se dessine au loin sur l'eau, massive, longue, elle tangue nonchalamment.

Je pense d'abord à un paquebot, mais non, les paquebots ne s'échouent pas dans les canaux, les paquebots se suicident sur des icebergs. J'écarquille les yeux.

Je peux presque toucher les fesses d'Hannah, elle se retourne, me sourit, elle la montre du doigt. Je sais ma belle, je la vois, non tu ne rêves pas.

Une péniche.

Elle est amarrée, elle grince, produit des clapotis, simplement des clapotis, comme lorsqu'on barbotte dans un bain.

Sans hésiter, Givert balance le corps congelé de Bill sur le pont, un énorme fracas résonne dans la nuit et court au loin dans un écho sans fin, ça me glace le sang, j'imagine les membres de son corps se briser. Doigts, jambes, nez, lobes d'oreilles.

Givert escalade le pont, puis il nous tend la main.

Tout le monde grimpe sur la péniche, ça ne se fait pas sans une certaine fébrilité générale, le bateau a beau être amarré, il n'est pas statique, sa coque va et vient contre la rive. Bon gré, mal gré, chacun finit par y arriver. Au moment d'escalader à mon tour, j'ai la vision de mon corps qui glisse, puis qui tombe dans l'eau. Je vois nettement le ventre du bateau venir m'écraser comme un bretzel contre le quai en béton. Je ne veux pas y aller, je recule d'un pas, je fais non de la tête. Mes dernières forces m'abandonnent.

Ça y est.

Enfin.

J'attrape mon crâne. C'est l'épreuve de trop. Je craque. Je griffe mes tempes. J'expulse un cri plaintif, animal, pas puissant, non, juste affreusement tragique. J'arrache ma veste, j'ai besoin d'air.

Je m'effondre, je frotte mon visage sur le sol terreux, j'attrape des poignées d'argile, lourdes, compactes que j'applique sur mes cheveux, mon cou, mon torse, je me badigeonne, je me beurre les deux faces, c'est terriblement merveilleux.

Je prends une gifle, puis deux.

On m'attrape, je vois des mains de morts-vivants, maigres, ils veulent mon âme, ma pureté immature, ils pestent, je me débats, je vise à l'aveugle, j'envoie de la gifle, j'insulte, j'éclate de rire, j'ai le goût de la terre dans la bouche, je suis un fœtus de paille et d'os, je veux ma mère, son parfum incrusté dans ma grenouillère, je veux que papa me lance en l'air et me rattrape en riant, je sanglote, je joue de la glotte, je déglutis, je vomis.

Je m'écroule sur le plancher de la péniche, les mains crochues me relâchent, je chiale ma race, agenouillé, je saigne un peu aux tempes, c'est chaud, presque agréable, j'ai des bouffées de chaleur de cinquantenaire, des symptômes d'andropause, je suis trempé, il fait lourd, mes cheveux sont collés sur mon front par la boue, un frisson me traverse, j'ai froid, je ne veux plus avoir peur, je suis fatigué, je veux dormir là où je suis, recroquevillé sur moi-même dans un liquide amniotique boueux. Je suis le spectacle le plus navrant du monde. Inquiet pour mon Canon, je saisis ma pochette, j'y fourre ma main couverte de terre, je le palpe, le caresse, je le berce, mon vieux frère d'armes. Tout va bien se passer copain, on va s'en sortir.

— Cherchez l'entrée de la cale ! Vite !

Pourquoi toujours vite ? On ne pourrait pas prendre un peu le temps de vivre ?

Je me relève, Hannah n'a pas bougé, elle serre l'urne, elle me fixe, elle relève sa mèche rebelle avec le dos de sa main. C'est la Hannah forte qui est là, l'énigmatique, celle qui affronte et qui est gavée de potion magique, qui boit des choppes de matière émotionnelle cul-sec sans tortiller du cul, celle qui s'enivre de tous les instants.

— La trappe est par là ! Venez ! Hannah ! Jason ! Vite ! Par ici !

Je quitte le visage d'Hannah, ma focale fait la netteté par-delà son épaule, vers la cabine de pilotage, un peu plus loin, à dix mètres, à l'autre bout de la péniche, là où une ampoule vient de s'allumer.

Givert ouvre la porte de la cabine, son flingue à la main, un type apparaît, pas très grand, les cheveux en pétard, torse nu, surpris de se trouver nez à nez avec cet inconnu armé. Givert le braque, le type met les mains en l'air, ils tournent la tête dans notre direction, Givert nous fait signe de filer vers la cale séance tenante.

Je me sens mieux. Allégé, pas léger, délesté d'une palette de tension. Je souffle. Je ramasse lentement mes affaires, j'attrape avec la plus ample des délicatesses l'avant-bras de mon ex qui ne m'a toujours pas quitté des yeux, elle a le sourire d'une Joconde, je ne cherche surtout pas à traduire ce qu'il veut dire. Je l'attire vers l'avant du bateau nonchalamment, presque en mode lune de miel, flirt qui dure, demande de fiançailles au clair de lune, je passe mon bras dans le sien, une maille à l'endroit, je pose ma main sur la sienne, une maille à l'envers, une volute de son parfum ultra sucré donne un petit coup de fouet à ma lassitude, j'offre l'hospitalité, elle se laisse envelopper, c'est fastoche. C'est sans ambiguïté que nous jetons un dernier coup d'œil à la lune, j'aperçois deux hélicoptères au loin, j'entends leurs pales fouetter l'air.

Nous nous engouffrons alors, le plus naturellement du monde, dans le ventre de la péniche.

10.

Pas besoin d'avoir une nature addictive pour devenir accroc aux plans cul à trois dès la première prise. Faire l'amour en trio est encore plus dangereux que de fumer du crack ou de fixer le soleil plusieurs minutes sans cligner des yeux.

Quand vous avez deux femmes dans votre lit king size, deux bombes à retardement de surcroît, débordant de désir, gavées d'imagination, tankées de la mort, souples dans les dilatations, goulues de sexe, rasées de près, et qu'elles vous sucent en se regardant dans les yeux, on se demande après coup comment on a fait pour supporter toutes ces années fadasses, comment on a pu trouver ça normal de baiser avec une seule partenaire à la fois. Que votre mono compagne soit blindée de vices ne change rien, sauf opération, elle reste monovagin devant l'éternel. Quelles que soient vos envies bestiales, indéniablement, comme l'été vient toujours après le printemps, baiser à deux redevient très vite très chiant, fade comme une tasse d'eau tiède, saoulant comme la lecture d'un catalogue de camping-cars.

Quand je prenais Gladys par-derrière, je voyais Hannah lui absorber les lèvres comme si elle avalait une huître de Cancale. J'en pénétrais une, puis l'autre, puis je changeais de compartiment, sans réfléchir, sans sas de décompression, juste baiser avec ma bite, mon zgeg, mon chibre gluant, jusqu'à la tendibite.

Elles me bichonnaient à coups de gelée royale et autres stimulants, gingembre, venin d'abeille, avocat blet, corne de rhinocéros, léchage velu du gland.

Cela dura des mois. Des mois de cul, avec ou sans règles.

Hannah n'était pas jalouse de Gladys parce que je n'étais pas amoureux d'elle, j'étais juste totalement dépendant de leurs corps, de l'odeur intime de leurs sexes béants qui me tournaient la tête à la manière d'un shot de rhum. Ces deux femmes connaissaient leurs corps par cœur, depuis l'adolescence et les après-midi d'averses ennuyeuses, où, à défaut d'apprendre l'anglais, elles innovaient une autre langue.

On baisait dans une impudique évidente normalité, une poursuite logique d'un quotidien qui commençait le matin, la gueule enfarinée dans les vapeurs d'un bol de café, et qui se poursuivait le soir. On mangeait, on débarrassait la table, on faisait la vaisselle en parlant d'actualité, on passait l'éponge sur la toile cirée pour éviter plus tard de se coller des miettes sur les fesses, on se lavait les dents, et on allait baiser. On payait nos factures, on fermait nos portes à clé, on ne regardait pas dans l'assiette des autres, on balayait devant notre porte, on ne cherchait pas midi à quatorze heures, on baisait.

Je faisais des photos le jour, la Dabrowska jouait du piano, Gladys tapait à l'ordinateur, puis, encore et encore, le soir venu, on quittait nos fonctions officielles en toute décontraction, on éteignait les lumières, je prenais des photos osées. Elles lubrifiaient leurs jouets, et on repartait pour plusieurs tours de manège. C'étaient de véritables orgies, des triplettes inlassables, sans fin, avec des appétits d'ogres aux estomacs percés, on avait le ver solitaire du sexe. On pratiquait la gaudriole sans complexe, la pornographie libertine, comme d'autres ont pour habitude de jouer leur partie d'échecs quotidienne ou de remplir leurs grilles de sudoku avant d'aller se coucher.

J'adorais ça.

Ce n'est pas la lassitude qui mit un terme à nos soirées dantesques, mais plutôt, malgré la blinde de contraceptifs qu'elle prenait, parce que Gladys tomba enceinte, et qu'elle nous annonça ça un matin d'automne tout en émondant des noisettes.

∞

Je me sens comme un jeune vieux entamant les prémices d'une grincherie systémique.

Que les grincheux grinchent au grinchoire, oui d'accord, mais quand rien n'y fait, quand coûte que coûte on continue copieusement à grincher matin, midi et soir, on fait quoi ?

J'ai senti avec le temps la colère monter, et l'impuissance aussi, l'exaspération, l'impatience chronique, l'incompréhension. La sidération. J'ai observé au microscope mon irritabilité envers le genre humain prendre toute la place dans l'affection que je leur portais autrefois, au détriment des mésanges, des chardonnerets élégants, et autres bestioles à ailes pour lesquels j'ai un amour absolu. Ces émotions ont pris racine, et elles sont devenues forêts. J'ai vu mes forces vives m'abandonner, peut-être une histoire d'âge, une manière de gérer mon énergie différemment, ou d'utiliser d'autres parties de mon cerveau, d'aller moins de l'avant, de réfléchir un tant soit peu avant de foncer tête baissée dans des portes blindées fermées à triple tour. Le stress, l'angoisse, les névroses, l'hystérie ont pompé tout mon jus comme des puits de pétrole avec leurs effrayants bras mécaniques en forme de tête de cheval. Il m'arrive d'être entamé par d'énormes coups de barre soudainement à l'heure de la sieste. Je me lève fatigué. Je me couche épuisé. J'en suis rendu à me méfier de tout le monde, tout le temps, parce que les mots des humains me semblent atteints de dégénérescence, dénués de profondeur, d'essentiel, de densité, d'intensité vibratoire, de résonance collective, de brillance. Ma main tremble lorsque je saisis les poignées des portes des boutiques. Chaque rencontre est une épreuve insoutenable, pire que la précédente. Un désespoir. Une fin du monde. Je me sens déshumidifié, tari, tarabiscoté. J'arrive à peine à mettre un pied devant l'autre. Je caresse la peine sèche.

Je suis un homme que tout énerve tout le temps mais qui ne dit rien, jusqu'à ce que la coupe soit pleine.

Je suis de ceux qui s'ennuient à mourir lorsqu'ils ne baisent qu'avec une seule partenaire à la fois, comme s'il leur manquait un membre. Ou qui éclatent en sanglots devant la force des rouleaux de l'océan en novembre. Je m'ébahis encore du vol de la mouette dans son combat contre le noroît. Je suis de ceux qui ne peuvent plus réfléchir droit tant que leur téléphone n'a pas sonné. Qui marchent de guingois vers leur destinée parce que sinon ils tombent. Qui font ce qu'ils peuvent avec ce qu'ils ont alors n'allez pas leur raconter des sornettes sur ce qu'ils doivent faire ou sur ce qu'ils ne sont pas. On m'a livré en kit, sans notice de montage, sans mode d'emploi, avec des pièces manquantes.

Je suis de ceux qui descendent les marches des escaliers des cales des péniches au milieu de la nuit, les jambes tremblantes et le visage recouvert de terre glaise, sans trop savoir comment ils ont pu en arriver là, et sans savoir non plus qui est le connard qui a fait tomber le premier domino, si c'est par la force des choses, par les rencontres fortuites, les suites de mauvais choix, ou grâce à la puissance du hasard et à sa capacité de distordre les destins et de nous mettre en fusion. Oui, je suis de ceux qui se demandent comment ils ont pu devenir aussi cons et se retrouver dans des histoires de cet acabit avec des personnages aussi peu crédibles.

Ricardo allume sa frontale, il balaie les lieux. Hannah me fixe. Je ne traduis pas ce qu'elle ne me dit pas, je veux des mots, pas des notes, pas des mélodies qui nous rappellent le chant des sirènes et nous dirigent droit sur les éperons rocheux. Elle fouille dans son sac, sort son paquet de clopes, et s'en allume une. Soulagement de fumée soupiré.

— Tu vas pas fumer ici ! ?

— C'est une question ?

— …

— Vous entendez les hélicos ? Vous croyez qu'ils vont nous trouver ?

— On sait pas Rémy, on fait de notre mieux pour se planquer des méchants.

Ô Hannah, tu n'as décidément toujours rien compris au film, malgré le sous-titrage et la traduction en langage des signes, tu sais bien que c'est nous les méchants. Tu fais comme avec la musique, tu ne regardes que les images, seules les émotions qu'elles te procurent t'importent, et comment tu vas pouvoir les accaparer pour t'en nourrir. Tu es génialement géocentrée, tout tourne autour de toi, tu absorbes la matière comme les trous noirs, tu ingurgites la matière noire, tu nous attires inexorablement, et plus on lutte, plus on se débat, et plus on vient à toi, impuissants, simples marionnettes dépourvues de leurs croix d'attelle. Ce qui t'intéresse c'est le voyage, décoller, t'échapper de ce marasme, être immensément intense et qu'importe de quel côté de la frontière tu te trouves, cela fait bien longtemps que tu te fous de savoir si tu as dépassé les bornes et qui sont les salauds qui tirent les ficelles, pourvu que la zone soit inexplorée, que tu sois la première à retranscrire par tes touches de piano ce qui s'y passe, quitte à ce que le temps passe plus vite ici qu'ailleurs et que tu vieillisses de l'intérieur plus rapidement que les autres, pourvu qu'il y ait l'ivresse et pas trop de gueule de bois.

Tu me fixes, dubitative, éclairée par ta cigarette sur laquelle tu tires puissamment, ton visage rougeoie puis disparaît, tu plisses les yeux, je suis sûr que tu prépares ton prochain coup.

Je palpe ma bombe lacrymogène.

Trois heures trente du matin. Les hélicoptères survolent la zone. Les cloisons vrombissent. La péniche tremble.

— On a démarré les moteurs.

J'entends des bruits de ferraille sur le pont, des pas, des bribes de discussion.

J'allume ma frontale. La cale doit faire une vingtaine de mètres de long sur cinq de large, je peux presque toucher le plafond, elle est remplie de palettes filmées, je m'approche.

— Putain c'est plein de pinard !

— Tais-toi Rémy.

Je me faufile entre les montagnes de cartons, c'est très étroit, on peut à peine se glisser dans le couloir des palettes. Tout au fond, un espace de quelques mètres carrés, des matelas pourris, un transpalette. Je reviens vers la bande, ma frontale zappe gauche droite. Derrière un rideau noir, des étagères remplies de cagettes de légumes, de fruits, quelques boîtes, des packs d'eau par dizaines, un pain long, des bocaux, de la confiture, du miel, de l'épicerie sèche. Ça sent le bois neuf, la sciure, le vin, les bons produits, les épices. C'est rangé, propre. Le son est calfeutré.

Les hélicos s'éloignent.

On bouge !

Ma jambe gauche trempée se refroidit, j'ai un frisson, j'aimerais me doucher et me changer.

On entend à nouveau des pas au-dessus, ils s'approchent de la trappe qui s'ouvre, la lumière de la lune envoie sa poursuite sur le visage de celui qui a ouvert.

Elle est rousse, menue, rayonnante, elle sourit.

— Bonjour.

Elle referme derrière elle puis descend les escaliers, enjambe en grimaçant le cadavre fumant de Bill qui trône au milieu du passage. Sa frontale nous aveugle, elle s'excuse, fait la netteté sur nos visages de ses billes bleu persan, puis elle tend une main que je n'empoigne pas. Elle plonge ses yeux immenses dans les nôtres.

— Je suis Cécile, la femme de Raphaël, nous sommes les propriétaires d'Alizarine.

— Alizarine ?

— C'est le nom de la péniche.

Elle cherche du regard… trouve Hannah, refend son visage d'un sourire généreux, elle s'approche,

Hannah recule, l'œil laser, l'urne incrustée dans sa poitrine.

— Bonjour… Hannah.

— …

— Vous ne pouvez malheureusement pas fumer ici.

— C'est une plaisanterie ?

— Non, vraiment, impossible, désolée. Voulez-vous prendre une douche ?

La Dabrowska ne répond pas, elle jette sa clope au sol et elle ne l'écrase pas de ses pieds nus, c'est moi qui le fais. Elle renifle l'air de son groin, cherche à savoir qui est cette inconnue, elle lit la lueur de la pupille de l'étrangère rousse. Elle luit la transpiration dans la lumière des frontales, on dirait qu'elle est cirée, complètement cirée. J'en profite pour m'immiscer dans la conversation.

— Moi je veux bien.

Cécile se retourne.

— Pas de souci. Il faut juste que je vous explique deux ou trois choses… D'abord on sait qui vous êtes.

Ah oui ? Éclairez-moi très chère, parce que moi je ne sais pas.

— On ne parle que de vous dans tous les médias. Vos visages tournent en boucle partout, difficile de ne pas vous reconnaître… Votre aventure est une histoire de fous ! Personne n'y comprend rien…

Pas plus que moi.

— Mais maintenant que votre collègue nous a expliqué, on y voit plus clair.

Je vous arrête tout de suite, Givert est un fils de pute, pas un collègue, méfiez-vous de sa lumière, elle est issue de l'omerta nucléaire.

— On n'a rien contre vous, au contraire, on aime beaucoup… Hannah Dabrowska…

Faites surtout gaffe à elle belle enfant, elle peut se délecter de votre langue, et ce petit pinard cellophané par palettes fera parfaitement l'affaire pour accompagner son agape de cannibale.

— Ça va vous paraître bizarre mais je suis très fière de vous accueillir à bord…

Bizarre? Soyons réalistes, cette histoire est insensée, surréaliste, improbable.

— On ne va pas vous laisser en carafe… Ça non, hors de question… Une parole de bateliers ardéchois est une parole… Si on peut vous aider à sortir de cette situation, on fera tout notre possible… Ça me semble jouable, vous avez les vents en votre faveur, pour le moment les hélicoptères couvrent le bruit du moteur, et chaque mètre de gagné vers le sud nous éloigne de la police, alors croisons les doigts…

Tant qu'il nous en reste.

— Normalement…

Ce mot ne nous correspond en rien.

— … nous ne naviguons jamais de nuit parce que nous n'avons pas de radar, et que les écluses sont fermées, mais là, avec cette pleine lune exceptionnelle, Raphaël peut se débrouiller pour piloter sans phare, et puis nous sommes sur un canal, il y a bien moins de courant que sur un fleuve, on ne va pas dépasser les six kilomètres par heure… Il y a peu de danger…

Hormis l'autre avec ses yeux de chienne battue qui a l'instinct du pitbull atteint par la rage.

— Nous avons vingt kilomètres devant nous avant la prochaine écluse, c'est-à-dire… trois bonnes heures, nous devrions arriver à temps pour l'ouverture de sept heures. L'autre facteur qui penche en votre faveur, c'est que nous traversons une zone de forêt, les arbres nous cachent des hélicoptères sur plusieurs kilomètres, on connaît bien cette région, il n'y a quasi aucune chance de se faire repérer du ciel si nous naviguons toutes lumières éteintes.

Sornettes. Moi je sais depuis le début que le Ciel nous observe, et qu'Il ne rate aucune miette de notre odyssée, parce qu'Il nous aime bien au fond, ou parce que c'est Lui qui a semé toutes ces embûches sur notre parcours histoire de vérifier qu'on en a bien sous la pédale, et si nous méritons notre palace au Paradis, ou encore mieux, si nous sommes capables de rédemption. De toutes les façons je n'ai aucune envie de payer pour les autres, chacun rince sa tournée et personne ne s'en plaindra. On est quand même une sacrée brochette de mécréants bien à côté de ses pompes, et Dieu ne fait pas de différence entre ceux qui croient en Lui et les ignares incultes dans ton genre, petite galérienne de mon cœur.

— On a décidé que vous ne sortiriez que la nuit, sans traîner sur le pont, ou alors uniquement pour aller dans la cabine pour les douches…

— Qui on ?
— Pardon ?
— Qui a décidé qu'on ne sortirait que la nuit ?
— Et bien… nous, Raphaël et moi, le *crew*, et votre collègue…
— Givert n'est pas mon collègue… Et il ne décide pas pour moi.
— Moi je ne sais pas, c'est lui qui… je…
— Vous quoi ?
— …
— Détends-toi Jason, madame essaie simplement de nous aider, me fait remarquer un Rémy soudainement empreint de bonnes manières.
— Vous êtes certainement Cervantès.
— En effet…
— Jason Cervantès… C'est joli comme nom… Votre collègue, pardon, comment dois-je l'appeler ? Vincent ? Givert ? Vincent Givert ?
— Appelez-le comme vous voulez, ça ne change rien sur qui il est.
— Il m'a prévenu, il dit que vous êtes un peu tendu.
— Tendu ! Ça veut dire quoi tendu ? À quelle échelle il se réfère ? La sienne ? Et il n'est pas tendu lui peut-être ? Y'a quoi de plus tendu qu'un type qui se balade avec un objet qu'il a construit lui-même et dont il est persuadé qu'il le protège de la mort parce qu'il purifie des microparticules intelligentes injectées dans la bouffe censées nous rendre obéissants ? C'est pas tendu ça comme réflexion ? Faut pas s'être éloigné suffisamment de

son orbite pour penser à une chose aussi tordue ? Comment il a fait pour pondre un truc pareil ? Faut pouvoir le chier sans grimacer cet œuf-là ! Vous savez que ce type s'est mis une balle dans le cœur ? Si si ma p'tite dame, tendu comme acte non ?

Je recule, je désigne mon auditoire de la main comme un présentateur de cirque annoncerait le spectacle.

— Vous savez que vous avez là le gratin des plus belles pathologies mentales présentes sur Terre ? Il y a pas de quoi être tendu quand on a ça dans les pattes H24 ? Et encore, si vous saviez tout…

— Je ne suis pas là pour juger Jason.

— Alors ça, ça m'étonnerait.

Eh la rouquine, je ne te connais pas et déjà tu m'énerves, je me suis toujours méfié des gens comme toi, qui se revendiquent propres du dedans, qui affirment ne pas juger, qui scandent à qui mieux mieux leur mièvre tolérance comme des semeurs qui n'attendent que la récolte, ce sont en général les premiers à vous tailler un short lorsqu'ils vous balancent aux flics, les films regorgent de personnages sans charisme dans ton genre qui finissent généralement dans une mare de sang bien méritée. Et puis, ma bonne d'âme, quand tu dis que tu n'as rien contre nous, c'est déjà nous juger, alors arrête de te mentir et de te prendre pour un être zen.

— Autre chose, reprend Cécile, l'eau ne tombe pas du ciel dans notre cuve, elle a un prix, faites court pour les douches et pour le reste, et surtout ne buvez que de l'eau en bouteille.

Elle se tourne vers moi, les deux poings campés sur ses hanches.

— Et c'est un ordre…

— Un ordre ?!

— Exactement, sur ce bateau c'est moi qui commande.

Je suis estomaqué par le culot de cette nana. Mon Dieu, aujourd'hui Tu ne m'auras épargné que de la foudre et du magma.

— Bon, en attendant il faut vous cacher, et le cadavre aussi, il faut qu'on trouve une vraie bonne idée. Je me disais qu'on pourrait vous aménager un carré au milieu des palettes, genre deux mètres par trois (elle fixe le corps de Bill emballé dans son drap). Vous allez être serrés mais ça va être dur de faire plus grand, il va falloir prendre votre mal en patience en attendant de se débarrasser de lui. Vous pouvez vous doucher avant le lever du jour. La journée vous ne sortez jamais ! Compris le rebelle de service ?

— Et Givert ?

— Pour le moment, il reste dans la timonerie avec Raphaël. Il dit qu'au pire vous vous relayerez.

— Dites-moi… Cécile…

— Oui ?

— Je vous trouve un peu cliché.

— Cliché ?

— Oui, vous êtes un peu la gentille parfaite… Un brin tiré par les cheveux… Adopteunfuyard.com. Et puis quoi encore ? Si j'étais producteur de cinéma, j'enverrais chier le premier connard qui me proposerait un scénario aussi maigre. Ça ne vous fait pas peur cinq personnes qui débarquent avec un flingue et un macchabée ? Vous trouvez ça normal ? Par pitié, dites-moi que non !

— Non je ne trouve pas ça normal, oui ça me fait peur... Mais nous, on pense que pour que le quotidien soit supportable, on doit attaquer les moulins à vent avec nos rêves d'idéalistes. C'est notre côté Sancho Panza. C'est pour cette raison qu'on tient à vous aider.

— Je vous vois venir comme un éléphant dans un magasin de porcelaine ma petite batelière ardéchoise.

Je m'approche de son oreille et je lui murmure :

— Vous savez que cette fille est dingue ? Elle a cherché à me tuer, plusieurs fois même... Alors ? Qu'est-ce que vous en dites ?

— Que vous aviez certainement dû faire quelque chose de mal pour qu'elle réagisse comme ça.

Je recule, écœuré. Elle reprend.

— Assez parlé, on va aménager un coin pendant que vous allez vous doucher. Bougez-vous le cul, le parano, on n'a pas le temps ! Et puis par pitié, allez-vous laver les dents le vieux beau, vous puez de la gueule !

∞

— Quoi ? Mais c'est génial !

Hannah portait une petite robe blanche avec un charmant décolleté en dentelle, tout simplement renversante, j'ai vu sa jambe gauche se plier quand elle a bondi comme ces petites filles dans les mangas, bêtes à manger du foin, ces mêmes dindes qui éclatent de rire à chaque fois qu'elles croisent une fleur, un papillon, une pelle mécanique, ou un ananas blet. Elle a sauté au cou de Gladys comme si elle venait de lui annoncer la meilleure nouvelle du monde. Mais pas du tout. C'était purement et simplement une catastrophe. Comment Gladys avait-elle fait son compte pour tomber enceinte sous pilule, nom de Dieu?

— Comment on va l'appeler?

— C'est à cause de la semence de Jason, elle est trop riche, je t'avais dit que tu mangeais trop de poisson.

— Voilà que maintenant ça va être de ma faute!

— Non mais c'est génial vous ne trouvez pas?

— Jusqu'à preuve du contraire c'est ton sperme mec.

— Je ne vois pas le rapport entre la richesse de mon sperme et le poisson enfin Gladys!

Le côté positif, c'était qu'on était raccord Gladys et moi, et qu'on ne voyait pas du tout en quoi cette nouvelle devait nous emballer, il n'était pas question de le garder cet enfant. Il ne serait issu de rien d'autre qu'une relation de cul zarbi, à trois, vas-y le cheptel du gosse. Paie ta malle pleine de plomb que tu te traînes toute ta vie.

Elle a remballé son sourire d'exposition comme un commerçant ambulant plierait son stand sous une pluie battante.

— Quoi?

Elle a fixé avec la plus grande attention nos lèvres, nous on vérifiait juste que nos pieds étaient bien l'un à côté de l'autre, parce que j'avoue, on se sentait un peu sens dessus dessous.

— Ne me dites pas que vous ne voulez pas le garder.

Elle a saisi le bras de Gladys. J'ai lu toutes les craintes du monde dans son regard de petite fille. Elle a secoué la tête, agitant ainsi les deux ridicules couettes qu'elle s'était fait. Un geyser de larmes m'a envahi la gorge, j'ai senti quelques résurgences dans le coin de mes yeux. J'ai su qu'on allait la fracasser.

— Écoute-moi Hannah, j'ai murmuré, soyons réalistes, notre situation est trop scabreuse, on ne peut pas garder cet enfant, sérieusement, tu nous vois élever ce gamin à trois ? Ça n'a pas de sens enfin.

Malgré ses cinquante kilos quand elle est toute mouillée, je l'ai vue happer la table en bois massif avec ses petites mains de pianiste. C'est bien la table qui est venue à elle, qu'ensuite elle a envoyé valser dans le salon comme un coussin de canapé.

Elle a déchiré la pièce d'un cri du passé. Un cri d'une violence qui nous a glacés Gladys et moi.

— Vous êtes devenus fous… Vous vous rendez compte de ce qui nous arrive ? C'est un cadeau qu'il nous fait cet enfant, s'il arrive c'est qu'il doit arriver… Gladys… écoute-moi.

— C'est toi qui vas m'écouter Hannah, ce mioche c'est moi qui le porte OK ? Il n'est pas question une seule seconde, tu entends, pas une seule seconde, de le garder. Je prends rendez-vous dès maintenant pour le faire passer.

Hannah était livide. Soufflée. Elle a mis de grands coups de pied dans la vaisselle brisée qui jonchait le lino couleur sirop à la grenadine, elle a attrapé le micro-ondes encastrable, et elle l'a balancé contre le mur. J'ai trouvé que c'était plutôt une bonne idée, on avait longuement débattu sur l'arrivée de cet objet de l'enfer dans notre foyer, et comme d'habitude, c'est elle qui avait eu le dernier mot.

Je me suis dit que même au forceps on n'arriverait pas à lui enlever cette idée de la tête. Elle voulait qu'on garde cet enfant. La graine était semée.

Elle a bégayé des syllabes issues de l'âge de pierre, une vieille injustice jamais oubliée, léguée par le père du père du père de son père, une paléo résurgence.

— Je je je……

Calme-toi ma belle par pitié, ponds-le ce rocher que t'as dans le bide, avant qu'il ne t'emporte au fond.

— Je rêve merde ! Gladys… Gladys c'est bien toi ? Je t'en prie, regarde-moi et écoute… Jason, dis-lui…

— C'est tout réfléchi, il n'est pas question de me laisser envahir par ce…

— Tais-toi Gladys ! Je ne veux pas savoir ! Par pitié, ne dis plus rien !

Une casserole pleine de flageolets aux oignons est venue percuter le tableau en verre accroché au mur du salon, avec le portrait de la pianiste souriant dedans, et moi qui l'embrassais dans le cou.

— Tu sais ce que ça veut dire cet enfant qui pousse dans ton ventre? Mais non, vous ne savez pas, vous ne savez rien, vous n'êtes rien, vous êtes secs. Vous êtes morts du dedans, et vous pensez être des justes, des êtres pourvus de lucidité et d'amour. Vous êtes tragiques, tellement responsables, insupportablement adultes... Avorter serait une tragédie aux conséquences irréversibles. Vous préférez vous rassurer en vous disant que c'est moi qui dramatise... bien sûr, c'est plus facile quand on a une folle sous la main, un joker, une serpillière sur laquelle on essuie ses mains sales, c'est toujours la faute à l'autre folle... Il a choisi ses parents, je vous jure que c'est lui qui nous a choisis.

— N'exagère pas.

Elle n'écoutait plus. Elle était trop loin pour entendre.

— Vous me dégoûtez. Vous n'êtes rien. Tu connais quoi toi? Tu ne sais rien sur rien et tu veux m'expliquer la vie c'est ça? Tu portes mon enfant et tu décides de lui ôter la vie sans en discuter avec personne. Je vous croyais plus... enfin moins... Vous n'êtes que... Vous me donnez envie de vomir.

La scène a duré une éternité. Gladys a sorti son portable pour appeler l'hôpital et prendre un rendez-vous, mais Hannah l'a balancé par la fenêtre. Je me suis interposé pour la calmer mais elle m'a giflé deux fois. Abasourdi, j'ai regardé Gladys éclater de rire pendant qu'Hannah se remettait à hurler. J'ai voulu lui attraper les bras, mais à part ses ongles je n'ai rien rencontré, mon front s'est mis à pisser le sang, ça l'a calmée un peu dans un concerto d'onomatopées sans consonnes, mais la colère a repris le dessus, deux fois, puis trois. Je passe la scène où elle a essayé de bazarder mon matériel photo dans les toilettes et où là, franchement à bout, je lui ai tordu les poignets et je l'ai jetée sur le palier de la porte d'entrée. Elle a viré hystérique et elle s'est attaquée au sac poubelle qui traînait, elle l'a d'abord éventré, puis carrément mis en charpie. Comme au bout d'un quart d'heure elle ne cessait toujours pas de tambouriner à la porte et de sonner en même temps, tout en scandant haut et fort nos identités (nom, prénom, date et lieu de naissance, adresse) sur l'air de *La Chevauchée des Walkyries*, on a fini par craquer et lui ouvrir. Ko, elle est allée s'écrouler sur notre lit, le ring de nos ébats, et elle a chialé pendant des heures. J'ai voulu la prendre dans mes bras mais elle m'a à nouveau giflé, trois ou quatre fois, tout en serrant les dents et en me traitant de sale connard, j'en passe et des meilleurs, surtout sur les noms d'oiseaux auxquels je suis assez sensible. J'ai frisé le carton rouge, l'expulsion ferme et définitive. Pour finir, elle est retournée s'effondrer sur notre lit, ignorant Gladys et ses *Hannah, Hannah je t'en prie, écoute-moi ma chérie, soyons raisonnables pour une fois.*

Pendant qu'elle continuait à vider toutes les larmes de son corps, on a rangé l'appartement tous les deux sans qu'aucun de nous ne prononce le moindre mot.

Notre trio amoureux avait rendu l'âme.

La diva a fini par s'endormir à la tombée de la nuit.

On s'est préparé une soupe de poisson, et pour la première fois depuis des semaines, depuis le jour de son arrivée en fait, on n'a pas baisé et on a mangé tous les deux à la lueur d'une bougie en cire d'abeille.

— Elle va me quitter.

— Mais non. Laisse-la vivre ce qu'elle a besoin de vivre. Il faut qu'elle évacue c'est tout. C'est très violent ce qui nous arrive. Les émotions ne sont pas pour elle des… comment trouver la bonne image… des fantômes… des nuages de fumée… elles ne peuvent pas la traverser, il faut qu'elle les percute, c'est comme… des sabres, des chaînes de tronçonneuses, ce genre de trucs tranchants… tu vois ce que je veux dire ? C'est elle toute seule qui va se jeter sur ces lames, inconsciemment, c'est elle toute seule qui s'empale, elle n'a aucune capacité à s'épargner, elle ne sait pas ce que c'est, elle pourrait se jeter dans un feu dans le seul but d'en tirer une mélodie tu sais.

— T'es dure Gladys.

— Mais non j'suis pas dure, je la connais bien c'est tout, j'adore Hannah, mais grandis un peu et n'aie pas peur de la vérité cœur pur, tu verras qu'avec le temps cette aventure n'était qu'une anicroche.

— Ouais ben le cœur pur me fait plutôt penser à un scarabée coincé sur le dos, je crois qu'il aurait bien besoin d'un petit coup de main, sinon il va finir par crever la gueule ouverte. On dit gueule ou bouche pour un scarabée ?

— Ça va aller.

— C'est grave ce qui se passe Gladys, tu as vu la blancheur de sa peau ? L'épaisseur de ses cernes ? Elle avait perdu tout son sang bordel, c'était d'une telle violence, mon Dieu, la pauvre, elle s'est… autovampirisée ! Je n'avais jamais vu une expression pareille nulle part. C'était comme si on avait tué son enfant, ou que c'était elle qui était morte.

— C'est exactement ce qu'on a fait.

— Mais pas du tout ! Ce n'est pas ce qu'on fait !

— Mais si. Elle se dit qu'on est en train de la tuer ni plus ni moins. C'est Hannah. C'est pour ça que tu l'as choisie. Aucun compromis, jamais.

— Mais là… là… elle est devenue si… si… sombre, c'était… effrayant, c'était… j'ai eu si… j'ai cru qu'à un moment elle allait se jeter par la fenêtre.

— Moi aussi figure-toi.

— Elle va trop loin, je ne suis pas sûr de tout comprendre.

— C'est toujours une histoire d'équilibre Jason, de subjectivité, trop, pas assez, blanc, noir, gris, plus ou moins, vaguement, environ. Jason écoute-moi bien, Hannah ira plus loin que tu n'iras jamais de toute ta putain de vie, elle ira là où moi je ne veux plus aller, j'ai essayé de la suivre, avant, plus jeune, je suis allée la chercher sans boussole et je me suis perdue. Je ne veux plus me retrouver sur ces territoires austères et dangereux.

— À cause des garçons ?

— Oui mais pas que… Elle est très forte pour embarquer son monde dans un torrent émotionnel avec juste une malheureuse planche de bois fendue pour éviter de couler. Tu vois ce que je veux dire ?

— Vaguement.

— Cette fille est capable de prendre la mer avec une péniche, tu sais.

— …

— Ne te laisse pas embarquer dans ces contrées où tu n'as aucune prise, où tu n'as rien à faire Jason. N'oublie pas de te protéger, de te respecter dans qui tu es. L'amour oui, bien sûr l'amour, mais pas à tout prix. Elle ne te donnera jamais à la hauteur de ce que tu lui offres chéri, sache-le, tu n'auras jamais la monnaie de ta pièce. Tu vas y laisser des plumes tandis que l'hiver approche, ne fais pas trop la cigale Jason.

— Mais j'en ai rien à foutre de la cigale ! J'en ai rien à foutre qu'elle me rende ou pas ce que je lui donne ! J'emmerde ceux qui pensent comme ça ! Je ne suis pas avec elle pour calculer ! Qu'elle garde la monnaie ! Donner c'est recevoir.

— Les clichés, ça marche un temps, et pas que chez les photographes. C'est pas méchant Jason, c'est sa stricte réalité, elle est incapable du moindre acte de générosité gratuit, elle est trop tournée sur elle-même, tu vas vite t'en rendre compte chouchou.

— Mais tu es horrible Gladys! Comment peux-tu? C'est ton amie, ta maîtresse, elle est comme ta sœur, vous êtes si proches.

— Justement, ne me dis pas que tu n'as jamais détesté tes frères et tes sœurs.

— Je suis fils unique.

— Des amis?

— Un ami, c'est quelqu'un que tu connais très bien, mais que tu aimes quand même.

— Tes parents alors? Ta mère?

— C'est différent, ma mère est un peu particulière, il est difficile de ne pas détester ma mère.

— Mais pourtant tu l'aimes non?

— Disons que… c'est un peu hors contexte mais, OK, faisons une petite parenthèse… Je réapprends à aimer ma mère… J'ai appris à une époque à accepter que je n'étais pas obligé de l'aimer, pour déconstruire, avoir le choix, et déculpabiliser. Mais c'est différent d'avec Hannah. Je n'ai aucune intention de vieillir avec ma mère.

J'ai dévisagé Gladys en plissant des yeux, mes pupilles me brûlaient, la fatigue m'envahissait doucement, il n'était pourtant pas très tard. Je l'ai trouvée très belle dans le couchant qui nous faisait sa révérence derrière la fenêtre contre laquelle elle avait posé son immense front. D'habitude, à cette heure-ci, on avait presque fini de baiser. Je me suis demandé à qui j'avais vraiment affaire. J'avais toujours cru qu'Hannah et Gladys c'était comme les doigts de la main.

J'ai eu envie d'embrasser ses lèvres gorgées d'embruns, de les lécher comme du coulis aux fruits rouges. J'ai eu envie de la prendre dans mes bras, juste me blottir en roue libre, me laisser aller à me pleurer dessus, bien calé entre ses seins. Mais non. Ce qu'elle venait de me dire sur Hannah m'inspirait soudain une déception massive. Si elle était capable de penser ce genre d'horreur de sa meilleure amie, alors, quel était son point de vue au fond sur ce jeune paltoquet qui la sodomisait un soir sur deux ? N'étais-je qu'un sextoy sur secteur ? Un porte-bite ? Un pote de sa pote ? Un pauvre gars qu'on oublie dès qu'on lui a tourné le dos ? Un mec avec qui on s'ennuie même quand il vous dit bonjour ?

— Je suis quoi pour toi Gladys ?

Elle s'est levée pour couper le gaz sous la casserole d'eau.

— Tu vas vouloir de la tisane ?

— Non, je vais encore pisser toute la nuit.

— On dort ensemble ?

— Non Gladys, je vais aller me coucher avec Hannah, c'est mieux, elle en a plus besoin.

∞

Je dégote dans mon sac une série de vêtements propres et je m'aperçois que j'ai oublié tout mon attirail d'hygiène dans la salle de bains de ma chambre. C'est pas gagné pour le refoulage de goulot, du coup. Je rougis dans le noir et laisse Cécile, Ricardo et Rémy jouer du transpalette et aménager notre petit coin cosy au milieu des cartons de vin. Hannah, comme d'habitude, ne sert à rien, on dirait une vieille toxe qui divague parce qu'elle est restée coincée.

— N'oubliez pas de fermer la trappe derrière vous, Jason.

C'est ça ouais.

Je traverse le pont en mode vénère, ça glisse un peu avec la rosée sur le plancher en bois. J'ai mal partout. J'ai outrageusement cinquante ans. On entend les pales des hélicos au loin. J'apprécie la modeste fraîcheur de cette fin de nuit. Ils ont encore annoncé une journée caniculaire pour aujourd'hui, et aucune prévision météo n'augure une baisse des températures, ou la moindre goutte de pluie salvatrice avant des jours.

J'ouvre la porte de la timonerie.

Environ quatre mètres par deux. Le sommet de mon crâne effleure le bois du plafond. Le tableau de bord en bois massif baigne dans son jus, à l'ancienne, usé par endroits. C'est bien entretenu, avec pudeur, bon goût, et respect du passé. À mi-homme, tout l'avant de la cabine est vitré, les cadres des fenêtres sont en noyer.

Raphaël est aux commandes, il joue avec une sorte de joystick (la barre hydraulique), son coude est appuyé sur un immense volant (le macaron). Givert, à ses côtés, s'est couvert la tête avec la capuche de son sweatshirt, son flingue est rangé, il regarde au loin, m'ignorant superbement. Raphaël me tend la main. Le bonhomme n'est pas très grand, il a une bonne tête de marin d'eau douce, menu, la cinquantaine, des cheveux poivre et sel, un anneau de pirate à l'oreille, racé, buriné, plutôt beau gosse. Ses rides, comme des rayons de soleil, partent du coin de ses yeux et s'arrêtent là où l'océan commence.

— C'est pour la douche matelot ?

— En effet.

— Bienvenue en territoire ardéchois. Ici tu risques rien. Comment tu t'appelles ?

— Jason.

— Jason ? Pas Jonas ?

— Non, pas Jonas, Jason. Jonas c'est l'histoire de la baleine.

— C'est plus joli Jonas tu trouves pas ?

— C'est pas moi qui ai choisi.

— J'imagine. Alors Jason mon vieux, tu descends les marches derrière toi, fais gaffe c'est raide, la douche est au fond à droite, tu peux pas la rater. Il y a du café si tu veux. Tu aimes le café Jason ?

— Oui, j'aime bien.

— Mais dis-moi, Cervantès c'est toi ?

Je plante mes pupilles dans la nuque de Givert, ce salopard ne lâche pas des yeux l'avant du bateau, méprisant total. Il tire sur sa clope. Raphaël ramasse une vapoteuse qui traîne sur le tableau de bord, il tire une grande bouffée dessus et recrache un puissant nuage de fumée à l'odeur de chocolat.

— Oui c'est moi, j'ai déjà une réputation ?

— C'est toi le photographe ?

— Oui.

— Tu fais les portraits ?

— Je ne fais que ça, le reste ne m'intéresse pas.

— OK, très bien, ça peut nous intéresser, en attendant va te laver vieux, tu pues et pas que de la gueule.

Je pique un fard, Givert pouffe, puis se ressaisit. Je m'enfourne dans la cuisine par une demi-échelle en bois. J'atterris dans une microcuisine salon, chaque mètre carré est exploité. Au fond, à deux mètres, une porte donnant sur une chambrée minuscule, une autre sur une salle de bains de Lilliputien, et une dernière sur des toilettes microscopiques.

Je ramasse une brosse à dents aux poils usés sur un minuscule lavabo, et un reliquat de tube de dentifrice bio. Je me tamponne royalement de l'intimité de l'autre. Je me brosse longuement les dents, le temps de me soulager sur les toilettes. J'utilise leur savon et leur shampoing. Je m'essuie avec leur serviette de bain. Je m'applique un peu de crème pour les mains à la fleur d'oranger. Je me passe les aisselles à la pierre d'alun. Je me coupe les poils du nez.

J'essaie de laisser l'endroit aussi propre que je l'ai trouvé. Je mets mes vêtements sales dans un sac poubelle déniché sous l'évier de la cuisine. Je nettoie ma chaussure gauche à grande eau, tant pis pour les économies. Je me sers un café que je bois cul-sec puis je m'en ressers un autre. Je finis par rejoindre Givert et Raphaël, la tasse à la main.

— Nom de Dieu mais tu sens la crème de Cécile ma parole !

— Vous savez si je peux faire une machine ?

— Bien sûr, commence par me tutoyer et je te dirai qu'elle est dans la cale.

— On va où comme ça ?

— On suit le contre-canal de la Loire, on file vers la Saône par le canal du Centre, sud, sud-est matelot. On attend la prochaine écluse, on n'est plus très loin.

— Pour le moment, on n'a encore rien décidé Cervantès.

— Et le cadavre ?

— On le laisse au fond de la cale, on réfléchit. On va organiser un conciliabule.

— Vous voulez dire que cette péripétie va devenir participative c'est bien ça ? Qu'on va tous avoir notre mot à dire ? Dites-moi Givert, vous vous mettez à douter ou quoi ?

— Allez bouge, il va bientôt faire jour, et tu recommences sérieusement à me gonfler.

Le monde se fissure comme un œuf dur, me dis-je alors le plus sérieusement du monde, quelle folie nous a poussés à le jeter si furieusement loin de son nid, et nous avec ?

11.

Jour 1 dans la péniche.

Ricardo a l'insupportable faculté de se faire oublier. C'est parce qu'il est trop petit, et qu'on ne le voit pas. La plupart du temps il se tait, il écoute avec autre chose que ses oreilles proéminentes, c'est plus profond, désoccidentalisé. Il examine en silence, il se fait auditivement invisible, et ça me met mal à l'aise. Il est là sans l'être. Une parabole de balcon qui émet, qui reçoit, et qui se fond dans le décor.

Quand je suis revenu dans la cale, Hannah était allongée sur le sol et lui, il lui apposait copieusement les mains sur la poitrine tout en balbutiant un charabia qui n'était pas de l'espagnol. Je ne dis pas que ça sentait les prémices d'une partie de jambes en l'air ou qu'il était en train de la peloter, disons qu'il était plutôt dans la position du gourou en transe. Ensuite, il a dit *muy bien*, il a remercié le plafond, il a sauté comme un gamin de vingt ans sur ses pattes arrière, il a secoué les mains sur le côté, limite épileptique, et il a empoigné le transpalette avec la virulence d'un adolescent tourmenté.

Givert nous a rejoints dans notre cabane de fortune pas longtemps après le lever du jour, épuisé. Il s'est faufilé dans le caisson qu'on avait fabriqué au milieu des palettes de vin. Indétectables. Le boutonneux Rémy a eu une brillante idée, comme quoi pas toujours lobotomisé par la fumette, le voleur de voitures, un système astucieux à coulisse fait de planches en contreplaqué qui nous permet d'entrer et sortir de sous les cartons sans avoir tout à déplacer. Je me suis un peu calmé parce que ça m'a rassuré de me dire que si les flics débarquaient je ne voyais pas comment ils allaient pouvoir détecter notre présence sans tout déplacer.

Ce qui m'a fortement déplu par contre, c'est que l'arrivée de Givert a considérablement réduit la place de chacun. Il a fallu qu'on se serre encore un peu plus et qu'on use d'un certain stratagème pour faire imbriquer toute la tribu dans ce petit espace, sans parler de la montagne de bagages qu'on se trimballe comme des pénitents. Impossible de tous se coucher en même temps, à moins de s'empiler les uns sur les autres comme des sacs à patates. On a dû organiser des tours de rôle, où certains peuvent s'allonger pendant que d'autres restent assis le dos collé contre les cartons filmés qui crissent lorsque nos peaux transpirantes viennent s'y frotter.

Vu que nous sommes tous tout le temps en contact les uns avec les autres, la promiscuité extrême veut qu'on partage tout. Les odeurs intimes, les mouvements infimes, les clapotis des salives sèches, les bâillements, les respirations qui s'accélèrent, les gargouillis des digestions. Quel que soit l'endroit qui vous démange, on n'a pas d'autre choix que de mettre son voisin direct dans la confidence. Lorsque les crampes arrivent, on tente tant bien que mal de caser nos genoux, nos coudes, nos pieds, sans gêner l'autre. C'est un enfer, un Tetris d'humains.

Sans parler de Bill le congelé, qu'il m'est absolument impossible de toucher. Caresser ce cadavre du bout de l'orteil est une épreuve que je ne vais pas pouvoir supporter très longtemps.

Entre les transpirations, les haleines fétides, et les flatulences discrètes, les odeurs vont bon train, mais princesse Hannah nous épargne ce cocktail nauséabond grâce à la panoplie de produits cosmétiques qu'elle s'applique toutes les trente secondes sur le visage et sur les mains.

Givert s'est très vite endormi, brisé de fatigue, il n'a pas envoyé la moindre relève en cabine de pilotage, il a simplement sombré, la main sur la crosse de son pistolet, et le doigt pressé sur son oreillette, tordu sur lui-même. Sa ride du lion malgré son sommeil profond ne trouvant pas la paix.

C'est maintenant que Bill entame sa décongélation.

Comme un liquide marron clair commence à suinter à nos pieds dans cet affreux six mètres cube, ceux qui ne dorment pas décident d'éponger avec des vêtements sortis du sac, de préférence en coton, plus efficace que le polyester pour absorber le jus de cadavre.

Puis Hannah a une fulgurance, elle se rend compte qu'une odeur de putréfaction va bientôt émaner du corps de Bill qui fond comme neige au soleil.

— Merci Hannah. Quelqu'un d'autre veut nous plomber le moral ?

Tout heureuse d'elle-même, elle vide alors entièrement sur le cadavre sa bouteille de parfum de chez Lancôme à trois cents euros les cinquante millilitres. Ne voyant pas venir la scène, personne n'a le temps de l'en empêcher. La cachette devient dans la seconde tout simplement irrespirable. Ça c'est fait. Par survie, on aère quelques minutes mais le mal est fait. Malgré le bruit et l'odeur, Givert le miraculé, que plus rien n'atteint, ne se réveille pas, c'est dire son état de fatigue.

J'ai soudain une affreuse envie de gerber.

Elle, elle se ronge les ongles, elle est ailleurs, parce que la clope lui manque. Elle serre les dents. Je la surprends à un moment en train de poser sur moi son foutu regard d'agacement, je sens que ma présence la hérisse.

Mais c'est Rémy qui finit par craquer. Il se roule un joint en milieu de matinée, il sort du caisson, et il entrouvre la trappe de la cale pour fumer. Sur ce, arrive une Cécile furax, qui lui assène de fermer ça tout de suite, que les rives sont gavées de monde parce qu'on est dimanche, que la cale empeste le parfum, que c'est n'importe quoi, qu'à peine arrivés on fout déjà le bordel, et elle finit par lui claquer la porte au nez en le traitant d'écervelé.

Puis Rémy, tout défoncé, revient vers nous. La bouche pâteuse, il part dans un monologue sans fin sur des histoires d'enfants qu'il n'a pas, et des enfants de ses enfants. Ce qu'il raconte n'a ni queue ni tête. Ricardo se marre.

— Cette herbe est magique, un peu forte, un peu bavarde, trop poussée aux engrais à mon goût… Elle a une odeur de chewing-gum vous trouvez pas ?

— Elle bouche un peu tes oreilles, *hombre.*

— Mais elle ouvre grand les portes de la perception… On se fait chier non ?

— …

— Vous connaissez pas la réponse ? Je jouerais bien aux osselets, pas vous ? Quand j'étais petit, je jouais aux osselets. Tu vois c'est quoi Ricardo les osselets ? Non ? Vous avez quoi chez vous ? Des cailloux ?

— *No comprendo.*

— J'ai failli avoir la moyenne une fois au bahut, du coup ça m'a gavé grave, j'ai tout arrêté, j'ai décidé de rentrer dans le monde du travail, j'ai commencé à voler chez les gens, attention pas chez n'importe qui hein, seulement les riches, un peu Robin des Bois tu vois, c'est là que j'ai chopé le goût, depuis, impossible d'arrêter, total accroc.

— Tu t'es déjà fait choper Rémy ?

— Oh non jamais madame, sinon tu parles, j'aurais arrêté, à cause de ma mère.

— …

— J'ai eu un jour une meuf, mignonne tu vois, mais un peu teubé, quand je lui parlais j'avais l'impression qu'elle était en duplex à l'autre bout de la Terre, il lui fallait toujours plusieurs secondes avant de comprendre ma question, et d'y répondre, il lui fallait toujours un temps fou pour que mes mots viennent s'imprimer sur son cerveau, elle fumait même pas, on peut pas dire que c'était la faute de la weed, j'ai fini par la larguer, non mais sérieux, j'ai hésité, vraiment, mais elle était insupportable, elle disait jamais rien, elle passait des heures à m'écouter…

— Bon Rémy, j'essaie de dormir là, et toi tu fais que parler, ça te dérange pas ?

— Ben non, tu dors tu dors, moi quand j'dors j'dors.

Il reprend son monologue encore d'interminables minutes, intarissable, infatigable, et encore des tas de mots en able. Hannah finit à son tour par s'endormir sur la cuisse d'un Givert avachi croulant toujours sous le sommeil.

Je colmate en serpillant avec un vieux jean les coulures de Bill, mon tee-shirt sur le nez. Le miracle veut que je ne vomisse pas. J'ai l'impression que son corps se ramollit, qu'il devient spongieux.

Et puis, va savoir quelle mouche le pique, Givert se réveille d'un coup, il sursaute sans réveiller Hannah, il ouvre ses yeux énormes sur moi, sa ride du lion a disparu comme par enchantement, il se frotte les paupières, un peu perdu, puis, juste avant de replonger dans les bras de Morphée, il me tend son oreillette et un talkie, mais je refuse, poli, courtois.

— J'essaie d'arrêter.

À l'heure où tous les habitants de notre méridien se précipitent sur leurs sandwichs insipides et leurs gamelles pesticidées pleines d'agents conservateurs, je suis pris d'un abyssal coup de déprime. Le parfum édulcoré me donne un mal de crâne monumental. Je me demande ce qu'on fout là. Je porte toute la misère du monde sur mes épaules alors que personne ne m'a rien demandé. Je repense à notre périple depuis la brigade de Thionville, et finalement jusque-là, jusqu'à ce pathétique confinement dans ce caisson aussi large qu'une cage à poulets, je me dis qu'on était dans une normalité de fugitif, une course poursuite classique, un échauffement pour tapettes en quête d'émotions fortes, genre fucking trader en week-end flash-ball et base-jump comac.

Puis Ricardo met sa main sur l'épaule de Rémy, et il sifflote un air entre ses dents. Le gamin fait jaillir ses yeux exorbités, et il se tait enfin jusqu'à l'endormissement.

Je savoure le miraculeux silence, je déglutis.

Il fait une chaleur à crever, on sue comme des cochons, il va y avoir la queue à la douche ce soir.

Cécile arrive sur ce avec une gamelle pleine de légumes. La bande se réveille en douceur, certains se sourient, d'autres pas, on s'extirpe de notre cachette le temps du repas. Elle est furieuse à cause de l'odeur du parfum, elle demande qui a eu cette idée pourrie. Elle nous maudit et affirme avec une certaine colère que l'épicerie sèche est foutue. Quand je lui balance avec un plaisir perfide non dissimulé que c'est la pianiste qui a fait le coup, elle se calme un peu, puis lorsque Givert lui sort une liasse de billets pour le dédommagement, elle ne dit plus rien sur le sujet.

Entre deux cuillères de carottes, que même Givert et ses principes comploto-véganes engloutit, Cécile nous confie qu'elle a peut-être une idée pour le cadavre.

— On pourrait l'attacher sous la péniche.

— Sous la péniche !

— C'est là qu'on aura le moins de chance de le retrouver, et puis avec les poissons il va très vite se décomposer. Vous en pensez quoi ?

— Pas mal.

— Bonne idée.

— On a des sangles et des cordes, il suffit de l'attacher au tube de gouvernail à deux ou trois endroits différents, bien horizontalement, et le tour est joué. On va faire ça dès ce soir, à cause de la décomposition. Raphaël se sent de le faire.

Givert lui attrape le visage et il lui baise le front, elle rougit. Hannah lui jette un regard de foudre, force quatre, elle est d'une humeur de merde depuis qu'elle s'est réveillée, ce qui fait mon affaire en termes d'influence sur le groupe. Elle a à peine touché son assiette. Elle veut fumer, et jouer du piano. Cécile lui répond que ce n'est pas possible, elle pourra fumer autant qu'elle le veut, mais ce soir, à la tombée de la nuit, pas avant, elle est désolée, elle aimerait lui faire plaisir, mais non vraiment, c'est trop risqué. Elle dit que les départementales regorgent de flics, et que des hélicos tournent, c'est Bagdad. Puis, pour finir, elle frappe dans ses mains tout excitée de nous savoir à bord poursuivis par toutes les polices de France, ça la change tellement de sa monotonie quotidienne.

Givert secoue sa gourmette et dépiaute une pastille de nicorette, il fait la grimace, c'est son avant-dernière. Puis, dans un demi-sourire, il la tend à Hannah. Elle savoure, elle trouve que c'est bien plus délicat qu'un bouquet de fleurs, elle se dit qu'il est délicieusement romantique, elle lui fait comprendre en lui faisant ses yeux de biche et en suçant le bonbon médicamenteux comme une jeune effrontée en rut.

Dans une odeur irrespirable, on passe l'après-midi à éponger le corps de Bill, mais surtout à se faire chier.

J'évite les regards. Il fait insupportablement chaud, mon tee-shirt est trempé. Mon moral descend encore d'un cran.

Puis, à la lueur d'une frontale dont les piles piquent du nez, je vois le bout de leurs doigts se frôler. Je frise l'arrêt cardiaque, le décollement de la plèvre, la fracture du myocarde. Elle souffle faussement, râle qu'elle veut fumer, qu'elle a chaud, qu'elle est en retard sur ses règles, elle feint l'indifférence, regarde dans le vague sans s'y noyer, joue prudemment la prude, avoue qu'elle rêve de prendre une douche glacée et qu'elle a besoin de se faire le maillot. L'autre nase lui dégoise que lui aussi meurt d'envie de cloper, que lui aussi il est chaud, qu'il aimerait bien la doucher et lui arracher le maillot. Son clin d'œil lubrique la fait rougir, elle baisse les yeux, c'est pathétique, ça me lève le cœur comme un bol de foie gras chaud.

Je crois que tu ne vois pas la déferlante arriver sur toi mon pote Givert, petit surfeur méditerranéen prétentieux de mes deux, je te laisse la surprise de découvrir le danger des rouleaux par toi-même, je t'aurai prévenu mais tu veux y aller quand même. Prends un gilet de sauvetage, on ne sait jamais quelle vague scélérate va te découper en une ribambelle de sushis de toi-même.

Un peu avant la tombée de la nuit, la péniche accoste enfin.

Cécile amarre le bateau au bollard (la bite d'amarrage) d'un pont flottant au sud de Pouilly-sur-Loire, au milieu de nulle part. Entre chien et loup, nos fumeurs compulsifs se précipitent sur le pont au moment où Raphaël se présente enfin à nous. Il serre les mains de ceux qu'il ne connaît pas encore, je lui laisse le plaisir de découvrir à quelle brochette de déments il a affaire. Dans un paysage bucolique du couchant à couper le souffle, surtout aux fumeurs, lui et Cécile nous envoient des sourires de ravissement par palettes entières, ils sont heureux de nous rencontrer.

Raphaël est du genre marin tactile, convivial, il touche nos épaules, tonique, malgré la montagne de fatigue que lui a coûtée cette journée. Il frappe ensuite dans ses mains et propose qu'on s'y colle direct, pour ce qui est du cadavre. On valide, avant que le corps ne devienne insaisissable à cause de la décomposition.

Je me fais engueuler par Givert parce que je refuse catégoriquement de leur filer la main, mais ça me glisse dessus, l'autre teigne d'Hannah en rajoute une couche par-dessus son épaule, à propos de ma légendaire lâcheté, et d'une impuissance chronique qui n'est que pure calomnie.

Puis Givert va chercher Bill le temps que Raphaël s'arme d'un masque et de trois sangles d'arrimage à fermeture rapide.

Ricardo fait une prière.

Ça bavarde ensuite technique, efficacité des cordages, nœud d'élingue et nœud de huit, temps de décomposition, poissons carnivores, ossements humains.

Je pense à ce pauvre Bill une dernière fois. Je regrette tellement de ne pas avoir discuté avec lui. Je m'en veux de ne pas l'avoir défendu lorsque Givert lui a scotché la bouche.

On fait une minute de silence. C'est long une minute à se battre contre ses propres larmes.

Enfin, Raphaël plonge dans le contre-canal de la Loire, il nage vers l'arrière du bateau, là où le fameux tube du gouvernail est accolé à la coque, le tube d'étambot en jargon batelier. On lui fait suivre délicatement le corps flasque libéré de son linceul marron, grâce à une vieille corde large et effilochée. Des relents d'odeur de mort signent l'air une dernière fois, ce fumet de décomposition me lève le cœur, ce parfum d'après-vie révélé, la couleur de la peau qui n'est plus alimentée, le visage sans expression, le regard de verre, les stigmates du faciès étouffé, le reliquat de vomi à la commissure des narines. Raphaël le saisit puis ils disparaissent dans l'eau saumâtre.

Voilà, me dis-je, ce n'est pas plus compliqué que ça la mort.

En quelques minutes l'affaire est réglée.

Après le repas du soir, j'abandonne tôt la clique parce que je suis à bout et que ma fracture du moral m'aspire tout mon jus. Râpé fin par l'image de Bill disparaissant dans l'eau, ainsi que du navrant spectacle des deux autres qui roucoulent, tout espoir dans le genre humain prend un bon coup dans l'aile. Ricardo, plein de compassion, ne me quitte pas des yeux mais je réussis à éviter d'éclater en sanglots. Personne ne me retient. Légèrement saoul, je vais pisser dans le contre-canal, et je fais un gros *fuck* à la centrale nucléaire de Belleville qui crache les fumées de ses tours de refroidissement plein nord.

Ce n'est qu'ensuite, lorsque je suis couché dans ma suite, que je rechute sous les coups d'un blues colossal, parce que je ne me souviens tout simplement plus du visage de Gladys.

∞

Il y a dix ans, je me réveillai au milieu de la nuit parce qu'Hannah avait quitté notre lit. J'avais voulu l'enlacer mais ma main n'avait rencontré qu'une place vide et froide.

Une mélodie l'avait extirpée de son sommeil à la manière d'un somnambule en forme de clé de sol la prenant par la main. Elle s'était précipitée sur son piano avant que l'air ne s'échappe en courant, et ne devienne plus qu'un courant d'air malsain. Elle l'avait joué jusqu'à épuisement, jusqu'à ce que la perfection le reconnaisse comme faisant partie des siens.

Ce morceau lui a été transmis dans son sommeil, ce qui n'est pas à la portée du premier tocard qui passerait dans les parages. Il en va du surhumain. Du possédé. Du quasi divin. Il ne procure que le bouleversement. Il nous voyage. Il nous fauche, nous chevauche, nous mélange, nous fouette, il nous cocktaile, nous secoue au shaker dans nos certitudes bien fondées, et nous oblige à remettre à plat tout ce qu'on pensait comme établi, évident. Il nous éclate, nous partitionne, nous morcelle pour mieux nous reconstruire. Il accompagne l'enfant que nous n'aurons jamais tous les trois vers sa comète de petit prince, sa terre de bruyère. Son minuscule grand tout.

Dans la cuisine, vers quatre heures, j'ai croisé Gladys qui pleurait dans son thé. La nuit était noire et Hannah jouait sans même s'en rendre compte, son esprit relié à un microfilin de conscience argenté qui la suppliait de céder. Ce morceau considéré ce jour comme son plus génial nous prit par la main Gladys et moi, et, à notre plus grande surprise, sans calcul, il nous mena dans la chambre dans un halo érotique rose parme, il nous allongea à la manière des couples normaux dans le lit encore tiède, nos corps brûlants d'un nouveau désir à deux.

Il ne fut pas question de sexe. Bien sûr nous fîmes l'amour, mais lorsque je repense à la puissance de nos caresses charnelles suggérées, aux effleurements tempêtes sur ses tatouages multicolores, aux regards inondés, aux tremblements de terre à la naissance de nos phalanges, mon corps ne peut que s'agenouiller pour que ma tête cesse de tourner, et que je reprenne mes esprits, non sans mal. Oui, non sans mal.

Nous n'eûmes jamais l'occasion d'en reparler, ni entre nous ni avec Hannah. Mais à quoi bon de toutes les façons essayer d'intellectualiser ce qui nous est incompréhensible.

Au sortir de son rêve éveillé, l'artiste torturée vira démon. De la mousse de bave plein la bouche elle traita Gladys de catin et moi de petite bite, tout en marchant au plafond. Je sais, j'exagère. Mais je jure qu'elle déchira ses partitions et voulut frapper son piano à grands coups de chaise, elle l'aurait certainement détruit si Gladys et moi ne l'avions pas empêchée. À l'aube, elle se figea de manière inquiétante dans un rayon de soleil oblique qui s'échappait d'un ciel zébré de gris et d'orange, elle cracha une foultitude de reproches et d'insultes sur celle qui fut sa meilleure amie durant vingt ans, avec le plus grand calme et la plus glaçante des férocités. Des reproches à la hauteur de la souffrance qu'on lui infligeait, à ne pas vouloir garder le bébé.

En trois phrases courtes à peine conjuguées, elle la menaça de lui ouvrir le bide et de récupérer l'enfant si elle ne faisait pas son paquetage sur-le-champ. On tenta une discussion, une tentative d'échange, un compromis. On hurla, on s'empoigna, on supplia, on s'indigna devant sa réaction qu'on trouvait injuste et démesurée, chacun cassa sa part d'objets.

Rien n'y fit. Hannah avait basculé définitivement dans un monde où nous n'avions pas accès.

Je contemple Gladys, élancée, superbe, c'est la dernière fois, je ne le sais pas, c'est le matin, elle est sur le pas de la porte, elle serre ses valises à s'en faire saigner, elle est debout sur ses talons très hauts qui accentuent sa cambrure exagérée, ses mollets dépassent du bas d'un imperméable kaki classique, elle est maquillée, coiffée, parfumée. Dehors, il pleut. J'embrasse ses lèvres épaisses qui se tordent, elle les mord, elle n'a aucun remords, je ne me souviens plus de ce que je lui dis, mais je me rappelle que ma voix s'éraille. C'est uniquement parce qu'elle est digne que je le suis aussi, je tiens son épaule et je retiens mes larmes. C'est un cauchemar de toute beauté. Hannah joue du piano dans la pièce à côté.

— Au revoir Hannah, lança-t-elle au couloir.

Le couloir restera muet.

J'embrassai sa main tremblante.

Je tournerai la tête vers le corridor interminable.

Elle retirera sa main.

— Merci Jason…

— …

— Je t'aime, tu sais.

— Merci Gladys.

Je ne lui répondrais pas moi aussi.

Voilà, elle tourne les talons, elle prend la poignée de la porte, le temps s'arrête, la pluie frappe aux carreaux, je voudrais m'engouffrer dans cette plissure de temps et m'y blottir en attendant la fin de la tempête, je ne sais pas si c'est ce qu'elle espère, si elle attend qu'à mon tour je jette trois affaires dans un sac et que je me précipite vers la sortie, je ne sais pas, mais ça ne se réalise pas. Je regarde mes pieds, je ne suis pas fier. Elle me sourit sans rien attendre en retour. Elle me donne sans compter. J'ai honte de moi. Elle stocke du souvenir pour après, quand le manque, la solitude. J'aspire de l'air, beaucoup de l'air, je vais parler, elle appose son index verni rouge merveille sur ma bouche sujette à des soubresauts. Elle susurre un soupçon de chut. Je ravale mes mots. Elle ouvre la porte, elle ne se retournera plus jamais. Elle va disparaître. Elle disparaît. Elle a disparu. Je tends la main. Il n'est pourtant pas trop tard mais c'est au-dessus de mes forces. Je suis fendu. Le sol cède sous mes pieds, je m'en remettrai. Enfin je crois.

Voilà, c'est tout, c'est court, c'est comme ça que ça s'arrête, en queue de poisson, c'est nul je sais, il n'y a rien à rajouter.

Je ne lui aurais même pas dit que moi aussi je l'aime. Je ne lui aurais jamais dit je t'aime.

12.

Jour 2 dans la péniche.

Camaret-sur-Mer, ma terre de bruyère.

J'ai l'impression d'être confiné dans les boyaux de la bête depuis des jours. Je vrille dingo complet. J'ai un peu peur des flashs qui m'apparaissent parfois lorsque je ferme les yeux, des petits éclairs incandescents, des feux d'artifice foireux. Un court-circuit ? Deux fils qui se touchent ? J'ai passé une nuit de merde, une de plus. Givert a ronflé comme un cochon, lui et son putain de nez sec. Ce bâtard a dormi comme un nouveau-né. Hannah et lui ont passé la nuit imbriqués bras dessus bras dessous, cuisses tressées, tempe contre tempe, piteusement serre-jointés à la tendresse. C'était sirupeux, mièvre, mielleux.

Tout à l'heure, au petit-déjeuner, Cécile nous a servi du café dans des mazagrans en terre, il faisait encore bien nuit. C'était délicieux cette fin de nuit caféinée. Le capitaine a fait les niveaux du moteur.

On a mordu dans des oranges sanguines géantes. Les fumeurs en ont grillé une vite fait pendant que le moteur chauffait, puis bien sagement on est tous retournés dans notre compartiment trois étoiles juste avant que le soleil se lève et nous rebombarde de sa chaleur anormalement élevée. Givert était reposé, Hannah riait d'un rien, Rémy avait la gueule de bois, il avait fini la veille dans un piteux état, il avait fallu qu'on s'y mette à trois pour le faire rentrer dans notre cachette. À l'heure qu'il était, il avait tout oublié. Pas bon. Givert était furax.

— À partir de maintenant y'a plus d'pinard pour toi gamin, tu bois plus que d'l'eau !

— Ah ouais, on me punit comme un gosse c'est ça ? Genre aqua-planning... Faites tous chier !

Cinq minutes plus tard, je sautai à la gorge de Givert. Fou furieux. Dégondé.

On s'est bien battus, comme des chiffonniers. Les cartons de vin sont tombés de leurs piles, faisant s'écrouler sur elle-même notre cachette, ce qui ne m'a pas empêché d'essayer de continuer de l'assaillir de coups de poing, et de coups de pied. Un truc tellement vain que c'en est devenu risible pour Givert qui s'est redressé, hilare, pendant que les autres piétinaient le verre pilé, et qu'ils essayaient de me retenir de lui bousiller la gueule, ce qui m'a rendu encore plus hystérique.

Je n'ai aucun souvenir de ce qui m'a fait bondir, si une goutte plus grosse que les autres a fait déborder le vase. J'ai craqué. Point. Hannah a souri sur le côté, ironique, séduite, surprise.

— Putain mec, quel courage ! S'attaquer à Givert, au réveil, t'as vraiment peur de rien toi !

— C'est quoi le courage pour toi Rémy ?

— Le courage c'est quand tu sais pas ce que tu fais.

— Non Rémy, le courage c'est quand tu sais que tu vas souffrir mais que t'y vas quand même.

Nous ne sommes qu'une bande de petits branleurs qui se la jouent, des tocards des bacs à sable qui se prendraient pour des parrains de la pègre et qui malgré tout vont finir en cabane. Fût-elle de bois, fût-elle de paille. Il est venu le temps de mettre un terme à ce diabolique intermède. Notre arrestation, devant les caméras de BFM télé, tournera en boucle jusqu'aux confins de la Sibérie, jusque dans les entrailles du trou du cul du monde, on verra le photographe décomposé les menottes aux poignets, la pianiste possédée, les cheveux en bataille, qui jouera le détachement ou la dramaturgie, c'est selon. Puis les caméras zoomeront sur le cadavre d'un Givert criblé de balles, barbotant dans une mare de sang. Quant aux deux autres branquignoles qui les accompagnaient, le Chilien de petite taille et le voleur de bagnoles aux gros yeux, on les chercherait encore, on n'entendrait que leurs rires gras jouer à saute-mouton dans les vallées et les échos.

Si j'avais été un peu plus malin, juste un peu, je n'aurais jamais baissé la garde, j'aurais entrouvert mes rideaux bretons, je l'aurais aperçue derrière ma baie vitrée, elle, la pianiste tout aussi géniale que folle que belle, composant ses chefs-d'œuvre de tête, à la volée, à la Amadeus, ses quelques rides parsemées rehaussant son charme sans borne, burinée par la fatigue de la route, l'enchaînement des nuits blanches et la douleur d'avoir perdu fraîchement sa Gladys. Ma Gladys. Elle aurait eu beau venir me chercher en guerrière pure et avoir traversé toute la France pour ça, je me serais caché sous l'évier et j'aurais attendu patiemment qu'elle s'en aille, qu'elle abandonne la mission, mais elle n'aurait rien fait, j'aurais alors appelé les flics qui seraient venus l'embarquer, elle se serait débattue, elle aurait envoyé sa mâchoire dans le vide dans l'espoir de mordre des jugulaires, mais elle n'aurait rencontré que le néant abyssal de sa fragilité psychologique. Elle aurait fait quelques heures de garde à vue, hystérique devant les aiguilles de sa montre qui auraient tourné comme des pales d'éolienne un jour de grand vent, puis elle se serait précipitée dans sa voiture sans même s'allumer une clope, et elle aurait foncé sur Thionville. Et je n'aurais plus jamais croisé la Dabrowska.

Si j'avais été moins lâche, moins obéissant, moins tout, je n'aurais jamais fermé la porte derrière Gladys le jour où Hannah l'a virée. J'aurais hurlé son prénom dans le couloir, elle aurait fait demi-tour, j'aurais couvert son corps de baisers dans un bain de ravissement tiède. Je l'aurais suppliée de me pardonner, j'aurais balbutié des annuaires de banalités, elle aurait déballé son sac, puis rangé ses petites culottes dans l'armoire blanche en formica de la salle de bains commune. On n'aurait pas gardé l'enfant. Non, on n'aurait pas gardé l'enfant. Hannah, devant ma certitude assumée, ma confiance de fer, devant mon indifférence croissante et la non-peur de la perdre, aurait fermé sa grande bouche, elle aurait abdiqué, parce que c'est la majorité qui l'aurait emporté.

Quels beaux scénarios alambiqués.

Moelleuse schizophrénie.

J'ignore si les poissons ont commencé à bouffer Bill.

En monomaniaque obsessionnel, je me refais la nuit. Je contemple Givert et Hannah en train de dormir, masochiste scarifié, je ressasse l'image, j'imprime en plusieurs exemplaires.

Ils sont si beaux ensemble.

Il m'arrive par moments de confondre la chronologie des événements depuis qu'elle est venue déterrer le passé à la tractopelle. Je sais que je m'appelle Jason Cervantès, que j'ai cinquante ans, que je ne fume pas, que mes cheveux bruns virent poivre et sel, que mes yeux sont marron, on dit que je suis beau gosse mais mes joues se creusent avec le temps, je chausse du quarante-quatre, j'aime les oiseaux et le chocolat noir, le soleil du matin, les fracassés de la vie, les hypersensibles, le visage des gens.

J'aurais dû. Désobéir. J'aurais dû. Encore aurait-il fallu. Si ma tante en avait. Maintenant il est trop tard. Le mal est fait, trop tard. Le virus se développe, trop tard, son poison décompose mes organes vitaux, trop tard, à la manière du venin du python, trop tard. Ils sont amoureux. Trop tard. Ils se caressent. Trop tôt. Je suis seul et malheureux. Il fallait y penser plus tôt, vieux.

Peu de temps avant ma naissance, la légende raconte que ma mère, dépressive chronique de haut vol, continuait goulument sa consommation quotidienne de tranxène, et de valium, un cocktail explosif pour les défonces de première qualité mais sans garantie aucune quant à la viabilité du fœtus si par mégarde les femmes enceintes venaient à en consommer. Après un passage éclair à l'hôpital psychiatrique du coin, comme certains vont à l'épicerie acheter un paquet de semoule, elle aurait passé les dernières semaines de sa grossesse habillée en petite fille, greffée d'une paire de couettes, d'une petite robe blanche en dentelle, et de coquettes socquettes couleur beurre frais remontées bien au-dessus du genou, parce qu'elle était persuadée qu'elle avait quatorze ans. Ma structure, mon squelette physique, psychique et émotionnel, mon paquet de nerfs se seraient érigés sur ce point de détail qui, à n'en point douter, me suivra jusqu'à mon dernier souffle. La dépression est ma colonne vertébrale, le déséquilibre est le fil d'Ariane incrusté dans mon ADN, au même titre que mes doutes et mon sentiment maladif de culpabilité.

On ne peut lutter contre qui on est, on ne peut qu'accepter la cohabitation et payer sa part de loyer sans discuter.

La légende raconte aussi que maman aurait fait, en plein accouchement, sur la tête de ma mère, une crise de tétanie carabinée, et que les médecins, pour empêcher son périnée de me briser comme une biscotte, l'auraient shootée cash aux opiacés.

On ne me donna pas le premier lait, au risque de me perdre définitivement, vu la dose de cheval qu'on venait de lui faire ingurgiter. Elle est pas belle la vie nom d'un piston à shooteuse ?

— Mais dis-moi Cervantès, tu rêves ?

Maintenant je me rappelle pourquoi on s'est battus, c'est à cause de cette phrase pleine de reproches de Givert. Non mais, c'est qui le patron ?

∞

Malgré mes insistances récurrentes, reflet de mon obsession, Hannah ne voulut plus jamais que l'on parle de Gladys, aussi insensé que cela puisse paraître.

Ni de l'enfant.

— Jamais, tu m'entends ! Jamais ou je te quitte !

Gladys la bannie, la néo pestiférée, Gladys corde, celle dont il était désormais interdit de prononcer le prénom sous prétexte de réveiller les vieux démons qui l'accompagnent, la malédiction pour pianiste bipolaire paranoïaque.

Hannah jeta à la benne les trois affaires que Gladys avait abandonnées dans notre appartement, volontairement, ou pas, un tube de rouge à lèvres carmin, une chaussette bariolée perdue sous le meuble de la salle de bains, des cheveux noirs par poignées dans le siphon de la baignoire, ou planqués sous les oreillers, sur lesquels je ne cesserais de mettre la main pendant des jours et des jours au prix de violentes remontées acides, réveillant le manque et la tristesse, l'angoisse du silence radio massif.

Où étais-tu Gladys ?

La Dabrowska jeta sans la moindre hésitation le carton rempli de photos d'elles deux qui traînait au fond d'un placard. Des photos uniques. Des trésors de souvenirs. Elle effaça son numéro de portable de nos deux répertoires sans que sa main tremble le moins du monde. Elle brûla ses draps dans un seau en cuivre sur notre microbalcon, lava sa tasse à la javel, gomma les traces de souillure sur le canapé, elle se doucha au gant de crin et à la bétadine jaune. Elle repeignit la chambre dans la quinzaine qui suivit, en passa trois couches épaisses et non pas quatre comme elle aurait voulu, parce que je lui avais dit que deux suffisaient amplement. Elle changea les rideaux du salon, racheta au prix fort toute la vaisselle. Elle troqua son parfum *La vie est belle* pour *La petite robe noire*, une mixture moins saturée en sucre, plus suave, une subtilité finement plus rauque, en corrélation avec sa voix que la nicotine commençait à casser. Elle se coupa les cheveux, pas trop courts, et arrêta de se manger les ongles.

Elle baisa comme pas deux, mangea comme quatre, elle nous envoya au septième ciel mille et une nuits.

Mais.

Invariablement, il me manquait Gladys.

Nous passâmes de moins en moins de temps ensemble, au bénéfice de ce foutu piano à queue que des déménageurs courageux, larges comme des armoires bretonnes, avaient eu un mal fou à faire passer dans l'escalier.

Elle se mit à regarder de plus en plus souvent dans le vague lorsque son regard se posait par hasard sur moi. Dans ces moments-là, sans trop savoir pourquoi, elle me faisait l'effet d'un lavabo qui se vidait. Comme si tout ce qui avait appartenu à Gladys et à nos frasques à trois, devait à tout prix, et qu'importe le taux de change, disparaître dans les tuyauteries des égouts, et finir noyé dans la Méditerranée.

Mais, mais, mais.

Elle avait beau y mettre le paquet pour s'acheter une amnésie matérielle, les souvenirs, eux, restent.

Les images de Gladys, aussi nombreuses que celles d'un catalogue printemps-été, ne s'effaçaient pas de sa tête de linotte comme elle l'aurait voulu.

J'avais encore tenté à plusieurs reprises d'évoquer le sujet, mais elle s'était murée une fois de plus derrière son instrument.

Déterminé, j'insistai toutefois assez lourdement, parce que j'étais persuadé qu'on ne pouvait pas continuer d'avancer sans se parler, on ne pouvait nier ce qui venait de se passer, nous ne pouvions garder cet abcès éternellement au fond de notre bouche sans que notre couple risque la septicémie.

Folle de rage, elle déchira alors des kilomètres de négatifs photo sans que cela me fasse sourciller d'un iota. Elle perça mes tympans de cris stridents et ininterrompus, mais je m'étais armé de bouchons d'oreille de première qualité. Elle explosa l'aquarium du salon sur le carrelage, on sauva in extremis le poisson rouge d'une mort certaine, lui qui ne disait jamais rien. Elle me supplia de me taire lorsque je jouai ma carte maîtresse, mon atout majeur : la culpabilité.

Elle menaça de me quitter si je continuais.

Argument de poids.

Dépendant d'elle, faible, esclave courbant l'échine, paralysé par la peur d'une hémorragie interne fatale, je finis par la croire et par abandonner l'idée de crever tout abcès, épuisé impuissant, une putain de lavette rampante. À croire que le regret, l'empathie, les remords, et toutes ces émotions n'étaient pour cette drôle de fille que des mots stériles, vides de toute consistance dans sa conscience. Elle ne pouvait plus faire machine arrière.

— Tu es vil ! Fourbe et sournois ! Je ne sais plus qui tu es Jason ! Je te croyais fidèle à la vie à la mort. Tu me fais peur… Mais qui es-tu au fond Jason ?

Elle tournait et retournait tout à son avantage, m'invectivait que c'était elle la victime. Elle m'accusait de ce qu'elle-même avait mis en place, et je commençais à la croire et à me perdre au milieu de toutes ces versions différentes de la réalité, le cul entre deux chaises.

— C'est vous! C'est vous qui avez tué cet enfant!

Je ne savais plus si c'était nous, Gladys et moi, qui avions pété les plombs sur cette tragédie de grossesse, ou si c'était elle qui avait définitivement perdu la tête.

Puis de nouveau les assiettes volaient comme des couperets, les muselets se transformaient en armes blanches, les petites cuillères en scalpels et ses silences en calibres neuf millimètres.

Malgré toutes les difficultés du monde et du cosmos, notre vie à deux reprit pourtant modestement son chemin, pas après pas, mais plutôt en mode convalescence, une restauration lente de deux monuments hystériques. L'immense autoroute qui se déroulait devant nous autrefois ne semblait plus aujourd'hui être qu'un misérable goulot d'asphalte de campagne bordé par d'interminables champs de maïs enrobés qui nous empêchaient de contempler sereinement l'horizon. Indéniablement les choses avaient changé. Hannah avait changé. Le monde autour de nous se dénaturait à la vitesse d'une application iPhone en téléchargement. Moi-même je n'étais plus pareil. Mon axe de rotation s'était légèrement décalé, incliné, l'été ne serait plus la seule saison que notre couple connaîtrait, les feuilles des arbres viraient orange, rouges, marron, caca d'oie, certaines essences, après un bon coup de gel, se fanaient, des signes avant-coureurs d'un hiver glacial qui arrivait au triple galop se profilaient. Et moi qui regardais vers le sud, en pauvre naïf, idiot contemplatif persuadé que les hirondelles et autres oiseaux migrateurs allaient bientôt revenir. Quelle rigolade.

Nous reprîmes nos balades main dans la main sur les plages de la baie de Collioure. Mais les quelques fleurs que nos souliers dessinaient sur le sable piquaient du nez. Nos rires étaient entrecoupés d'interminables silences aux connotations dérangeantes. Les barques catalanes colorées ne l'inspiraient plus autant qu'avant. Les rires des enfants la plombaient.

Je crois qu'elle m'aimait moins.

D'aucuns diront qu'il aurait été vain et stupide de se battre une fois encore à la manière d'un Don Quichotte pour retrouver la fulgurance de cette histoire d'amour, mais moi j'y croyais, ou plutôt, je refusais de ne plus y croire. Je redoublais alors de précautions vis-à-vis d'elle. De gestes simples. Je m'oubliais totalement, car je ne cherchais qu'à assouvir ses attentes. J'étais plus attentif, plus à l'écoute, plus tendre et câlin que jamais, je m'amputais de mes propres plaisirs au détriment des siens, ses désirs étaient mes désirs. Je lui mijotais matin, midi et soir des petits plats qu'elle adorait, des veloutés de vieux légumes, des tartes au cumin, des soufflés à foison, des jus de fruits frais, des compotes de pommes, j'en passe, des vertes et des pas mûres.

Nous dansions sur des slows parfois au milieu du salon, quand par miracle les jours de grève, Radio France nous inondait de playlists monstrueuses, mais uniquement sur les slows.

Je saturais mes cartes SD de portraits d'elle.

Elle, jouant des heures, courbée sur son piano comme si sa vie en dépendait, et c'était peut-être vrai dans le fond.

Elle, dormant, recroquevillée, splendide aussi les yeux fermés.

Elle, sortant de la douche, surprise, ses tétons pointent, ses cheveux sont en pétard, sa bouche est bée.

Elle, de dos, s'étirant devant la fenêtre du salon, derrière, par hasard, une mouette rieuse passe en rase-mottes, en arrière-plan le fort de Collioure et l'église dans la lumière terne d'un jour de pluie.

Elle, en plongée, son visage, où une fois de plus elle me déteste et qu'elle ose enfin lever les yeux sur moi.

Extérieur jour, elle marche à mes côtés, ses cheveux ont un peu repoussé, sa mèche masque son œil gauche et son nez, elle regarde au loin, plus loin que je ne verrai jamais.

Elle, zoomée quarante fois, pas de pixélisation, nette, mais reste incompréhensible.

Intérieur nuit, elle est nue, jambes écartées, sa main cache son sexe trempé, le majeur de son autre main est dans sa bouche, elle provoque subjectivement l'objectif, elle amorce un sourire, ses cheveux sont un champ de bataille, je suis touché en plein cœur, je mettrai un certain temps à me remettre de cet ouragan qui me scalpe.

Elle, parlant au téléphone avec son agent un jour d'incapacité d'aller travailler pour cause de crise de nerfs avec son mec parce qu'il ne veut pas d'un chien à la maison, elle lui soutient mordicus que les spectateurs s'en remettront et qu'il n'a qu'à leur rembourser leurs places, elle n'a absolument aucune idée de ce qu'elle fait, je ne parle pas que du chien.

Macro sur un de ses orteils, un pinceau géant lui peint l'ongle avec un rose pute qui la fait bien marrer.

Gros plan sur son épaule caressée par la bretelle d'un débardeur beige, sur la plage du phare au bout de la digue où nous étions partis déjeuner, mais qu'arrivés là-bas on avait fait demi-tour parce que trop de monde, ben oui on est en août ma chérie, ah bon on est en août ?!

Elle toujours, à jamais dans la lumière d'une ampoule basse consommation que je lui ai imposée tel un terroriste vert, et qui lui bousille les yeux tandis qu'elle essaie de lire la notice de sa nouvelle pilule, c'est le tout petit matin, nous n'avons pas dormi, alternant baise de compétition et disputes à propos de choses qu'elle ne veut plus faire.

Toujours la scène de la notice, travelling avant, il y a un léger grain de toute beauté sur la photo, elle me fixe et me demande si à mon avis elle devrait porter des lunettes, je lui affirme qu'elle n'en sera que plus belle et plus excitante, elle me supplie d'être un peu sérieux pour une fois, je lui réponds que je n'ai jamais rien dit de plus sérieux, à part peut-être toutes les fois où je lui ai murmuré que je l'aimais et que je ne pouvais vivre sans elle.

Elle encore, pour toujours, la paume de sa main va masquer dans quelques millièmes de seconde l'objectif, elle voudrait avoir la paix, elle prétexte que ses cheveux sont gras, qu'elle est dans son vieux survêtement mité, qu'un bouton d'acné géant la défigure parce qu'elle est une pianiste de merde qui n'a fait que perdre son temps et opter pour les mauvais choix toute sa vie, qu'elle a perdu tous ses amis, elle regrette ses *mais* aux mauvais endroits, elle regrette les mecs sucés à la va-vite qui puaient de la bite, elle m'avoue qu'elle s'est lourdement trompée sur son dernier morceau, qu'il ne doit pas se jouer en la mais bien en ré, et si je le jouais en mi dièse ? Elle finira par saisir l'objectif et par éclater mon appareil photo contre le mur du salon (encore).

Elle, dansant seule dans une rue piétonne déserte, étroite et colorée de Collioure, au milieu de la nuit après une cuite d'anthologie dans un restaurant chinois, il a plu, elle transpire le saké, le sol luit des lumières de la ville, elle porte un imperméable bleu marine cintré, comme elle, et des ballerines mauves de si mauvais goût que je rêve de les défoncer à coups de ciseaux, elle a oublié que j'étais là, elle danse au rythme du vent qui souffle par rafales violentes irrégulières, la vitesse de ma bécane est au taquet, elle m'est plus abstraite que jamais, c'est si bon le flou artistique de cette nana qui ne sait pas ce qu'elle fait, est-ce ça le génie ?

Elle, attifée en mode star, pour une commande de son manager, on commence sérieusement à la repérer, elle travaille sur un disque, il lui faut des photos pour la promo, elle fait la pause, boudeuse surjouée, pensive mélancolique, provocatrice rebelle, excavatrice mangeuse d'hommes, détachée pas blasée, menottée dégondée, je m'y reprends à trois fois, elle refait la pause, je sens l'exaspération monter, je ne suis pas dans ce que je fais, tout est trop calculé, j'ai peur de la perdre à trop vouloir sortir du cadre, je m'excuse mais ça ne changera rien à rien, je trouve le résultat catastrophique, baveux, scolaire, poussif, un travail trop bien fait par un fayot du premier rang, mais son agent sera ravi, il me paiera grassement et me couvrira de compliments dithyrambiques, ce qui la fera bien marrer.

Elle, enfin, hésitante, grave, de la fumée de cigarette sort de ses narines, elle vient d'empoigner une casserole d'eau bouillante parce que je lui ai balancé avec la voix d'une gamine malpolie, daddy je veux un bébé.

— Honte à toi Jason !

— Tu veux le contrôle sur tout et quand tu n'as pas la main tu deviens hystérique ! Tu es une enfant gâtée ! Une petite princesse capricieuse qui ne supporte pas la frustration ! Tu as horreur qu'on te contredise ! Mener, diriger ! Commander ! Mais putain Hannah tu n'as pas les épaules pour ça tu comprends ? Tu tiens à peine sur tes guiboles, comment veux-tu ?

— Je te défends de me parler sur ce ton ! Tu ne sais pas qui je suis, tu ne sais même pas pauvre con, tu ne sais pas ce que j'ai traversé et ce que ça m'a coûté ! Je t'interdis de me redire une chose pareille, jamais, espèce de sale connard ! Petit parvenu de merde ! Tu crois tout savoir parce que tu viens d'un milieu ouvrier c'est ça ? Mais tu sais quoi toi hein ? Si tu oses me répondre rien, je te défigure avec cette casserole, vas-y pauvre raté, ose.

— Lâche ça Hannah… lâche ça ou…

— Ou quoi ?

Heureusement, côté professionnel, la vie me souriait à pleines dents, j'étais débordé de travail. Mon carnet de commandes explosait. Je venais de faire un carton sur une série sur des vendangeurs de la région viticole du Diois, tous plus beaux et plus crades les uns que les autres.

Ce dernier travail m'avait valu les félicitations de la profession et m'ouvrait grand les bras du succès.

Un journal engagé venait de me contacter, il avait comme projet un papier sur la précarité des banlieues et la surconsommation, il voulait absolument trois photos faites par moi pour agrémenter l'article. Sans hésiter, j'avais accepté, puis j'avais passé des jours entiers dans des centres commerciaux difformes à photographier la clientèle.

Ces lieux, d'un déprimant sans limites, étaient cerclés d'artères sans fin, de boulevards nauséabonds bouchonnés, eux-mêmes bordés de barres d'immeubles interminables, des géants gris qui galochaient dans une parfaite harmonie les nuages, la brume, la télé, et la malbouffe bon marché.

Ces « chantiers » me permettaient de prendre un peu l'air et de faire un bon break avec la miss Hannah, dont la présence me vidait à présent, tant elle m'inquiétait, plus qu'elle ne me nourrissait. J'y faisais de nouvelles rencontres dans lesquelles je me plongeais à fond. J'avais un plaisir aussi juvénile que goulu à étrenner ces nouveaux liens, et à photographier les sillons des rides laissés sur leurs visages. Il me suffisait alors de les suivre comme on suit un ruisseau jusqu'à sa source.

Je passais mes journées à les figer, cherchant le bon instant pour déclencher, l'instant où j'avais réussi à faire oublier l'appareil, les délogeant dans des gestes naturels, des expressions où leurs émotions avaient inévitablement quelque chose à nous dire sur nous-mêmes si on les écoutait un minimum.

Je partais plusieurs jours, j'oubliais mon quotidien, je n'étais plus qu'absorbé par l'acharnement du travail bien fait, par l'intégrité de l'œil.

J'en revenais généralement plein, j'ouvrais alors la porte de notre appartement, plus impatient que jamais de retrouver ma belle, ma superbe, mon absolue, envieux comme un puceau de redécouvrir son corps, ses nouvelles compositions, excité de lui raconter mes entrevues, mon travail.

Mais elle n'en avait plus rien à foutre. M'écouter d'une oreille aurait été un miracle. Plus le temps passait et plus elle se renfermait sur elle-même, en tout cas elle ne se tournait plus vers moi. Notre amour se délitait.

Nous décidâmes de partir quelques jours en vacances, histoire de changer un peu d'air ensemble, de troquer les embruns marins pour la blancheur de la montagne. On vota pour le Vercors. On était fin novembre.

Nous roulâmes plusieurs heures sur des routes de traverse, parce que ni l'un ni l'autre ne supportions les autoroutes, nous étions un samedi. Je m'en souviens parce qu'à un moment, tandis que c'était elle qui conduisait, nous nous retrouvâmes au milieu d'une longue file de voitures d'un convoi de mariage. Cela dura plusieurs kilomètres. La caravane fut coupée en deux à un moment par un feu rouge, et c'est notre véhicule qui se retrouva en tête de cortège. Ni une ni deux, Hannah décida de prendre les choses en main avec la plus grande des fermetés. Elle exécrait les mariages. Lorsque le feu passa au vert, dans la certitude générale que nous faisions partie de la fête, elle démarra tranquillement, elle roula à allure modérée sur quelques kilomètres, puis soudainement, comme piquée par une abeille, elle décida d'emprunter une départementale où deux voitures se croisaient à peine. Et tout le reste du convoi nous suivit.

— Si tu voyais la gueule du chauffeur derrière nous, il se demande bien où on va ! Regarde Jaz', mais regarde enfin la tête qu'il fait !

Je retrouvai alors, le pétillant de ses yeux qui autrefois m'était si cher, et le goût de la vie, la folie de l'improbable qui lui remettait du vent dans les voiles. Elle mena tout ce petit monde dans la mauvaise direction, dans des éclats de rire qui furent pour moi de la drogue dure. Puis, soudainement, quand elle en eut assez, elle fonça pied au plancher vers l'horizon sans qu'aucune voiture ne réussisse à nous suivre, les perdant ainsi au milieu de nulle part dans la joie juvénile de la diablesse Dabrowska, ma sorcière tourmentée venait enfin de redonner sens à sa vie.

Aussi étonnant que cela puisse paraître, aussi futile ait été cette situation, cette saynète redonna du souffle à notre histoire, soudain je me remis à y croire. On passa notre semaine sur le Vercors à ne rien foutre, à ne surtout pas allumer la télé pour éviter les nouvelles glaçantes.

— Putain Hannah, Patrick Swayze est mort. Quoi ! Tu connais pas Patrick Swayze ! *Dirty dancing* ? Non ? Mais dans quelle grotte tu vis enfin Hannah, il serait temps que je te montre deux ou trois films dignes de ce nom, des bons, ça te ferait le plus grand bien. Hein ? ! Tu reverrais bien *Mary Poppins* ! La vieille ou la nouvelle version ? Hannah par pitié ne dis pas n'importe quoi, parle-moi de

Blade Runner, oui d'accord, de Pialat, d'*Eternal Sunshine of the Spotless Mind*, là tu vas te prendre ta claque lorsque tu vas voir ce chef-d'œuvre absolu, mais pas *Mary Poppins*! Pourquoi? Mais parce que c'est gâcher de la pellicule, si tu veux on peut regarder *La leçon de piano*, là il se passe vraiment quelque chose tu comprends? Tu ne veux pas?!... Tu ne sais pas qui est Jacques Audiard! Oh non Hannah, tu ne peux pas me faire un tel affront... Ben oui je suis déçu, mais non je t'aime toujours... Mais non enfin, tu dis n'importe quoi, tu sais bien que c'est toi qui me quitteras.

13.

Jour 5 dans la péniche.

Je ne parle plus à personne depuis trois jours. La promiscuité me presse les tempes comme un fruit à coque dans un casse-noix. Le ventre de la péniche et sa prison de cartons me compressent dans tous les sens, me compactent la vue, l'ouïe, l'odorat. Je ne sais plus si je sens ce que je vois, si je pète avec mes yeux ou si mon cul va me donner l'heure. J'ai besoin de voir l'horizon, de sentir le vent sur ma peau.

Depuis l'autre jour, nous nous sommes encore battus une fois avec Givert, disons plutôt qu'il m'a mis une bonne rouste des familles, et encore, je suis certain qu'il y est allé mollo, limite fessée sur cucul de polisson. Mais je m'en branle. Le contact de leur peau me débecte. Je n'en peux plus des chacun son tour couchés, du chacun son tour assis, des « il est l'heure de pisser, à la bouffe, qui veut boire, quelqu'un a faim ? Rémy ta gueule. Chut, j'entends des voix… je crois qu'on a touché le fond, aïe Bill, qui a pété ? Vous pensez quoi de la reconnaissance faciale ? Vous avez un FB ? Vous savez, même les superhéros font des conneries ».

Je les déteste. Je respire mal. Super Givert ne me quitte plus d'une semelle, il refuse que je sorte de la cale, même pour aller me doucher. Il m'a trouvé une mauvaise bassine et un gant de fortune pour mes toilettes de chat, mais il est hors de question que je touche à cette horreur, m'imaginer me laver avec cette immondice me dégoûte. J'ai donc décidé de ne plus me laver, du tout, petite vengeance personnelle avec les moyens du bord, même si mes vêtements me collent à cause de la chaleur toujours aussi élevée, et que j'attire toutes les mouches de la région, et bientôt les biches en rut ; même si toute la bande me reproche de puer la mort. Cet idiot de flic reste devant la porte des chiottes lorsque je vais pisser. Il me suit comme mon ombre. J'imagine l'odeur de mon gland caresser ses narines lorsque je me décalotte pour vidanger, mais ça n'a aucun intérêt, ce sont des soucis de petits bourgeois en recherche d'expérience forte, je n'ai plus la moindre pudeur sur ce genre d'inconvénient de quincaillerie.

Il m'arrive d'entendre des voix.

Elles/ils se réverbèrent sur plusieurs tonalités dans ma tête.

Elles existent, puisque je les entends.

Il survit quelque part une once d'espoir quant à la folie qui te cueille, faisons des bouquets garnis, me confient-elles, tu es un sachant Jason. Oui d'accord, faisons des bouquets garnis dans des chants d'oiseaux.

Elles me parlent dans une langue étrangère, un langage d'antan que je comprends et qui me rassure.

Toujours aucune pluie en vue.

Ce soir, Ricardo le sorcier veut que nous fassions une séance de *Natem,* son produit miracle de la forêt amazonienne à base de liane qui se boit à la nuit tombée, une sorte de pastis local. Je ne comprends pas tout mais la bande est très motivée pour y participer, y compris nos deux mariniers, qui eux, ont choisi leur camp vus qu'ils sont cul et chemise avec le couple Givert-Dabrowska. Le soir, tout ce petit monde philosophe des heures sur le sens de la vie et le bordel qui va avec, une bonne branlette mentale qui m'épuise rien que d'y penser, du blablabla sur l'activité de la péniche, l'éloge de la lenteur et du mouvement, l'engagement, la militance, le pourquoi du comment au carré, les chemins de la liberté, la furtivité pour échapper au contrôle, au système.

J'ai soif d'autres urgences.

Lors de ces discussions, la pianiste ne pipe pas mot, elle écoute, elle boit les paroles de l'autre débile de flic qui nous expose sa révolution, sa parano du contrôle via la bouffe.

Je suis sûr qu'elle a une symphonie au fond d'elle. Elle dégaine par moments son cahier de partition et elle gribouille l'œuvre qui lui traverse le cerveau, tout en dandinant de la tête. Dans ces moments-là, Givert la bouffe des yeux. Comment peut-il en être autrement ?

Aucun zodiac de police ne s'est encore mis en travers de notre chemin. On entend parfois leurs sirènes stridentes le long des routes fonçant Dieu sait où.

Givert n'a toujours pas quitté son oreillette, il se tord de rire parfois de les entendre cavaler dans tous les sens à des centaines de kilomètres d'ici.

Hier soir, soucieux de ne plus avoir Givert la sangsue sur le dos, je les ai cherchés partout. Je les ai surpris en train de se rouler des pelles sur le pont dans la lumière de la pleine lune. Ça m'a traversé de part en part. Fait chier. Le pire c'est que je les ai presque trouvés beaux.

Pour la séance de ce soir, Gandalf Ricardo nous a mis à la diète toute la journée. Tisane d'agastache, eau tiédasse, et *basta cosi.* Byzance.

L'autre folle sifflote des airs où ne réside aucune tourmente, des ballades à cloche-pied, des promenades bucoliques. Super flippante. Elle se change tous les jours, elle s'isole dans les toilettes, se maquille, se peint les ongles, gère le manque de la nicotine. Là tout de suite, elle porte une mini-jupe moutarde à l'ancienne, un débardeur noir, un string léopard qui me montre les crocs. Discret. Et moi j'en bave. L'apparition récurrente de sa toute petite culotte m'hystérise du dedans.

Givert m'a confisqué ma bombe lacrymo après notre première bagarre.

Je pense à Bill, à son corps déchiqueté, attaqué par les poissons, à sa femme seule devant sa téloche en plein milieu d'après-midi en train de pleurer sur un épisode de *Plus belle la vie*. Tout à l'heure, à un moment, la péniche a légèrement touché le fond du canal dans une vibration qui nous a tous fait grimacer. J'en ai chialé en silence, Ricardo m'a mis la main sur l'épaule mais je l'ai envoyé chier.

À la tombée de la nuit, tandis que nous sommes amarrés sur les premiers kilomètres du canal du Centre qui doit nous mener vers la Saône, loin de toute habitation, nous montons enfin sur le pont.

Je passe de longues minutes à renifler l'air blindé de pollen et de senteurs de légumineuses en fleur qui se chargent de l'humidité du soir. Je sens que mon visage a pris dix ans, ferme. Une abeille kamikaze me frise. Un couple de hérons enflamme le ciel plein ouest. Une aigrette croit que je ne la vois pas, planquée sous un bouquet de roseaux. Un léger vent du soir sèche la larme joufflue qui vient de quitter le coin de mon œil.

On est tous là, silencieux, assis en cercle comme nous l'a demandé Ricardo, on attend, on apprécie le silence, l'entre chien et loup. Hannah fume clope sur clope.

J'ai un peu la trouille.

Ricardo a revêtu sa couronne de plumes rouges, et une tunique tressée de paille, il est pieds nus. Il a étalé autour de lui tout un attirail étrange. Des bouteilles en plastique, du sopalin, un verre de cantine opaque, une guimbarde, un petit pot de peinture, une bassine, des cigarettes, des maracas, un éventail, des bougies, un briquet.

Il se lève, nous sourit. Il saisit une bouteille remplie d'un liquide marron clair, en boit une gorgée sans l'avaler, repose la bouteille, il crache le liquide dans ses mains d'un jet puissant, puis il se frotte le visage, les mains ouvertes posées sur ses yeux et sa bouche, il murmure des mots incompréhensibles entrecoupés de longs silences. Il retire ses mains. Il rouvre les yeux., puis nous fait signe de nous lever. Il entame alors un long monologue ponctué de délicieuses intonations aux accents espagnols.

— Bien, bien, bien… Je suis très heureux de faire cette cérémonie avec vous. De pouvoir vous aider avec les pratiques de chez moi, ancestrales, que mon père exerçait, et le père de mon père, depuis des générations de *padres*. L'ayahuasca nous ouvre les portes d'une autre réalité, une dimension plus vraie que celle que vous connaissez et dont vous êtes certain qu'elle est la seule. *¡ Pero, claro que no!* Elle va vous soigner, sur un plan physique, émotionnel, psychologique, énergétique, mais aussi temporel. Il faut la laisser faire. Elle travaille là où il y a besoin, là où vous êtes malades. Vous avez le démon de la souffrance en vous, tous, le stress de l'Occident, la peur du présent, de vous-même, du Grand Esprit, l'atrophie de l'écoute, la névrose de l'après, *neurosis después*… Nous ne serons pas seuls lors de la cérémonie, les esprits des ancêtres nous accompagneront, il faut leur faire confiance, ils savent, ils m'ont appris tout ce que je sais, les secrets de la forêt, le chemin de la guérison, les animaux totems, les plantes qui soignent. Vous allez vivre l'étreinte du serpent, je vous envie, c'est un moment puissant la rencontre, dont vous vous souviendrez toute votre vie pour ceux qui auront la chance de l'apercevoir, accueillez le serpent guérisseur en respect, faites-lui confiance, soyez sans crainte, soyez des guerriers courageux, je serai avec vous dans votre voyage. Vous aurez peut-être des visions, pas des hallucinations, attention, faites bien la différence, c'est essentiel, le Natem n'est pas une drogue, c'est un médicament puissant de la nuit des temps, la reine des plantes médecines... Bien, ces visions vous seront propres, chacun aura une expérience différente... Elle vous montrera le chemin des portes dérobées, mais c'est à vous de les franchir... Vous seul... Vous ne devrez pas avoir peur, je suis là... Il vous faut oublier votre intellect et vos vérités, seul l'esprit rencontre l'esprit. *Sólo la mente se encuentra con la mente.*

Il sourit.

— Quand vous boirez la plante, il faudra avoir une intention, une question, une demande, un souhait, une prière. L'esprit du Natem vous entend, vous attend, il vous connaît, il nous suit depuis le début... Il peut donner des nausées, des vomissements, la diarrhée, c'est le nettoyage, c'est normal. Bien, je vais vous donner un nom shuar, puis vous prendrez un peu de tabac pour désinhiber la peur et mieux faire circuler les énergies. Enfin, vous boirez l'Ayahuasca, n'oubliez pas votre intention… C'est très important. L'effet de la plante se fait sentir au bout d'une demi-heure environ, laissez-vous guider, profitez, lâchez prise, c'est cadeau. Il faudra respecter le voyage des autres, même si vous avez peur, je le répète, je suis là, je serai là, j'ai toujours été là. Bien. *Muy bien. Muchas gracias a todos.*

Il attrape sa bouteille en plastique, et il réitère l'acte de tout à l'heure, mais plus longuement cette fois. Il s'allume une cigarette, ainsi que des bougies qu'il dispose devant lui. Il saisit son pot de peinture dans lequel trempe un petit bout de bois fin, et il s'approche de moi. Il ferme les yeux, se passe la main sur le visage, réfléchit, puis les rouvre, satisfait.

— Ton nom shuar, Jason, est… *Nantu*, la lune, celui qui éclaire les âmes perdues la nuit…

Il me trace quelques traits de peinture sur le front, le nez et le menton.

Il poursuit, et donne à chacun un nom shuar. Cécile est un oiseau chanteur nocturne amazonien. Raphaël, *Yumi*, est la pluie qui tombe et qui coule, pas celle qui stagne. Rémy est *Suwa*, la peinture magique qu'il nous applique. Givert a pour nom un guerrier qui sauva la tribu de Ricardo, il y a des siècles, contre le démon du guépard, évidemment, c'est encore lui qui a le plus beau rôle. Hannah sera une plante médecine contre l'oubli, mais aussi un appât pour les poissons, une sirène végétale, mais surtout, *Tsémaík* est un poison fatal si on n'y fait pas attention.

Le visage de Ricardo luit et vacille dans la lumière des bougies ondulée par la brise qui roucoule.

La séance va commencer.

Il entame un long monologue murmuré, inaudible, sa voix devient plus consistante. Il conclut sa prière par un signe de croix, et il s'assied, reproduit le coup de la bouteille, par trois fois, boit, crache dans ses paumes, s'essuie sur son visage, prie, caché derrière ses mains, et enfin il envoie au ciel plusieurs salves crachées dans des odeurs d'eau de Cologne. Ricardo secoue ses mains sur le côté, remercie en espagnol, puis il se lève, une autre bouteille à la main. Il s'approche de Rémy, lui demande d'ouvrir ses deux mains comme des vasques pour recevoir le liquide, puis il lui conseille d'inspirer par une narine, d'un coup sec. Rémy obéit. Lorsque le produit est reniflé, le pauvre gamin se met à tousser violemment, bruyamment, puis à cracher des glaires d'un autre monde. Ricardo ne bronche pas, il enchaîne. Chacun y va ensuite de ses logorrhées, de soubresauts, et de borborygmes qui brisent le silence qui nous entoure.

L'ambiance est étrange, personne n'ose parler. Givert et Hannah sont côte à côte.

Quand vient mon tour, la pénétration dans mes narines de ce qui n'est autre que du tabac liquide, m'agresse violemment le nez et la gorge.

La sensation est horrible. J'inaugure mon seau de crachats puissants.

Quand il a fini son tour, Ricardo change à nouveau de bouteille, celle qu'il saisit à présent est pleine d'un liquide pâteux noir. Il ramasse le verre de cantine, le remplit, le présente au ciel en espagnol et l'offre à Rémy qui ne peut que grimacer lorsqu'il avale la plante médecine.

— Beurk.

— *Todo hombre*, allez, bois tout.

Il s'approche de moi, puis verse l'ayahuasca dans le verre, lui parle à voix basse, souffle dedans, le porte à son front, puis il me le tend.

Je me concentre sur mon intention.

J'avale la mixture, c'est pire que le tabac. Amer, âcre, très puissant en goût, un vague rappel de réglisse. Le liquide me parcourt le gosier à la vitesse d'un escargot au galop, et n'en finit pas de couler. Je déglutis mille fois, je rote.

Une fois le pire passé, le silence se réinstalle, on entend quelques crachats furtifs, des reniflements, Hannah rit, Givert l'imite, puis plus rien.

Je devine les autres. Une effraie hulule, puis plus rien. À nouveau le silence salvateur de la nuit.

Je ferme les yeux. J'attends. Je respire calmement. Je rêve un peu. La fraîcheur de la nuit est une merveille.

Ricardo se lève et commence à jouer de la guimbarde.

∞

D'un coup de baguette magique, le massif du Vercors sauva notre couple du naufrage, et en un claquement de doigts féérique nous reprîmes le large en mode corsaires acharnés.

La fille la plus belle et la plus sexy du monde retomba amoureuse de moi.

Elle s'était remise soudainement à poser les yeux sur moi comme si j'étais issu d'un miracle ou que je sortais tout droit de la hotte du père Noël. Elle vérifiait que je n'étais pas un mirage en me palpant sans cesse de ses mains, en long, en large, toute de travers. La tête sur le côté, elle me souriait, heureuse, folle de moi, parce que j'existais pour de vrai. Elle voulait que je la photographie, elle me trouvait beau, désirable, raffiné, elle voulait me composer une ode. Nous étions à nouveau redevenus, incontestablement, les héros d'Éros, sortis vainqueurs du royaume des zombies.

Le feu du désir la possédait, et nos ébats fonçaient pied au plancher plus loin encore, au-delà de nos frontières habituelles, après, là-bas, derrière les montagnes, aux confins du désert et des grandes plaines herbeuses. J'étais sur mon petit nuage.

Mon portable fumait plein pot, on me harcelait de propositions. Je me vendais de plus en plus cher, je choisissais mes projets, je faisais la pluie et le beau temps, et, signe incontestable de ma presque starification : le monde de la photographie m'encensait autant qu'il me démolissait. On me promettait avec quasi-certitude une page

Wikipédia, une Rolex, ou une Maserati orange fluo. Où dégotes-tu des gueules pareilles, m'assénaient les autres professionnels du métier de leurs haleines alcoolisées dans les soirées parisiennes branchées ? Partout, je répondais, partout autour. Aurais-je dû leur dire qu'il suffit de lever le nez, d'ouvrir les yeux, de ne plus avoir l'oreille fuyante, d'oser, oser les regarder droit dans les yeux sans trembler, et se faire démolir par la puissance de leurs émotions, et qu'aucun de nous ne leur arrivera jamais à la cheville ? Rien de compliqué en fait, leur balançais-je avec fausse modestie, ce qui, bien évidemment, me rendait insupportable, de leur point de vue, mais tellement en phase avec moi-même. On ne parlait que de moi, de mes portraits, de ma sensibilité à fleur de peau, de mon œil de cyclope, de mon groin sans pareil pour dénicher des déchirés de la vie. Et, comble de superficialité, les journalistes des meilleurs canards bavaient sur ma liaison avec Hannah Dabrowska, une pianiste peu commune, inconnue, qui avait le vent en poupe, disait-on, et qui, à ce rythme-là, allait très vite rejoindre la cour des grandes.

J'en avais presque oublié Gladys, de qui je n'avais plus la moindre nouvelle. Elle ressurgissait parfois au détour d'une casserole de thé au citron, ou lorsque je tombais par hasard sur un de ses cheveux, encore, qui s'était faufilé dans un coin de latte du sommier, ou derrière une plinthe de la salle de bains. Je le glanais alors précautionneusement, et je le joignais à la poignée cachée au fond d'un des tiroirs de mon bureau, tel un précieux gri-gri que je ressortirais les jours sans.

Hannah enchaînait les compositions, elle pondait des tonnes de pépites musicales, toutes plus hallucinantes et bouleversantes les unes que les autres. Elle me disait que c'était moi, moi qui l'inspirais, moi l'amour de sa vie, moi le mâle idéal même pas dominant qui la rendait si belle, si forte et si sûre d'elle. Je la regardais en silence durant des heures, un soupçon anxieux de prononcer le mot de trop qui pourrait transformer notre idylle en radeau de ma Méduse. Puis j'oubliais, profitant de l'instant présent, gargarisé de passion, ému aux larmes, fou d'amour. Photographe instantané dans son plus simple appareil.

J'avais atteint le summum qu'un homme puisse rêver. J'étais de nouveau en paix, totalement disponible pour mes photos, et aussi pour la contemplation du monde de l'ornithologie. J'avais installé une cabane à oiseaux sur le balcon de notre appartement, et je la remplissais quotidiennement de boules de graisse, de graines de tournesol et autres variétés de céréales, ce qui attirait du coup, dans ces prémices de l'hiver, des mésanges huppées, des moineaux, des bergeronnettes grises, des linottes mélodieuses, quelques rares merles, une sarcelle d'hiver, une fois, et même une mouette dont le bec trop grossier pour picorer mon mélange fit un carnage sur mon balcon.

Elle voulait un mariage en haut d'une colline sur un tapis de bruyères en fleur avec la mer au loin. Sans prêtre, sans maire, sans témoins, juste elle, moi, la Terre, et les émotions.

Elle voulait des enfants.

Elle disait qu'elle s'était mise au piano par manque de moi, petite, qu'elle me sentait dans sa chair, dans ses os, dans les frissons des sons, dans les silences des aspirations, dans les vertiges des syncopes, et qu'elle savait qu'un jour j'apparaîtrais sous sa fenêtre, et qu'on ferait l'amour sans plus jamais se quitter.

Je marchais sur l'eau.

Connectés, triphasés.

On débordait de projets, de déménagement aux antipodes, de concertos à Los Angeles, de salles d'expos new-yorkaises, d'opéras à guichet fermé. Des trucs de dingues qui nous allaient si bien et dont on était absolument persuadés, parce que c'était nous, l'ADN de cette foutue histoire, la fusion parfaite d'un homme et d'une femme taillés pour s'emboîter sans le moindre appel d'air, l'épopée d'une belle et d'une bête.

Après le parcours sans faute que je venais d'effectuer, un matin, pourtant, j'ai chu.

Comme tous les matins, j'ai attendu qu'elle soit bien réveillée, vers onze heures, et je lui ai apporté son petit-déjeuner au lit. Elle s'était étirée suffisamment bruyamment pour me faire comprendre que c'était l'heure de sa petite collation matinale. Je lui ai apporté sur un plateau son bol de thé comme elle aime, bien chaud mais pas bouillant, infusé mais pas trop, qu'elle agrémentait en général d'une cuillère de miel d'arbousier (introuvable et hors de prix), de deux tartines de pain aux graines, tièdes, badigeonnées de beurre salé breton bio, et de confiture de framboise d'un petit producteur des contreforts des Alpes. J'étais allé chez le fleuriste lui acheter une rose rouge, je l'avais déposé dans un vase à côté de son bol.

Je lui ai gazouillé des mots d'amour et des bisous tout doux en faisant semblant de croire qu'elle dormait encore, alors que je savais pertinemment qu'il n'en était rien. J'ai recouvert sa bouche de baisers langoureux et tendres, j'ai saupoudré le tout d'un « je t'aime mon amour », et enfin elle a ouvert ses paupières, j'ai failli rajouter « je t'aimerai toute ma vie », mais, saisi par un drôle de sentiment prémonitoire, j'ai ravalé mes mots au risque de m'en étouffer. Elle s'est redressée, elle a posé les yeux sur les tartines et sur le bol, mais pas sur moi. Ni sur la rose.

Elle s'est ensuite levée d'un bond, sans toucher à son petit-déjeuner, et elle a foncé sous la douche. Par réflexe, j'ai maté ses fesses rebondir au rythme de ses pas nerveux et j'ai entraperçu le fil de son tampon. J'ai mis son humeur sur le compte de ses règles. J'ai ramassé le plateau, je me suis mis sous le bras mon envie de baiser, et je suis allé faire la vaisselle en sifflant la seizième de Mozart.

Elle a passé la journée sur son piano. Vénère complet. Elle a joué un truc au triple galop, à la Prokofiev, pas du tout dans ses habitudes, cafi d'accents circonflexes, insupportable, aigre, aigu, aigri, criard, grinçant, piqûre d'ortie, agressif, boîteux, boursouflé, écœurant, pas bon. J'ai tenté de lui parler plusieurs fois, mais elle a fait comme si de rien. Aussi, quand je n'ai plus supporté de revêtir contre mon gré le costume de l'homme invisible, je suis sorti faire un tour. Gros besoin de me faire rafraîchir par l'iode et le froid.

J'ai pris mon temps. J'ai zigzagué entre les dunes. J'ai ramassé deux ou trois merdes en plastique qui traînaient, pour plus tard les balancer à la poubelle. J'ai bondi sur des rochers. J'ai trouvé une pierre magnifique, blanche zébrée par trois fois d'un bleu pâle rare. J'ai glissé sur une algue et je me suis cogné la malléole contre un rocher. J'ai pesté pendant cinq minutes, j'ai postillonné, ça m'a fait du bien. C'était bon ce secouage bienveillant. J'ai ramassé des coquillages et encore des cailloux. J'ai observé des crabes pour qui tout allait de travers, du coup, j'ai relativisé. J'ai écouté de la musique, Björk, mais ça m'a gavé. Des nuages bien noirs sont arrivés au loin, ça donnait une lumière incroyable sur la mer, même le ciel semblait être de mauvais poil, à deux doigts de chialer. Ça m'a mis une grosse claque, je me suis senti à nouveau si fragile que l'idée de replonger dans ce genre d'état m'a totalement abattu, je me suis senti incapable, minable, pire qu'une merde, ça a vidé le peu d'énergie qu'il me restait. Et la déprime, tel un ressac perpétuel, et tant qu'il y aura des océans, des pleines lunes, et des marées, je ne voyais pas comment cela pouvait cesser. J'ai posé mon cul dans le sable et j'ai jeté des cailloux vers un plus gros en granit qui se la pétait à moins de trois mètres. Je me suis parié que je le toucherai dix fois de suite, et que tant que je n'y serais pas arrivé je ne rentrerais pas. Et puis, quand elle m'a trop manqué, j'ai foncé chez nous en courant, dans des bruits de cailloux et de coquillages qui s'entrechoquent, tout en séchant les larmes que m'arrachaient le froid et le vent.

Elle ne jouait plus du piano, elle m'attendait, assise à la table de la cuisine, presque sagement. Il allait bientôt faire nuit. Elle n'avait allumé aucune lumière. J'ai failli appuyer sur l'interrupteur, mais elle a levé la main.

— Non Jason pas la lumière ! S'il te plaît.

Elle a saisi la bouteille de porto qui trônait sur la table, et nous en a servi deux verres bien ras, puis elle a allumé une bougie et une cigarette. Je me suis approché d'elle par-derrière, et je l'ai enlacée. Dans cette pénombre de plus en plus obscure, j'ai pu deviner son œuvre de la journée, elle avait dessiné grossièrement sur la table, devant elle, un clavier de piano au feutre noir et au posca blanc. Elle m'a poussé en douceur, mais comme j'ai résisté, elle m'a repoussé, elle a écarté légèrement les bras, elle a fait craquer ses doigts et sa nuque, j'ai reculé, elle a soufflé un grand coup, elle a inspiré très très fort, puis elle a commencé à jouer sur son piano virtuel, la clope au bec, un œil fermé pour que la fumée ne lui pique pas les yeux. Pianoter sur ses touches muettes, relevait plus pour moi d'un rythme de percussion sans queue ni tête que de la grande envolée à laquelle j'avais l'habitude d'assister. Ça m'a laissé sans voix. Un voile massif d'inquiétude m'a enveloppé. La comédie a duré cinq bonnes minutes. Et quand elle a eu fini, elle a tourné la tête vers moi dans une expression plus énigmatique que jamais.

— Alors ? Tu aimes ?

— Je ne sais pas trop, il faudra que je réécoute, mais pas maintenant, peut-être un autre jour, si ça ne te dérange pas, mais sinon oui, j'adore !

À la manière qu'elle a eue de sourire au plancher, je l'ai sentie touchée.

— Bingo ! Elle a murmuré.

Elle a plongé sa main menue, tremblante mais particulièrement sûre, dans un seau à champagne en inox qui m'avait échappé jusque-là, puis en a extirpé sèchement deux glaçons fumants, elle les a ensuite noyés dans les verres à pied très gros formats que j'adorais, le tout dans un bruit délicieusement hypnotique, ils ont un peu débordé, elle s'est léché les doigts bruyamment, j'ai vu ses narines se dilater, puis elle s'est levée avec l'assurance d'une enfant gâtée. Elle portait une robe blanche légère pas du tout de saison, un tantinet transparente, je n'ai pas deviné la présence de la moindre culotte lorsqu'elle est passée devant la fenêtre qui nous offrait une dernière lueur, elle m'a tendu mon verre, et nous avons trinqué. Allez savoir pourquoi, j'ai commencé à bander. Au moment où j'allais lui demander ce qu'on fêtait, comme elle me connaissait par cœur, elle a posé son index à la perpendiculaire de sa bouche luisante. J'ai obéi, j'ai fermé les yeux, j'ai courbé l'échine, je me suis tu. Pas du verbe tuer. Du verbe taire. Et obéir. Qui vont souvent de pair. De père en fils. Que j'eusse tu. Plus-que-parfait. Que veux-tu l'imparfait ? Si j'avais su, subjuguant subjonctif. Tais-toi à présent, sois tout là. Gobe, avale, écoute aveuglément, laisse-toi guider, laisse-toi conjurer au passé intérieur. C'est bon cette folie, ce mystère. Oui je me tais, oui je t'obéis, je te désire tant, tu m'excites, j'ai besoin de te mordre, de reprendre une dose, de t'injecter en moi, de photographier ce micro-espace de temps hors catégorie.

Pour masquer ma gène, j'ai alors sorti les cailloux multicolores que j'avais glanés sur la plage, et je les ai posés sur la table en offrande, fier de mes trésors du jour. Elle a soufflé.

— Tu as encore ramassé des pierres, je ne comprends pas pourquoi tu fais toujours ça.

— J'aime les pierres, je trouve que c'est signe de bonne santé.

Elle a évacué une deuxième rafale de soupirs, plus violente que la précédente.

— Sacré Jason.

— Toi aussi je t'aime…

— C'est quoi le rapport ?

— Et toi ?

— Moi quoi ?

— Tu m'aimes toi ?

— Je t'aime parce que tu m'admires Jaz'. Mais je m'ennuie, et c'est sans fin. Tu deviens la vapeur de toi-même. Tu m'aimes trop, tout est toujours trop, trop gentil, trop d'accord, trop dans le sens du poil, trop facile, trop docile, do-si-la ! Toujours la même rengaine en boucle, c'est d'une tristesse… Tous les jours la même journée, un épisode cauchemardesque de la quatrième dimension, le thé chaud mais pas trop, le pain aux graines, le bisou sur le front, la rose qui ne sent rien, ton regard dans mon dos qui se chie dessus, ta peur de me perdre, la petite levrette du soir avec ton regard de chien battu, les mots dosés, pesés à la voyelle près, comme une recette parfaite d'un plat trop fade.

— Et tu me dis ça comme ça ?

— Ben ouais… Tu me trouves méchante ?

— Oui, bien sûr !

— Et alors ?

— Non mais je rêve ! Qu'est-ce qui t'arrive ? Pourquoi tu m'imposes une chose pareille ? Pourquoi tu me fais subir un tel enfer ?

— Parce que je suis sûre que l'enfer c'est mieux que le paradis.

— Tout dépend qui t'as comme voisin, Hannah.

Un silence massif a mis tout le monde d'accord. Mais cet arbitre éloquent et autoritaire ne lui faisait pas bien froid aux yeux.

— Tu sais à quoi on mesure la valeur d'un homme Jason ?

— À la longueur de ses favoris ?

Elle a pris son air de crétine satisfaite, princesse ascendante casse-couilles. Elle a levé les yeux au ciel, snobant ma vanne fantôme.

— Pas du tout… C'est à la force de sa résilience, et toi tu ne te remettras jamais de notre histoire, qu'on se sépare ou qu'on reste ensemble, toute reconstruction s'avérera impossible, je t'ai brisé pour la vie, tu ne te répareras jamais, trop de pièces cassées introuvables, tu finiras épave, cette idée m'est devenue insupportable, dans les deux cas, je ne veux pas vieillir avec ce genre de tare à mes côtés.

— De tare ! Mais je suis le seul à pouvoir te supporter ! Personne ne t'aimera autant que moi, personne ne te connaît mieux que moi !

— Tu ne comprends rien ! C'est pas parce qu'on connaît les mots qu'on est cruciverbiste enfin Jason ! Tu es tellement risible, si crédule, ta naïveté est une dystopie.

— Putain mais merde, qu'est-ce que tu racontes ?! Tu plaisantes c'est ça ? OK j'ai compris, tu me fais marcher et moi je cours !

— Tu ne doutes pas assez Jason. Ou peut-être trop. Enfin, il y a un truc qui cloche, qui n'est pas assez équilibré, un bémol, un quart de ton désaccordé qui n'a rien à faire là.

— Quoi ? Mais tu te fous de ma gueule ?! Il n'y a pas deux jours tu me disais que douter deux fois c'était redouter ! Tu me disais aussi que la vie sans moi n'était rien, qu'il valait mieux mourir, tu te souviens m'avoir dit ça ?

— C'est fascinant tes phrases, Jaz'.

— Arrête de m'appeler comme ça…

— On dirait que tu les apprends par cœur tes putains de phrases, pour me faire chialer ou m'épater, ou te poser en victime, tu es toujours prêt à les dégainer, tu as le côté malsain du comédien raté qui s'ignore, tu n'as jamais le bon ton pour exprimer les choses, tu maîtrises la théorie mais pas du tout la pratique, je trouve ça pathétique, triste à souhait. Tu pues la loose…

— Arrête Hannah, je t'en prie, si tu me respectes, arrête maintenant…

— Tu sais ce qui me fascine ?

— …

— Ce sont les imperfections incarnées qui me fascinent, comme des ongles qui griffent grossièrement et qui se prennent pour des scalpels.

— …

— Et puis tu vois, ce que je trouve magique aussi, c'est le fascicule que ton banquier t'envoie sur ses bonnes affaires du mois. Tu le vois ce fascicule dans ta boîte aux lettres ? Et bien dis-toi une bonne chose mon chéri, c'est qu'il y a des gens qui le lisent de la première à la dernière lettre !

Elle a remonté sa mèche avec le dos de sa main.

— Je t'ai surpris l'autre jour à faire ça. Tu as lu le fascicule en entier nom de Dieu !

— …

— Tu vois que je ne suis pas dingue.

— Évidemment… Tu es juste fêlée comme un vase Ming, un vase de très grande valeur, mais un vase qui fuit.

— Heureux les fêlés, ils laissent passer la lumière…

Elle a souri sur le côté, autosatisfaite benête.

— Maintenant passons aux choses sérieuses, elle a rajouté en frappant dans ses mains.

Elle a avalé son verre cul-sec, sans me quitter des yeux, et elle m'a invité à en faire de même.

Elle a attrapé ma main. J'ai hésité, mais je me suis quand même laissé guider dans la chambre.

Elle m'a chevauché toute pleine de règles qu'elle était sans enlever sa robe, recouvrant nos deux corps avec le coton blanc. Elle s'est troublée un peu. Elle s'est cambrée beaucoup, et elle a caressé ses seins. Ses orgasmes se sont feutrés, calfeutrés. Puis il y a eu ce voile. Le poison qui coule dans mes veines comme une rivière de montagne en sortie d'hiver.

Je me suis réveillé au milieu de la nuit. Un orage violent hurlait dehors et se jetait contre les carreaux de la fenêtre. La douleur a été immédiate. J'ai touché mon torse, j'ai crié. J'ai allumé la lampe de chevet. J'ai vu le cauchemar éveillé. Le sang sur les draps. Le sien? Le mien. Le rouge sur sa robe jonchant le plancher. Mon corps lacéré, des plaies, plusieurs, trois ou quatre comme des coups de pinceau, je n'ai plus de téton gauche, je crois, ou peut-être que si, mais je ne vois rien, ça suinte le sang, la vermeille dégouline, impossible de toucher, la douleur est insoutenable.

Le scalpel est encore sur la table de nuit. Rouge pianiste. Bleu orage.

J'entends son piano dans le salon. Elle joue.

Un éclair claque et illumine la pièce. Nous n'avons pas pris le temps de fermer les volets.

Ça pue ma mort qui s'invite. Je suis terrifié. C'est un cauchemar. Elle a tranché profond. Je souffre, ça pique. Mon dos se glace, j'ai peur.

Arrêt sur mon visage difforme terrorisé dans le miroir. Mon torse luit.

Je suis faible, le somnifère qu'elle a mis dans mon verre opère encore, la tête me tourne mais je sens que je peux me lever et marcher. D'un geste automatique, je mets mon pantalon qui traîne au sol. Je me tiens quelques secondes à la poignée de la porte. J'inspire. Je mords ma joue lorsque le sweat-shirt que j'enfile vient au contact de ma peau.

Je suis pieds nus.

Elle m'a lacéré le corps. Je pisse le sang. Je vais mourir, tué par la pianiste.

Je saisis à nouveau la poignée de la porte, j'inspire longuement. J'essaie de me calmer un peu. Putain, mes jambes tremblent. Putain ce que j'ai la trouille. Je ne suis rien, je ne vaux rien.

J'ouvre la porte de la chambre violemment, je traverse le couloir en courant, le piano cesse sa complainte, je tourne le verrou comme je peux, mes mains tremblent, je mets des heures à faire ça, je sors de l'appartement en courant, je dévale les trois étages, elle jette des objets dans mon dos, elle hurle, son cri me glace de frayeur, mes talons frappent les marches comme des coups de masse, je m'extirpe, un talon aiguille me frôle la tempe, je m'éjecte, j'éjacule de l'immeuble, je cours dans les rues de Collioure inondées. Hagard. Soulagé, paniqué. Je me faufile dans une venelle. Des rivières dévalent mes tempes et les pentes de la ville. Je course. J'ai mal. J'ai peur. Je ne reviendrai jamais. Je ne veux plus jamais revenir. J'ai peur des morts... Viens jouer avec nous... Elle aura beau crier mon prénom par la fenêtre, seins nus, et me hurler qu'elle m'aime, cinglée complet, je ne l'entendrai pas, sacro-sainte fille de pute, pas plus que mes pas au galop dans les flaques, et les flux des trombes d'eau que le ciel chiale en sanglots longs dans les lames des pianos de l'automne.

Je cours, je cours, je cours.

14.

Depuis que Ricardo joue de la guimbarde, mon corps est entré dans un état vibratoire très agréable, un début de transe. Mes sens sont exacerbés, démultipliés. Ma vue chevrote. L'ouïe trotte. Le son se confine dans une batterie de tremblements et d'échos basses fréquences, ce n'est pas lui qui vient à mes oreilles, mais moi qui vais vers lui.

Je suis plongé dans une mutation cotonneuse.

J'ai accès à une nouvelle partie de moi que je découvre, une pièce secrète dissimulée derrière mon intellect, une salle aux trésors dont je sens la présence, un double fond, une vaste vasque énergétique.

Il fait nuit noire. Je suis un élément du crépuscule, un modeste voile de début de soirée. Je devine Ricardo. Il s'est levé, joue sa musique, fait lentement le tour du groupe. Il se poste devant chacun de nous durant plusieurs minutes, il sème sa médecine, il nous aurait drapés de foi lactée, il nous imbibe, nous ensemence de sa culture, nous immerge dans sa temporalité.

Je vous accompagne dans la connexion.

Je pars par couches successives, par tranches épaisses et compactes, progressivement, présent, je fais partie de ce présent. C'est beau le présent.

Je sens de la puissance partout autour, de la force compacte, des présences d'habitants, des protecteurs, de la structure béton, de l'édifice. De vieilles âmes familières. Des ancêtres. Des liens familiaux tressés aux épissures solides que des démons tentent d'effilocher en vain.

Deux dimensions. Des portes s'ouvrent. Des ponts-levis divins. De l'air. De l'eau, des sels minéraux, sang, sexe musclé, sucre, chlorophylle liquide, l'os de la vie, ce qui nous constitue, les protons, les isotopes des nucléides, les fibres des placentas, les boyaux des astres, la moelle de la Terre, du cuivre, le fossile du mercure, les aurores boréales des comètes, la poussière des cascades, l'éclipse des souvenirs, la genèse des géraniums, l'étain des vers de terre, l'éther, le thym, le thulium des terres rares, la macro constituante des algues qui chatouillent la péniche, Bill, l'infiniment petit de ses filaments dans l'estomac des silures.

Les papas des grillons chantent à deux pas.

Ma charpente est une forêt, une sérénité boisée. Le ventre de ma mère. Avant le démon chimique, avant l'extraction aux forceps, l'arrachement, le trauma. Deuil, abandon, joie simple, lâcher-prise caramélisé.

Je sens les autres, tous les autres. Rémy, sa peur, vision, un œil géant qui veille. Je sais ce que Givert… c'est trouble, nuit blanche, opaque, massif, j'habite son corps, et lui Hannah. Nous fusionnons. L'animosité devient plus docile, elle se délite, se liquéfie. Nous cosmosons.

Le voyage se dessine. La plante nous lutte pour rester en moi.

Mon corps se disloque, nous nous vaporisons en fumées épaisses vertes prairies, elles vont former des glyphes ondulés dans les branches du chêne, c'est de l'énergie pure. Les anguleuses violettes, violentes, rampent sur le plafond parsemé du ciel.

Hannah essaie de vomir, mais rien ne vient, Ricardo joue pour elle. Givert, en tailleur, balance son corps d'avant en arrière lentement, passé futur, passé futur, il sourit à la logique d'un temps qui s'échappe, ses paupières sont closes, il a rencontré les multiples formes de l'équilibre.

Tu retournes à ta place, tu poserais la guimbarde, puis tu nous aurais ramassé une maraca et un éventail de paille. Tu nous marmonneras plusieurs minutes, lorsque ta voix est chaude, et que la route fût tracée, tu entamons un chant espagnol puissant, je serai temporellement affecté.

Tu secoues sèchement.

J'erre au cœur d'espèces rares, je découvrirai, je visitez. Des traces bleutées, outremer, Majorelle, éclosent parfois au milieu du cosmos, des bleu roy justes, des persans altiers, des champs chromatiques vifs, pigments d'arsenic orange provocants, jaune pâle oxydé, bouleversement, partie de moi, vert bouteille enivrant, l'acajou, arabesques de pictogrammes aztèques, aéroglyphes universels mouvants, hordes cosmiques vers un ludique extrême.

L'autre réalité est infinie.

Si tu te penches sur le sol avec raison et humilité, tu pourras l'entendre te parler. Il te prodiguera de ne jamais passer deux fois par le même chemin au risque de te perdre. Et répondra à tes prières en te divulguant le secret pour ne jamais reculer face à toi, quitte à ce que tu ne te trouves pas. Si tu te connectes à l'âme des pierres, tu les entendras te narrer l'histoire, les batailles, la terre rouge du sang des ennemis, mais pas que, les compromis aussi, les amoureux mélangés, cachés, et leurs fesses griffées par l'astragale, l'oseille crépue, et la patience des rochers. Elles te conteront les soirées festives des druides éméchés par la lune qui scandaient leurs formules à l'océan. Ton esprit est fouetté par le paysage anguleux taillé à la serpe par ces magiciens heureux. Parle-moi. C'est ici que je me fais bercer.

Accélération. Étoiles. Couloir, couleurs, vert herbe grasse, bleus à lèvres, jaune lune, blues vermeilles, rose anthracite, nos larmes roucoulent. Le noir n'est plus, paysage sans fin multicolore d'un monde ancien m'accueille, il est en moi. Beaucoup de l'amour. Bouleversement.

Ceux qui vont de travers y ont droit, les bourrés de failles, les nécrosés par les névroses, les rongés par les peurs, ont le droit d'être aimés.

Accès à la nomenclature de l'esprit, au taxon de l'entité conceptuelle. Respirer sous l'eau.

Pleurer sous l'eau et laisser ses larmes saler les sources.

Se mirer dans la fusion des éléments.

Trembler de l'intérieur. Être un bison. Orgasme du galop, assise massive des pattes, râble charnu, penser son esprit, surpuissance sauvage jusqu'au paroxysme, suprême partout.

Nous serions la faune, la flore, la vie contorsionnée. Je Suis La Voie d'Eau, Énergétique, Temporelle, Physique. Elle prend le large par les airs.

J'ouvre les yeux.

Ricardo est face à moi, il s'approche, beau mais beau, il colle sa bouche sur mon front, il aspire fortement, puis il vomit dans un seau des litres d'un liquide noir, il tousse fortement, je sens que quelque chose lui obstrue la gorge, un vieux démon de moi, j'ai la certitude que nous souffrons, il vomit à nouveau, enfin soulagé, libéré, tellement essoufflé. Il s'essuie la bouche et il revient vers moi. Il attrape mon crâne puissamment avec ses mains trapues et il appose ses lèvres sur le sommet de ma tête, à nouveau il aspire vigoureusement. Je me sens absorbé, déchargé, délesté. Je m'écroule sur moi-même, il me retenait avec paternité, puis me couche. Je viendrai d'accoucher d'une montagne, d'une planète, de tout un monde.

Il vomit encore, crache, ça lui fait mal, il se redresse, sa toux est sèche, mon mal, mes maux, mes brisures de vie, mes fractures béantes, les miettes de moi, Hannah Givert, ma palette de peurs, la pisse sèche sur ma jambe, Bill, nos névroses communes, le doigt qui tremble juste avant de prendre la bonne photo, ma mère qui repasse mes chaussettes, papa qui s'effondre dans le jardin, papa sous la pluie, sa tondeuse électrique l'a tué à cause d'une mauvaise prise terre, le voisin l'avait prévenu, je suis derrière la vitre de ma chambre, rien ne m'échappe, on est dimanche, je suis en train de faire des mots mêlés, un moellon se leste à mon bide et ne me quittera jamais, parce que je n'ai rien fait pour le sauver, je suis resté fieffé figé ankylosé, il tremble, il fume, il étincelle, je suis paniqué, j'ai huit ans, je ne sais pas comment on arrête l'électricité de la maison, c'est le nucléaire qui a tué mon père. La course sous la pluie, la douleur de Collioure, le scalpel qui me caresse, la drogue, la petite touche de la pianiste, la chute sans fin, l'atterrissage miraculeux, l'enracinement l'hiver.

– Gladys – Elle referme la porte de notre appartement, elle est enceinte, elle va à l'hôpital cracher son œuf, seule, forte, fendue, je suis dans ses chairs, elle est tordue par l'abîme qui s'offre, et qui va croissant à chaque pas qu'elle accouche et qui l'éloigne de moi. Elle dit qu'elle m'aime, que ce sera difficile de s'en remettre, parce que l'enfant meurt, parce qu'il ne veut pas vivre sans son père. Et moi j'occulte. Comme d'habitude je me pleure dessus, et je ne pense qu'à moi, qu'à mes petites colères héliocentrées. Je lui tourne le dos et je vais vers le futur du côté sombre, je convoite le court terme qui brille comme de l'or et qui me sera toxique, je me délecte du poison. J'aurais pu. Avoir une maison au fond des bois avec des gosses qui courent partout, crottés de la tête aux pieds, ils nous ressemblent, à Gladys et à moi, ils ont son nez, leurs cheveux ont des reflets bleus de minuit lorsqu'ils brillent au soleil, pour ressembler à leur mère ils se sont collés sur les bras des tatouages que l'on trouve dans les paquets de chewing-gum. Elle serait venue derrière moi lorsque je les contemplerais, elle aurait embrassé mon cou, elle aurait enlacé mon ventre bedonnant. J'aurais cligné des yeux, bombardé de frissons, criblé par l'amour. J'aurais tout pris sans hésiter. Elle m'aurait dit qu'elle m'aimait, et puis, tu aurais démonté l'ordre établi avec tes outils de fortune, sans forcer, sans l'once de la moindre résistance.

Libère Les Mots Clés Les Mots Moteurs Emballe Le Mouvement La Motricité Laisse-Toi Couler Laisse-Toi Cueillir Par Les Mots Cœur

Cosmos bleuté. Femme énorme, seins énormes, ego colossal de ma mère, trône massif, graisse des cuisses sur accoudoirs, ponte d'œufs géants. Croisement de regards.

Je fais partie d'un grand tout.

Il fait partie de moi.

Enracinement.

Un œil couve. C'est un sachant. Il est le regard des vivants. Lovons-nous.

Partout autour, vert bouteille, rosettes rousses en mouvement. Reptation, caresses froides sur les plaies, infini serpent, l'acceptation avale le corps.

J'accouche dans le ventre du serpent.

Spectacle du passé Acuité visuelle sans faille Air des plumes Instinct chasseur Énergie du sauvage élémentaire.

Ce qui nous colonne vertébrale, nous assise vibratoire, nous base, les fondements Je sais les choses On m'offre des informations en cascade.

L'eau du canal sera turquoise, embrumée de volutes émeraude, bientôt saumâtre à souhait. Je serai l'algue invasive, entremêlée. L'ulve d'eau douce. La douce vulve. Je saurai de quoi tu suis constitué. Nous, comprend ma structure. Reconnais tes origines.

Je suis la perche commune, son alevin frétillant, fascinantes rayures noires transversales dessinées sur mon flanc par un démon aux intentions dociles… pour le moment seulement. Œuf de saumon, bouquet de brochets, truite translucide.

Nous serions la faune, la flore, la vie contorsionnée aquacole.

Je pleure des larmes majuscules sans ponctuation.

J'entends Ricardo continuer son tour d'aspiration, il crache, tousse, vomit, souffre. Il est avec Cécile, il reste avec elle un très long moment, elle a besoin de lui, je sens son épuisement, ses doutes, sa soif de confiance, sa vasque de certitude tarie. Puis il retourne à sa place, le dos voûté, sec. Il s'assied en tailleur. Je vois des glyphes bleutés sur le plafond du ciel, juste au-dessus de lui, j'ai les yeux ouverts, ils virent verts. Ils vont, ils viennent. L'énergie jaune pâle des brins d'herbe sur la rive, les arbres brillent large.

Grillons. Sillons. Transe binaire organique.

Sifflements.

Puits de chants.

H'anna. Parfum. 鼻 La fleur, le nez 花.

Présent cosmique.

Je vomis toutes les tripes de mon corps. Des litres d'une pâte épaisse comme du coulis de tomate s'extirpent sans fin de ma gorge. Je me débouche. Je me déconstipe. Je crache de la chiasse. Un long filet de bave merdeux refuse de quitter ma bouche. Accouchement d'un vieux moi obsolète. Je me remets tant bien que mal en tailleur sur mon bout de tapis de sol qui m'isole de la fraîcheur de la nuit, j'ai un peu froid, trempé de sueur, j'attrape ma couverture et je me couvre. Je grognement de plaisir sans pudeur.

Je ferme les yeux. Des larmes marmelades plein les yeux.

J'ai quelques semaines, j'ai besoin de tendresse, ma mère est à côté de ses pompes, elle cure ses bibelots de cuivre et de porcelaine, elle chantonne Mike Brant, elle ne peut rien me donner, mon père n'est pas encore mort, il travaille dur, il ne parlera pas beaucoup, il ne sera pas un papa câlin, mais il sera rassurant par sa présence pachydermique, ses yeux lasers posés sur moi, sa vigilance détendue, son attention sur qui je serai, les émotions qui me traverseront, rien ne lui échappera, il portera l'espoir à bout de bras, laisser des traces, édifier l'avenir, père-pétuer, il me délestera de mes tracas dans des parties de foot, des balades en forêt, des cueillettes miraculeuses de champignons, je porterai le panier, je marcherai sur la récolte, il ne me grondera pas, me conseillera de faire attention, ce n'est que plus tard qu'il mourra subitement, bêtement, quand j'aurai besoin de lui pour m'expliquer les filles, la vie, le monde qui tourne à l'envers pied au plancher, le commerce même dans les bonjours. Ma réalité ne sera que des suites de phrases pas finies, un énoncé monocorde de non-dits, de je suppose que, et de il paraît.

La fatigue me tombe dessus, mes yeux me brûlent. Je rebois une longue gorgée d'eau. Je sens son parcours dans mon corps, le processus, la vitalité ancestrale aquatique, sa composition, les oligo-éléments, là où elle vient se loger, par pavés dans les cavités des carences. Les souvenirs, le big bang, les poussières des comètes à fleur des lacs, les rivières, les océans. Le voyage gonflé des nuages, le survol des continents, le respect des glaciers, les flaques qui enfouissent nos entrailles terreuses. L'évaporation.

Bill, décomposé sous la péniche, sanglé au tube du gouvernail. Il a pardonné, il me tend la main, je l'empoigne, circulation d'énergie, relais, il me sourit, il sait que ce n'est pas moi, satanée gastro, je n'avais qu'à me laver les mains, je veux seulement que vous préveniez ma femme, qu'elle ne s'inquiète plus, qu'elle entame le deuil, pour passer à autre chose, pour la poursuite. Je promets, il se vaporise, libéré de la culpabilité d'être mort.

Je t'entends Hannah, tu bouges à côté de Givert, j'ouvre les yeux. Tu marches à quatre pattes autour du cercle, lentement, félinement, tu rugis, te lèches la main, renifles les fesses de Cécile, puis dans une incroyable lenteur tu t'approches de Ricardo et tu viens frotter ta joue contre son dos, il te caresse la nuque, tu rugis à nouveau, il te parle à l'oreille, tu retournes à ta place. Avant de t'allonger, tu fais deux tours sur toi-même, puis tu t'endors en quelques secondes, épuisée.

Les effets de la plante diminuent, tout se délite, je reviens doucement, il est temps de me reposer. J'ai besoin de dormir, il est tard, le jour va bientôt se lever.

∞

Pèse tes mots, pestait ma mère lorsque je tentais d'avoir des discussions un tant soit peu matures avec elle et que, porté par les émotions d'un trop-plein maladroit qui dégueule, je m'emportais tel un écorché vif. Tiens-moi en respect, rajoutait-elle, et ne me parle pas sur ce ton, tandis que je ne quémandais rien d'autre que des mots pour éviter les quiproquos que les silences affûtent, et pour remplir les vides titanesques qui m'avaient construit, et sur lesquels évidemment je ne m'élevais pas.

On ne construit rien sur du vide, on ne peut que tenter de le remplir avec les trois mauvais cailloux qui traînent au fond de nos poches. Les mots ne sont pas des marchandises, ils sont la solution, ils sont les soupapes de sécurité qui empêchent l'implosion, les petits trous sur les capots des cocottes-minute. J'ai toujours été persuadé qu'on pouvait arrêter des guerres avec les mots. Très chère mère, fatale maman, c'est toujours une histoire de ton n'est-ce pas ? Un style, une façon de les employer, une manière de les enjoliver, de les coiffer, de les maquiller ; de la rhétorique propre sur elle, de l'agencement grammatical dans des open spaces glacés, de la syntaxe *fashion* siliconée. Comment on les tourne, comment on les touille, avec quelle autre saveur les mélanger, avec quoi on les agrémente, à la bonne température, à la bonne franquette, kebab ou restau trois étoiles ? Les coudes sur la table et le dos droit.

On ne pèse pas les mots comme des bouts de viande, on n'est pas des bouchers bordel, on est comme des rivières souterraines qui cherchent la sortie coûte que coûte et qui se jettent frénétiquement contre les parois des boyaux de la terre vers les voies sans issue.

Ma mère considérait que discuter c'était polémiquer, qu'échanger c'était soulever des problèmes là où il n'y en avait pas, que c'était trifouiller la merde, déterrer de vieux fantômes radioactifs phosphorescents. La télé, la radio, remplissaient les silences de notre maison et ça lui allait très bien comme ça. On écoutait Fabrice sur RTL, on regardait *Santa Barbara* sur notre petit écran, et quand ça lui prenait, elle ressortait sa pompeuse collection de quarante-cinq tours de Mike Brant, son plumeau rose à la main. Ah Mike Brant. Qui saura ? Laisse-moi t'aimer. C'est ma prière.

— Il était si beau, le pauvre.

— Maman, il faut que je te parle.

— Il chantait si bien, il était si fragile, si timide, si écorché vif, il avait besoin qu'on l'aime, j'étais folle de ce garçon, ton père en était jaloux comme pas deux, tu te rends compte qu'il s'était fait pousser les cheveux comme lui.

— Maman s'il te plaît, j'ai des choses à te dire.

— Pourquoi ce sont toujours les meilleurs qui partent en premier ? Tu le sais toi hein ? Tu sais pourquoi un homme finit par se jeter par la fenêtre toi ?

— Comme Deleuze.

— C'est terrible non tu ne trouves pas ? Toute cette souffrance. Les gens souffrent et on ne s'en rend même pas compte.

— Tu m'écoutes maman ? Je te parle mais tu ne m'entends pas.

— Oh non Jason, je t'en prie, ne commence pas, tu vois bien que ce n'est pas le moment.

— Justement si…

— Je ne comprends pas ce que nous avons raté dans notre éducation pour que tu nous harcèles de la sorte, toujours ce besoin de trouver des problèmes quand tout va bien, mais enfin Jason, tu te poses trop de questions mon chéri, arrête de rêver mon p'tit, dans la vie il y a des hauts et des bas et on ne fait pas toujours ce qu'on veut, les choses pourraient être si simples si tu le voulais vraiment, les jours sans il faut savoir faire avec parce que c'est la guerre, qu'est-ce qui ne fonctionne pas chez toi, sois positif voyons, souris, fais pas cette tête, arrête de faire la gueule, allez remue-toi le popotin, aide-moi à plier ce drap et après tu iras prendre des photos dans le jardin.

En effet.

Merci du conseil.

Combien je vous dois docteur ?

Juste un mot sur une chose pour désamorcer, juste un bout de mot pour ne pas que ça m'explose à la gueule, une racine, une lettre, un point sur un I, une barre de T, une virgule sous un Q, un regard éloquent, un demi clin d'œil, un quart de ton de battement de cœur qui s'accélère, un silence de fin de phrase qui m'aurait fait écho.

À défaut de pouvoir libérer les traumas de mon enfance via le langage, j'ai donc choisi l'image pour m'exprimer et me faire entendre, puisque pour dialoguer avec ma mère je devais peser les mots, et que ça, vu ma religion, je me l'interdisais, il en était hors de question. Pas de concession sur rien, jamais. Pas de compromis. Plutôt mourir que se trahir. Plutôt me taire que de formuler des phrases toutes faites en barquette en forme de maisons clé en main, cadrées, formatées, froides, parfaites pour les magazines aux papiers glacés. On ne brade pas ses émotions au premier maquignon qui passe, au risque de finir dans la benne d'un équarrisseur véreux, bouffé par les vers, vos proses vendues sur Amazon. J'ai choisi l'image pour ne pas être déçu, parce que les mots ne me sauveront pas, maintenant je le sais, je ne sais pas quoi en faire de toute façon, ils ne reflètent pas ce que je cherche à dire, je ne sais pas les utiliser, ceux qui m'arrivent sont du vitriol, des palettes de déceptions, des morsures, des dialogues où l'on ne se dit rien, des kilomètres de vides binaires. Ma force c'est voir, mon atout c'est regarder, déloger la double cloison derrière le paraître, ma qualité première c'est me taire, puis vous regarder vous noyer dans des verres d'eau de malaise, et dans la gêne des silences qui dérangent.

∞

Si Le Tallec avait pris une fabrique d'enclumes sur le crâne, ça lui aurait certainement fait beaucoup moins mal que de comprendre, soudainement, telle une illumination, que la bande à Givert a fui par les eaux. Il a, comme qui dirait, l'impression que son colon est un contre-canal dans lequel une péniche se la coule douce, et où l'équipe de fuyards festoie bruyamment en trinquant à sa défaite de débutant.

Sa première réaction, légitime, est de vouloir tout envoyer voler dans son bureau, mais il se ravise.

Comment a-t-il fait pour ne pas y penser plus tôt, nom de Dieu !? Qu'a-t-il bien pu se passer dans sa tête de bulot durant ces dernières quarante-huit heures pour qu'il passe à ce point à côté de l'évidence d'une fuite par le canal ? Ce point de côté intellectuel le fait grimacer. Cette histoire est bien la pire affaire de toute sa putain de carrière ! Celle qui le fait douter, celle qui le fragilise, celle qui révèle à ses supérieurs ses pires failles. Le Tallec ne se le pardonnera jamais.

OK. Pourtant, le ministre dit qu'il veut que tous les gendarmes du pays soient sur le pont à se sortir les doigts pour les retrouver, quel qu'en soit le prix. Il répète en articulant : quel-qu'en-soit-le-prix. Ça veut bien dire ce que ça veut dire : tant pis pour les dommages collatéraux. Tant pis pour les affaires courantes, les voleurs à la sauvette, les petites frappes qui tapinent aux portes de Thionville, et la petite délinquance qui ne va pas s'envoler du jour au lendemain. Tant pis pour la rhétorique de salon de thé, qui ne dit pas que le ministre a donné son autorisation de tirer sans sommation. Ça sent le pâté. Il est fini le temps des gais rossignols, et des merles moqueurs. Le profil de cette enquête prend des airs de drame, ça pue l'issue glauque et le cinquième acte à la Tarantino.

Par contre, depuis la grosse *loose* de Saint-Firmin-sur-Loire, Le Tallec a compris que Givert s'est carapaté avec une radio, que ce fils de pute entend tout ce qui se trame dans son dos. Maintenant il faut la jouer fine et utiliser cette radio comme moyen de diversion. Dorénavant, toutes les communications radio ne seront que des *fakes* destinées à faire croire à Givert, le chien de talus, que l'autorité nationale est à la ramasse dans une impasse en forme de labyrinthe et de sphincter constipé.

Voilà trois jours maintenant que toutes les péniches, les gros gabarits comme les petits, sont fouillées de fond en comble, les itinérantes et les sédentaires, mais aussi les barges, les bateaux de croisière, les barques de pêcheurs, et tout autre automoteur capable de naviguer sur les fleuves et les canaux.

Les hommes sont épuisés. Le travail est sans fin, démoralisant, presque absurde, un mille-feuilles d'inepties, du vain sur vain. De plus, les bateliers sont des durs à cuire, des marins d'eau douce vindicatifs envers eux, désobligeants, pas très accueillants. Mais le plus fou, c'est que certains de leurs bateaux font jusqu'à deux cents mètres de long, sur onze de large, et que leur cargaison n'est rien d'autre que du sable, du charbon, des céréales, du gaz, et des milliers de palettes filmées, collées les unes aux autres, remplissant des cales aussi longues que des terrains de foot. La mission semble impossible.

Seul le chef Xav' n'est pas atteint dans sa détermination. L'équipe de choc qui l'accompagne, que des vainqueurs, l'abandonne au matin du troisième jour, brisée de fatigue, au profit d'une journée de repos amplement méritée.

Aux confins de lui-même, le chef Xav' sent qu'il a un gros coup à faire, qu'il y a du galon à glaner. Vers quatre heures du matin, comme il ne dort pas, il file à l'anglaise poursuivre ses recherches, seul. Il sent qu'il brûle, qu'un feu intérieur le réchauffe, qu'il est à deux doigts de leur mettre la main dessus.

À la lueur de sa frontale, sur les rives du canal du Centre, il fait ses cent pompes quotidiennes, puis, le front perlé, il contemple le canal tout en croquant dans une barre de céréales énergisante. Trempé de sueur, il fait le plein du réservoir du zodiac de la gendarmerie, et il fait péter le moteur en un seul coup de lanceur. Le son de l'engin le grise un peu.

Il ne lui faut pas beaucoup de temps, une demi-heure peut-être, pour se retrouver nez à nez avec une écluse close, il est encore bien trop tôt pour qu'elle soit en service. Il regarde sa montre. Cinq heures quarante. Merde. À la lumière de la pleine lune, il aperçoit une péniche amarrée en amont de l'écluse, à une cinquantaine de mètres. Il scrute autour, pas une lumière, pas un bruit, aucun coq insomniaque faisant ses vocalises. Il saute de son zodiac, il l'arrime solidement, et il se dirige vers la péniche en mode fringant.

Pas un bruit non plus de ce côté-là, aucune passerelle, même de fortune ne lui révèle qu'il est le bienvenu. Ni une ni deux, et c'est bien là sa force, ne pas réfléchir, il prend son élan et il saute sur le pont grâce aux fantastiques muscles dont sont tissées ses jambes en acier trempé. Autosoufflé par cet exploit, il ne se rend pas compte que son portable est tombé de sa poche dans les eaux vaseuses du contre-canal.

Il balaie le pont du regard, fait l'essuie-glace avec sa frontale, et ô miracle, dans le halo de sa lumière apparaît Givert en train de finir sa nuit suite à la séance chamanique, et qui se réveille soudainement. Xav' dégaine son flingue et le pointe sur le traître.

— Les mains en l'air Givert.

Xav' est scotché, Givert aussi. Double face. Encore sous l'effet de la plante, dans le potage de deux pauvres heures de sommeil, aveuglé par la lumière de Xav', il ne comprend pas ce qui passe, qui lui parle, il ne reconnaît pas la voix de son collègue de travail.

Givert obéit.

Xav' est remonté comme un coucou, gavé d'adrénaline, de boisson sucrée et de produits dopants, en un fulgurant coup d'œil, il compte toutes les formes allongées autour de lui, les corps recroquevillés sous les couvertures qui s'éveillent.

— Les mains en l'air, tous ! Allez bougez-vous !

∞

C'est une surprise générale, on se regarde, les yeux explosés de fatigue, rouges injectés de sang, envahis de courbatures, la bouche pâteuse, des reliquats de nous-mêmes encore dans l'autre réalité.

— Alors gros, tu t'y attendais pas à celle-là hein ? C'est moi, Xav'. Garde les bras en l'air

Vincent. Allez, levez-vous, doucement, écartez-vous les uns des autres. La blonde aussi. Bougez-vous, au moindre geste pas clair je tire ! T'as voulu baiser ton monde Givert, mais moi on ne me baise pas.

On obtempère sans broncher. Je ne vois pas le visage d'Hannah, elle se lève tant bien que mal, met une main en l'air, je suppose qu'elle tient l'urne de l'autre.

Je pressens le carnage. Le quiproquo absurde. La bavure baveuse. Je décide de m'approcher.

— Hop, hop, qu'est-ce tu fais toi ? Recule !

— Écoutez-moi, je suis Jason Cervantès.

— Je sais qui t'es ducon, je t'ai dit de reculer !

— Et elle, c'est Hannah Dabrowska, la pianiste... Écoutez-moi, c'est Givert le coupable.

— J'crois que t'as pas bien compris, re-cu-le ! Madame, levez les deux mains, madame, vous m'entendez ? Les deux mains en l'air nom de Dieu !

— Elle peut pas, elle tient une urne funéraire, une urne avec les cendres de sa meilleure amie dedans, elle peut pas la lâcher tu comprends ?

— Ta gueule Givert !

Je me rapproche encore un peu, mort de peur, quasi tétanisé, le son de sa voix perd en sang-froid.

— Elle ne la lâchera pas, mais ce n'est pas contre vous, elle est comme ça, c'est au-dessus de ses forces, elle a fait une promesse.

— Recule putain ! Et toi, lâche l'urne !

Ni une, ni deux, je recule, Givert prend le relais, à son tour d'oser une approche. J'entends les gémissements d'Hannah, ses sanglots retenus, un barrage en bambou qui fait bien rire la tempête émotionnelle qui la ravage au-dedans.

— Xav', écoute-moi.

— Putain Givert, t'es con ou quoi ?

Givert recule, l'expression de son regard ne dit rien d'autre que des histoires d'hôpitaux qui se foutent de la charité.

On ne voit rien, aveuglés par la frontale, on ne sait pas ce qu'il fabrique. En vérité Xav' est en train de chercher son téléphone qu'il ne trouve pas, il commence à s'énerver, il fouille mille fois ses poches, en vain.

C'est le moment que choisit Hannah pour tomber dans les pommes. Timing parfait. À croire qu'on a répété toute la nuit. Quel génie cette nana quand il s'agit de foutre pleinement la merde.

Elle s'écroule du haut de ses cinquante kilos dans un doux fracas nocturne.

Xav', qui a beau être un super flic, sursaute, comme nous tous, il croit qu'elle va tomber dans l'eau, il a comme un geste héroïque, si stérile, il tend les bras pour la retenir, elle qui est à plusieurs mètres, l'acte le plus inutile du monde. Son MP3, qu'il a payé une fortune, tombe lui aussi de sa poche, il le rattrape au vol, il baisse la tête, ne nous aveugle plus, tout s'enchaîne. J'attrape une planche qui est posée à côté de moi, droite, debout, belle, une solide planche en douglas, quinze centimètres de large, par un mètre, à peu près vingt-cinq millimètres d'épaisseur, drue, un brin vrillée, comme nous tous, salvatrice, agréable de compagnie, propre sur elle. Je l'empoigne et je frappe le visage de Captain Xav', je lui sabre la face avec la tranche de la lambourde. Sous le choc, la volige voltige, le flic s'effondre, Givert et Raphaël lui sautent dessus pour l'immobiliser, je fonce vers Hannah.

Dieu merci, elle va bien, un simple malaise vagal, tellement compréhensible. Elle se réveille très vite, à peine une minute plus tard.

— Gladys !

— L'urne va bien… Rassure-toi… Et toi, comment tu te sens ?

— Et Vincent ?

Chape de plomb.

— Il va bien, moi aussi merci.

Comme de ce côté-ci plus rien ne m'intéresse, j'abandonne l'engin à Ricardo, qui lui applique une crème marron sur le philtrum.

Le flic bodybuildé est sous le choc. Il semblerait que j'ai frappé sa tempe un peu fort, il n'est pas KO mais c'est tout comme, sonné, éberlué. Ses yeux châtaignes cherchent un repère, un chemin pour revenir jusqu'à nous.

— Bien joué Cervantès.

Bien joué ta mère, je ne l'ai pas fait pour toi, j'ai eu peur de mourir c'est tout, pur instinct de survie, alors par pitié Givert, arrête de rêver.

Il tient les bras de Xav', pendant que Raphie lui attache les mains avec une corde. Puis il va vers Hannah, il lui appose un baiser sur le front, elle sourit, elle lui avale les lèvres, etc., etc.

Je me rapproche discrètement de Xav', tandis que Raphaël va prendre des nouvelles de Cécile. Il est allongé sur le côté, les mains liées dans le dos, il semble peu à peu recouvrer ses esprits. Je lui colle deux ou trois claques avec le plat de la main, d'abord légères, gentilles, « eh oh », un brin dans la culpabilité, puis, voyant que rien ne se passe au cœur de ses pupilles, et que ça me fait du bien, j'insiste un peu. Je prends mon élan et je lui colle une belle baffe, ça claque. Une première pour moi, j'y prends du plaisir, j'avoue. Il est solide le bougre, toute la musculature de sa nuque empêche la tête de partir aux quatre vents sous le choc de ma main. Puis je m'approche de son oreille et je lui susurre :

— Alors p'tit enculé, tu fais moins le malin maintenant hein ? On n'aurait pas mieux fait de se muscler le cerveau avec deux ou trois dictionnaires en guise d'haltères ?

Je me lève, je meurs d'envie de lui coller un coup de pied dans les côtes. Je crois que ça me ferait du bien, et par conséquent au groupe aussi. Je sais que ce n'est pas très moral, mais je me dis qu'après tout il l'a bien mérité. Je recule d'un pas pour prendre mon élan, je respire.

Je bondis lorsque Givert me pose une main lourde sur l'épaule.

— Cervantès, tu as fait preuve d'un grand courage, je suis impressionné. Je n'aurais jamais cru ça de toi. Mais là, tu peux m'expliquer ce que tu es en train de faire ?

— Rien… je respire…

— Tu n'allais pas frapper un homme ligoté au sol dis-moi ?

— Pas du tout voyons ! dis-je offusqué. Je suis un non-violent, pour qui vous me prenez ?

— Excuse-moi, j'ai eu comme un doute… Mais puisque tu me dis que je me trompe… N'est-ce pas ? Tu confirmes ?

— Oui oui bien sûr.

Je n'ai aucune idée de si je l'ai convaincu ou pas, mais il tourne les talons. Aidé par Raphaël, il descend la passerelle en bois, ils veulent faire un tour à terre, ils s'éloignent un peu, puis reviennent rapidement.

— On a trouvé un zodiac, on va le couler.

Tout à l'air si simple en sa compagnie, il t'embarque dans un cyclone avec une Méhari, armé d'un pic à brochette, et il t'affirme que c'est un mauvais crachin, que tout va bien se passer.

Cécile file puis revient avec une hache fraîchement affûtée, Givert la remercie, et il repart en courant, gaillard, déluré. On l'entend frapper une fois, puis une explosion résonne loin dans la campagne. L'horizon commence à s'éclaircir. Givert revient, il crache ses poumons mais il est radieux. Voilà une opération rondement menée.

Xav' a repris un peu de pétillant dans le regard, mais je crois qu'il est au maximum, on ne peut rien espérer de plus de lui pour l'instant. Rien ne sert d'essayer de lui tirer les vers du nez pour savoir si d'autres flics vont le rejoindre. Un œuf géant est apparu sur sa tempe et déforme copieusement son visage.

On décide de ne pas chambouler notre programme, de toutes les façons ça ne va pas changer grand-chose, qu'on fuie par les champs, qu'on les attende en jouant au scrabble, ou qu'on poursuive comme on avait prévu. Raphaël est d'accord, il nous informe que nous sommes au milieu du bief de partage du canal du Centre, et que ce n'est pas rien, aucune coïncidence possible. Il nous explique que, plus exactement, comme nous sommes au sommet d'un col, si l'on fait tomber une goutte d'eau dans le canal, elle a autant de chances de finir dans la Méditerranée que dans l'Atlantique, il nous assène l'aléatoire, la puissance cosmique, l'importance de nos choix, la beauté du monde, la joie d'être en vie, et il me remercie comme si j'étais le messie, d'avoir assommé Xav'.

Le jour se lève et je me sens bouleversé par la beauté du paysage qui se dessine, la palette des couleurs, l'eau qui frémit, la vie qui se réveille. Je sens le monde autour de moi jusqu'aux confins de l'univers. Je ne sais plus trop si je veux vivre pleinement ou mourir à fond. Peut-être que juste dormir me suffirait.

Comme nous sommes un peu loin de Xav', un peu pris dans cette discussion métaphysique où l'on joue notre avenir, nous ne voyons pas le flic super musclé reprendre pleinement ses esprits, les mains toujours liées dans le dos. Nous ne le voyons pas non plus se relever. Logiquement, avec la présence d'esprit d'un fruit à coque, il décide de plonger dans le contre-canal de la Loire.

J'aime aujourd'hui encore visualiser l'image de cet écervelé lorsqu'il plonge à brûle-pourpoint dans l'eau.

Il faut plusieurs longues et interminables secondes pour briser le silence qui suit le bruit du plongeon, le temps de réaliser pleinement la stupidité d'un tel acte. Tout le monde sait, sauf lui, qu'il est impossible de nager les mains dans le dos. Si nous n'intervenons pas, Xav' va mourir.

— Il est un peu con non ?

On approuve unanimement la remarque de Rémy mais personne ne réagit pour autant.

C'est Ricardo qui s'y colle, il plonge pour repêcher le héros. Raphaël allume le projecteur de l'avant de la péniche.

Parce que la scène dure, on se fait du souci pour Xav'. Ricardo remonte plusieurs fois à la surface, seul, il remplit ses poumons d'air puis repart dans les profondeurs de l'eau trouble. Au bout de la troisième tentative, enfin, il réapparaît avec Xav' crocheté à son bras. On les aide à monter sur le pont.

— Personnellement, je t'aurais laissé crever, tu peux dire merci à Ricardo, lui crache au visage un Givert à bout, le tenant par le col trempé de sa veste.

— Va te faire enculer Givert, postillonne son ex-collègue.

— Ça nous promet des moments de confinement de toute beauté. Moi qui croyais qu'on avait vécu le pire. Allez, balancez-moi ça dans la cale et ramassez toutes vos merdes, il va faire jour et les écluses vont rouvrir. On vit vraiment une époque formidable.

Juste avant de retourner dans le ventre de la péniche, je ne peux m'empêcher de lui glisser à l'oreille :

— Eh, Givert, je vous ai trouvé un peu chochotte sur ce coup-là, vous avez peur de l'eau ou quoi ? Où est votre panoplie de super-héros ?

15.

Un ami, un vrai, photographe nature, était venu me récupérer à Collioure.

J'avais sauté dans sa voiture vers midi, brisé de fatigue, trempé par la pluie, transi de froid et d'effroi, un brin fiévreux, huit heures après l'avoir réveillé au milieu de la nuit en le suppliant de venir me chercher immédiatement.

— C'est une question de vie ou de mort Yann ! N'oublie surtout pa-pas les fringues et les chaussures !

— Mais ma parole tu trembles Jason !

Il avait alors foncé pied au plancher, sans me poser la moindre question, sans la moindre rancune non plus quant au fait que je ne lui avais donné aucun signe de vie depuis ma rencontre avec Hannah. La seule véritable personne au monde en vérité sur qui je pouvais vraiment compter, un homme si profond que personne n'en a jamais vu le fond.

Mais Paris n'est pas la porte d'à côté.

En l'attendant, j'avais trouvé un garage en taule dans lequel me planquer, couché à même le sol sous une bâche terreuse, entre une tondeuse électrique, qui ne pouvait que me rappeler la mort de mon père ; une tronçonneuse qui suintait l'essence frelatée, des rats joueurs qui n'avaient pas du tout froid aux yeux, et de vieux outils de jardin desquels je m'étais armé au cas où elle retrouve ma trace. Les plaies de mon torse m'avaient alors lancé pendant d'interminables heures au rythme des battements de mon cœur, et elles avaient commencé à pourrir grâce au cocktail de millions de poussières aux origines douteuses qui n'attendaient que moi pour se multiplier. Un magnifique terrain de jeu pour bactérie vicelarde crevant la dalle et cherchant un milieu fragile où se développer.

N'est pas fragile qui veut.

Lorsque Yann arriva, et qu'il vit la rougeur immaculée de mon tee-shirt, puis l'état de ma poitrine scalpelisée, il voulut immédiatement m'emmener chez un médecin, mais j'avais refusé tout soin tant que nous n'avions pas franchi les portes de Paris intramuros.

Une fois chose faite, on avait attendu d'interminables heures aux urgences de l'hôpital Pitié-Salpêtrière entre un obèse stressé en plein bad trip, persuadé qu'il allait mourir d'un arrêt cardiaque, et un gamin de dix ans qui se tirait frénétiquement sur les cheveux parce que ça lui faisait toujours moins mal que la douleur de la plaie gigantesque qu'il avait au milieu du front, et qui pissait le sang.

— Son débile de frère lui a tiré dessus à bout portant avec le pistolet à plomb de leur con de père, m'avait soufflé discrètement sa mère, masquant à peine son air blasé témoin de la routine de son quotidien.

L'interne qui s'était penché sur mon cas, dans un mauvais couloir, un jeune puceau couvert de boutons, greffé d'une paire de lunettes en bois aux verres en cul de bouteille, et d'un appareil dentaire aussi effrayant que la mâchoire en fer de Requin (le très méchant méchant de James Bond), avait grimacé à la vue de mon torse ciselé, impressionné par le style impressionniste des blessures, virant rapidement purulentes, et de mon visage qui ne symbolisait rien d'autre que la fin du monde ou l'extinction pure et simple d'homo sapiens sapiens.

— Je vais essayer de faire au mieux m'sieur, mais il faut arrêter de vous retourner toutes les dix secondes, dans tous les cas, vu l'infection, dites-vous bien que vous aurez des cicatrices.

— Sans blague… et le feu ça brûle et l'eau ça mouille ?

On était ensuite rentrés dans l'appartement de Yann, dans le dix-neuvième, à deux pas de la station Ourcq.

J'avais dormi plusieurs jours, bourré d'antibiotiques, d'anxiolytiques de premier choix, de cachetons pour la fièvre et d'antidouleurs, ce qui n'avait en rien empêché les cauchemars les plus saugrenus de venir me harceler dans mon sommeil de plomb. Le traumatisme, la fièvre due à mes plaies et à la grippe carabinée que j'avais attrapée, ainsi que le manque de la pianiste, me plongèrent dans une vague variante de delirium tremens charnu digne des plus grandes toquades d'alcooliques. Yann me raconta tout un tas d'énormités que je lui aurais proféré, mais j'avoue que j'ai encore du mal à y croire.

Lorsqu'au bout de plusieurs jours, je fus physiquement à peu près réparé, certes fortement amaigri et affaibli, mais mécaniquement relativement fonctionnel, je décidai qu'il me fallait m'armer d'une bombe lacrymogène.

Pour fêter cet achat, on alla boire des bières avenue Jean-Jaurès, à deux pas de la gare de l'Est. Au bout de trois verres je ne fus plus très étanche, et c'est rien de le dire. Malgré ma soif intacte, Yann exigea qu'on arrête de me servir, il était furieux. Le cocktail de cachetons desquels j'étais gavé permit à l'alcool d'opérer à la vitesse d'un train fou qui me serait rentré de plein fouet dans le cerveau, et j'avais très vite commencé à péter les plombs et à prendre tous les clients du bar à témoin de mon échec sentimental. D'abord larmoyant plaintif, puis vindicatif sexiste, j'avais agressé deux petites gonzesses discrètes qui n'avaient rien demandé. Avant la tombée de la nuit, je fus sujet à un trou noir colossal. Yann me ramena chez lui comme il put, et il me jeta sur le canapé sans prendre la peine de me déchausser.

Il me confisqua la bombe lacrymo. J'eus beau faire des pieds et des mains pour la récupérer, il ne céda à aucun de mes chantages, même celui où je le menaçais de me jeter du sixième étage.

— Il va falloir te ressaisir vieux, et très vite. Je te dis ça parce que je suis ton ami et je sens que tu vas partir en sucette, alors autant que tu n'aies pas ce genre de truc sur toi. Je peux comprendre que tu vrilles, moi aussi ça m'est arrivé, mais la Terre ne s'arrête pas de tourner pour une meuf mec, la vie continue Jason, tu te dois de prendre des photos, c'est ton job, ta mission, et maintenant plus que jamais, je sais de quoi je parle… Je ne te reconnais pas mon ami. Tu sais, il y a parfois des hauts et des bas dans la vie mais…

— Oh ta gueule Yann ! Dis-moi plutôt où tu planques ton herbe au lieu de me faire chier !

J'ai donc décidé de me ressaisir. Comme je ne savais pas par quel bout commencer, j'ai d'abord cherché du côté des bars du dix-huitième, les rares endroits où je me sentais encore à peu près bien, dans une ambiance simple et métissée, dénuée de théories tirées à quatre épingles, sans ces personnages insupportables ayant un avis sur tout. Et, même si les alcooliques m'ont toujours saoulé, c'est vers eux que je me suis tourné, parce que l'alcool est un lubrifiant social et qu'il me fallait bien ça pour me détendre un minimum. Passer mes journées avec des nez boursouflés, avec des lascars bouffis, des gueules cassées, m'a fait le plus grand bien, même lorsque je pointais mes yeux gonflés sur eux.

Je ne voulais que m'enfoncer doucement avec eux dans nos sables émouvants.

Totalement à côté de mes pompes, atteint d'une pseudoconfiance en carton, je me mis à draguer tout ce qui passait, et malgré ma quarantaine passée, ainsi que mes épreuves des derniers jours, qui m'avaient tailladé tout un escadron de nouvelles rides sur le visage, et creusé les joues à ciel ouvert, je plaisais encore aux femmes, et pas qu'aux moches.

Perdu dans mon palais des glaces, je me cognais aux parois des vitres translucides sans toutefois changer de trajectoire, voyant venir, presque extralucide, me foutant éperdument de l'égarement et des chutes libres, j'allais.

J'ai commencé à picoler tous les jours, dès le matin, mais jamais seul. Le plus clair du temps je finissais rond comme une queue de pelle aux environs de midi.

Lorsque je n'éclatais pas en sanglots dans les bras du premier paumé qui voulait bien m'écouter, je faisais le fanfaron, le chauffeur de salle, j'avais l'alcool déluré et chaleureux. J'avais aussi le démon du sexe. Et un besoin démesuré d'être rassuré, parce que bien incapable d'y arriver seul, ou mal accompagné. J'étais persuadé que mes conquêtes arriveraient à remplir mon trou sans fond, le temps d'une érection furtive, à trois grammes, minimum.

Une certaine Brenda, une Anglaise qui avait les dents d'une tractopelle, me réveilla une nuit en furie, me postillonnant dessus des menaces avec son accent à couper au couteau, parce que j'avais joui en elle et que juste après, Don Juan quand même, je m'étais endormi sans prendre le temps de me retirer, ma bite se rétractant sur elle-même dans sa petite chatte noyée de sperme alcoolisé d'éjaculateur précoce. Me retrouver à moitié nu sur son palier, couvert d'insultes anglo-saxonnes, ne fut qu'une escarmouche dans ma traversée du désert. J'avais connu bien pire. Encore mieux, je pris ses invectives comme une récompense, un compliment camouflé, parce que j'ai toujours pensé que ce qui faisait la beauté du monde, c'étaient bien ses imperfections et ses accidents.

Lorsque le sol se dérobe sous les pieds d'un cul-de-jatte, il ne faut pas s'attendre à ce qu'il vous joue des claquettes sur *Don't worry, be happy.*

Je me suis perdu le temps d'un claquement de doigts dans les limbes de l'alcool. Je me suis fait mille potes de comptoir à qui j'ai acheté une amitié à coups de tournées. J'ai zigzagué sur les trottoirs du boulevard de Clichy au milieu des fumeurs de crack, où des modous m'ont proposé des galettes à quatre euros que j'ai miraculeusement refusées. J'ai erré dans des rues piétonnes, le regard comme une balançoire au galop. J'ai gagné un prix photo que je ne suis jamais allé récupérer. J'ai laissé ma messagerie se saturer d'invitations et de propositions alléchantes. J'ai raté copieusement toute la ribambelle de piafs qui est venue picorer sur le balcon de Yann son mélange de graines, tournesol, gruau d'avoine, maïs, cardi, alpiste, millet, blé. Je n'ai appelé personne au téléphone au milieu de la nuit, ni la blonde, ni la brune. Je me suis fait des toilettes de chat dans les chiottes des cafés avec des gueules de bois carabinées, où lever les yeux au plafond me filait le tournis, incapable de me rappeler comment j'avais fini la soirée de la veille, persuadé d'avoir plus d'alcool dans les veines que de sang.

En dehors de mes états d'ébriété lors de mes cuites d'anthologie, je me souviens de tout, de chaque seconde de souffrance plus douloureuse que la précédente, du fond du trou aussi, et de creuser encore et encore à la recherche de rien, juste creuser à main nue jusqu'à l'os comme un pénitent dans la terre compacte, une dernière bouée finalement pour ressentir que tout n'est pas complètement mort. Je pourrais. Mais, je n'en ai pas le courage.

Au bout de quinze jours à peine, Yann me dit que si je ne cessais pas tout de suite mon manège, il allait être obligé de me virer. Je lui ai dit d'aller se faire enculer.

Ce jour-là, historique, j'ai rencontré des sirènes, tellement belles, tellement bonnes, si bien gaulées, si suintant le désir outrancier, que je suis allé sciemment m'échouer sur leurs rochers en entendant leurs chants et leurs noms merveilleux. J'ai fini ivre mort dans une boîte de nuit techno, ne me restent que quelques flashs assez troubles, mal cadrés, épars, des bouts de visages, des fins de phrases, des images de filles mal montées comme captées en caméra portée, des rythmes hachés, saccadés, tout dans les graves. Je ne sais plus qui m'avait embarqué jusque-là, mais toujours est-il qu'en pur champion, j'ai atteint les sommets du pathétique, le summum de ce que j'étais capable de m'infliger, à tel point que l'acte que j'ai commis ce soir-là pourrait être inscrit sur ma tombe comme une épitaphe dorée résumant le minable que j'étais devenu :

Devant son échec outrecuidant de conquête, accumulant à qui mieux mieux les râteaux royaux, il se serait branlé au milieu du dance floor, la nouille entre les mains, n'amorçant pas la moindre entame de début de demi-molle. Paix à son âme.

On m'empoigna violemment puis on me catapulta sur le trottoir gelé, non sans m'avoir fait les poches.

Pour Yann c'en était trop.

Sans me demander mon avis, il décida que je devais me mettre au vert. Il me jeta dans sa voiture direction le Sud.

Avec la fortune qu'il gagnait grâce à la vente de ses photos (Yann était la star nationale des photos de nature), il venait de s'acheter une petite maison en bois de trente mètres carrés environ, construite sur pilotis dans un coin de paradis, aux abords de Chanaz, une petite commune de Savoie bordée par le canal de Savières, à deux pas du lac du Bourget. Dix hectares de forêt de feuillus à lui, d'un seul tenant, où finissait un des brins du canal, au milieu de nulle part, sans voisin, vierge de toute construction autre qu'un abri à bois miraculeusement encore debout, une cabane à outils pas bien vaillante, une serre effilochée (ressemblant plus au squelette d'un mammouth qu'à autre chose), un salon de jardin en palettes, une mini éolienne rouillée, un four à pain en parfait état, un ponton claudiquant, un potager à l'abandon pillé par les animaux de la forêt, des cabanes à oiseaux couvertes de crottes, un jeune verger qui luttait contre les mauvaises herbes, une cuve pour la récupération des eaux de pluie, le tout accessible uniquement en bateau, aucun chemin n'ayant jamais été créé, au mieux quelques sentiers se faufilant entre les arbres ne menant pas loin, mais ne le dites à personne, les visiteurs ne sont carrément pas les bienvenus. Un lieu coupé du monde. Yann en avait besoin, la vie folle parisienne lui correspondant de moins en moins, ses obligations professionnelles, de plus en plus croissantes, liées directement à sa popularité, l'obligeaient à vivre sur Paris, pour le moment en tous cas. Du coup, depuis son acquisition, il avait pu venir deux fois, vite fait.

Il resta trois jours avec moi, le temps d'être sûr que je ne me foutrais pas en l'air, mais ça je ne pouvais pas lui promettre, je n'étais plus sûr de rien, je me souvenais tout juste de ma date d'anniversaire, et de comment on faisait du vélo sans roulettes.

Nous alternâmes soirées d'échange, et balades bucoliques, sauvages, lui, prenant des photos, moi, essayant de mettre un pas devant l'autre sans choir dans le canal comme une bouse.

— Pourquoi tu as choisi la photo Yann ?

— Pourquoi ? Parce qu'on arrête le monde avec des photos, vieux, et le commun des mortels n'a pas la chance d'avoir ce superpouvoir, tu ne crois pas ?

— …

— Et toi ? Pourquoi la photo ?

— La peur d'oublier.

— C'est bon pourtant d'oublier, pour avancer. Tu reveux une tartine à l'ail des ours ?

— Non merci… je n'ai pas très faim.

— Un sirop de citron ?

— Non, ça va aller.

— Tu penseras bien à nettoyer les panneaux solaires. C'est pour toi que je le dis, si tu veux avoir un peu de lumière…

Puis il me laissa seul avec mes névroses, pour quinze jours.

La maison était cosy, tout en bois, à peu près bien isolée, d'une seule pièce en dehors de la salle de bains et des toilettes sèches. Trente mètres carrés ça va vite, une fois que vous avez fait un coin cuisine et que vous avez posé une armoire, un poêle à bois, quelques bûches, une table, quatre chaises et un canapé-lit, il ne vous reste plus beaucoup de place. Yann avait accroché quelques rangements muraux pour les ustensiles de cuisine, une étagère pour les livres, une tringle dans un placard sans porte pour les vêtements, et puis voilà, pas plus. Pas de frigo. Pas de fioritures, pas de tralala. Trois fenêtres simple vitrage tapissées de crottes de mouches qui, heureusement, n'empêchent pas le regard de s'échapper.

Je passai toute la première journée à ne rien faire, emmitouflé dans une couverture hideuse puant le rance, le renfermé, le dos voûté comme un pont vénitien, champion du monde du soupir que tout, le cul posé sur une chaise qui couinait, la vessie gonflée, prête à exploser, collé au poêle-fourneau bouilleur, le regard dans le vide, portant toute la misère du monde sur mes épaules, une gueule de six pieds de long, la pensée rôdeuse, la raison en errance, la sagesse en vadrouille, l'entendement atteint de cécité. Il y avait bien un microréseau téléphonique qui me permettait d'envoyer uniquement des textos. Mais à qui ? Pas d'internet, pas de mail, pas d'infos, pas de fuite possible, pas moyen ni de se débiner, ni de me déminer. Le cauchemar. Pas de radio. L'enfer. Je n'en ai pas dormi de la nuit, me tordant sur moi-même comme un linge trempé qui voudrait s'essorer, envahi par des courbatures fiévreuses liées aux cauchemars, anémié d'elle, déficitaire en oxygène jusque dans mes tissus internes, jusque dans la moelle de toute ma foutue ossature.

Le deuxième jour, rompu de fatigue, le cœur ankylosé, je me suis fait du café très fort, épais, limite marmelade, j'ai épluché trois pommes de terre, je les ai plongées dans une gamelle d'eau qui a mis deux plombes à chauffer. J'ai rentré une poignée de bûches de bois pour ne pas mourir de froid. Affamé, j'ai mangé mes patates pas cuites, je me suis régalé de ce repas de prince des minables. J'ai nettoyé un cercle avec mon index, de vingt centimètres de diamètre, sur la vitre exposée sud, côté terrasse, et je me suis offert le spectacle de l'eau qui coule. Un bain de jouvence de quelques minutes. Suite à ce chantier pharaonique, j'ai été pris d'un gros coup de fatigue. Je suis retourné me coucher dans mon canapé affreusement mou. J'ai très mal dormi.

Le lendemain, j'ai étendu mon sac de couchage dehors parce que j'avais transpiré comme un cochon toute la nuit, j'ai passé le balai vite fait, je me suis découpé une tranche de jambon cru, je l'ai fait cuire dans une poêle bicentenaire et j'ai cassé deux œufs dessus, puis, comme j'avais eu la flemme de faire chauffer de l'eau, j'ai fait la vaisselle à l'eau froide. J'ai remercié Yann pour le stock de nourriture, pour les packs d'eau, et pour les petits mots d'encouragement planqués dans les tiroirs ou sous les objets, et pour le bois coupé. J'ai pas eu le courage de vider le sac des chiottes sèches. J'ai rentré trois poignées de bois. Je me suis froissé un muscle du dos en déposant la dernière brassée sur le plancher, j'avais pas eu l'impression pourtant d'avoir été gourmand en efforts. Tu ne bois pas assez d'eau, m'aurait dit Gladys. J'ai jeté mon compost dans le composteur extérieur parce que j'étais sujet à une attaque de fourmis. Puis j'ai élargi le cercle de nettoyage de ma vitre sud. J'ai un peu mieux dormi, je ne me suis réveillé que quelques fois.

Le cinquième jour, j'ai nettoyé toutes les vitres de la maison avec du vinaigre blanc et de vieux journaux, dont un qui datait du jour de l'anniversaire de mes vingt-trois ans, ce qui ne remonte pas à hier, à vol d'oiseau je veux dire.

J'ai déployé l'échelle à deux brins, je me suis pincé un doigt, j'ai juré comme un putois, au bout de mon index une poche de sang est apparue, pas de quoi faire une transfusion, mais suffisamment douloureuse pour sentir les battements de mon cœur à l'intérieur. Je suis monté malgré tout sur le toit en serrant les dents, armé d'un balai-brosse en fin de vie, d'une éponge et d'un seau d'eau, je n'en pouvais plus de ne rien voir à cause des panneaux qui ne crachaient plus rien en jus, et qui faisaient à peine briller les trois ampoules de la maison.

J'ai vidé le sac des toilettes sèches. J'ai pris une douche solaire glacée. J'ai mis un boxer propre comme j'ai pu vu que je tremblais comme un épileptique. Mes chaussettes dépareillées m'ont réchauffé. J'ai mis à tremper dans un seau mes vêtements sales puis je les ai frottés au savon de Marseille, ensuite je les ai rincés puis étendus sur une ficelle bleue à ballot de foin. L'odeur m'a rappelé ma mère s'acharnant sur mes pantalons boueux. J'ai envoyé un sms à ma mère en lui disant que tout allait bien, qu'Hannah l'embrassait, elle a répondu qu'elle aussi, puis elle a rajouté un smiley qui fait un clin d'œil et un cœur. J'ai nettoyé l'intérieur du four à pain, j'ai trié les bouts de charbon de bois encore utilisables, j'ai semé les cendres dans le potager, satisfait, parce que je savais que c'était un bon apport en potassium. J'ai rincé mes mains dans le canal en suivant des yeux une truite gigantesque qui tortillait du cul. Je ne suis pas tombé dans son piège.

Le lendemain, j'ai ramassé du petit bois pour allumer le four, j'avais des envies de pain frais. J'ai erré autour de la maison avec une brouette qui avait une roue vrillée qui frottait sur le châssis, et qui m'obligeait à pousser fort pour avancer. C'était comme un mauvais rêve où tu n'arrives pas à courir malgré ton urgence d'un rendez-vous que tu ne peux pas rater. Épuisé, j'ai planté mes deux genoux dans un tapis de mousse vert fluo, et j'ai fondu en larmes au milieu de la forêt. J'ai surpris un écureuil en train de m'espionner. Il est resté un moment à me mater, un peu sidéré quand même, analysant l'attitude de ce drôle de bipède à côté de ses pompes. J'ai séché mes larmes, je me suis relevé péniblement, alors que j'avais à peine quarante ans, puis j'ai décidé de porter mes bouts de bois à bout de bras.

Ensuite, j'ai mélangé de la farine, de l'eau, du levain, du sel, de l'huile d'olive, et j'ai laissé reposer ma pâte à pain le temps d'une sieste. Je me suis réveillé à la tombée de la nuit, j'ai reporté au lendemain la cuisson de ma miche, et je me suis rendormi. J'ai à peu près bien dormi. Réveillé trois fois.

Le lendemain, j'ai allumé le four à pain, je me suis à moitié intoxiqué avec la fumée de mon bois que je pensais sec alors qu'en fait pas du tout, mais j'ai quand même réussi à un moment à obtenir des flammes, elles m'ont arraché un sourire d'Halloween. Au bout d'un long moment, j'y ai déposé ma boule de pain crue. Pendant qu'elle cuisait, j'ai mis de grands coups de massette sur la roue de ma brouette, que j'ai fini par détordre, et, ô surprise, ça m'a procuré un brin de joie, jusqu'à ce que je me retourne et que j'aperçoive la fumée noire sortir du conduit du four. Après délibération, j'ai décidé de ne pas manger mon pain noir.

J'ai fait chauffer une marmite d'eau sur le poêle, qu'ensuite j'ai transvasée dans ma douche solaire. Ça a été un bonheur immense, pourtant si simple. Dois-je creuser mon tunnel dans cette direction, me suis-je demandé ?

Trois jours plus tard, j'envoyai un sms à Yann pour lui demander si je pouvais rester une semaine de plus.

— Évidemment tu peux, ça m'arrange, je suis débordé de travail. Comment tu te sens ?

— Bien.

— Il te reste de l'eau ?

— Oui.

— Et en bouffe t'es comment ?

— Bien, tu as vu tout ce qu'on a ramené ?

— Oui, tu as de quoi tenir un siège !

— Je suis déjà assiégé, mon ami.

La semaine qui suivit, je la passai en partie à réparer l'éolienne, qui enfin cracha au bout de trois jours ses cent watts quotidiens, à ma plus grande béatitude. Une fois que son hélice se mit à battre l'air, une fois que j'eus applaudi à bâtons rompus, j'enchaînai sur un nouveau chantier, celui du ramassage de bois sec pour le poêle, qu'ensuite je billonnai en bûches de trente centimètres avec la scie la moins aiguisée du monde, ce qui me valut deux ou trois vilaines entailles. En quelques jours j'avais quatre bons stères prêts à être brûlés, plus ou moins à l'abri de la pluie.

On était début décembre, les journées étaient douces, sur les rives des pissenlits tardifs arrivaient encore à fleurir, quelques rares abeilles groggy par le froid venaient les butiner. Les arbres avaient perdu leurs feuilles, le sol en était couvert, des cris de récréation surgissaient en moi lorsque le vent les faisait rouler comme celles des platanes des cours d'école de quand j'étais petit. Une odeur de moisissure délicieuse embaumait les lieux, certains matins un léger givre recouvrait les endroits les plus froids, une brume épaisse caressait le canal, la palette des couleurs s'amenuisait, ce qui rendait le paysage encore plus pur, tellement plus beau dans la sobriété.

Un matin, un martin-pêcheur m'a surpris en train de pisser dans le canal, ça m'a insufflé une subtile ivresse enracinée. D'aussi loin que je m'en souvienne, c'était la première fois que j'en voyais un en vrai.

J'adorais le soir m'asseoir sur la terrasse qui surplombait le canal, elle aussi sur pilotis, et regarder autour, me projeter sur la foultitude de chantiers possibles de réparations et d'entretien. Je commençais à me sentir chez moi.

— Je crois que je passerais bien l'hiver ici en vérité, ça te poserait un problème Yann ?

— Tout l'hiver ?! Je ne crois pas que tu te rendes bien compte Jason !

Malgré toutes ses recommandations bienveillantes, c'est ce que je fis.

Quinze jours avant Noël, il me fit une visite surprise de quelques jours, une coupure dans mon tête à tête avec moi-même, un brin de vacances qui me fit le plus grand bien, non seulement parce qu'il était arrivé les bras chargés de victuailles, mais aussi et surtout parce qu'on échangea sur de menus détails matériels, comme les choix de la bonne focale, de la macro ou du zoom ? Ou d'autres préoccupations fondamentales comme comment cuire des trompettes de la mort *al dente* ? Quel appât adopter pour pêcher la truite ? Permis ou pas permis ? Quel arbre scier pour se chauffer ? Les sèves des épineux sont-elles des médicaments ? Les écureuils ont-ils une âme ? Quelle est la différence entre un martinet et une hirondelle ? Nourrir ou pas les oiseaux l'hiver ? Boire l'eau de la récupération des eaux de pluie ? La décontaminer en lui pulsant de la lumière, sans toutefois lui voler sa mémoire ? Jusqu'où la dégénérescence de l'homme peut-elle aller ? Des trucs comme ça.

Puis il rentra à Paris, non sans me laisser son zodiac, pour que je sois un minimum autonome dans mes divers approvisionnements, que je compactai sur une seule et traumatisante journée. Me reconfronter au monde et errer, hagard, dans des rayons interminables en poussant mon caddie, me ravina le peu d'énergie que j'avais réussi à glaner jusque-là. Je rentrai ventre à terre dans mon terrier d'ermite, le bateau à ras-la-gueule, rempli d'eau, de nourriture, d'outils divers, de graines pour les oiseaux, de draps, de vêtements chauds, de bouteilles de gaz, de briquets, de bougies, de stylos et feuilles, de livres, d'un guide sur les oiseaux, d'une paire de jumelles, de piles, et d'une radio. Tout ce dont j'avais besoin pour traverser l'hiver et pouvoir subvenir à mes besoins sans demander quoi que ce soit à personne.

J'ai réparé l'abri à bois. J'ai refait de A à Z la cabane à outils, puis je l'ai rangée entièrement avant la seule et unique chute de neige de l'hiver de mi-janvier. J'ai stocké six ou sept stères de bois ramassés tout autour de la maison. Je me suis même fait l'affront de couper deux hêtres d'une dizaine de mètres, et de trembler un peu, tellement j'avais eu la trouille qu'ils me tombent dessus.

J'ai construit des étagères que j'ai fixées sur tous les murs.

J'ai sculpté un visage de gnome à l'opinel dans une vieille souche de buis trouvée à moins de cent mètres.

J'ai ramassé des cailloux.

Je me suis fait des ventrées de pieds de mouton tardifs, au beurre, avec une pincée de sel. *Basta cosi.*

J'ai ratissé devant ma porte.

J'ai contemplé et écouté le monde des oiseaux, puis j'ai rempli un plein carnet de dessins. Colvert kamikaze, harle bièvre, fuligule morillon, nette rousse, corbeaux bleutés, héron cendré, cygne solitaire mais semblant bien le vivre, grèbe huppé, cincle plongeur, bergeronnette des ruisseaux, chevalier guinguette, et encore le martin-pêcheur.

J'ai pêché quelques truites. Huile d'olive, gros sel, la poêle qui crépite, la maison qui sent le poisson pendant des jours, la serviette de toilette qui pue la friture, mes fringues propres à relaver.

J'ai fait des balades le long du canal, arrivé vers les premières maisons j'ai fait demi-tour.

J'ai fait des câlins aux arbres, puis des siestes colossales à leurs pieds.

J'ai lu des livres, des bons et des moins bons. Je n'ai jeté la pierre à personne.

J'ai écouté la radio. Le fil qui me rattachait au monde. Mon compagnon de silence. Mon dernier rempart avant le monde des fous.

Puis le printemps est revenu. Yann aussi. Deux fois.

On a fabriqué un nouveau ponton. On s'est bien fait chier pour mettre en place les pièces de bois monumentales, et pour les fixer dans la rive meuble, argileuse, indomptable. Yann s'est fait des ampoules énormes, je me suis moqué de ses mains de gratte-papier, il a fait la moue :

— Fais pas trop le malin, parce que toi, hein, y'a pas si longtemps… Tu as vraiment la mémoire d'un poisson rouge !

— Moi ? J'ai une vraie mémoire d'éléphant, crâne d'œuf !

On a fait des parties de backgammon mémorables dans des tonnes de fous rires.

Ensuite, à mon grand désarroi, il est reparti.

Alors j'ai détordu les quelques arceaux de la serre qui étaient pliés, puis j'ai tendu une nouvelle bâche dessus, pour finir je l'ai enterrée à vingt centimètres de profondeur. J'ai retourné la terre dessous, puis je l'ai nourrie de compost. J'ai agrandi le potager extérieur de quelques mètres carrés, je suis tombé sur un fût en fer de deux cents litres totalement rouillé que j'ai eu un mal fou à extirper de la terre. J'ai mis en route des semis, radis, salades, tomates, courgettes, pour commencer.

J'ai tombé dix stères de bois que j'ai coupés en morceaux de deux mètres, puis je les ai empilés soigneusement.

J'ai nettoyé le verger, puis j'ai mis des tuteurs à la dizaine de jeunes arbres qui avaient traversé l'hiver beaucoup trop doux pour que ce soit catholique. Je me suis dit que j'aimerais bien rester ici suffisamment longtemps pour y manger leurs fruits, pommes, poires, cerises, coings, prunes, noix.

J'ai créé une pseudoclairière de quelques mètres carrés tout autour de la maison, pour donner de la lumière, rendre l'endroit moins humide, cette nouvelle cour m'a été miraculeuse. J'ai repiqué un pied de lavande, et du houx, j'ai planté du romarin, de la menthe, du lilas, de la glycine, de la sauge officinale.

Je ne prenais aucune photo, mon album était dans ma tête, indestructible. J'envoyais des textos à ma mère, à mes partenaires professionnels, tous savaient que j'étais en retraite, mais ils ignoraient où, ils étaient persuadés que je préparais mon chef-d'œuvre, je laissais le mythe planer, j'en avais rien à foutre de rien, en dehors des arbres, des champignons, des fleurs, des poissons, des insectes, et des oiseaux, évidemment.

J'écoutais la radio. Je suivais les saisons. J'étais au service de la nature et je trouvais ça merveilleux.

Puis l'été est arrivé sans que je ne voie le temps passer, amenant régulièrement jusqu'à moi des lots de touristes gratinés, cette race d'humains hors sol parfois si étranges qu'ils me donnent l'impression d'être partis en vacances sans leurs cerveaux. Un couple, coiffé chacun d'une casquette blanche Lacoste, alla même jusqu'à s'amarrer à mon ponton avec son bateau de course, en toute décontraction. Quand ils virent ma gueule de sauvage avec ma barbe de vingt centimètres et mes yeux hystériques, ils réfléchirent à deux fois avant de poser un pied sur le sol de mon chez-moi, mais lorsque je fonçai sur eux avec ma pioche et mon cri de guerre à vous abattre un séquoia, ils ne mirent pas deux secondes à défaire leur nœud d'amarrage, et à filer illico presto. En les regardant déguerpir comme s'ils étaient poursuivis par Belzébuth en personne, les deux poings plantés sur mes hanches, je me sentis puissant comme jamais.

Je continuais mon observation fascinante, quasi monomaniaque, obsédante, du monde de l'ornithologie, mon œil s'acérait, mon groin se perfectionnait, mon ouïe s'affinait, j'arrivais à reconnaître à présent sans hésitation le chant d'un passereau à celui d'un rouge-queue, à différencier en un coup d'œil le mâle guêpier de sa femelle, à anticiper le vol des martinets, et à reconnaître le claquement des ailes d'un colvert au décollage, plutôt que celui d'un cygne se dégourdissant.

Je vis même passer un jour de fin juin un essaim d'abeilles qui m'ennuagea, puis qui traversa le canal sans plus se soucier le moins du monde de moi. Le temps de leur passage, mon labeur de solitaire en fut comme allégé. Certaines me tournèrent un peu autour, vinrent chatouiller mes oreilles avec le battement de leurs ailes, le tout dans une odeur qui m'était totalement inconnue. Ce n'est que plus tard que j'appris qu'il s'agissait de la senteur de la glande de Nasanov, celle qui émet les phéromones de regroupement qui les attirent.

Bref, j'étais baigné dans une douceur champêtre qui me collait à la peau. Je n'avais plus d'attente, je n'avais pas envie d'être ailleurs, imbibé juste d'instant présent.

Et puis.

Un grain de sable de quatre minutes et dix secondes s'est invité par onde radioélectrique. Un morceau de piano entendu des dizaines et des dizaines de fois.

La pianiste devenait une star.

La bourrasque fut si violente, qu'instantanément, dans la seconde, mes yeux se remplirent de larmes, mes jambes me lâchèrent, une tomate joufflue m'explosa dans la main.

Pour une fois que c'était un jour où je n'avais pas pensé à elle.

Ce n'est qu'au sortir de deux jours de déprime béton, le cerveau rempli de pelotes de souvenirs indémêlables, que l'évidence me claqua à la gueule. Cette fille avait bluffé. Elle n'avait qu'une poignée de cartes pourries entre les mains et moi je m'étais couché, convaincu qu'elle possédait une quinte flush. Quand elle me baisait je me couchais, quand je lui amenais son petit-déjeuner au lit je m'affaissais sur moi-même, soumis, quand elle fumait clope sur clope me reprochant de ne pas être celui qu'elle voulait que je sois, je rampais, quand elle me certifiait qu'elle m'aimait, quand elle exigeait du pain aux graines mais pas trop, quand elle ne comprenait pas pourquoi je ramassais des pierres, quand j'étais possédé par le besoin de l'envoyer promener mais que je l'enlaçais.

Il m'avait fallu un an pour comprendre, comprendre que je pouvais plier sans casser. Qu'il y avait de la résilience en moi malgré ce qu'elle m'avait certifié avant de me lacérer comme un salami. Je ne savais pas grand-chose aujourd'hui, mais je tenais une évidence : je me remettrai de notre rencontre, qu'on reste ensemble ou pas. Eh oui ma belle.

Le lendemain je pliai bagage.

Ensuite. Ensuite j'avais changé. Je ne sais pas si c'était en bien ou en mal, ou en quelque chose de moins tranché, de plus subtil, de moins manichéen du genre les Américains d'un côté et les mauvais Indiens de l'autre, mais certaines de mes émotions, de mes certitudes viscérales, qui autrefois m'étayaient solidement, étaient devenues surannées, d'un autre temps, comme un vent *has been* qui soudainement calerait pour ne plus gonfler la moindre voile. À l'époque de la pianiste, une grande partie de mes émotions m'était dépossédée, une sorte de métayage, je faisais le boulot, mais un pourcentage indécent des fruits de mon travail ne me revenait pas. Parce que je lui donnais tout, sans compter, une générosité quasi absurde, mais si, mais si, qui faisait que ma besace était dépourvue de provisions pour la suite de mon voyage. Mais je m'en foutais, je vivais un *carpe diem* grotesque sans penser une seule seconde à ma retraite, à mon après, ou juste à moi. Je m'oubliais, comme si je ne méritais pas, inconsciemment ou pas, je m'amputais de volupté, de reconnaissance, de mérite, de gratitude, ou tout simplement d'amour, et le résultat était là, je me délectais des restes et je remerciais le Dieu des poubelles de table.

Mais ma vie avec la Dabrowska, le coup du scalpel, mon année d'ermite au cœur des bois, avaient fait de moi un autre, comme un vin épais qui, avec le temps, serait devenu moins sirupeux. J'avais déplacé le curseur de ma générosité, quitte à passer aux yeux de tous pour un parfait connard. Le malheur m'avait appris tout bonnement à me protéger. Je travaillais à mon compte dorénavant. Mon empathie, ma patience, ma tolérance, s'étaient alambiquées, ne crachant à présent que leur meilleur jus, je me dispersais moins, je m'en gardais sous la pédale pour les coups durs, pour les coups de mou, mais surtout, pour ceux qui en avaient à mes yeux le plus besoin.

Pour tous les autres j'étais devenu tendu, détestable, odieux, condescendant, un social-traître, un sous-genre méprisant. Alors qu'en fait, je ne supportais tout bonnement plus certaines mécaniques du genre humain, la culpabilité me sortait les yeux de la tête, ainsi que les jugements ras des pâquerettes, mais pas que, les donneurs de leçon qui n'y connaissent rien mais qui t'expliquent quand même, le racisme débridé, l'homophobie primaire, le conformisme, les principes petits bourgeois laqués, les intellos de gauche faussement mal coiffés, les points de vue comme des vérités, les polémiques de cours d'école, le jeu, la comédie surjouée, la séduction calibrée, les compromis, les profiteurs, le consumérisme pour exister, le paraître pour être, nos gueules pixélisées sur les écrans de contrôle, la bien-pensance rectiligne qui dégouline sur les souliers vernis. Tout cet océan putréfié m'était devenu un virus, une infection, un poison insupportable.

J'avais perdu ma vieille peau, grâce ou à cause d'Hannah.

Ensuite je serre les dents, j'entretiens mon ulcère et s'enchaînent les années, les projets, le travail, les photos, les portraits populaires des classes dites laborieuses, leur élégance sans borne, mon infini respect pour ce qu'ils incarnent, mon espoir pour l'avenir.

Yann m'embarqua sur un projet en Afrique, dans le parc du W, à cheval sur trois pays, Bénin, Niger, et Burkina Faso. Il photographia la faune et moi l'humain. La claque. Les rencontres, Abga, Moussa, Harry, mes plus belles photos, les modèles uniques, ambrés, les cambrures sans fin, les regards de feu, les ongles noirs, les souvenirs à jamais des odeurs des feux africains, la pince avec mes doigts dans les plats de semoule, les visages étirés peuls, les rires quand tout va mal, la pratique de la relativité.

Puis la Bretagne, Camaret-sur-Mer, la bruyère, l'Aber, la plage du Poul, l'air qui ne vibre pas pareil.

Les reportages, les pauvres de plus en plus pauvres, les présidents qui ont pourtant promis, Sarkoland, Macronland, Hollande. La rage, la révolte, la colère, les Gilets jaunes, les lois liberticides qu'on pond tous les jours. Les prix photo. Les gens qui notent ton travail comme à l'école. La célébrité. L'hypocrisie, les sourires obséquieux, les tapes dans le dos, les léchages de gland, les mains sur mes épaules devenues solides, les sourires foie gras des prescripteurs *bankables*. Les clichés mémorables pour les ONG environnementales, les militants au taquet, le collectif dans les briefs, les théories et leurs vertiges sur l'horizontalité. Les artistes célèbres puants, couverts de parfum.

Les rares conquêtes, les maîtresses, les amoureuses, les débridées sexuelles, les poilues, celles qui se rasent, les taiseuses, celles qui ne veulent pas qu'on allume la lumière, celle qui se lève pour aller chercher un verre d'eau et qui ne revient jamais, celle avec qui je serai bien resté si je n'avais pas eu une trouille bleu ecchymose.

Et la radio, encore et encore, Hannah à toutes les sauces, gribiche sur les affiches, mayonnaise dans les magazines avec sa tête de niaise, ketchup-mayo sur les sites d'info, samouraï dans mes plus grandes failles.

16.

Le Tallec est au bout du bout, encore un pas et il tombe dans un vide qui le conduira directement dans les abîmes du magma du centre de la Terre.

Mais où sont-ils bon Dieu ?

∞

Jour 7 sur la péniche.

Il y a deux jours, après le choc monumental de la séance chamanique de Ricardo, dans notre planque capitonnée, tandis que tous les autres dormaient, Givert m'a avoué être certain que Jeanne d'Arc n'était pas morte sur le bûcher à Poitiers, mais bien d'une cirrhose à soixante-dix-sept ans dans un petit village du Beaujolais, comme Elvis, et Che Guevara. Il m'a carrément foutu la trouille avec ses yeux exorbités rouge écarlate explosés de fatigue, et sa raison qui partait en cacahuète. Son ton n'a pas été sans me rappeler celui qu'il avait employé à la gendarmerie de Thionville lorsqu'il m'avait révélé ses histoires abracadabrantes de contrôle de la soumission via la pizza calzone et la confiture au testicule de gnou.

— Écoute-moi bien Cervantès, grâce au natem et à mon changement de régime alimentaire, je sens qu'à nouveau la docilité prend le contrôle de mon esprit, que l'obéissance coule sagement dans ma colonne, il ne me reste que quelques jours avant de perdre complètement la main, tu comprends ?

— Plus ou moins. Êtes-vous bien sûr que c'est la nourriture qui vous met dans cet état ? Ce ne serait pas autre chose ?

— Comme quoi ?

— Je sais pas, une blonde qui jouerait du piano par exemple.

— Mais qu'est-ce que tu racontes enfin ! Le problème c'est le nouvel ordre mondial, Cervantès ! Sors de ton œuf et ouvre les yeux pauvre naïf ! Ils sont passés au stade supérieur depuis peu, nous savons de source sûre que…

— Nous ?

— Oui, nous, nous savons que les molécules de contrôle traversent le placenta et vont nourrir directement les synapses des fœtus. En résumé, tout enfant naissant aujourd'hui sur Terre arrive privé de tout sens critique, de toute capacité de désobéissance… J'ai donc décidé de congeler mon sperme, tant que je ne suis pas encore complètement atteint, et de te confier ma semence, je suis peut-être le dernier spécimen sur Terre doté de soupçons.

— Dites-moi Givert, vous ne voulez pas dormir un peu ?

Aujourd'hui c'est mon anniversaire. Alors, joyeux anniversaire, Jason.

C'est drôle, j'avais imaginé les choses différemment. Je voyais une fête de deux cents personnes, un dress code pois et rayures, des enfants qui jouent, des parents qui se saoulent la gueule le sourire aux lèvres, de la musique à fond avec des gens qui dansent jusqu'au lever du jour sur des morceaux rock des années quatre-vingt.

Hier soir dans la cale j'ai annoncé ça à l'assemblée, en pleine dégustation de velouté aux asperges vertes, comme un cheveu sur la soupe.

— Demain c'est mon anniversaire, je vais passer la journée sur le pont.

— Ah ouais génial ! Tu vas avoir quel âge ?

— Cinquante.

— Cinquante ans ! a hurlé Rémy les yeux explosés par le pétard d'herbe pure qu'il venait de se siffler avec Hannah. Cinquante ans, c'est pas la porte à côté ! À dos de pangolin, j'veux dire.

— Joyeux anniversaire Jason !

— Merci Hannah, mais c'est demain. Essuie ta bouche, tu baves.

Je me suis tourné vers Givert, le nez plongé dans sa gamelle, il était reposé, il avait beaucoup dormi, il a rentré les épaules, et il s'est approché un peu plus de son assiette comme s'il allait se moucher avec, puis il a continué de manger avec lenteur le bouillon succulent que nous avait concocté Cécile, notre ensorceleuse de papilles. Et enfin, sans se redresser, il a fixé un torpilleur d'œufs mimosa, et il a marmonné :

— Ils viennent d'où les œufs Cécile ?

— On les a achetés à un p'tit vieux sur une écluse, ça fait des années qu'on lui en prend, à chaque fois qu'on passe par ici en fait, il est gentil, ils sont bons et pas chers.

— Il les nourrit avec quoi ses poules ?

— Je sais pas, j'ai jamais demandé.

— La prochaine fois, ça serait bien de le faire… Et les asperges ?

— Quoi les asperges ? Tu veux savoir ce qu'elles ont mangé ?

— T'énerve pas j'demande, il y a pas de mal à demander, je me renseigne c'est tout, ne le prends pas pour toi.

— Il a peur d'être contaminé cérébralement par la bouffe, il est persuadé que des nanoparticules chimiques nous contrôlent. Il se sent soumis par les petits pois et les carottes.

— J't'ai rien demandé Cervantès.

— Oh mais Cervantès s'en fout ! Vous pouvez faire votre tête de troll ! Cervantès ne demande pas l'autorisation au maître-chien Givert d'aller pisser, c'est fini cette époque, Cervantès a décidé de faire sa vie, d'ailleurs, Cervantès va passer la journée de demain sur le pont, ce n'est pas une question, que ça vous plaise ou non, il trouve qu'il l'a bien mérité Cervantès, surtout le jour de ses cinquante balais. La discussion est close.

— Je ne crois pas non.

— Mais ce n'est pas à vous de dire ! C'est à moi seul de décider ! Vous ne croyez pas que vous avez été suffisamment intrusif comme ça ? À ce propos, il va falloir me rendre ma bombe lacrymogène ! Maintenant mon p'tit vieux roulez des pelles à votre voisine et les vaches seront bien gardées !

— On se rebelle ma parole ?!

— Exactement. Ça vous troue le cul ? Ça vous fait rire ? Je ne vois pas ce qu'il y a de drôle ! Vous trouvez que c'est normal de piétiner la gueule des gens ?

— Je ne piétine la gueule de personne.

— Un peu quand même, mâchouille un Rémy à la salive épaisse comme une sauce béchamel.

Sans me quitter des yeux, Givert renchérit :

— Ça serait de la folie de prendre ce risque pour satisfaire les caprices d'un cinquantenaire en pleine crise de confiance.

— Quelque chose a dû vous échapper mon p'tit vieux, excusez-moi mais, à quel moment du film vous vous êtes endormi ? Je vous rappelle que toute cette histoire est basée sur la prise de risque ! Votre prise de risque de minable ! Ça a été votre choix unilatéral de sauter dans la merde à pieds joints et d'éclabousser tout le monde ! Je ne vois pas en quoi penser à moi le jour de mes cinquante ans serait de l'ordre du caprice, détendez-vous Givert, relisez les quatre accords toltèques, vous allez voir, quand vous aurez enfin compris le vrai message de ce bouquin ça va vous faire tout bizarre.

Hannah a posé sa main sur son avant-bras charnu, une bûche de hêtre centenaire caressée par une branche d'ortie, elle a frotté son pouce pour amener un peu de chaleur, et elle a plongé ses yeux de biche dans son regard d'ours des cavernes.

— Allez Vincent, sois sympa.

— Allez Vincent.

— Vous n'allez pas tous vous y mettre ! Et si on le reconnaît ? Et s'il s'échappe ? On n'est plus qu'à quelques jours de l'estuaire du Rhône, une fois qu'on aura récupéré la Saône, ça va aller très vite, ce serait trop con d'échouer juste avant de prendre la mer.

— On va prendre la mer en péniche ?

— Fais-lui confiance Vincent, tu sais bien que s'il avait dû s'enfuir il l'aurait fait depuis longtemps, allez c'est son anniversaire… Et puis tu sais aussi que le plus dur est passé, qu'ils auraient dû nous trouver depuis un bail, surtout depuis Xav'…

— On va pas prendre la mer en péniche quand même ?

— Ils cherchent le zodiac, quand ils l'auront trouvé ils nous trouveront. Cette histoire est loin d'être terminée, je connais Le Tallec, il ne lâchera rien, il en fait une affaire personnelle.

On a tous jeté un regard vers l'inspecteur Xav', menotté, bâillonné, trempé de sueur, puant affreusement la transpiration et les douches espacées, tentant d'exprimer sa colère par des séries d'onomatopées dont tout le monde se foutait, ce qui n'a pas été sans nous rappeler un certain Bill, mais cette fois c'est toute l'équipe qui avait voulu à l'unanimité lui scotcher la bouche, trop insupportable.

— OK. Pour une journée seulement…

— Aaahhh !

— Mais attention Cervantès, je mets Cécile et Raphaël sur le coup, au premier signe d'entourloupe je te…

— Vous ne me rien du tout Givert.

— Dites ? On va vraiment prendre la mer avec la péniche ? Techniquement c'est possible ? Hein ? C'est pas un peu dangereux votre truc ?

La pianiste n'a pas répondu à Rémy, elle a poursuivi son envolée musicale avec ses doigts sur le bras de son amant, un adagio libido en rut majeur. Lui, il a soupiré, puis il s'est perdu à jamais dans la contemplation de son infini décolleté.

Donc, ce matin c'est mon anniversaire. Je sors à l'aube du ventre de la péniche, je monte les marches qui m'extirpent de la cale dans une jouissive lenteur, au ralenti, gros plan sur la nuque transpirante du personnage principal timide et excité comme un écolier un jour de rentrée. C'est la première fois que je mets les pieds sur le pont de jour. Mon cœur bat la chamade. Les premières lueurs du matin enflamment le ciel, je remercie le peintre fou qui a composé cette œuvre dans cet instant de la journée qui m'a toujours mis à fleur de peau. Si le matin est une saison, elle est incontestablement le printemps. Si le matin est une émotion, elle est la joie délivrée par la nuit.

Il va faire encore très chaud. On rêve tous de fraîcheur, de frissons, de pluie diluvienne.

J'adore l'odeur des échappements de la cheminée sur l'arrière du pont, seul nuage à signaler dans le bleu laiteux du ciel.

J'aperçois Raphaël à une vingtaine de mètres à travers les vitres de sa cabine, derrière sa barre, il me fait un signe de la main, je lui réponds le pouce vers le ciel, son sourire déchire tout, je crois qu'il est heureux que je sois là. Il sort la tête de la timonerie et me harangue de la proposition de café la plus bienveillante du monde. Je vais jusqu'à lui. On sirote le délice, on s'échange de précieuses banalités, on observe le paysage, il tire puissamment sur sa cigarette électronique au goût de fraise, il me donne un cours rapide de pilotage, je l'écoute avec une franche inattention, il me propose de piloter Alizarine lorsque nous serons sur la Saône, je suis touché par sa confiance, puis une inextricable démangeaison m'appelle sur l'avant du bateau.

J'ai à nouveau cet air en tête que j'adore, *Fistful of love*. Je me sens l'âme d'un guerrier en paix, un peu déboussolé dans ses émotions amoureuses, mais sur le bon chemin, un drôle de gloubi-boulga.

J'aimerais serrer Gladys dans mes bras pour mes cinquante ans, quel chouette cadeau ce serait. Les visions de la séance d'ayahuasca m'habitent toujours depuis l'autre jour, le visage de nos enfants, cette vie d'après qui n'a jamais eu lieu.

Cécile défait les cordes d'amarrage, le moteur prend des tours, on s'écarte lentement de la rive, l'eau du canal fait des sillons, un martin-pêcheur s'envole tout près, un couple de colverts reste planqué, je ne rate aucune miette de tout ce qui se passe.

Rapidement, au bout de quelques centaines de mètres, au sortir d'une courbe sur la droite, bien raide, on arrive dans un village typique de Bourgogne, Chagny, la beauté de son bâti témoignant d'un passé glorieux, son port tout en rondeur, le clocher de l'église percé de baies à colonnettes. Des bateaux amarrés, collés les uns aux autres. Cécile m'explique qu'il s'agit de péniches d'habitation, qu'avec la hausse des loyers et des taxes, de plus en plus de gens se rabattent sur les maisons sur l'eau. Certaines sont magnifiques, j'envoie une série de clichés sur une péniche à la coque bleu marine, son pont est recouvert de plantes vertes et d'une pergola en bois sombre capée par une glycine en fin de floraison, tout est si précoce cette année. Les mariniers sédentaires sortent pour nous saluer, je leur réponds, ça fait du bien de voir des nouvelles têtes.

À peine sortie du village, une nouvelle vue incroyable s'offre à nous, Cécile sourit devant mon visage surpris. Une colline a été creusée en son milieu sur plusieurs centaines de mètres de long, une tranchée monumentale pour laisser passer le canal. On longe des murs de vingt-cinq bons mètres de haut, le passage est très étroit, on ne peut pas croiser d'autres péniches, je suis scié par le travail pharaonique des anciens, j'apprécie la fraîcheur. À notre passage un héron se fait la malle, le cou lové en s, il s'enfourne avec nous dans la vallée, en quelques battements d'ailes il nous sème.

Puis soudain, au sortir de ce goulet artificiel nous surplombons toute la vallée de la Saône, un point de vue tout à fait improbable, des champs à l'infini fleuris partout, la série d'écluses qui nous attend plus bas dans les sillages inclinés du canal, les biefs de cinq cents mètres, le vertige du dénivelé que nous allons épouser, les collines bedonnantes, les vignes de Bourgogne, les grandes cultures, une casse pourrie qui fait tache avec son tas de voitures déglinguées, Chalon-sur-Saône qui caresse l'horizon.

Captivé par le spectacle, je n'entends pas Cécile me rejoindre.

— Nous sommes sur la fin du canal du Centre, nous devrions rejoindre la Saône en fin d'après-midi. C'est toujours un moment de tristesse pour moi de sortir des canaux.

Elle me dit qu'elle est ravie d'avoir de la compagnie sur le pont, puis elle me fait un cours rapide sur la technique pour amarrer Alizarine au bollard lors des futurs arrêts aux écluses.

— Suivant le sens que tu donnes à ton cordage, tu empêches la péniche d'avancer ou de reculer, on les appelle la garde et la retraite. Je te nomme chef matelot Jason ! Je te montre deux ou trois fois, et après c'est toi qui fais dac' ?

— Dac'.

— Tu es méconnaissable avec ta casquette de teufeur et tes lunettes de soleil de vieux beau, c'est incroyable, j'ai même l'impression que tu as perdu des rides. Pour ne rien te cacher, et sans te faire de gringue hein, que les choses soient claires mon coco, je te trouve très beau à la lumière du jour.

Un petit vieux nous saute dessus à la première écluse, il nous demande si on veut des salades et des radis, Cécile lui en achète une pleine cagette, ça coûtera une misère. On dira trois mots sur cette foutue canicule anormale, puis quelques merveilleux « voilà voilà » viendront ponctuer cet échange. Il nous saluera de son béret de marin, je lui répondrai avec la main.

Puis on repart doucement, la vieille mère nous transporte solidement comme un cétacé qui aurait avalé une marionnette en bois. On passe devant une chapelle en ruine, de jeunes peupliers ont repris leurs droits dans la nef, quelques charmilles orgueilleuses tentent de les impressionner, pendant que les buis s'amusent de la compagnie d'une nuée de moineaux oisifs.

Puis on longe de vieux quais de déchargement abandonnés envahis par les mouettes, au loin des fermes bourguignonnes typiques, massives, un château prétentieux, des départementales désertes, des nationales tremblantes sous les roues des poids lourds qui nous dépassent comme des balles.

À quelques kilomètres de Chalon, nous nous arrêtons à nouveau à une écluse, au cœur du village de Fragnes, splendide petite bourgade à l'ambiance marinière, toute fleurie. À deux pas, j'aperçois un cimetière arboré de pins, bordé d'un mur en pierre sur lequel un jeune homme d'une vingtaine d'années est assis, extrêmement beau, féminin, châtain clair, cheveux en pétard, racé, ressemblant étrangement au joueur de banjo de *Délivrance* de John Boorman. Je sors mon appareil, puis je me ravise. Il a des yeux en amande, énigmatiques, quasi violets, le nez d'un elfe, trompette alto, son visage est couvert d'épaisses taches de rousseur, son corps est long et maigre, il porte un large tee-shirt marin rayé bleu et blanc qui lui arrive mi-cuisse, et un jean baggies délavé dans lequel il flotte, à ses pieds une modeste paire de tongs usées. Il me fixe sans sourire, je le sens sans malveillance, je brûle d'envie de lui parler.

— Salut, je lui dis.

— Salut.

— Tu fais quoi ?

— Ben j'garde.

— Tu gardes ?

— Ouais.

— Tu gardes les morts ?

— Ouais.

— OK... Et ça l'fait ?

— Ben ouais.

— Cool.

— Ouais c'est cool, j'aime bien, j'apprends plein d'trucs.

— OK, dis-je tandis que la péniche commence à descendre dans l'écluse. Et bien salut, à la prochaine alors.

— …

Il m'examine pendant qu'on descend toujours, je suis un peu gêné, je balaie des yeux autour l'air de rien, j'enfourne mes mains dans mes poches pour masquer mon malaise, les murs de l'écluse dégoulinent, ils sont recouverts d'une mousse drue qui masque par endroits les pierres de l'édifice.

— Hep !

— Oui ?

— C'est pour l'urne de vot' copine ?

— Pardon ?

— C'est pour l'urne de votre copine que vous faites tout ça ?

— Comment tu sais ça toi ?

— On me l'a dit.

— Qui t'a dit ça ?

— Les morts.

— Les morts ?!

— …

C'est maintenant de deux mètres en dessous du niveau du sol que je le scrute, estomaqué, mon cou est tordu à vouloir lui parler, le soleil m'aveugle, je mets le bras devant les yeux pour faire de l'ombre, je ferme un œil pour faire la netteté. Ma gorge se noue lorsque je prononce les mots qui suivent.

— Elle s'appelait Gladys.

— Je sais… Elle vous aimait, vous savez… Toi tu étais aveuglé par la pianiste, comme si elle était ton soleil. On t'avait dit pourtant que tout ce qui brille n'est pas or, mais tu n'as pas voulu écouter.

— ... ?

— C'est bien ce que vous faites, nous ça nous fait du bien en tout cas, ça remet les choses dans le bon ordre, on espère que vous allez aller jusqu'au bout. Il serait p't'être temps de faire la paix avec toi, monsieur.

— ... !

— ...

— Merci, ça fait du bien ce que tu me dis.

— ...

Les portes de l'écluse s'ouvrent et Raphaël relance les machines, on continue notre chemin tandis que je regarde le gamin devenir de plus en plus petit. Je lui fais un signe de la main auquel il ne répond pas, ça me fait un pincement au cœur, puis, dans une longue courbe sur la droite, je le perds. Je me précipite alors vers une chaise longue parce que mes jambes flageolent, symptôme d'un syndrome d'hypersensibilité accrue corrélée à un harassement extrême.

Vers midi, avec la plus grande des fiertés, je gère seul les amarrages aux écluses, tandis que Cécile s'affaire au repas dans sa cuisine de Hobbits. Super Raphie ne quitte pas sa barre hydraulique une seule seconde. Entre deux écluses, je les rejoins, ils écoutent Jeff Buckley, *Everybody here wants you*, nous en profitons pour avaler une assiette de pâtes à la carbonara, et échanger sur la musique, puis enfin pour faire, défaire, et refaire le monde à notre image, mais rien n'aura changé lorsqu'à nouveau j'irai étrangler le bollard avec la corde d'amarrage dans l'écluse numéro trente-quatre, le monde restera une psychose qu'aucun anxiolytique ne pourra jamais détendre. Ce qui nous rassurera finalement lorsque nous reprendrons quelques minutes plus tard cette petite discussion, c'est qu'au milieu de ce marasme généralisé, entre réchauffement climatique, cancers exponentiels, crise économique, violence policière, grand capital démoniaque, terrorisme sanguinaire, nucléaire débridé, culture-produit-commerce, et agricultures transgéniques, nous voilà pour le moment épargnés par un virus mondialisé sournois qui obligerait toute la planète à se confiner.

— N'exagère pas Jason, je trouve que tu y vas un poil fort sur ce coup-là.

— Tu as raison Cécile, je crois que je regarde trop de films.

— Je crois aussi.

Je retourne ensuite profiter de l'extérieur, une tasse de café à la main.

On longe à présent l'arrière d'un lotissement semi-modeste de cadres moyens, de fonctionnaires encroumés pour trente ans par les banques, pieds, poings, et couilles liés. Des gens dînent sur les terrasses, des enfants jouent dans les jardins, ils nous saluent en souriant, je leur réponds. D'où je suis, la vie est plutôt belle, et la leur semble pas mal non plus. J'ai une pensée pour l'équipe de pieds nickelés qui se confine sous mes pieds, et aussi pour Bill. Je lève ma tasse à sa mémoire. Une obsession croissante monte en moi depuis l'autre soir : l'envie d'appeler sa femme.

C'est lorsque nous arrivons dans un sous-bois dense aux allures de forêt enchantée que j'entends, malgré le raffut du moteur de cent soixante chevaux, la porte de la cale se refermer. Je sors soudainement de ma cotonneuse rêverie.

Comme elle s'est entièrement rasé la tête, je ne la reconnais pas tout de suite. Puis, mon cœur sursaute lorsque se dessine son visage qui n'est plus caché par rien. Elle sourit de toutes ses dents, elle vient vers moi, Gladys calée sous le bras, ravie de constater que son opération rasage de tête fait son effet. Son crâne est blanc comme un linge neuf, il n'y a aucun dégradé de bronzage entre son visage et cette partie de la tête, la séparation est franche, mais paradoxalement à cette mocheté absolue, je la trouve plus belle que je ne l'ai jamais trouvée. Il n'y a pas à dire La Dabrowska est hors norme dans ce qu'elle dégage, surtout lorsqu'elle apparaît dans son plus simple apparat. Une cigarette au bec qu'elle n'a pas allumée, et ses énormes lunettes de soleil sont posées sur son front. Qu'ai-je fait de mon appareil nom de nom ?

Cette fille était ma compagne, me dis-je alors sans tristesse, je suis si fier de l'avoir tenue dans mes bras toutes ces trop courtes années.

Elle vient jusqu'à moi sans me quitter des yeux, sort sa cigarette de sa bouche, sa lèvre inférieure reste légèrement collée à la clope, puis lâche prise, affreusement sensuelle. J'ai encore du mal à la reconnaître parce qu'il lui manque une chose qui n'est pas que de l'ordre du capillaire, elle ne cherche pas à me séduire. Elle est une partie d'elle-même qu'elle ne connaît pas bien, sans névrose, ou si peu, juste une larme, sans fracture abyssale qui t'engloutit à la croisée des regards, elle a l'air heureuse. Elle s'approche de mon visage et elle avale ma bouche sans y mettre la langue, juste comme elle se serait précipitée sur un sorbet à deux doigts de finir le long du cornet. Ensuite, elle se lèche les lèvres et elle m'annonce de but en blanc qu'elle est amoureuse.

— De ?

— De Vincent évidemment !

— Putain tu m'as fait peur !

— C'est beau ici, dit-elle, tout en observant le sommet des arbres en arc de cercle qui nous surplombent, recouverts de mousse vert fluo, de lierre, de salsepareille, du liant des lianes.

— Qu'est-ce que tu fais ici ?

— J'avais besoin de sortir.

— Tout le monde a besoin de sortir !

— Mais tu es le seul sur le pont, c'est injuste.

— C'est mon anniversaire !

— Justement, on va dire que je suis ton cadeau !

Elle recule de trois pas, elle écarte les bras, avance le pied gauche, puis s'incline, révérencieuse, m'offrant le spectacle de son crâne blanc immaculé. Qu'est-ce que c'est vilain un crâne humain, même le tien Hannah.

Elle porte une longue jupe blanche plissée qui lui arrive mi-mollet et une paire de santiags noires décorées par des têtes de clous argent, et un petit débardeur tout simple, framboise presque mûre.

Parce que ça me trouble, je préfère regarder ailleurs, sur la rive par exemple, où m'apparaît, accostée, une péniche crème d'une trentaine de mètres. Sur son pont, un cosmonaute tout de blanc vêtu est courbé au-dessus d'une ruche, au milieu d'une vingtaine d'autres. À notre passage, il lève le nez de la colonie, un cadre couvert d'abeilles à la main, un enfumoir dans l'autre, il nous salue par quelques salves de nuages de fumée épaisse, on lui répond, un peu soufflés par le spectacle improbable, mais tout va si vite sur cette péniche qu'il est déjà passé.

— Il y avait bien un apiculteur là sur la péniche ?

— Tu perds la boule Jaz', bien sûr qu'il y avait un apiculteur.

— Incroyable non ?

— J'ai peur des abeilles.

— Tu devrais mettre quelque chose sur la tête, tu vas prendre un coup de soleil.

— Je crois que tu as raison.

— Pince-moi je rêve ! Tu as dit que j'avais raison ?

— Tu te rappelles cette chanson de Neil Young sur laquelle on adorait danser ? Comment elle s'appelait déjà ? J'adore ce morceau, qu'est-ce qu'il est sexe.

— *Southern man.* Pourtant si tu écoutes les paroles, c'est une chanson sur l'esclavage, et la vengeance, rien à voir avec le sexe.

— Oui c'est ça, *Southern Man*, tu as toujours eu une mémoire d'éléphant pour ce genre de choses, et sur le reste aussi d'ailleurs, tu n'oublies jamais rien. C'est peut-être pour ça que tu ne pardonnes pas non plus, comme si ta mémoire gardait la fraîcheur du souvenir, comme si c'était arrivé hier, c'est quasi obsessionnel chez toi, à croire que tu les mets à l'abri du temps et de la poussière, et que tu les conserves dans des linceuls… comme des momies… des gris-gris… peut-être des trucs de mômes, ou à cause de toutes ces photos… Du coup, j'ai l'impression que tu tires constamment derrière toi un bloc de rancune en barbelé qui est tout sauf rond, et qu'il s'accroche au moindre gravier qui croise ton chemin… et que… pour te réparer tu…

— Par pitié Hannah, pas le couplet sur la résilience.

— Quoi la résilience ?

— Ce putain de mot galvaudé, craché à toutes les sauces sous prétexte de fractures, il est comme tous les autres, à utiliser avec parcimonie, comme lavabo, pédalo, comme le curry, l'ail, le lait de coco. Ça fait bien longtemps que je suis réparé de toi Hannah, je ne t'en veux plus tu sais, mais je ne m'en rends compte que maintenant.

Je n'ai pas beaucoup de souvenirs d'elle souriant et rougissant à la fois, on dirait une petite fille qui reçoit un premier prix avec une modestie toute neuve. Elle tourne et retourne entre ses doigts sa cigarette qu'elle n'a toujours pas allumée.

— J'espère bien que tu es réparé !

— Pourtant tu n'y croyais pas, c'est ce que tu m'as dit à Collioure… la fameuse dernière nuit, tu m'as certifié que je ne me remettrais jamais de toi, qu'on reste ensemble ou pas.

— Moi j'ai dit ça ?

— Bien sûr enfin Hannah, ne fais pas celle qui…

— Je ne m'en souviens pas. Je te promets que je ne m'en souviens pas. J'ai dû te balancer ça pour te blesser.

— Pour me blesser ! Eh bien ça a marché, tu vois.

— Peut-être que je ne voulais pas que tu guérisses de moi. Que ça m'effrayait que tu ne m'aimes plus avec excès.

— Excès ? !

— Certaines diraient que c'était trop, si tant est qu'on puisse trop aimer, mais pas moi, tu sais que j'aime l'excès, que c'est ce qui me tient, c'est même la structure de ma musique. Je trouvais que tu m'aimais tellement grand, tellement tout, sans concession, j'en aurais voulu des tonnes, encore et encore.

— Mais tu m'as affirmé le contraire ! Tu m'as reproché de trop t'aimer ! De ne jamais te surprendre tant mon amour pour toi était…

— Un jour de règles sûrement.

— Exactement… c'était un jour de règles. Pour toi ça se limite à ça alors ? Une mauvaise humeur passagère…

— Ben ouais.

— Tu sais que si tu ne m'avais pas dit tout ça je n'aurais peut-être jamais avancé… Et le coup du scalpel est à mettre aussi sur le compte de tes règles ? Fallait que ça saigne c'est ça ? Tu m'as lacéré le torse, Hannah, tu te souviens ?

— Oui bien sûr.

On sort à présent des sous-bois, se profilent au loin des bâtiments industriels à moitié abandonnés.

Je suis pendu à ses lèvres, j'attends sa version, patiemment, je ne suis pas à quelques secondes près, au contraire même, j'ai presque envie que cet entre-deux dure une éternité, pas par peur, non, plutôt comme juste avant de boire un verre de bon vin, apprécier l'arôme et les couleurs avant de déguster.

C'est le moment que Cécile choisit pour sortir de la timonerie, et emboîter le pas jusqu'à nous. Dommage, on y était presque.

— Qu'est-ce que tu fais là Hannah ? Il faut que vous soyez vigilants, on rentre dans un site industriel, on s'approche de Chalon, on va passer à côté d'un supermarché, et bientôt il va y avoir l'écluse 34 P, elle fait une dizaine de mètres de haut, c'est la dernière du canal, c'est moi qui ferai l'amarrage, il peut y avoir du monde, et juste après on arrive sur la Saône, fini la balade bucolique. Tu devrais mettre un chapeau Hannah, tu vas prendre un coup de soleil, je vais t'en chercher un, et puis ça sera plus discret.

On attend que Cécile soit suffisamment loin pour reprendre. Je crois qu'elle ne sait plus très bien où on en est, à la manière qu'elle a de balancer sa tête gauche droite. Elle allume enfin sa cigarette, un réel exploit dans sa carrière de clopeuse invétérée. Puis elle pose l'urne à ses pieds, elle enfourne ses lunettes sur son nez, et elle expire un interminable ah de soulagement, le visage tourné vers le soleil.

— Qu'est-ce qu'on est bien là, c'est incroyable mais tu vois là maintenant le piano ne me manque même pas.

— Du coup je voulais te remercier Hannah.

— Me remercier ! De quoi ?

— Sans toi je n'aurais jamais ouvert mes ailes, je serais resté un éternel petit garçon apeuré. Grâce à toi j'ai affronté ce que je redoutais le plus : te perdre, et ne plus compter que sur moi. Mais paradoxalement, ensuite j'ai…

— Arrête Jason, tu recommences à te poser trop de questions, profite bon Dieu…

— Écoute-moi Hannah, ça prend trois phrases, et après, promis, j'te jure que je te fous la paix. Ensuite, j'ai fermé toutes mes portes, mes volets, mes placards, je me suis mis en ultraprotection pour ne pas morfler une seconde fois, en amour ou en amitié d'ailleurs, je suis allé dans l'extrême opposé de ce que j'avais fait avec toi à qui j'avais tout ouvert en grand de la cave au grenier, et finalement c'était pas mieux. À part les fracassés de la vie que j'ai photographiés toutes ces années, finalement je suis passé à côté de tout le monde.

Sans perdre une miette de ma tirade, sans tirer non plus sur sa cigarette, elle relève mécaniquement la mèche qu'elle n'a plus au milieu du front, puis elle s'adresse à ses bottines :

— J'ai toujours pensé que je ne te méritais pas Jason. Que j'étais une imposteuse, que Gladys valait bien mieux que moi, que vous étiez faits l'un pour l'autre, parce que vous teniez la route tous les deux, comparés à moi qui ne fais partie d'aucun monde, c'était limpide, pour nous deux, Gladys et moi je veux dire, sauf pour toi. Ce qui était dingue, c'est que tu t'accrochais à un leurre, tu étais ébloui par un décor de cinéma, un avatar d'apparat en papier crépon, et moi je faisais tout pour entretenir cette façade ridicule qui a fini par craquer à force de prendre l'eau des larmes.

— Mais je savais qui tu étais! J'ai pris mes responsabilités, j'ai choisi de vivre avec une tragédienne, j'aimais tes excès, sauf le dernier je dois bien l'avouer. Tu peux me dire pourquoi tu as fait une chose pareille? Qu'est-ce qui t'a pris enfin?

— Par jalousie peut-être, ou pour arrêter d'avoir peur, par soif d'intensité, parce que vous aviez tué l'enfant que portait Gladys, ou pour te garder à jamais, parce qu'au départ je comptais bien te tuer figure-toi... J'ai bien à un moment caressé ta carotide avec le scalpel, puis ta petite bite, mais je n'ai pas eu ce courage, je suis si lâche parfois.

Voilà, je la perds à nouveau, elle ne se rend pas compte de ce qu'elle ose m'avouer, elle s'en veut presque de ne pas m'avoir égorgé, par principe d'intégrité, c'est fou comme parfois elle peut être intraitable avec elle-même, prête à s'immoler pour rien.

— Tu ne sais pas pourquoi tu m'as fait ça?

— Plus très exactement, j'étais ivre Jason, et bien à côté de mes pompes.

— C'est bien de le dire. C'est classe qu'on ait cette discussion tu ne trouves pas? En tout cas moi ça me fait du bien, tu te rends compte qu'on vit ensemble depuis plus de quinze jours et qu'on n'a pas vraiment discuté une seule fois?

— Ah oui tiens, maintenant que tu me le dis.

— Tu n'y avais pas pensé ?
— Franchement ? Non.
— Incroyable…

Le paysage qu'on traverse est de plus en plus glauque, des bâtiments industriels décrépis, des mikados géants de ferraille, des amas de gravats, des bidons en plastique éventrés, des engins de chantiers étripés, le vivant en charpie, et des sacs plastique disloqués, prisonniers crucifiés sur des kilomètres de grillages rouillés.

— C'est moche ici.
— Très, confirme-t-elle.
— Je ne comprendrai jamais comment on peut faire une chose pareille.

Je ferme les yeux, je respire à fond, et je me laisse traverser par cette mélodie qui s'invite à l'improviste, *Daydreaming* de Radiohead.

Les rêveurs, ils n'apprennent jamais au-delà du point de non-retour.
Et il est trop tard, le mal est fait.
Cela va au-delà de moi, au-delà de vous.
La chambre blanche par la fenêtre par laquelle le soleil entre,
Nous sommes simplement heureux de,
Juste heureux de vous servir la moitié de ma vie.
La moitié de ma vie.

17.

Hannah se tourne vers la cabine de pilotage parce que Cécile arrive en courant.

— Regarde ça, elle a oublié mon chapeau cette dinde.

Notre rouquine ardéchoise s'agite comme ces types sur les tarmacs des aéroports qui guident les avions.

— Je crois qu'il se passe quelque chose.

— Vite ! Vite ! Retournez dans la cale, il y a des flics partout sur la Saône, ils nous attendent, on vient de nous prévenir par radio, ils arrêtent et fouillent toutes les péniches, vite, mais bougez-vous bon Dieu !

Hannah se rue sur l'urne, mais je la devance d'un bras.

— Laisse-moi la porter un peu s'il te plaît, j'ai envie.

Elle est d'abord surprise, puis son visage s'illumine, et enfin elle se serre copieusement dans mes bras, du genre buffet à volonté, comme le résultat d'une équation à deux inconnues que j'essayais de résoudre depuis dix ans. Je me tends le temps de le dire, et je finis par abandonner ma joue sur l'arrière de son crâne chauve râpeux, tandis qu'elle se love tout contre mon épaule. Ses doigts musclés de virtuose du piano sont solidement cramponnés à mes avant-bras, de ma main libre j'enlace son dos de moinette, je me galvanise de son odeur grâce à une inspiration record digne des plus grands cocaïnomanes, nos deux corps blottis l'un dans l'autre, solides, se supportant l'un et l'autre comme deux pièces de charpente.

Cécile, n'y comprenant plus rien, nous supplie de nous décoller, il faut immédiatement retourner se mettre à l'abri.

On aurait foncé dans la cale prévenir les autres, un peu à tâtons, aveuglés par le changement brutal de lumière.

∞

Je ne sais pas comment je vais, s'avoue Le Tallec, tout est trop bizarre depuis quelque temps, comment les gars qui fabriquent les costumes gris que je porte n'ont jamais pensé à faire un modèle été ? Au-delà des trente degrés, ils sont importables, me voilà beau en bras de chemise devant mes hommes.

Il attend, badigeonné de crème solaire. Quelle drôle d'époque tout de même. Il attend, épuisé sur le pont du bateau de la brigade nautique et fluviale. Le radar signale une péniche de transport de marchandises en approche par le canal du Centre, alors, il attend qu'elle veuille bien arriver. Tout ce surmenage de lenteur aura eu raison de lui et de ses nerfs. Il se fait tard, il n'en peut plus d'attendre. Il vient de renvoyer la brigade cynophile, les chiens étaient rincés, leur flair valait plus peanuts, comme le sien d'ailleurs. Une dernière fouille et il rentre à l'hôtel avec ses hommes, et après, advienne que pourra. Il n'en peut plus des péniches, il a horreur de quitter la terre ferme, il n'a jamais eu le pied marin, ni l'amour de la montagne d'ailleurs, et des gens qui y habitent, ils le glacent, un versant d'eux a toujours comme quelque chose à cacher. Il est inquiet pour Xav'. Il ne comprend pas. Il aimerait abandonner les recherches et rentrer sur Thionville, mais non, il ne peut pas, il attend les ordres.

∞

On se faufile jusqu'à la planque et on annonce la bonne nouvelle à la *dream team*. Une odeur des plus nauséabondes se libère lorsqu'on ouvre le sarcophage cartonné. Waouh, je ne me rendais pas compte du niveau de puanteur.

— Je vous l'avais dit, ils ne nous lâcheront jamais. S'ils ont des chiens, on est morts.

— Vu comme ça chlingue, ils ne vont pas avoir trop de mal.

— *No problemo los amigos*, le natem peut…

— Ricardo s'il te plaît, une chose à la fois, c'est pas le moment. Cécile, combien de temps avant d'arriver sur la Saône ?

— Dans une heure, on y est.

On enjambe, Hannah, Gladys et moi, le muret de carton, on s'immisce entre les bras, les jambes, les bouteilles d'eau, les frontales, les miettes, les oreillers, les dés, les magazines, le rouleau de sopalin, les sacs de voyage, puis on fait coulisser au-dessus de nos têtes le toit de notre prison par un nouveau système d'élingues qui fait depuis hier, grâce à Raphie, office de poignées.

Nous revoilà serrés les uns contre les autres, entre Ricardo et Xav'. C'est moi qui m'y colle. Personne ne veut plus être à côté de lui parce que ce blaireau prend tout l'espace avec ses épaules herculéennes, et de surcroît il ne tient pas en place, sans parler de ce qu'il dégage dans le regard en termes de haine et de colère. Et là, il a décidé de continuer de nous faire chier, son visage frise l'implosion à vouloir faire sauter à la force de ses bras ses liens, eux aussi fabriqués avec des élingues rondes résistant à des poids de dix tonnes. Givert tente de le calmer :

— Arrête de t'épuiser pour rien Xav', tu me fatigues.

— Et moi il me donne chaud.

— ¡ *Yo también*!

— Mmmmhhh !

— Quoi mmmmmhhh ?

— Ohlala, mais videz-lui une bouteille sur la tête, ça va le rafraîchir et le calmer.

— T'as qu'à croire, et puis ça va pourrir les cartons, l'herbe te fait perdre tout sens commun ma parole Rémy !

— Pour une fois je ne l'aurais pas volée celle-là !

— Rémy fais silence s'il te plaît, tu me stresses.

— Pardon madame.

— Ah, quand c'est elle qui fait la remarque là tu dis rien !

— Pas du tout !

— ¡ *Claro que si niño* !

— Taisez-vous maintenant, et faites-vous invisibles.

— Le natem peut faire ça.

— Sûrement, mais là on va la jouer à l'occidentale.

Givert saisit son flingue et nous l'expose froidement.

— OK ?

— Que personne ne pète.

— Rémy !

— Z'avez pas vu mon herbe ?

∞

À une centaine de mètres de Le Tallec, Alizarine se glisse solennellement dans la dernière écluse du canal du Centre. La porte de dix mètres de haut se referme lentement sur la vieille dame de fer flottante. Puis l'eau commence à se vider, et la péniche perd peu à peu de la hauteur. Elle descend patiemment, centimètre après centimètre, ce sont les gouttes d'eau qui font les mers, ce sont les lettres et les vides des espaces qui font les livres. Pour Le Tallec, l'opération dure des heures, il est dépassé par l'idée que l'on puisse vivre à ce rythme-là, délibérément, en toute connaissance de cause. Il doute de l'efficacité d'une telle entreprise, sans parler de sa rentabilité, sûrement un rêve de hippies subventionné par l'Europe au nom du réchauffement, une deuxième carrière d'intermittents du spectacle qui cherchaient un sens à leur vie.

Enfin. Enfin, la porte de l'écluse s'ouvre. Il enfourne ses jumelles, et il observe Cécile sur le pont en train d'enrouler méthodiquement la corde d'amarrage. La batelière, une fois l'opération terminée, rejoint paisiblement son homme dans la cabine de pilotage. Tout a l'air affreusement normal.

Il ne reste que quelques minutes avant que la péniche n'arrive jusqu'à lui, il en profite pour se caler à l'ombre, étancher sa soif, et briefer ses trois hommes de la brigade de Thionville, ainsi que les six qui attendent dans les zodiacs, cagoulés de noir, macérant dans leur sueur, mais c'est le prix à payer quand on a la chance de faire partie des forces spéciales françaises.

— Tenez-vous prêts les gars, c'est la dernière, après c'est promis on va boire une bière, c'est moi qui régale.

∞

Un moteur de zodiac est en approche. Ils arrivent. Je suis mort de trouille.

À la manière qu'a Xav' de frotter son épaule contre la mienne, je comprends qu'au travers de son bâillon il essaie de me marmonner quelque chose de tendancieux, genre me rendre complice d'une pseudo-évasion, mais vu le silence général, et le noir intersidéral qui affine notre ouïe, toute l'équipe en profite, et comprend au ton de son meuglement, qu'il a en tête un projet louche.

— Qu'est-ce qu'il a ?

— Je crois qu'il veut qu'on s'évade.

— Ah, OK.

— Et si on le droguait ?

— Mmmhhhh !

— Bonne idée mais un peu tard.

— Et si on le tuait ?

— Hannah !

— Mmmmmmmhhhh !

— Je plaisante, on pourrait juste lui couper les cordes vocales, ou la langue, et après on la dégusterait avec des fèves au beurre et un excellent chianti !

— *Le silence des agneaux* !

— Tu es toujours aussi incollable sur les dialogues des films Jason.

— C'est au moins une question banco au jeu des mille euros tu ne crois pas ?

— Mmmmmmmmmmmmmmhhhh !

— Par pitié, faites-le taire.

— Peut-être pas une question banco, mais au moins une question rouge.

— Si vous m'aviez écouté, j'aurais pu nous rendre invisibles, mais il aurait fallu faire une séance.

— Ah ouais, j'ai lu ça dans un bouquin de Castaneda, tu connais Carlos Castaneda, Ricardo ?

— *No conosco.* Il joue dans quelle équipe ?

— Arrête d'étaler ta culture Jaz', c'est vulgaire.

— J'étale rien, je discute, j'échange, je partage, et puis arrête de m'appeler comme ça !

— Jason moins fort !

— Pardon.

— Mmhh !

— Bon, du coup qu'est-ce qu'on fait avec lui ?

Je suppose, au violent à-coup que je prends dans les côtes venu du côté de chez Xav', et au bruit d'os cassé, que Givert a opté pour une solution radicale mais sûre, son coude est venu frapper le nez de son collègue, le mettant instantanément KO.

Le silence revient enfin et nous révèle à nouveau les sons extérieurs. Des voix résonnent au-delà de la coque de la péniche, elles se mélangent.

— Le Tallec en personne, murmure imperceptiblement Givert.

∞

L'œil constipé, l'adjudant-chef traverse sans assurance la passerelle qui mène à Alizarine.

Deux des hommes cagoulés sont allés directement pointer leurs cartes de flics et leurs fusils automatiques à Cécile et Raphaël.

Traînant un peu la patte, entouré des siens, Le Tallec les rejoint.

— Bonjour, Gendarmerie nationale, nous avons un mandat pour fouiller votre péniche, nous…

— Vous avez le droit faire ça ?

— Ça commence. Je fais ce que je veux madame, j'ai un mandat je vous dis.

Il n'en fallait pas plus à Le Tallec pour être totalement énervé. Il fixe Dame Cécile avec tout le mépris et la condescendance qui lui reste en stock, puis s'approche tout près d'elle, silencieux, saoulé, ivre mort de lassitude, semblant juste penser « Je n'ai rien à vous prouver, ma p'tite dame ». Cécile baisse les yeux, puis les relève vers un Raphaël plus serein.

Les gars de la brigade d'intervention ont déjà investi les lieux puisqu'ils retournent avec ferveur tout le coin cuisine-salon-salle de bains-toilettes, on dirait qu'ils passent leurs nerfs.

— Mais arrêtez ! Vous voyez bien qu'il n'y a personne !

— Cécile s'il te plaît.

— Vous allez nous accompagner dans la cale madame. Elle est pleine ?

— Oui.

— De ?

— De palettes de bouteilles de vin.

Merde, pense Le Tallec, qui a autant envie de déplacer des palettes que de s'asseoir sur un fauteuil en épines de cactus. Il sonde la motivation de ses hommes, mais face à leurs expressions lasses, il conclut qu'il n'espérera pas mieux.

Cécile leur emboîte le pas, Raphaël reste aux manettes à stabiliser Alizarine comme il peut, car un des hommes encagoulés lui interdit de venir s'amarrer sur un ponton à cent mètres.

— Vous êtes bien nerveuse madame, je me trompe ?

— Pas du tout.

— Pas du tout quoi ? Pas du tout, je ne me trompe pas ?

— Non, pas du tout je ne suis pas nerveuse. C'est juste hyperstressant de vous voir débarquer comme ça sur mon bateau avec vos cagoules et vos flingues.

— Si vous n'avez rien à vous reprocher vous devriez être sereine. Vous avez quelque chose à vous reprocher ?

— Pas du tout.

— Pas du tout... Vous savez ce qu'on cherche ?

— Aucune idée.

— Aucune idée... Mais bien sûr que si que vous le savez enfin, vous n'êtes tout de même pas coupée du monde à ce point ?!

— Ah, vous voulez sans doute parler des évadés de Thionville ? C'est ça ?

— Exactement, vous les connaissez ?

— Comme tout le monde.

— Comme tout le monde, c'est-à-dire ?

— Ben Hannah Dabrowska, tout le monde la connaît, enfin sa musique.

— Sa musique... Vous l'avez déjà vue ?

— Mais enfin arrêtez ! C'est quoi toutes ces questions, allez-y, fouillez maintenant qu'on en finisse avec toutes ces conneries !

— Allez les gars, on y va.

∞

Ils descendent les marches.

Givert nous a tellement bien décrit ce Le Tallec, histoire de nous briefer en cas de garde à vue, que maintenant qu'il est là j'ai presque envie de le rencontrer.

On les entend circuler dans le passage au milieu des palettes qui mène à la poupe du bateau, leurs pas lourds résonnent.

Ils discutent. Où sont Raphaël et Cécile ? Et Bill ? Tout le monde a oublié Bill. S'ils envoient des plongeurs on est morts. Mais pourquoi ils enverraient des plongeurs ? On sait bien qu'on ne met plus de moyens en France pour la police, les infirmières, les services publics en général. Mais non enfin, sors-toi cette idée de la tête, ils ne vont pas envoyer de plongeurs.

Tout le monde retient sa respiration, je sens la main massive de Ricardo m'envelopper, ce qui s'avère être la chose la plus rassurante au monde.

Je ne veux pas finir mes jours en prison, même avec un bon appareil photo. Je serre Gladys de toutes mes forces. Je perds des hectolitres de transpiration, le sel brûle mes rides de cinquantenaire. Hannah, qui est en face de moi, a ses bottines croisées sous mes pieds. Comment fait-elle pour garder ces trucs ? Je suis sûr qu'elle n'y pense même pas. Elle sue comme une gorette mais elle oublie qu'elle porte cet horrible outil de macération clouté. À quoi pense-t-elle ? Compose-t-elle une ode ? Une sonate ? Un refrain ? Une ballade ? Vers où ? Reykjavik ? Venise ? Varsovie ? Tristan da Cunha ?

∞

La cale de la péniche flirte avec les portes de l'enfer. Il y fait une chaleur à crever.

— C'est quoi cette odeur ?

— Les toilettes sèches.

— Ah ouais d'accord… c'est une infection.

Les hommes se faufilent entre les piles, armés de leurs frontales et de leurs fusils d'assaut, deux d'entre eux montent sur les palettes avec la souplesse des félins, ils rampent, scrutent chaque centimètre carré, plongent leurs lumières dans les moindres interstices, se faufilent comme des contorsionnistes, un exercice hors norme si l'on prend en considération la température qui dépasse les quarante degrés.

∞

Ils marchent au-dessus de nos têtes. Pourvu que ça tienne. Je sens Givert se lever, qu'est-ce qu'il fabrique bon Dieu ? Je crois qu'il essaie de soutenir la plaque de notre plafond avec son dos au cas où elle cède sous le poids des flics. Je me lève à mon tour le plus discrètement possible, je me faufile comme je peux dans ce noir absolu, à moitié affalé sur Ricardo et Hannah, et je viens caler mon dos contre la planche de bois, solide sur mes appuis.

∞

L'opération dure plusieurs minutes, mais l'équipe d'intervention ne peut que constater, rien à signaler de ce côté-ci. Mais Le Tallec ne cède pas.

— On va bouger les palettes, allez, courage les gars.

Le débattement prévu pour déplacer les palettes a été calculé au centimètre près, c'est de l'orfèvrerie de manutention. Pour qui ne sait pas manipuler un transpalette c'est cauchemardesque, et de fait, le préposé à cet outil de l'enfer s'y reprend à dix fois avant de réussir à enfiler les bras de l'engin correctement sous les palettes. Même galère pour déplacer suffisamment loin la pile branlante sans briser la moindre planche de bois qui la soutient. Mais pour bouger la suivante il faut prévoir de ressortir le transpalette de la palette qu'on vient de déposer, et lui faire faire un demi-tour sur lui-même pour pouvoir recommencer l'opération. Un casse-tête chinois dans sa plus belle définition. Le Tallec et ses hommes ont beau retourner le problème dans tous les sens, ils sont comme des poules devant une grille de sudoku, ridiculement incompétents.

Cécile sourit. Cécile jubile. Cécile a le bas du ventre qui la chatouille de bonheur. Le bleu de ses yeux crépite comme un feu de cheminée. Ce qui ne laisse pas l'adjudant-chef indifférent.

— Chef, pour pouvoir accéder aux palettes du fond, il va falloir toutes les sortir.

— Les sortir ! Vous n'y pensez pas ! Vous vous rendez compte du chantier ?

— Tout à fait, ou sinon à la grue, sur un quai de déchargement, ça sera plus rapide.

— À combien le prochain quai ?

— En temps ou en kilomètres ?

— Putain y'en a marre de ces péniches.

— On est raccord mon adjudant-chef.

Le Tallec se fout de ce que pense son inférieur.

Le Tallec est sec, déviandé du dedans, il n'a plus accès à son for intérieur.

Le Tallec rêve d'une bière en terrasse.

Le Tallec sait que son heure est passée, qu'il est trop tard, que lorsque la fleur est fanée c'est qu'elle s'est tarie en nectar, que même si miraculeusement il arrive à mettre la main sur la bande à Givert, il n'aura pas l'opinion publique avec lui, il sera détesté comme un briseur de rêve, les gens lui en voudront parce qu'ils trouvent cette cavale extraordinaire.

Le Tallec s'est bien fait niquer. Ça chlingue la fin de carrière désastreuse et la reconversion sur le tard.

Le Tallec fixe à nouveau Cécile puis, un poil excité par la donzelle, incapable d'échafauder la moindre théorie sur la situation présente, il abdique, las de toute chose, défloré dans son orgueil, et enfin, Le Tallec aux grands pieds tourne les talons, vaincu par lui-même, jetant ses propres armes à ses pieds, reconnaissant sa pitoyable défaite face à cet ennemi qu'il avait si naïvement sous-estimé.

Le Tallec est bien le roi des cons.

Lorsqu'elle comprend que les flics abandonnent, Cécile laisse échapper un microsouffle de soulagement, son front transpire énormément, sa nuque, sa gorge.

Les hommes de la brigade d'intervention sortent les uns après les autres de la cale, Le Tallec se retrouve seul avec Cécile. Il regarde ses pieds, se bat contre lui-même, puis il cherche le regard de cette femme qui lui fait un certain effet, ne le trouve pas, fait celui qui regarde ailleurs en masquant son malaise.

Mais soudain, quelque chose au sol attire son attention, il se baisse pour voir de quoi il s'agit, il le ramasse.

— C'est quoi ça ?

— Je sais pas.

— Vous ne savez pas ?

— …

— De l'herbe ? C'est de l'herbe ?

Cécile se décompose.

— C'était ça qui vous stressait ?

Elle avoue d'un oui timide et mensonger de la tête.

— Je suis désolée.

— Vous pouvez…

Le Tallec est déçu. Tant qu'à être ici, il aurait espéré mieux.

— Donnez-moi votre main, s'il vous plaît.

Des larmes commencent à couler sur les joues de Cécile. Elle tend les deux mains et elle attend les menottes. Le Tallec en attrape une, et il dépose le paquet d'herbe dans sa paume tremblante.

— Nous ne sommes pas là pour ça madame, la prochaine fois soyez plus discrète.

Fier d'avoir vaincu le désir ardent pour cette si belle femme aux cheveux carotte, satisfait de se la jouer grand seigneur, il bombe le torse tel un Don Quichotte altier, se cambre exagérément puis, un brin dans l'espoir, il interroge à nouveau du regard cette femme au sex-appeal qui le renverse, ne voyant rien venir de ce côté de l'horizon, il rougeoie des joues, il lui baise la main en s'excusant pour le dérangement, et il tourne définitivement les talons.

∞

Ils avaient annoncé des orages pour la nuit, quelques éclairs entraperçus à l'est nous prouvèrent que les médias ne nous racontent pas toujours n'importe quoi.

Une chose est sûre, c'est que le ciel s'était si copieusement chargé de cumulonimbus qu'il en frisait l'implosion, un splendide nuancier de gris surchargé de couches tel un autoportrait de Van Gogh, perle, argent, inox, calcaire canonique, gris angoisse, poussière cendrée, dalle de béton, regard armé, tourterelle aguicheuse, anthracite, labradorite, gris-gris, gris taupe, gris bien-être électrisé, gris déprime, gris 9.3, gris bronzage écran d'ordinateur, gris grimace grinçante, gris grimoire, jusqu'au gris noir.

Unanimement, pour fêter la victoire sur Le Tallec et la fin proche de la canicule, on décida d'attaquer au cutter le film plastique d'une palette de bourgogne millésimé 2003 qu'on dégerba sans délai, et, sans prendre le temps de faire décanter les bouteilles gouleyantes, on les guillotina à coups de sabre, et on leur régla leur compte les unes après les autres.

Plus tard, lorsque nous commençâmes à être tous bien ivres, Givert retomba par hasard, nous dit-il, sur le gramme de coke qu'il avait subtilisé dans le coffre de la brigade de Thionville.

— *¿ Qué es ?*

— De la cocaïne.

— *¡ Cocaína ! ¿ No es muy natural, verdad?*

— Tu as déjà goûté à la cocaïne Ricardo ?

— *¡ Claro que no !*

— Tu veux goûter ?

— *¡ Claro que si !*

Très vite très défoncés, très speeds et très désinhibés, on dansa la moitié de la nuit dans la cale au rythme d'une playlist trip-hop de DJ Rémy, à une dizaine de kilomètres au sud de Chalon-sur-Saône. Malgré la fraîcheur qui reprenait enfin ses droits de saison, on sua comme des gorets, électrisés par l'alcool, survoltés par la poudre et les vibrations orageuses très haute tension, le natem reprenant un peu possession de nous.

Puis Givert prit Hannah par la main et ils s'éloignèrent vers la timonerie.

J'avais posé Gladys sur une chaise, elle nous regardait lâcher prise en se marrant.

Peu avant le lever du jour, tandis que la pianiste et le flic ronflaient, enlacés l'un dans l'autre, je les imitai en allant dormir avec ma brune cendrée, sous le regard du reste de l'équipe complice et compatissante.

Le lendemain, Raphaël et Cécile décidèrent qu'on resterait ancrés ici au moins vingt-quatre heures, on en avait tous bien besoin.

18.

Hannah n'est pas comme beaucoup d'artistes sujette au vertige de la page blanche, au questionnement d'ordre masturbatoire, au doute, à l'hésitation, au manque d'inspiration. Elle est l'inspiration, jusqu'à son dernier souffle.

Elle a longtemps cru qu'on était tous comme ça, des hypercréatifs compulsifs constamment acculés par des tonnes d'idées innovantes musicales. J'avais eu beau lui expliquer le contraire, sa différence avec le commun des mortels, elle avait commencé à s'énerver, à geindre, puis elle s'était bouché les oreilles tout en chantant « J't'écoute pas, j't'écoute pas, j't'écoute pas ». J'avais alors baissé les bras, pour ne pas passer une fois de plus pour le casse-couilles de service.

Tout ce qui est vivant, comme le vent, les rayons du soleil, le genre humain, les cailloux, l'eau, le feu, le tabac sec de ses cigarettes, la plante verte qu'elle oublie d'arroser, les émotions, la mouche, le fil d'araignée tremblant sous les vibrations de son caviar de clavier, mais aussi tout le reste, la machine à café, la petite cuillère, le dessous de plat, la pince à linge, sa brosse à dents, sont toutes et tous des notes de musique d'une composition symphonique, d'un grand tout musical qui se nourrit du monde, et qui se matérialise naturellement à ses oreilles, depuis toujours, jusqu'à la nuit des temps.

Sa machine à créer fonctionne plein pot H24, et elle n'a pas beaucoup de temps ni d'espace pour autre chose. Malheureusement, elle sait que toute une vie ne suffira pas à écrire cette nuée d'envolées qui lui est offerte, même si elle écourte ses nuits, même si elle ne fait plus que ça. C'est la tragédie de sa vie. Alors elle fonctionne par priorités, elle reproduit les plus urgentes, les plus à fleur de peau.

Des cascades de mélodies l'habitent même lorsqu'elle est endormie. Le plus dur pour elle est de les discerner, car souvent elles ont tendance à se mélanger, à s'emboîter les unes avec les autres, à copuler dans les mêmes tonalités, ce qui peut avoir parfois comme conséquence une certaine lourdeur cérébrale, comme si son cerveau avait avalé une pizza au cassoulet. Mais comment l'expliquer ? Comment se faire comprendre ? De toute façon à quoi bon ? Toute chose incompréhensible se doit-elle forcément d'être traduite ? Sa musique ne se suffit-elle pas à elle-même ? Est-ce que le génie doit se verbaliser coûte que coûte ? Se conceptualiser ? Se philosopher ? Se palucher l'intellect ? Est-ce que tout ce qui compose la beauté doit se décortiquer au risque que plus rien ne nous émeuve ? La grâce se disculpe-t-elle ?

Hannah se souvient maintenant des mots de Jason, la névrose est le fusain de l'artiste, elle avait trouvé cette métaphore de toute beauté, et si juste, tout à fait à l'image de ce qu'il essayait de réaliser avec son appareil photo.

Elle, la pauvre, elle n'a pas choisi, c'est son hypersensibilité qui, dit-on, se transforme en sons au gré du ressac de sa névropathie, suivant les pleines lunes et les coefficients de marée, éternellement, indubitablement. Elle, elle pense plutôt que c'est le contraire qui pourrit nos vies, que c'est nous qui sommes victimes de notre hyposensibilité, que c'est nous qui avons un truc en moins, et que c'est de notre faute si nous avons perdu la clé de notre porte-cœur, pas la sienne, qu'à cela ne tienne.

Chaque matin, avant d'ouvrir les yeux, c'est toujours la même rengaine, elle sent cette boule au ventre, cette portée qui lui pèse, qui lui retourne le bide à la pelleteuse, variable, parfois bille en terre, parfois balle de ping-pong, légère, rebondissante, parfois boule de bowling, prête à faire tomber toutes les quilles du monde.

Aujourd'hui elle est amoureuse. Elle a envie de se garder cette graine qui germe en elle. Allongée dans la petite chambre ronde aux confins de la timonerie, elle embrasse Vincent à la manière de Jean Seberg sur l'affiche d'*À bout de souffle* de Godard. Il est si romantique.

Et puis, comme d'habitude, comme rien ne dure très longtemps chez elle, une nouvelle mélodie en si la harcèle soudainement, une balade de peut-être, une litanie d'encore aurait-il fallu que, pas de la culpabilité, pas du doute, non, elle repense au passé.

Elle était sortie de son rêve éveillé, il y a dix ans, lessivée par l'œuvre musicale qu'elle venait d'accoucher aux forceps durant la nuit, et totalement amnésique. Elle avait lu la géniale partition, puis contemplé le tas de mégots qui dégueulait de son cendrier, le dessus du piano couvert de cendres, brûlé par endroits par celles qu'elle avait laissées se consumer, et elle avait appelé Jason. Mais Jason n'avait pas répondu. Il avait fui sous la pluie.

Elle avait, bien plus tard dans la journée, considéré l'immense flaque d'eau qui recouvrait le sol de la cuisine sous la fenêtre grande ouverte, croyant qu'une vague scélérate s'était abattue sur l'immeuble durant la nuit et qu'elle lui avait avalé son Jason, dubitative toutefois sur sa version des faits.

Lorsque le brouillard de la crise de folie se dissipa, ce fut la tragédie. Elle l'appela au téléphone, mais son appel sonna dans le vide, elle ne laissa aucun message. Elle pleura des heures, bava sur les touches du piano, puis elle déchira les photos d'elle, et brisa tout ce qui la réfléchissait, miroir, vitres, vaisselle, écrans, papier glacé, meubles en formica, lunettes de soleil, piano, lame de scalpel.

Trois jours plus tard, son manager, JBx, n'en pouvant plus de tomber sur son répondeur, la retrouva dans une mare de sang sur le carrelage de la cuisine, nue, jambes écartées. Elle a toujours beaucoup saigné lors de ses règles, et cette fois plus que jamais, s'abandonnant définitivement à cette déferlante périodique, attendant la mort, lacérée de l'intérieur.

Pompiers, urgence, médecin interne psychiatrique, remède de cheval, isolement dans une clinique de campagne, repos, et surtout, surtout, beaucoup de musique.

JBx, de son côté, tomba sur les kilomètres de partitions qu'elle avait composés et qu'elle lui avait bien cachés, mon Dieu cette fille était aussi folle que géniale.

À la sortie de ce marasme, elle signa un contrat en or avec une major qui s'occupa de tout, fabrication du CD, promo, com', arrangements, dates de concerts, télés, compte Instagram, page Facebook, tweets endiablés pondus par des vrais pros de la répartie. Puis le raz-de-marée du succès, les projecteurs sur elle, l'hystérie collective, les cinquante dates de concerts à guichet fermé, la starification immédiate. Des nuées de petites mains lui massaient le cuir chevelu, lui manucuraient les mains, lui préparaient des fraises l'hiver, ou lui réservaient un avion pour un week-end aux Canaries. Des fans en furie dormaient sous sa fenêtre uniquement pour l'apercevoir, sa boulangère lui demandait des dizaines d'autographes qu'elle revendait ensuite au prix fort, de parfaits inconnus tentaient d'escalader la façade de son immeuble, puis des policiers en civil finissaient par les déloger, mais à chaque fois cette fourmilière d'admirateurs revenait, c'était n'importe quoi. Il lui était devenu impossible de sortir de chez elle seule. Pour sa sécurité, on lui imposa un garde du corps, mais cette présence constante lui devint très vite insupportable, elle était dépassée par ce qui lui arrivait, et de fil en aiguille, repétage de plomb, re-isolement, re-HP, re-remède de cheval.

— Et surtout madame…

— Mademoiselle…

— Mademoiselle… surtout augmentez les doses de musique.

Son agent décida, pour son équilibre et ses créations, qu'elle ne devait plus avoir affaire ni aux journalistes ni à ses fans, ce qui amplifia le mystère autour de la demoiselle.

Un bruit sérieux courait à propos d'une certaine intelligence artificielle qui lui composerait tous ses morceaux, un énorme ordinateur surpuissant se nourrissant de nos désirs les plus volcaniques, une IA régurgitant des heures de musique sans s'interrompre, tous les jours de l'année. D'autres stipulaient qu'elle pratiquait la magie noire, et que c'était le diable en personne qui, sous sa dictée, composait ces diaboliques mixtures.

La légende allait bon train, on enchaînait les tubes, on engrangeait de l'euro au kilo. Ce premier album se vendit à plus de deux cent mille exemplaires. Double disque de platine. On entendait sa musique sur toutes les radios de France, mais aussi de Moscou à Vancouver, et de Bamako à Shanghai.

Au sortir de son deuxième séjour d'HP, Hannah s'acheta une maison entre Collioure et Port-Vendres, avec vue imprenable sur la Méditerranée. Portail, gardien, pas de piscine, pas de jacuzzi, deux étages, deux salles de bains, un piano à queue, un piano droit, un clavecin, un chauffeur tchétchène qui exécrait la musique, une femme de ménage qui s'avéra être bien meilleure au chant qu'au balai, un cuisinier corvéable à souhait, un jardin luxuriant, un jardinier extrêmement bien membré, des alarmes, des caméras.

Avant qu'on ne l'interne pour la troisième fois, on raconte qu'elle buvait beaucoup, et qu'elle prenait plus d'un gramme de cocaïne par jour. Les compositions s'étaient accumulées à qui mieux mieux sur son piano à queue, mais, dit-on, son brio s'était liquéfié à trop vouloir se la jouer cool. Ce sont des jaloux qui vomissent cela, des raclures, des bouches de vieilles, des vautours qui font de la charogne leur fonds de commerce, car tous les musicologues du monde vous le diront, tous les morceaux d'Hannah sont des chefs-d'œuvre absolus, des dernières secondes d'une vie fracturée sans la moindre concession.

Certaines infirmières, en caméra cachée, ont raconté l'avoir vue s'effondrer parfois en criant des phrases sans queue ni tête, certainement des affabulations déformées, amplifiées, où il est question d'histoires d'amour à trois, de bébé avorté, de lacération sous l'orage, de trahison, mais tout se mélange, tout est si épais autour de cette femme, si trouble, si magnifiquement romancé.

Elle avait parfois les fils qui se touchaient certes, elle mélangeait certains souvenirs, ou croyait que son monde était la réalité, mais elle avait l'impression que le plus gros de la tempête était passé, qu'on ne voyait plus que l'ombre de la queue du démon qui voulait la posséder, encore un amoureux transi.

Puis elle rencontra Bouddha, et un de ses disciples, elle en tomba folle amoureuse, elle cessa les excès, sauf la cigarette et la musique bien entendu, mais c'en était fini des drogues, de l'alcool, des caprices de star, et des fixettes de monomaniaque. Il lui enseigna la pratique de la méditation, les points de chakra, les centres spirituels, la force énergétique, les pierres de soin, la canalisation des émotions, la puissance de l'esprit, et la maîtrise de l'équilibre. On la vit dans la position du lotus des heures durant, à l'ombre des orangers de sa propriété, le nez pincé dirigé vers le soleil couchant, son gourou à ses côtés qui lui martelait qu'il faisait cela pour elle, sans le moindre intérêt. Ce penchant spirituel la remit un tant soit peu d'aplomb, un véritable exploit quand on se rappelle l'oblicité monumentale de cette tragédienne.

Trois semaines plus tard, quand son gourou lui proposa un voyage en Inde aux frais de la princesse, à la recherche d'elle-même et de la révélation, elle le quitta. Deux ou trois morceaux pleins de zénitude en ressortirent dans son troisième album, un énorme succès commercial, un pied dans la postérité.

Elle fit quelques collaborations avec les plus grands, dont un titre à quatre mains avec Agnès Obel. Ludovico Einaudi l'invita plusieurs fois sur des concerts, mais aussi Brian Johnson d'AC/DC, Ben Harper (avec qui on lui prétend une liaison), Rone, les Feu Chatterton !, Mathieu Chedid, Bertrand Belin, Oxmo Puccino, Asaf Avidan, et même les Daft Punk qui n'arrivèrent pas à s'entendre sur la tonalité du morceau et qui finirent par se séparer à cause d'elle.

Un jour elle vira chrétienne, le lendemain elle arrêta.

Elle faillit replonger dans une grosse crise de folie, mais, quand elle sentit le magma de la démence venir lui titiller les neurones, elle appela d'elle-même son centre de soins psychiatriques.

— Bonjour, c'est Hannah Dabrowska.

— Ah, bonjour madame.

— Mademoiselle… Il vous reste des chambres ?

Voilà, encore quelques amant·e·s de-ci de-là, des amourettes, des parties fines dans des tripots miteux desquels elle sortit déçue, décidément, rien ne valait les plans cul à trois avec Jason et Gladys, sa Gladys.

C'est une Hannah calmée, assagie, moins assiégée, plus ronde en espièglerie, plus colmatée aussi, moins fuyante, haubanée d'une certaine sagesse, que Gladys eut la surprise de retrouver lorsqu'elle l'appela peu de temps avant de mourir.

— Ma belle, j'aimerais que tu m'écrives un requiem.

Elles avaient beaucoup pleuré lorsqu'elles plongèrent dans les bras l'une de l'autre. Hannah fut extrêmement choquée par la maigreur de son corps qu'elle connaissait par cœur, par la blancheur de la peau flasque, par le relâchement des tatouages quasi inertes, par les mèches rebelles grisonnantes de l'hyperbrune, et par son manque évident de tonicité.

Elles se sourirent béatement, elles rirent, s'épatèrent, s'écoutèrent, puis à nouveau les larmes coulèrent sur les joues creusées par la maladie lorsqu'elles se racontèrent leurs dix ans, le dérisoire des drames, les contresens de la vie, les rencontres improbables, les aventures amoureuses, la naïveté des uns, la vulgarité des autres, l'irrespect dans la possession des corps, la violence dans les pénétrations, la cécité, l'absurdité, la surdité, la colère, et encore et encore les pétages de plomb.

— Aucun d'eux ne m'a fait vibrer comme Jason… Aucun… Et de tellement loin.

— Tu es sûre que tu ne veux pas l'appeler ?

— Non, non, je t'en prie, je ne veux pas le déranger, je vais passer pour un boulet !

— Mais enfin Gladys, tu vas mourir !

— Ne pleure pas ma chérie, toi aussi un jour tu vas mourir.

Et les mains chétives de se couvrir de baisers, et le choc des étreintes, et le supplice des dernières volontés, le séisme des mots ultimes susurrés.

— Rappelle-lui bien s'il te plaît que l'obéissance n'est pas une fatalité, c'est un choix, comme la lâcheté, personne n'est fait pour rentrer dans les cases, personne, on n'est pas nés pour être carrés, on est là pour casser les angles et faire des ronds dans l'eau.

— Oui Gladys, mais, je t'en prie ma belle, respire lentement.

— Tu lui diras hein ? Tu promets ?

— Je te promets.

∞

Jour 9 sur la péniche.

Depuis notre parachutage dans les cales d'Alizarine, j'ai l'impression d'en être rendu à ma plus simple fonctionnalité animale : dormir, boire, chier, manger. De n'être plus utile à rien, d'avoir perdu ma place dans la société.

— Mais tu as la place que tu prends Jason. Si c'est pas toi qui le fais, un autre ne se gênera pas pour s'affaler dans ton canapé, et s'enfiler toutes les bières de ton frigo, en tout cas c'est comme ça que cette catin de Cyril Hanouna élève tragiquement nos gosses.

— C'est pas faux.

— Tu n'as trouvé que ça comme réponse ? C'est pas faux ! Mais c'est pas vrai Jason, qu'est-ce qu'il t'arrive? Où est ta putain de répartie légendaire? Tes *punchlines* de la mort? Tu aurais pu dire de but en blanc: laisse le sage détruire un ennemi par un autre ennemi, une épine par une épine, coupe la télé et jette-la par la fenêtre avant qu'elle ne te gangrène l'âme!

Voilà le genre d'échange que j'ai avec Gladys depuis que je l'ai récupérée. Je dors avec elle la nuit, ma joue collée contre sa poitrine qui me fait office d'oreiller, j'entends ses mots, j'écoute son cœur qui ne bat plus. Sa présence me fait du bien, je suis si heureux de l'avoir retrouvée. Mon amour pour elle est tellement plus... C'est vrai, le temps y est pour beaucoup, la sagesse de l'âge aussi, et le natem.

Je sens nettement la plante prendre racine en moi, opérer au sens médicinal du terme. Les choses ont changé, imperceptiblement, homéopathiquement, de l'ordre de l'infinitésimal. Moins à la merci de mon environnement, moins poreux, moins éponge, c'est même tout le contraire, je sais que tout ce qui nous entoure fait partie de moi et me nourrit, me sourit, me renforce, que faire du mal au vivant c'est me faire du mal. Elle me donne accès à des continents invisibles que je pressens. Elle m'ouvre de nouveaux champs de pensées, des contrepoints, des contrepieds, des contre-plongées vertigineuses qui me filent le tournis. Elle fend la coque de mes certitudes au merlin. Elle déconstruit pour reconstruire, elle me recycle. Elle apaise la douleur du passé. Elle me désolidarise de la culpabilité. Elle me renaissance. Elle me résilience.

Elle me cicatrisation. Elle m'acceptation. Elle m'informe. Elle me forme. Elle me muscle. Elle me tisse. Elle me hisse. Elle me fait prendre de la hauteur sur mes angoisses, elle me les décortique, me les mâche pour les rendre plus digestes. Elle me donne la becquée. Elle me dédramatise. Elle me relativise. Elle me revitalise sur des bouts de moi morts depuis certains événements traumatisants, comme le décès de mon père, l'éducation foireuse de ma mère, la carence du langage, la nuit sous l'orage, mon abandon de Gladys et de la graine d'enfant, mes peurs des silences ou des mots qui en cachent d'autres, de tout ce qu'on ne veut pas dire. Elle me rattache solidement. À quoi ? Je n'en ai aucune idée, mais c'est tellement bon, c'en est presque jouissif parfois tout cet amour pour moi.

Au réveil, ce matin, c'est à la femme de Bill que j'ai pensé, à la pauvre Agathe Banache, ainsi qu'aux mots de son mari que j'ai entendus lors de la séance ayahuasca, ils m'assaillent salement le cerveau, ils m'ensemencent lettre après lettre, marche après marche. *Je veux que vous préveniez ma femme, qu'elle ne s'inquiète plus, qu'elle entame le deuil, pour passer à autre chose.* Maintenant, je ne pense plus qu'à ça. Je sais que je dois l'appeler, pour la soulager du fardeau du silence de ne pas savoir que ce sacré Bill est mort. J'ai compris la mission, mais je ne sais pas par quel bout commencer, comment je dois m'y prendre.

Ricardo a passé une bonne partie de la journée de pause d'hier à bosser sur le chantier Xav', qu'on avait laissé dans un coin de la cale et qu'on avait presque oublié. Il lui a ôté son bâillon précautionneusement parce que le sang avait collé, et il lui a fait boire de longues gorgées d'eau, ensuite, il a nettoyé son nez au coton-tige humide, et il a fait la grimace.

— Double fracture *hombre*, tu ne l'as pas raté Vincent.

Givert n'a pas relevé, il a tiré longuement sur sa clope toute cousue tout en fixant le crâne chauve d'Hannah, et tout en continuant de l'écouter lui raconter des histoires de gammes mal gaulées.

Le chaman a craché sur le nez de Xav' deux ou trois fois avec son alcool à l'odeur d'eau de Cologne, il en a fait de même avec de grosses bouffées de cigarette crapotée, et ça a rendu dingue Xav' direct, il a voulu lui péter la gueule, tout ligoté et épuisé qu'il était, alors Ricardo, en grand bonhomme compatissant, il a éclaté de rire et il l'a remercié. Il lui a ensuite apposé la paume de la main à quelques centimètres de la fracture, les yeux fermés, il a baragouiné quelques mots avec le Grand Esprit, et enfin on a vu le visage de Xav' se détendre comme une boule de cire au soleil, lui qui ne s'était pas plaint une seule fois. Pour finir, il lui a fait un cataplasme avec une pâte qui puait la mort, valant bien une haleine à l'ail et au maroilles, mais l'autre n'a même pas bronché, il a même plutôt grogné de plaisir, et à la fin il a marmonné avec une voix nasillarde :

— J'ai des dents cassées ?

— Non, de ce côté-là tout va bien.
— Mais j'ai mal aux dents.
— Normal, c'est l'hématome.
— Ah bon.
Et il s'est endormi.

Après une journée de pause, donc, on repart ce matin direction le Sud.

En milieu d'après-midi, au niveau du quartier de La Confluence, à Lyon, Raphaël et Cécile déchargent à la grue plus de la moitié du stock de palettes, pendant qu'on se cache dans la timonerie et que tout un tas de gugusses sur le quai s'excitent avec des transpalettes et des engins de levage, puis finissent par charger la cargaison dans des fourgons.

Et puis il se met à pleuvoir. Enfin, je dis pleuvoir, c'est comme si le ciel avait été une énorme retenue d'eau bâchée qui cédait soudain sous la caresse d'un cutter, et noyait tout. Le plafond nuageux était noir de chez noir depuis des heures, les températures affreusement lourdes, l'ambiance moite, les membres pesaient des tonnes, l'air était infecté d'électricité, les hirondelles volaient en rase-mottes faisant des razzias sur les moustiques et autres insectes. Des arcs électriques couraient à fleur d'eau. Non, j'exagère, mais si peu.

Quand plus tard on retourne dans la cale, on ne reconnaît pas notre chez nous, la pièce nous semble tellement immense, même l'acoustique n'est plus la même. Alors Hannah fait des vocalises, et Ricardo la poursuit en canon. On se régale cinq minutes, même si elle est bien plus douée au piano qu'au chant, et ensuite, on réaménage notre lieu de vie, chacun s'accapare un bout de cale. Le couple se pose d'un côté, dans un petit coin discret, derrière quelques palettes, Cécile leur propose une tenture mauve pour couper tout vis-à-vis et préserver leur intimité, qu'Hannah tend tant bien que mal. Rémy, Ricardo, et moi nous installons à l'opposé d'eux. Grâce au stock de matelas que possèdent Cécile et Raphaël, on a même droit à chacun son lit, et après toutes ces interminables journées confinées dans quatre mètres carrés à peine, franchement, c'est grand luxe.

En tout début de soirée, toujours amarrés à Lyon, pendant que les autres baisent pour la troisième fois de la journée, on en profite pour à nouveau se reposer, car tout à l'heure au souper on doit avoir une discussion tous ensemble. Ordre du jour : maintenant c'est quoi l'après ?

∞

— Bon, d'abord j'en ai plein les bottes de faire la bouffe, mais vraiment !

— On comprend Cécile.

— Qui veut du vin ?

— Moi je veux bien.

— Moi aussi s'il te plaît.

— Du coup, on va installer la cuisine dans la cale, comme ça vous pourrez vous y coller, et puis ça vous occupera, vous ne faites que picoler et gamberger, je sens qu'on est en train d'en perdre certains…

— Tu dis ça pour qui Cécile ?

— No souçaï Rémy, détends-toi, on parlait pas de toi.

Toute l'assemblée se tourne vers moi.

— Quoi ? Moi ? Mais je bois à peine !

— Tu parles à une urne mec…

— Et alors ? Où est le problème ?

— Je trouve que c'est malsain, tu vires bizarre Jason.

— Bizarre ? Mais c'est tout le contraire, Cécile, je ne me suis jamais senti aussi bien. Mais, dis-moi, en termes de bizarrerie, les autres sont pas mal non plus… Tu ne crois pas ? Je ne t'entends plus ?

— Tu me donnes le pain Jason s'il te plaît.

Je jette un œil noir à Hannah, je lui tends le pain. Je reprends.

— L'autre là, il est persuadé qu'on nous contrôle par la bouffe, elle qui… qui ne comprend rien à rien sur rien… attention, je dis ça sans haine, qu'on ne se méprenne pas, juste je considère que si je veux pouvoir prétendre à une place dans ce groupe, je me dois d'avoir moi aussi ma pathologie psychotique… même si parler à une urne n'est pas une tare. Voter Macron c'en est une ! Vous voyez ce que je veux dire ? Oh et puis merde ! Regardez-le, lui…

— Moi ?

— Putain, mais range tes yeux Rémy, arrête de faire ça, ça en devient insupportable ! Un jour tu verras, ils vont te sortir des orbites et tu seras comme un con ! Tu sais que ça porte un nom ta maladie ? Ça s'appelle l'exophtalmie.

— Fous-lui la paix Cervantès, il est défoncé, et puis on a d'autres chats à fouetter.

— Eh oh Givert, c'est pas moi qui ai enclenché le sujet.

— Écoute-moi Jason…

— Pincez-moi, je rêve, il m'a appelé par mon prénom !

— … Cécile et Raphaël sont rincés, donc maintenant qu'on a la place dans la cale, on prend la relève de la préparation des repas, OK, on est tous d'accord ? Hannah ? Qu'est-ce t'en penses ?

— Hein ?

— La cuisine dans la cale, ça te va ?

— Oui je veux bien, on mange quoi ?

— …

— Donc, la popote c'est bon ? C'est réglé ? On peut passer à l'autre sujet du jour ?

— Ah non, pas du tout, attendez, on n'a rien réglé, on n'a pas dit qui faisait quoi. On s'organise comment ? On fait un planning des tâches ? Un ordre de corvées ?

— Putain Cervantès, c'est pas vrai !

— On y va au feeling, c'est pas plus simple ? C'est celui qui a envie qui fait, non ?

— Ah non Rémy, non, non, désolé, tout bizarre que je suis, je m'y oppose formellement. À tous les coups c'est toujours les mêmes qui vont se coltiner la bouffe, j'suis pas d'accord.

— Putain mais qu'est-ce qu'il est chiant…

— Moi chiant ! Puisque c'est comme ça, j'me casse.

Je me lève.

— Bon vent l'ado.

— Ricardo, du vin ?

— *Sí por favor.* On boit quoi ?

— C'est un petit vin naturel d'Ardèche qui est fait par un collègue à moi.

— Tes amis font des choses merveilleuses Raphaël.

— Merci, je lui dirai.

— Je m'en vais…

— Tu pourras ramener le journal ?

— Mais non Hannah, c'est pour plaisanter, il va pas partir, tu reveux du vin ma chérie ?

— Carrément.

Elle l'embrasse. Je me rassois. En maître de cérémonie, Givert enchaîne.

— C'est bon Jason ? OK, bon, je crois que vous avez tous deviné, ce n'est plus un secret, on va prendre la mer avec la péniche, et on va aller à Tristan da Cunha, Cécile et Raphaël sont d'accord, on a bien réfléchi…

— On ? Qui on ?

— Cécile, Raphaël, Hannah, et moi.

— Sympa de me mettre dans la confidence.

— Putain Cervantès, tu vas me couper tout le temps comme ça ? J'avais l'impression que tu allais mieux et là tu replonges !

— Mais pas du tout ! C'est agréable de se sentir mis de côté. J'ai horreur de ça, j'ai horreur des lynchages, j'ai horreur des boucs émissaires !

— Mais personne n'est un bouc émissaire !

— Si !

— Excuse-moi Vincent, nous coupe Raphaël, mais parfois je trouve que tu t'acharnes un peu sur lui, peut-être moins depuis deux ou trois jours, je dis ça je dis rien, enfin, de ce que je vois, en même temps ce n'est que mon point de vue, de toute façon je passe toute la journée derrière la barre alors je ne sais pas tout non plus… Il tape un peu ce pinard non ?

— Voilà, maintenant il boude ! Eh Cervantès, dis-moi pas qu'tu boudes.

— …

— Dites, on va vraiment prendre la mer avec la péniche ?

— Ben ouais mon Rémy !

— Fromage, quelqu'un ? Qui va chercher du vin ? La bouteille est encore vide.

— Techniquement c'est possible ? Ça craint pas un peu ? Rassure-moi, j'y connais rien, je suis plus calé grosse berline moi tu vois.

— Oui c'est possible, on a déjà vu ça… C'est déjà arrivé. Il y a une histoire célèbre là-dessus, un steward français a traversé l'Atlantique en péniche, il est allé jusqu'à Miami, il a prouvé que c'était faisable de naviguer en haute mer. Mais le plus fort, c'est qu'après cette aventure, le gars qui était plutôt aguerri, a décidé d'emmener une autre péniche de la France jusqu'au Bangladesh pour faire un hôpital flottant !

— Sérieux ?

— Rien de plus sérieux.

— Respect.

— Vous savez, les cargos et les ferrys ont des fonds plats, comme les péniches, et la coque d'Alizarine a une quille légèrement bananée, gros atout, bien adaptée, puisque développée à partir de modèles de voiliers… Par contre, il faut avoir de la cargaison pour lester le fond, enfoncer la coque pour garder une bonne assiette, et garder un minimum d'efficacité propulsive et directive. Avoir un bon tirant d'eau c'est la moitié du boulot de fait. Mais aucune inquiétude, on va l'avoir le poids puisqu'il nous faut du stock de gasoil pour la traversée, on va faire rentrer des fûts de trois cents litres.

— Bonjour l'odeur, et pas très écolo tout ça.

— C'est vrai monsieur le photographe qui fait le tour du monde en avion pour trois clichés.

Piqué au vif dans mon talon d'Achille, je surenchéris, incapable d'abdiquer, le jabot gonflé d'orgueil.

— Quel âge elle a ta bécane déjà ?

— Un peu plus de cent ans.

— Avec la flexion des vagues et la fatigue des matériaux, elle va pas se couper en deux à la première vague vot' grand-mère ? Et quand on n'aura plus de gasoil pour nous lester on sera comme des cons dans la tempête, brinqueballés droite-gauche, on n'aura plus qu'à prier, enfin, ceux qui auront encore la chance de croire en quelque chose.

— On prévoit tout le stock qu'il faut, au moins pour l'aller, après on verra.

— Bon, donc, tu considères que c'est jouable ?
— Oui, pour moi c'est jouable.
— D'accord.
— D'accord ? Il a dit d'accord ?
— Oui Hannah, Jason a dit d'accord.

Et elle me saute au cou, je manque de faire tomber Gladys qui est à mes pieds. Comme l'autre jour sur le pont, je me tends un peu quelques courtes secondes, puis je me laisse aller, parce que c'est sans ambiguïté. Comme son crâne me râpe un peu la joue, je desserre l'étreinte, puis je me recule, je l'observe de près, j'ai encore du mal à la reconnaître sans ses cheveux, je m'y fais difficilement, mais il faut avouer que ça lui va très bien, on ne voit que le feu de la folie dans son regard attisé par la bonne nouvelle, un vieux reste de charbon de bois de fin de soirée barbecue. Je relance d'une bûche.

— Mais je te préviens, tu te colles à la bouffe comme tout le monde, princesse !

— Tout ce que tu veux ! J'étais tellement sûre que tu dirais non !

— Si on veut tenir notre promesse auprès de Gladys, on n'a pas trente-six mille solutions non ?

— Et vous, vous en pensez quoi ? Rémy ? Ricardo ?

— Je reste, évidemment.

— Moi aussi, bien sûr.

— OK les mathurins, faisons des stocks de gasoil, d'eau, de bouffe, de rhum et de shampoing antipelliculaire ! Allons-y les pirates !

Sabordons tous les fils de putes qui se mettront sur notre route ! Pas de prisonniers ! Pas de quartier ! Sus aux forbans *low cost*! Faisons claquer au vent l'étendard de la désobéissance, de la rébellion et de l'idéal utopiste ! Rendons justice aux morts déshonorés par le grand capital ! Allons leur couper les couilles et…

— Vincent mon chéri tu t'emballes.

— Ben oui je sais, je fais exprès.

— Ah pardon, désolée, je croyais qu'on t'avait perdu, mais puisque tu gères je t'en prie, continue.

— On va la prendre où la mer ?

— On va suivre le Rhône jusqu'à Beaucaire, ensuite on va emprunter le canal du Rhône à Sète, en pleine Camargue, vous allez voir c'est magnifique, Jason tu vas te régaler c'est gavé d'oiseaux. Et à Sète, on y est !

— Combien de jours ?

— Trois ou quatre, suivant la météo, et une journée pour s'approvisionner. Mon seul vrai souci pour le moment c'est la météo. Après cette foutue canicule, maintenant c'est la pluie qui va nous faire chier, il va y avoir des accalmies mais ils annoncent un sacré paquet de flotte, ça va gonfler tous les cours d'eau, on va être un peu secoués mais rien à voir avec ce qui nous attend en mer, surtout que le vent ne compte pas caler avant plusieurs jours, on va être dans le bain direct.

— Zoukez moussaillons !

— On dit souquer, Rémy ! Le zouk c'est une danse.

— Tiens, et si on faisait un Trivial Pursuit ?
— Oh non par pitié Hannah, pas un Trivial.

En toute fin de soirée, ô miracle, je m'aperçois que Raphaël a oublié son portable. Pendant que Givert reluque à la louche sa dulcinée, je le chaparde, puis je prétexte faussement une envie pressante. Ma main tremble comme une feuille, comme la première fois où, adolescent, j'ai caressé la poitrine de la petite Delphine Bancel. *So nervous*, je file à l'anglaise m'enfermer dans les toilettes. Le miracle veut que l'appareil ne me demande pas de code de déverrouillage, mes mains sont moites, elles zippent sur l'écran et sursautent au moindre clapotis, je mets deux heures à taper Pages blanches, Metz, Benoît et Agathe Banache. Malheureusement la 4G ne passe pas dans les toilettes. Redoublement de stress. Crampes de trouille à l'estomac. Décharge électrique dans la colonne vertébrale. Panique et re-panique. Respiration forte, diminution des tremblements, contrôle de soi. Je sors des toilettes, Givert attend devant la porte, il s'arrête devant mon expression, je simule un sourire gominé, un poil after-shave.
— Ça va Givert ?
— Ça va et toi ?
— Ben ouais.
— T'as une sale mine, tu perles du front.
— Ce putain de pinard m'a foutu une de ces chiasses, vive le vin naturel, je préfère avaler des sulfites et chier dur.

— Très poétique ce soir Cervantès…

— Je vais prendre l'air cinq minutes, ça va me faire du bien.

— Si tu le dis… Si ça va pas, t'appelles.

Je monte les marches avec une certaine fébrilité, et, au moment d'ouvrir la trappe, je tombe nez à nez avec Cécile, trempée par l'orage qui recommence.

— Oups tu m'as fait une de ces peurs ! Raphaël a oublié son portable.

— Justement, j'étais en train de te le ramener.

— Ah c'est gentil, merci… ça va toi ?

— Oui, pourquoi ?

— Je sais pas, tu as une sale mine.

— C'est le manque de sulfites.

∞

C'est drôle comme avec les années les souvenirs qu'on a des gens peuvent s'idéaliser, ou au contraire, vieillir aussi mal que des cassettes VHS. Leur image se floute, des bouts de bandes passantes viennent cueillir des fragments d'amnésie, et on oublie l'essence de ce qui nous avait alors tant bouleversés chez eux.

Je serre Gladys dans mes bras, je me souviens à peine de son visage et de la couleur de sa peau cuivrée, lorsqu'elle revenait de la plage huilée de la tête aux pieds de crème au monoï.

19.

Quand elle était petite, Gladys d'Édimbourg-des-Sept-Mers eut un grave accident de vélo un jour de balade avec ses trois frères. Un connard l'avait renversée avec sa Clio customisée, et il avait fui comme un lâche, disparaissant dans l'horizon dans des bruits effroyables de moteur biturbo poussé à l'extrême, persuadé que la petite était morte vu le vol plané de compétition qu'elle avait fait, et qui l'avait propulsée comme un volant de badminton contre une barrière de barbelés rouillés. Paradoxalement au geste d'une violence inouïe de ce pilote du dimanche féru de tuning, la gamine s'en sortit avec une simple et miraculeuse fracture de la clavicule, et avec une belle entaille de vingt centimètres sur la cuisse gauche due à l'aileron du bolide, qui lui valut une bonne trentaine de points de suture. Toute sa vie elle garda les stigmates de cet événement traumatisant. On ne retrouva jamais le salopard qui lui avait fait ça.

Cette cicatrice devenue rosée avec le temps se réveillait toutes les veilles de jour de pluie, mais aussi les jours de mauvaises nouvelles, un baromètre sans faille, c'est là en fait que se concentrait toute sa somatisation.

Quand Jason referma la porte de l'appartement de Collioure derrière elle, sa cuisse la lançait affreusement comme une veille d'ouragan, elle boitait, et il ne s'en était même pas aperçu. Tassée par le poids de ses valises, elle descendit les escaliers comme elle put, mais sans geindre, les dents serrées par l'habitude de l'effort, fruit de son éducation. Sur le perron de l'immeuble, sous la pluie, elle souffla un peu, elle jeta un œil à la fenêtre de chez ses amis et amants, mais aucun des deux ne vint la saluer. Elle traversa la rue dans l'espoir d'apercevoir une dernière fois Jason, la lèvre inférieure qui aurait pu passer pour boudeuse, mais qui ne faisait que souligner la douleur qui la ravageait. L'échine courbée, elle reprit sa marche vers sa voiture, plus claudicante que jamais. Elle qui avait toujours été convaincue de ne jamais mettre un genou à terre, voilà qu'à présent les deux raclaient le sol.

Elle chargea ses affaires dans sa Fiat 500 blanche, s'assit derrière le volant, enfonça la clé de contact, boucla sa ceinture, et elle éclata en sanglots. Terrorisée de voir sa légendaire solidité se dérober sous ses pieds qu'elle découvrait d'argile, elle paniqua, si peu habituée à flancher et à pleurer sur elle-même. Elle se reprit un instant, se gifla, se pinça les cuisses, se tordit les poignets et déforma ses tatouages sur le haut de ses bras, mais rien n'y fit, cette douleur physique de pacotille ne désamorça aucune bombe dans son cœur. De toute façon il était trop tard, elles avaient déjà explosé. Elle sentait le malheur monter, la condamnation sévère, la double peine exemplaire, la double souffrance, puisqu'à présent et depuis peu, elle avait deux cœurs en elle.

Elle se calma un peu, fit un doigt d'honneur à un passant qui la reluquait un tantinet lubrique, elle essuya ses larmes, se moucha comac, puis elle posa ses mains croisées sur son ventre.

— Mon bébé.

Suffisamment regonflée par cette graine qu'il avait semée, elle trouva la force de tourner la clé de contact, elle passa la première, elle posa ses lunettes de soleil sur son nez, et elle prit la direction de la Creuse.

Elle atterrit naturellement chez ses parents, comme une évidence nomade, c'est de là-bas que tout se devait de repartir, de là où elle venait, là où étaient plantées les racines de l'arbre qu'elle était devenue. Il lui faudrait du temps pour comprendre, et accepter ce qui venait de se passer. On lui avait injecté une sacrée dose de déception, un poison qui serpenterait longtemps en elle avant qu'elle ne rééduque la confiance, et qu'elle ne se remette sur ses pattes pour bondir à nouveau comme un cabri. Cette vaillante aguerrie n'en était pourtant pas à sa première claque de la part d'Hannah, elle savait et elle avait toujours su qui elle était, égocentrée, névrosée, capricieuse, ingérable, mais là quand même, c'était du lourd, lui faire ça, la jeter dehors, enceinte, cataloguée pestiférée parce que ne voulant pas garder cet enfant de cette union à trois, c'était d'une telle violence, si dénuée d'explication, de discussion, de débat sur le sujet. Mais le plus gros de la claque ne venait pas de la pianiste, ni de Jason d'ailleurs, qui lui, le pauvre, ne faisait que subir les affres de la femme qui le rendait totalement impuissant devant la rébellion. Non, la claque venait d'elle-même. Elle qui n'était jamais tombée amoureuse jusqu'ici, Dieu l'en préserve ! Elle qui s'était toujours bien gardée d'aller jusque-là, au bord du cratère du volcan des amoureux, au nom de sa putain de liberté, de son autonomie de femme, du risque bactériologique d'être contaminée par la soumission et de s'engouffrer tête baissée dans les frasques d'un quotidien à chier, et des vapeurs hypnotiques des tristes habitudes télévisées. Et c'était bien grâce à ces armoiries dorées, cette accréditation choisie, qu'elle savait changer seule ses plaquettes de frein, ou poser du carrelage, réparer sa machine à laver, faire une marche arrière avec une remorque, ou mieux encore, ne jamais souffrir de la solitude et de la peur de finir vieille fille, vieille mais fille.

Depuis la première fois où elle s'était retrouvée nez à nez avec lui, le photographe des pauvres, elle avait su. Parce qu'elle avait blêmi sous les intonations de sa voix, parce que ses mains d'homme l'empuissantait, elle, sans même qu'il ne la caresse. Parce que la puissance de ses photos. Ses regards timides qui balbutiaient. Depuis cette première rencontre, elle découvrait patiemment, encore aujourd'hui au cœur de la Creuse, le sentiment d'amour absolu d'une femme pour un homme, et elle voulait le laisser vivre en elle, elle voulait le laisser monter jusqu'au bout, si bout il y a, parce qu'elle savait au fond que ça ne servirait à rien de lutter contre, au risque de s'automutiler et d'entretenir la frustration de se priver d'aimer. Elle l'avait dans la peau. Elle l'avait dans le ventre. Il la bouleversait. Ses mots, ses regards pour elle vibraient encore partout sur son corps comme un écho d'amour. Elle était folle de lui et elle n'arrivait même pas à lui en vouloir. De quoi ? De ne pas tout abandonner pour elle ? Mais au nom de quoi ? À cause de l'enfant ? De quel orgueil ? De quel caprice ? De l'égoïsme de qui ? D'une pseudocertitude viscérale, une autopersuation qu'ils étaient faits l'un pour l'autre ? Ils écoutaient les mêmes musiques, d'accord, ils aimaient les mêmes films, OK, ils avaient flashé sur les mêmes bouquins, certes, et alors ? Ils étaient de la même génération, de la même culture, ils avaient baigné dans les mêmes bains, comme beaucoup, ça ne voulait rien dire. Oui mais. Et pourtant. Elle l'avait vu poser ses yeux sur elle, elle l'avait vu trembler, hésiter, perdre ses moyens, s'émouvoir sur son sein, se blottir dans les contreforts de ses hanches, s'épancher lorsqu'il léchait sa chatte et qu'il grognait de plaisir. Et la liste interminable de leurs passions communes. Les sushis, le martin-pêcheur, les cailloux, les déchirés de la vie, les maladresses, le parfum du magnolia,

Jean-Pierre Bacri, les pergolas, les maisons en pierre, les maisons en bois, les lumières du matin, les boucs émissaires, les bouquets de coquelicots, les après-midi lascifs, la moiteur des préliminaires, l'ail cru, les perdants, le goût sucré de l'inflorescence des trèfles blancs, l'odeur de la nature après l'orage. La détestation des pantalons en velours, des cravates, des parfums plastiques des après-rasages, des tons faux des photos, des taux de change, du libéralisme, de la manipulation médiatique, des micro-ondes, des..., du..., de la..., de les..., etc., etc., etc. On pourrait en remplir des mètres de bibliothèque.

Alors elle décida de garder l'enfant. Elle considéra qu'il valait mieux l'élever seule plutôt qu'à trois. Elle le désirait vraiment. Elle le voulait pour elle, rien que pour elle. Elle voulait sentir son ventre grossir, elle voulait le voir gonfler. Une façon d'entretenir pour la vie l'aliénation qu'elle avait pour son père, un cordon ombilical invisible mais réel que personne ne pourrait jamais couper.

Elle feuilleta des magazines de layette pendant que sa mère lui préparait des soupes au lard et au chou. Elle s'épuisa les yeux sur des sites de prénoms démodés, Jeanine, Monique, Serge, Gilbert, René. Elle dévora des catalogues de poussettes lors des nuits d'insomnie en se gavant de pâté de pomme de terre froid.

Elle ne vomit pas, n'eut aucune envie de fraise, pissa toutes les trois secondes, se prit des coups de barre gigantesques après les repas, but des litres d'eau pétillante. Son ventre était moins plat, elle sentait parfois bébé la chatouiller lorsqu'il faisait des pirouettes dans sa bedaine.

Des rivières plein les joues, elle rêvait de Jason. Elle l'imaginait en train de les photographier dans des jardins d'enfants. Elle se retournait d'un coup parce qu'il lui semblait l'entendre l'appeler quand elle faisait la planche à la piscine municipale. Elle était persuadée de sentir parfois son odeur de quand il soufflait sur son café. Elle se disait que si elle y pensait très fort, elle pourrait se faire entendre si elle lui demandait de la rejoindre. Elle fixait l'horizon avec les yeux d'un oiseau blessé qui veut mordre, elle ne voyait rien venir.

On la vit slalomer avec son plus jeune frère au milieu des douglas, des épicéas, des chênes, des hêtres, des bouleaux, et des châtaigniers des forêts creusoises. Il l'écoutait parler sans rien dire, elle avait besoin de se faire de la place, d'évacuer, de raconter pour être sûre que tout ça avait bien existé, parfois il en doutait mais il se le gardait pour lui. Depuis qu'elle avait ouvert les vannes, elle pleurait beaucoup, ça ne lui ressemblait pas, il ne l'avait jamais vue comme ça, aussi peu solide, tout en miettes, éparpillée, il s'inquiétait pour elle et pour le bébé.

— C'est les hormones p'tit frère, c'est normal, c'est un vrai bazar là-bas dedans.

Histoire de se faire trois sous, elle fit quelques petits boulots de remplacement, précaires, payés une misère, caissière dans l'épicerie du village, manutentionnaire dans une fabrique de cagettes en bois, secrétaire de mairie. Rien qui ne la fît bien kiffer, mais ça la changea d'air, et ça ne la dérangea pas plus que ça, elle n'avait jamais ressenti de faiblesse, au contraire, c'est de là qu'elle venait, même si elle avait un sérieux bagage en sociologie, et une assez bonne expérience – avec salaire à l'appui – dans des cabinets d'études de notoriété. Mais elle ne voulait plus de ça, de ces quotidiens tristes et coincés de cols blancs.

Sans qu'elle ait rien demandé, lors de l'échographie du quatrième mois, l'infirmier de service lui cafta sans complexe la nature du sexe de la future progéniture.

— Bien membré le gamin.

— Je savais que c'était un garçon.

Sa cuisse ne l'ayant pourtant pas lancée, un matin du cinquième mois, elle perdit l'enfant.

Il avait décidé qu'il ne voulait pas de ce monde sans son papa.

La vie avait empalé Gladys avec une fourche.

La mort du bébé la dévasta.

Mutique mutilée, on n'entendit plus le son de sa voix pendant des jours. Elle ne se nourrit plus, elle lapa parfois les tisanes amères que lui servit sa mère, elle avait perdu le goût d'aimer, elle déraisonnait, vivre lui était devenu soudainement difficile, compliqué, insurmontable, elle découvrait les premiers symptômes du syndrome de ne plus pouvoir se voir en peinture, elle se disait que c'était de sa faute, qu'il était mort à cause d'elle, qu'elle n'avait pas su le retenir lui aussi, qu'elle ne le méritait pas, qu'elle brisait tout ce qu'elle touchait, qu'elle l'avait bien cherché, qu'à trop vouloir jouer avec le feu elle avait fini par s'immoler. L'avenir, le bel avenir, l'après, s'était arrêté aux portes de ses lèvres que l'enfant avait franchies bien trop tôt. Elle se laissait aller, elle glissait, elle ne s'agrippait plus à rien, elle ne se raccrochait à aucun garde-fou.

— C'est parce que ce sont les fous qui me gardent.

— Je sais Gladys, mais mange un peu quand même.

Ses parents et ses frères se relayaient pour la soutenir dans l'horrible épreuve, sans eux on l'aurait peut-être perdue.

Elle passa des jours sans sortir, le front collé aux carreaux de la cuisine sombre, refusant de foutre le nez dehors, son portable à la main, tétanisée. Elle l'appela cent fois, puis raccrocha. Elle lui écrivit mille lettres virtuelles, qu'elle déchira. Des myriades de dialogues avec lui la hantèrent des jours et des jours, si réels, répétitifs, qu'au final elle douta, jusqu'à sa mort, de leur non-existence.

Elle écouta RTL avec son père, ça lui rappela son enfance. Il lui demanda des coups de main dans son atelier, inutiles, mais c'était juste histoire d'être ensemble.

Elle malaxa des pâtes à tarte, des pâtes à pain, sa mère la reprit sur sa manière de faire, même si elle acceptait toutes ses différences, et qu'elle l'aimait pour ce qu'elle était, sans s'être jamais posé cette question une seule fois.

Mais Dieu sait pourquoi, un filin nous relie toujours à la vie.

Elle reprit les balades avec son frère, péniblement, ce n'était pas la panacée mais c'étaient les seuls moments où elle ne se sentait pas complètement morte. Il n'était pas très causant, mais il l'écoutait, et il lui arrivait d'avoir une phrase en tête qu'il hésitait toujours à partager avec elle, il n'avait pas les codes de la psychologie, ou les termes qui vont bien pour expliquer ce qu'il ressentait, il avait peur de mal faire, de la blesser, de trop ou de ne pas assez la secouer, mais parfois il lui disait quand même.

— Tu savais toi que si les requins s'arrêtent de nager ils meurent ?

— Oui je savais.

Alors, un matin, elle décida de retourner à Tristan da Cunha.

Là-bas, elle retrouva un amant qu'elle avait connu vingt ans plus tôt, Ed, le facteur de l'île, toujours aussi beau, toujours célibataire. Les moments simples qu'elle passa avec lui la rassurèrent. Il ne lui posait aucune question, il n'avait pas d'attente, il prenait ce qu'elle lui donnait, il trouvait que c'était déjà beaucoup, car il y a au loin, paraît-il, des gens qui ne donnent rien, qui prennent tout, et qui ne vous font que des reproches.

— Tu connais des gens comme ça Lady Gladys ?

— Oh que oui.

Il avait cette nature sobre et sage de n'être que dans l'instant présent, caractère commun à tous les insulaires de Tristan da Cunha, et elle adorait ça. Il l'emmena nager avec les dauphins dans des eaux à cinq degrés. Ils cueillirent des étoiles de mer plus grosses que sa main, elle l'aida à monter un mur en pierres sèches, volcaniques, noires, abrasives, tempétueuses, vivantes. Il lui brandit fièrement le zéro pour cent de croissance de l'île, elle applaudit à pleines mains en hurlant au vent « Ed, Président du monde ! Ed, Président du monde ! ». Ils grimpèrent le sommet du Queen Mary's Peak, à plus de deux mille mètres d'altitude, le volcan patriarche encore en activité.

— Tu sais quoi Ed, quand je mourrai, c'est ici que je veux que l'on répande mes cendres.

— Ici ! Comme s'il n'y avait pas assez de cendres !

— T'es vraiment un con, moi je te parle de mort et toi tu te fous de ma gueule !

Ici, elle avait un statut particulier, elle était celle qui était venue naître à Tristan da Cunha. Et bien que les habitants se considèrent tous comme des frères et sœurs issus d'une même famille, que les enfants soient ceux de tout le monde, qu'aucune maison ne soit dotée de verrou, elle aussi elle était née ici et on la respectait pour ça. Elle avait son nom inscrit sur le registre des natalités, et avec deux cent quarante-cinq habitants au compteur, ce genre d'événement n'arrivait pas tous les ans, croyez-moi.

On l'invitait lors des veillées, on la bichonnait, on la faisait rire, on voulait qu'elle raconte la France, elle faisait des blagues, abusait de ses jeux de mots pourris, exagérait ses expressions, ou essayait de marcher sur les mains lorsqu'elle avait un peu trop bu. Elle offrait sans compter, et on lui rendait au centuple. Elle aidait aux jardins, à la pêche, et encore au montage des murets de pierres sèches qui poussaient comme des champignons autour des maisons.

Un matin, elle découvrit dans sa glace une mèche blanche qui s'était délavée dans la nuit à la lisière de son front, elle, si brune, si cheveux charbon. Elle sourit, presque heureuse, parce que c'était assurément du vent qu'elle sentait par bourrasques souffler dans ses veines. Soulagée, émue, elle comprit immédiatement que le gros de sa souffrance avait quitté ses entrailles pour venir se greffer là, à la naissance de ses cheveux, que cet agrément était comme un essaim d'abeilles libéré de sa ruche pour perpétuer la colonie. Une cicatrice à ciel ouvert qui ne la lancerait certainement jamais, un témoignage de début de fin de deuil, l'entame d'un nouveau cycle. Une nouvelle saveur sucrée reprenait vie dans ses papilles, elle réapprivoisait le goût de la vie, il était venu le temps de rentrer chez elle.

— Mais tu es chez toi ici Gladys.

— Je sais Ed, mais je reviendrai, c'est promis, pour vivre mon éternité.

Dans la nuit qui précéda son départ de l'île, une vision onirique et étrange la visita, un mantra visuel extrêmement agréable. Des nuages noirs accouchaient de nuages orange, qui eux-mêmes accouchaient de nuages noirs, et ainsi de suite, jusqu'à l'infini. Cette vision était accompagnée d'une légende, d'une notice. On lui disait que de toute lumière naît une tristesse, et que la tristesse est issue du bonheur, depuis tout le temps, jusqu'à toujours, avant et après elle, et qu'il en est ainsi pour toute chose, que la vie fleurit dans la mort, et que la mort ne peut se vivre pleinement sans vie.

Le requin avait repris l'envie de nager.

Elle quitta l'Atlantique sud pour Lyon, où elle trouva un appartement en plein cœur du quartier de la Croix-Rousse, un bon compromis entre la Creuse et Paris, entre mer, montagne, et fiesta de tous les diables. La première chose qu'elle fit, une fois ses bagages posés, fut de se faire tatouer l'albatros endémique de Da Cunha, symbole de bon augure, au seul endroit de son bras droit où il y avait encore un peu de place.

Puis elle monta un cabinet d'étude engagé, militant, spécialisé dans l'environnement, les migrants, le social.

— Non mais Gladys enfin pardon mais ton truc c'est totalement *has been*, l'écologie oui, pourquoi pas, les migrants bon, mais le social ! Plus personne ne fait dans le social. Tu crois que tu vas gagner ta vie en faisant du social ? Écoute-moi bien, ma Glagla, un conseil de pro : trop de social tue le social.

— Ça me fait vraiment plaisir de te voir Catherine, ça fait combien ? Vingt ans ? Purée c'est quand même incroyable de voir comme tu n'as pas changé. Putain, il m'arrive un truc…

— Oui, dis-moi.

— J'ai envie de gerber, pas toi ?

Elle participa à des projets de montage de centrales villageoises photovoltaïques, mena des campagnes antipubs, monta des dossiers épais comme des annuaires sur les bienfaits du ginseng ou des fous rires dans les tisanes, elle manifesta moult et moult fois contre les gouvernements qui se succédaient mais qui n'arrangeaient rien, avec un sentiment amer toutefois, un vieux *à quoi bon* qui la faisait douter, mais qui ne la convainquait pas suffisamment pour arrêter. Elle accueillit un couple de migrants plusieurs mois et les aida à trouver un appartement. Elle fit même une action de désobéissance de masse chez Bayer-Monsanto avec des écolos non violents qui s'écoutaient être cools, qu'elle trouva trop mous, trop gentils, trop obéissants, trop convaincus, trop clichés pour être crédibles et changer le monde. Elle rêvait de révolution, mais à quarante ans passés elle était convaincue que pour que les choses changent vraiment, la révolution devait se faire dans la violence, en coupant des têtes, en crucifiant les patrons du CAC 40 sur les enseignes de leurs boutiques avenue des Champs-Élysées, pas en posant des banderoles ni en tendant l'autre joue. Sauf que cette guérilla se ferait sans elle, car boire du sang de bourgeois guillotiné n'était pas sa tasse de thé.

Elle enchaîna les rencontres, les plans cul d'un soir, elle les vidait jusqu'à la lie et elle les abandonnait dans leur sommeil, ça lui évitait des salamalecs foireux qui la faisaient chier maintenant qu'elle avait joui.

Elle vendait un peu d'herbe, ça lui payait ce qu'elle fumait, elle ne prenait pas beaucoup de risques, deux ou trois clients seulement passaient chez elle et faisaient les courses pour les autres.

Elle avait plein d'amis, elle sortait plusieurs fois par semaine, elle allait au restau, à la patinoire, à la salle de sport, au cinéma, au théâtre. Ils se faisaient des week-ends à la campagne entre potes, il y avait plein de gosses, elle jouait à la marraine mais pas trop, elle picolait mais pas trop, par contre, tout le monde était raccord sur le fait qu'elle fumait beaucoup d'herbe.

Elle ne fut pas surprise d'entendre Hannah un soir à la radio, un geyser de souvenirs lui remonta à la gorge, mais aucune douleur ne se manifesta. Elle assista même à un de ses concerts, une fois, à la Halle Tony Garnier. Elle voulut lui faire la surprise de la saluer dans sa loge, mais on l'en empêcha, la Dabrowska était devenue inapprochable et c'était peut-être mieux ainsi.

Pas un jour ne s'écoula sans qu'elle ne pense à Jason.

Pas une fois elle passa devant une crèche, une école, un jardin de ville, ou un gosse dans un caddie, sans que le souvenir de l'enfant la brise.

Au bout de quelques années, elle se lassa de Lyon et des Lyonnais, de la militance et de l'entrepreneuriat, elle avait envie de bouger, de changer d'air. Elle fit une formation de cordonnerie mais se découvrit une allergie au cirage. Elle enchaîna sur un stage de cuisine végétarienne où elle faillit ébouillanter un de ses formateurs qui avait essayé de la coincer contre un fourneau comme un bout de viande. Un employé de Pôle emploi perdit le nord en lui soutenant mordicus qu'elle devait absolument faire carrière dans le commerce, qu'elle était faite pour vendre, enclencher du profit, qu'elle avait le vice du marchandising dans les ovaires, qu'elle devait monter des boutiques de fringues pour potiches endimanchées qui cocoteraient la mort et les surcouches des produits cosmétiques à base de sperme de chinchilla. On lui donna un blâme, et on la priva pendant un mois de ses droits parce qu'elle avait retourné le bureau de ce connard et qu'elle l'avait giflé, alors qu'on aurait dû la remercier et la récompenser de la médaille de la chômeuse de l'année.

Comme elle ne connaissait pas l'Est de la France, elle se laissa tenter par un pseudo-sixième sens qui lui recommandait d'aller par là-bas, que ça lui ferait du bien, qu'elle allait vivre d'autres choses, rencontrer d'autres gens. Elle trouva un poste de responsable de communication dans une petite maison d'édition de la région de Metz. C'est là qu'elle loua une maison avec jardin à Thionville.

— Thionville ! Thionville ? Mais qu'est-ce que tu vas faire à Thionville ? T'as déjà vu Thionville ?

— Non.

— Ah bah ma fille tu vas pas être déçue !

— Ça peut pas être pire que le Nord quand même.

— Thionville c'est le Nord.

— Non maman, désolée, revois ta géo, c'est l'Est.

— Tu chipotes Gladys, Thionville c'est l'est du Nord.

On était au mois d'avril, les lilas exposaient leurs senteurs à travers la ville, il faisait exceptionnellement chaud pour la saison, elle trouvait que la vie était chouette, trop courte mais chouette, qu'elle lui souriait y compris les jours de pluie, elle était heureuse.

Elle s'acheta un vélo électrique, elle s'inscrit à un cours de danse africaine, puis à un cours de guitare, mais elle arrêta très vite la guitare, d'une, parce qu'elle n'était pas douée, de deux, elle n'était pas très motivée, de trois, son prof tomba fou amoureux d'elle, il la couvrit d'éloges sur ses rythmiques, et il la noya de regards vitreux et mièvres, pleins d'attentes, limites folk. Beurk. Elle brûla sa guitare un soir dans la cuisine, à genoux sur le vieux carrelage en écoutant *Purple Haze* d'Hendrix. Elle se fit à nouveau toute une brochette de potes. Elle enchaîna les rencontres et les apéros à la bière belge. Elle voulait apprendre à faire des tags, à sauter à l'élastique, elle voulait faire des expériences, tester de nouvelles drogues, passer des soirées dans des catacombes, arrêter les réseaux sociaux, le portable, Netflix, faire le chemin de

Compostelle, perfectionner son espagnol, relire Dostoïevski, rencontrer Damasio, coucher avec Pablo Servigne, fabriquer une écomaison, aller en Roumanie en roulotte et dormir dans une yourte, se retrouver nez à nez avec un lion dans son milieu naturel, manger des criquets, du serpent, arrêter définitivement la viande, ne jamais retomber amoureuse. Bref, elle avait des tas d'envies et elle croquait la vie comme quand elle avait quinze ans, et elle sentait que ça n'était pas près de s'arrêter.

— Combien ?

— Six mois, un an maxi, si la chimio fonctionne. Nous avons fait d'énormes progrès en termes de traitement, madame, vous savez.

— Quelle bonne blague docteur.

Elle plissa les yeux, essaya de faire croire au médecin qu'elle pouvait avaler cette pilule grosse comme une soucoupe volante d'une traite sans grimacer, que l'uppercut qu'elle venait de prendre en pleine gueule ne lui faisait ni chaud ni froid, mais comme il n'était pas dupe, il lui donna le nom d'un docteur de la tête qui pouvait la recevoir quand elle le voulait, quand elle serait prête, qu'il était là pour ça, lui faire du bien, la libérer, la délester. Mais Gladys n'avait pas grand-chose à larguer, elle avait toujours voyagé léger. Une bite, un couteau, un briquet, un bon air en tête, du détachement, de la profondeur, de la sincérité, de la joie, de l'amour, une frontale.

Elle pleura plus tard dans la soirée, seule dans le noir de sa cuisine, parce qu'elle se rendit compte à quel point elle avait peur de mourir. Elle pleura parce qu'elle était triste pour ses proches, ceux qui l'aimaient, sa famille, ses amis, triste de leur faire de la peine. Elle pleura encore, un bon gros coup cette fois, sanglot et compagnie, parce que Jason n'était pas là, et que ce tocard ne l'avait jamais appelée. Elle mit des musiques funèbres très fort toute la nuit, violon, piano, cornemuse et tout le tintouin, que de la valeur sûre pour bien déprimer. Parce qu'elle voulait vivre sa tristesse à fond, jusqu'au bout, jusqu'à sa dernière goutte, assurément, maintenant, tout de suite, et qu'une fois chose faite, dès demain matin peut-être, une fois toute cette dévastation vécue, elle pourrait passer à autre chose, un quotidien oxygéné de légèreté, juste intense, intègre et joyeux.

Elle s'acheta des bombes de peinture, elle passa quelques soirées à découper des pochoirs chiadés, la langue lui sortant de la bouche, témoin de son application, puis elle tagua tous les murs de la ville des plus beaux portraits photographiés par Jason.

Elle fit un saut à l'élastique, juste un, elle eut la trouille de sa vie.

— Mais putain qu'est-ce que c'était bon !

Elle arrêta les joints, ils l'enfermaient trop dans sa bulle. Quand elle fumait, elle se sentait hors sol, coupée du monde, alors que le monde était en elle et le vivant partout autour.

Elle ne se fit aucun nouveau tatouage. Elle maigrissait à vue d'œil, elle trouvait que c'était gâcher, déjà que son bonhomme Alinéa qu'elle avait sur l'épaule commençait franchement à faire la gueule.

Elle coucha avec un Espagnol sur le chemin de Compostelle qui lui apprit très bien la langue.

Elle réécouta tous les vieux tubes des années quatre-vingt sur lesquels elle avait dansé lors de ses premières boums, Kim Wilde, Kajagoogoo, Rose Laurens, F.R. David, Chagrin d'amour, des trucs qui n'avaient pas tous très bien vieilli mais qui la replongèrent dans l'effervescence de l'adolescence, quand échéance était uniquement un mot que la prof de français tentait de t'expliquer.

Suite à sa première grosse chimio, elle coucha avec Damasio dans une yourte en Afrique pendant que Servigne les prenait en photo. Un drôle de rêve qu'elle ne chercha surtout pas à traduire, elle avait tellement autre chose à foutre que se masturber le cerveau sur le sens de ses songes.

Elle ne trouva jamais le courage d'appeler Jason. Trop congestionnée à l'idée qu'il l'ait oubliée. Trop tremblante qu'il l'accueille froidement, et que des rires d'enfant derrière lui ne viennent définitivement l'ensevelir elle, dans ce balbutiement de chantier de reconstruction de son amour pour lui.

Elle continua de maigrir, elle dégringolait très vite, la médecine ne pouvait rien pour elle, le cancer se sentait bien et se généralisait.

— Vous devriez prévenir vos proches madame, qu'ils se préparent, c'est pour bientôt, toutes vos défenses immunitaires s'effondrent, une simple gastro pourrait vous être fatale.

Hannah fut la dernière personne que Gladys appela. Elle traversa la France le jour même, et elle resta avec elle jusqu'à la fin.

— Et ce requiem alors ?

— Il est là, dans ma tête.

— Tu peux me le chanter ? Au moins un bout.

— Bien sûr.

Et Hannah chanta.

— Alors ?

— C'est magnifique, c'est exactement comme ça que je vois la mort. Arrête de pleurer Hannah, souris plutôt, tu es tellement belle quand tu souris, espèce de garce, comment as-tu fait pour garder des dents aussi blanches avec tout ce que tu clopes ?

— Oh ma Gladys…

Et Hannah sanglota.

— Je suis sûre que vous allez adorer Tristan da Cunha, ça va être un voyage magnifique, et puis je serai là… en quelque sorte.

— Oh Gladys, je veux tellement pas que tu meures…

Et Gladys lui sourit.

Alors Hannah reprit.

— Gladys, je m'en veux tellement, mais tellement, je m'excuse, je suis si désolée.

Et Gladys lui prit la main.

— Mais non ma belle, on en a déjà parlé, je t'aime parce que tu es qui tu es, un peu barje mais si profonde, et puis tu es là, c'est ça qui est bon.

Et Hannah l'embrassa.

— Rappelle-lui bien s'il te plaît que l'obéissance n'est pas une fatalité, c'est un choix, comme la lâcheté, personne n'est fait pour rentrer dans les cases, personne, on n'est pas nés pour être carrés, on est là pour casser les angles et faire des ronds dans l'eau.

— Oui Gladys, mais je t'en prie…

20.

Jour 14 sur la péniche.

L'orgueil est l'apparat des pauvres gens. Plutôt que de jeter le piano par-dessus bord, je préfère sortir sur le pont avec Gladys. Nous nous levons de notre matelas, personne ne fait attention à nous, Rémy dort, Ricardo bouquine, Givert nettoie son flingue, Hannah pianote en boucle sa musique pour les morts, Raphaël démonte et remonte toutes les pièces du moteur, Cécile fait le point sur la logistique avant de nous mettre tous au boulot pour harnacher tout ce qui pourrait dégringoler quand on prendra le large.

Cet enfoiré de Givert a fait un carton quand la bête est arrivée par les airs, pendue à une sangle de chargement au bout de la grue, juste avant notre départ de Lyon, le matin de notre dixième jour dans Alizarine. Il a fait à Hannah la plus belle des surprises en lui achetant cette machine de guerre musicale, une des meilleures au monde. Un Kawai. Un japonais. Un putain de piano bridé. Il n'aurait pas pu acheter européen ? Faire venir un instrument de musique de l'autre bout de la planète est un acte d'abruti, pour quelque raison que ce soit, même pour dé-névroser une nécrosée de la cafetière. Lorsqu'elle a aperçu le piano à queue sous cellophane qui balançait au-dessus de sa tête, elle a étouffé Givert avec sa langue et elle l'a noyé avec sa bave, mais le mec s'en est sorti vivant. J'ai vu son pantalon bomber au niveau de sa taille, et puis il lui a dit de se calmer un peu, tout en nous épiant, rouge poivron de honte. Mais nous, délectables spectateurs, rien ne nous avait échappé.

— Allez Givert, faites pas vot' farouche, on n'est plus à ça près, on est tous passés après vous aux chiottes, alors une petite érection incontrôlée c'est pas ce qui va nous choquer, hein Rémy ?

— Il a raison Jason, c'est pas ta mère à boire.

— On dit la mer à boire, pauvre inculte.

Ensuite, elle a tenté de déballer le piano avec ses doigts jaune nicotine crochus, elle a tiré sur le film plastique dans tous les sens sans en venir à bout, tout ça très vite. Devant son échec cuisant, elle a viré hystérique dans la seconde sans pour autant abdiquer, ses phalanges tremblantes s'agrippaient à cette chose qui crissait, qui s'étirait de plus en plus telle une toile d'araignée maxi rigide possédée, immortelle, et tellement ridicule à la fois. Enfin, la cavalerie a débarqué pour sauver la princesse des griffes d'elle-même, on a entendu le clic de la lame d'un couteau qu'on libère, et Givert lui a définitivement réglé son compte. Au cellophane, évidemment.

Si mes souvenirs sont exacts, c'était il y a plus d'une éternité.

Depuis Lyon, vêtue d'une robe noire de concert et d'un manteau en hermine, le crâne rasé, elle joue en boucle son requiem qui la hantait depuis des jours, et aucun de nous n'ose la prier d'arrêter. Elle ne note rien, elle fait tout ça de tête, comme Mozart, mais en plus punk. Elle fait seulement des pauses pour fumer, manger, boire, dormir, en animal sauvage qui se respecte, notre lot à tous, soyons honnêtes.

Son requiem est un mille-feuilles de syncopes, de temps forts, de mesures anarchiques, de pépites solfégiques, une rythmique en conflit avec la mesure qui pourrait la faire passer pour plus folle que ce qu'elle n'est, mais qui, en vérité, est un glissement de terrain, il renverse tous les codes existants, il nous fracasse sur son passage, et au bout, incroyable, l'ensemble du morceau tient la route, en mieux, de l'authentique magie propulsée à deux cents kilomètres heure. Elle, son intention est cristalline, elle attaque les notes en guerrière sanguinaire, en kamikaze pure, en terroriste que seul l'idéal guide, la recherche du requiem parfait, de son chant du cygne. À présent, la Terre peut s'ouvrir en deux, ou être avalée par un trou noir, elle s'en fout, elle aura accouché de ce chef-d'œuvre, elle n'aura plus peur de décevoir Gladys. Je la regarde marteau-piquer son clavier, elle me fait penser à une note sur une portée avec sa tête bien ovale de couleur blanche attachée à une hampe. L'insupportable pour moi en vérité, c'est que cette œuvre me renvoie tellement à mes propres névroses, elle m'accule, elle me relie à moi-même sans artifice, c'est si beau, si intense, que j'ai besoin de faire une pause.

Depuis Lyon, il y a eu le vertige des quatorze écluses du Rhône, immenses, interminables, presque prétentieuses dans l'exagération, hors gabarit, dont certaines faisaient jusqu'à dix-sept mètres de hauteur, sur cent quatre-vingt-dix mètres de long, et douze de large, des structures empiriques du même acabit que le maître des fleuves d'Europe.

Depuis Lyon, les bateliers ont déchargé ce qu'il restait en vin, puis on a passé Vienne, Valence, Montélimar, Bollène, et Avignon. On a doublé trois centrales nucléaires qui avaient les pieds dans l'eau jusqu'aux chevilles et qui fumaient comme des truies, Saint-Alban, Cruas, Tricastin, rien que dix réacteurs à elles trois.

— Regarde-moi ces gros cons, m'a ragé Raphaël, ils se sentent tout-puissants devant la nature les boloss du nucléaire… T'as vu le niveau d'eau comme ça craint ? On frise le point de rupture mon pote. Y'a plus qu'à croiser les doigts pour qu'un tremblement de terre ne vienne pas éventrer tout ce foutu merdier. C'est vraiment des fils de putes. Je sais pas ce qui me retient…

Il pleut des trombes d'eau, le ciel n'en peut plus de chialer, et chaque jour on capture des rafales de vent record dans notre anémomètre.

Depuis Vienne, Raphie serre les fesses, il affirme qu'il a l'impression de piloter un jet-ski de trente-six mètres sur un Rhône qui caresse la crue décennale. Il a beau envoyer les machines au minimum, la péniche est emportée par le débit monstrueux et, à certains passages, sous des ponts notamment, il n'a pas fait le kéké le Raphio, il a froncé les sourcils et gonflé ses narines pendant qu'on priait fort et qu'on comptait sur lui pour pas venir s'empaler comme des buses contre un pied de pont en pierre et en béton.

Entre Valence et Beaucaire, la pluie s'est calmée, Cécile nous a même confessé qu'elle aurait vu un bout de ciel bleu au sud. Du coup, on a soufflé, et comme on avait toute la cale pour nous, à part Xav' ligoté bâillonné, le piano, et les matelas qui traînaient, plus deux ou trois bricoles, la batelière nous a ramené un ballon pas trop dur, pas trop mou, juste parfait pour y jouer pieds nus, et Ricardo, Rémy, Givert, et moi, on a retrouvé nos douze ans et on a fait des parties de foot mémorables. Le vieux Chilien nous a mis la raclée, Givert a craché ses clopes, Rémy nous a mystifiés sur des séries de jongles sans fin, et moi je me suis niqué un orteil à vouloir shooter trop fort. À un moment, le ballon a fini sur le clavier d'Hannah, aïe aïe aïe, on a tous grimacé, mais non, la balle et la pianiste ont poursuivi comme si de rien. Ensuite, comme on était fatigués, surtout Givert et moi, on a transformé le ballon en boule de bowling, on a pris des bouteilles d'eau en guise de quilles, et là c'est moi qui étais sur la vague, je faisais ce que je voulais, on a bien rigolé, on s'est un peu disputés, on n'a pas compté les points, on n'était pas là pour gagner.

À Beaucaire, on a fait tout l'approvisionnement nécessaire pour la traversée de l'Atlantique. Des centaines de packs d'eau, de l'épicerie sèche, des pleines cagettes de fruits et de légumes, des produits ménagers, des produits d'hygiène, des vêtements chauds, des couettes, des livres, cent fûts de trois cents litres de gasoil avec le nom d'une compagnie pétrolière mondialement connue écrit en énorme sur le côté, une pompe à main, un diable à fût, du matériel de pharmacie, des outils, des grosses gamelles, une radio HF, de l'alcool. C'est Givert qui a raqué, il était tout content parce qu'on n'avait plus une thune, c'est sûr à dix mille euros le piano. Ça a pris toute la journée à Cécile et Raphie pour charger et ranger toute la came, parce que nous, on était encore cachés au fin fond de la timonerie, qui dans le bac à douche, qui dans les toilettes de Lilliputiens, qui dans la chambre de poupée, un peu gavés disons-le de passer notre temps dans des trous de souris comme des pestiférés, un peu saturée la patience, on avait des envies de débandade en mode VIP, on trouvait qu'on le méritait, on devenait vraiment bons dans l'art de leur filer entre les pattes. À un moment, il a fallu qu'on retienne Hannah de hurler et de partir en courant dans la cale pour rejoindre son clavier, parce qu'elle pissait des notes, il lui en sortait de partout, des doubles croches fuyaient par ses oreilles, des mélodies, des tempos et des nuages de nuances lui coulaient du nez, elle vomissait des jéroboams de mesures, elle n'en pouvait plus de retenir cette panthère sauvage qui voulait s'échapper, enfin, c'est ce qu'elle nous bégayait, c'est ce qu'on a réussi à traduire. Ensuite, Givert l'a prise dans ses bras, il lui a parlé à l'oreille, il a embrassé sa joue. Elle a demandé à porter Gladys, je lui ai dit d'aller se faire foutre, elle n'a pas insisté, outre ses mesures.

Le lendemain, on a emprunté le canal du Rhône à Sète, fini les hauts et les bas avec les écluses. On est au niveau de la mer à présent, on sent l'iode et la végétation camarguaise détrempée, le musc des parfums qui décantent.

C'est entre Vauvert et Aigues-Mortes que le capitaine décide de s'amarrer.

— Je viens de prendre la météo des jours à venir, c'est pas près de se calmer, la Méditerranée est complètement déchaînée, aucun bateau ne sort en mer, c'est la tempête, on va attendre un peu ici que ça se calme.

— On peut pas rester là, c'est trop dangereux, on va se faire repérer.

— C'est moi le capitaine, Vincent, c'est moi qui décide, on fait ce que je dis, toi tu n'es rien, tu n'as aucun grade sur ma péniche, tu crois que tu vas pouvoir piloter mon bateau sans moi ? Demandons à Jason ce qu'il en pense. Qu'en dit le porteur de l'urne ?

— Je dis qu'on reste ici et qu'on attend que ça se calme.

Depuis, on en est là, pour changer, on attend. Le vent ne cale pas et le ciel s'est remis à vider ses tripes en mode déferlante. Comme en général il n'y a pas un chat sur la rive, je monte sur le pont en pleine journée pour m'aérer quelques minutes avec Gladys. La pluie s'infiltre partout, l'humidité me pénètre, si ça continue des champignons vont me pousser sur les couilles et dans la raie des fesses, j'ai l'impression que je vais devenir une espèce de phénomène de foire, un élevage portatif spécialisé myciculture. On est vraiment des jamais contents, surtout moi je veux dire, il y a quelques jours à peine on se plaignait de la chaleur et du manque d'eau, et voilà qu'à présent, en pleine Camargue, je rêve de soleil de plomb et de sécheresse. J'ai pris froid, je frissonne, j'ai envie de gerber, mon palpitant s'emballe, je suis brisé de fatigue, mais j'ai le numéro d'Agathe Banache dans la poche.

Tout à l'heure j'ai récupéré le portable de Cécile qui traînait sur la table de la cuisine, j'ai sauté sur l'occasion, le réseau était au taquet, en deux minutes l'affaire était réglée. J'ai commencé à composer son numéro mais la rouquine est revenue au pas de charge, à moitié vénère. J'ai vite reposé le téléphone et j'ai plongé sous la douche en sifflant *Singing in the rain.*

Qu'est-ce que c'est beau la Camargue, même quand il pleut.

Je relâche un peu mon étreinte d'avec Gladys, j'ai peur qu'elle prenne l'eau, je la pose au sec sous une petite table en fer, je mets mes mains dans mes poches tandis que la pluie amorce une accalmie. On observe un vol de flamants roses, pas si roses que ça, les vignes autour, les étangs, les marais, les roselières mystérieuses, les sansouïres et leurs salicornes, leurs soudes, leurs saladelles en fleur avec un mois d'avance, les joncs, le végétal aride, les chevaux blancs, les nuages fleur de sel qui galopent, un troupeau de taureaux. Sur les pelouses, des trèfles, des lotus, des vesces et du chiendent à profusion. Puis par touches si joliment orchestrées, je fixe des plaques de sel marin qui sont remontées, laissant apparaître des efflorescences blanches qu'on dirait minérales et précieuses. J'aperçois une lusciniole à moustaches au sommet d'un bouquet de roseaux. Puis, je me perche sur les jumelles que m'a prêtées Raphie parce que je capte soudain un couple de busards qui chasse une corneille, ils se battent contre le vent. M'apparaît ensuite un nuage d'ibis falcinelles au bec courbé avec leur petit côté réchappés de la préhistoire, aux plumes rouge bordeaux, de toute beauté, ils se posent pas très loin, je règle et régale ma focale. C'est gavade de piafs à tous les angles. Puis, j'entends le chant d'une fauvette s'échapper d'une haie de salicornes rincée d'eau, elle est là, à quelques mètres. Il me faut à nouveau mes jumelles pour reconnaître un chevalier aboyeur nerveux comme pas deux, en statique face au vent, il attend la bonne pompe pour filer à l'anglaise. Je reste encore un long moment contemplatif, parce qu'un couple de huppes faciées jaillit, je m'assieds, soufflé, c'est la première fois que j'en vois un d'aussi près, puis quelques canards au bec rouge qui s'échappent, un milan noir, un héron cendré, quelques mouettes qui braillent à l'aveugle. J'en prends plein la gueule. J'adore cet endroit.

— Tu prends des photos ?

— Non, j'observe les oiseaux à la jumelle, et je pense à toi.

— Si je te l'avais demandé, tu m'aurais épousée ?

— Impossible.

— Impossible ! Mais pourquoi ?

— Ma mère aurait dit non, tu coupes tes spaghettis au couteau Gladys, pour elle c'est pire que de voler dans une église...

— Depuis quand c'est ta mère qui commande ?

— Quand c'est qu'on se réveille ma belle ? Quand c'est qu'on sort de ce cauchemar ?

— Pas tout de suite bel homme, attends un peu... Et toi ? T'es content ? Puisqu'on parle d'éveil...

— Mouais, mais trop d'éveil m'endort, je me sens continuellement fatigué, j'ai peur de mourir. Ça fait mal de mourir ?

— Non, tu t'endors, c'est cotonneux, tu as les oreilles un peu engourdies, et puis tu vois la lumière et c'est parti.

Un cycliste dans un moule-bite jaune fluo et un k-way en plastique rose passe devant nous, via la piste cyclable, je le salue, il ne me répond pas.

— Tous des connards ces cyclistes.

— Arrête Gladys, c'est vrai qu'ils sont pas très rock'n'roll, mais ça ne fait pas d'eux des connards. Tiens, regarde, un vol d'aigrettes garzettes.

— C'est pas des hérons garde-bœufs ?

— Pas du tout, le garde-bœuf est plus trapu, plus petit, et tu vois bien qu'il a deux plumes sur la tête.

— Ah oui c'est vrai, t'as raison.

— Tiens, en parlant d'oiseaux, regarde qui vient de lever le nez de son clavier…

Elle a enfilé un ciré jaune, elle s'allume une clope à l'abri de sa capuche qui suinte la flotte, la cigarette se noie, elle la jette dans l'eau, elle en rallume une autre, elle tremble, je ne sais pas si c'est un bouchon énergétique qui vient de sauter ou si elle a juste froid, puis elle nous rejoint à la proue du bateau.

— Ça va ?

— Bien, et toi ?

— Oui, le requiem est pondu.

— T'es contente ?

— Oui, très.

— Il plaît beaucoup à Gladys en tout cas…

— Il faut que je te parle d'un truc Jason.

— Ah ?

— Gladys m'a demandé de te dire quelque chose, mais je ne me souviens plus exactement de l'ordre des mots, c'est un peu patchwork tu vois, des histoires de guirlandes qui font des ronds dans l'eau, comme la pluie, je crois.

— Ah bon. Et quoi d'autre ?

— Elle a dit qu'il fallait qu'on casse les angles pour pas rentrer dans les cases, ça, j'en suis sûre !

— Ah.

— Qu'il fallait qu'on choisisse entre obéir ou casser la gueule aux méchants.

— C'est pas exactement ce que j'ai dit.

— Gladys me dit que c'est pas exactement ce qu'elle t'a dit.

— Ah pardon.

Elle s'approche, elle me serre, elle m'embrasse, je trouve qu'il y a beaucoup de beauté chez une femme qui pleure sous l'orage, on ne sait plus si elle pleure de la pluie, ou s'il pleut des larmes.

— Je suis heureuse pour vous tu sais, je vous trouve très beaux quand vous êtes ensemble.

— Merci, ça me touche beaucoup. On rentre ? Je commence à être fripé du bout des doigts.

On passe encore vingt-quatre heures tanqués ici. Des hordes de bonshommes à vélo sous adrénaline bravent les trombes d'eau et roulent dans des flaques boueuses, elles éclaboussent leurs mollets bombés comme des magrets de canard. Quand la pluie vire cataclysme, un cycliste inconscient demande à Cécile s'il peut se mettre à l'abri quelques minutes chez nous, transi de froid. Il la questionne ensuite sur la péniche et demande à visiter la cale. Paniquée à l'idée que le type soit un RG ou un gros con qui peut tout foutre par terre, Cécile refuse sèchement. Le cycliste repartira en la traitant de connasse. C'est là qu'on décide unanimement de bouger. Le soir on est à Sète.

∞

Jour 16 sur la péniche.

Ça tape fort. Très fort.

Je suis totalement affolé. Poséidon en personne veut notre peau.

Je serre les dents.

On flirte encore avec la côte sétoise. Entre deux vagues latérales de trois mètres, des types sur un rocher me font des signes que je traduis par *n'y allez pas*, je les salue naïvement, boudiné dans mon gilet de sauvetage et mon ensemble imperméable bleu marine épais comme pas deux. Au loin, la zone industrielle portuaire se confond avec le gris du ciel. La Camargue me manque déjà. Des mastodontes flottants de deux cents mètres, arrimés au port, sont ballottés par une mer sous acide. Je m'attendais à un paysage plus glamour, plus cocotier et salsa, maillots de bain échancrés, caïpirinha *on the rocks*, et l'air qui sue la copulation débridée, une belle carte postale que j'aurais aimé envoyer à mon ami Yann.

J'ai laissé Gladys dans la cale, ça secoue beaucoup trop pour elle, c'est mieux, elle a toujours eu le mal de mer.

J'ai le smartphone de Cécile dans les mains. Un waterproof avec une coque dorée brillante qui détonne avec la donzelle. Bien trop accaparée par la tempête, elle l'a abandonné dans la cuisine, une sacrée aubaine. Une aubaine ? Ou l'acte délibéré de Bill lui-même ? Un interminable frisson me parcourt la colonne. Je gomme cette image.

Ma main libre s'agrippe à la barrière sur laquelle je me suis attaché solidement avec une corde en chanvre. L'eau de mon ciré dégouline par litres. Je lâche le garde-fou et je compose le numéro, balancé comme dans un manège à grande sensation. Une barre de réseau. Maigre butin. Une deuxième clignote par instants, me redonne de l'espoir, puis disparaît. J'appelle, il cherche, j'attends. L'appel échoue. J'ai envie de chialer ma race. Je réitère avec la véhémence d'un épileptique. J'ai un mal fou à composer le numéro, ma main tremble, je me plante, je fais un six au lieu d'un cinq. Je peste, je m'insulte. Des râles de rage vrombissent dans ma poitrine. J'essaie d'essuyer mes yeux trempés avec la manche de mon ciré, c'est d'une inefficacité déprimante. Je me prends une vague en plein visage. Je cherche des yeux un endroit où me mettre à l'abri, mais à part la casquette de la timonerie il n'y a rien. J'écarte un peu les pieds pour trouver un meilleur équilibre. Je déclipse mon gilet de sauvetage et j'ouvre ma veste de pluie, puis j'essuie l'écran du portable comme je peux avec ma sous-polaire. Au moment où je souffle sur mes doigts pour les sécher, acte si vain, un creux plus profond que les autres me fait perdre l'équilibre, j'arrive à éviter la chute sans lâcher ce satané portable, mais un ressac soudain vient tremper ma polaire, l'eau s'infiltre jusque dans mes bottes de pluie. J'insulte la mère de la mer.

Cécile sort la tête de la timonerie, je me retourne, je cache le téléphone, je referme ma veste, puis mon gilet, la rouquine est trempée en deux secondes, ses cheveux s'aplatissent sur son front, de l'eau entre dans sa bouche lorsqu'elle me hurle :

— QU'EST-CE QUE TU FOUS ?

Un coucou de la main de ma part n'aplanit pas l'accent circonflexe qui a remplacé ses sourcils.

— J'arrive !

Je me retourne vers l'avant du bateau, à nouveau secoué par la mer déchaînée. Rappelez-moi pourquoi on est là. Détends-toi mec, respire, fais confiance, chasse la peur. Je ressors le téléphone. Putain trois barres. Trois barres ! Je recompose le numéro. J'attends. J'attends. L'embellie, le miracle. Ça sonne. Une tonalité. Deux.

— A. lô ?

— Allô, Madame Banache ?

— O. i, qu. est-ce ? Allô ? Q.i êt.s-vou. ?

— Allô ? Vous m'entendez ? Madame Banache ?

— Allô oui, je ne vous entends pas très bien, qu…

— Allô ?

— Oui ! J'vous ent.nds, je v.us écout..

— Je vous appelle de la part de votre mari madame, j'ai un message pour vous.

— Mon Dieu, Benoît, com.ent va-.-il ?

— Euh…

— Al. ô ? Allô ?

— … Il est mort, madame, je suis désolé.

Voilà, ça y est, c'est fait, ça n'était rien au fond, tout un monde en trois mots.

— Oh non, n. n. on Dieu no., non, non.

Je ne dis plus rien, je suis fendu pour elle, une langue de mer énorme recouvre le pont, elle m'éclabousse copieusement au passage, j'entends Cécile qui hurle derrière moi, je ne me retourne pas, je reprends de l'air, caché dans ma capuche, je fixe le niveau du pont quasi à fleur d'océan.

— Pardon ? Je ne vous ai pas entendue.

— Co.ment est-il mort ? V..s êtes qui ? La police ?

— C'était un accident, madame, un stupide accident, il était malade… il s'est étouffé dans son vomi.

Les sanglots d'Agathe Banache, la rage croissante des vagues, le vent qui gonfle mes vêtements imperméables, le réseau pourri, couvrent les cris d'une Cécile en furie.

— Il vous dit de ne plus vous inquiéter pour lui, pour que vous puissiez passer à autre chose vous comprenez ?

Par pitié, dites oui. Elle renifle. Je reprends.

— Dites-lui que je l'aime il a dit, oui, deux fois même il l'a dit, dites-lui que je l'aime, dites-lui que je l'aime, comme ça, voilà, c'est tout.

Comme je tourne le dos à la trappe de la cale, je ne le vois pas en sortir, et je ne l'entends pas non plus venir jusqu'à moi, dégoulinant, la pluie fouette son visage, il me tape sur l'épaule, je me retourne, médusé, je ne sais pas si Givert grimace parce qu'il a peur, ou parce que des gouttes grosses comme mon pouce le lacèrent, ou s'il est juste furieux après moi. Je suis paralysé, il pleut dans ma bouche, je ferme les yeux, je supplie n'importe quel sous-dieu intérimaire de me venir en aide, je promets, je jure sur la tête de ma mère de ne plus haïr ma boulangère, de ne plus obéir, à qui que ce soit, jamais, à personne, sauf à moi, et à Gladys bien sûr, c'est la moindre des choses, les concessions, les compromis, composer à deux, s'unir, baisser la garde, faire confiance, emboîter nos vieux troubles obsessionnels compulsifs comme des pièces de puzzle. Je suis pétrifié devant l'expression d'un Givert incernable, je bégaie, je balbutie, je vais inventer une histoire à dormir debout, un conte de Noël, mes yeux sont inondés, je veux parler mais rien ne sort, excepté des salves sans fin de postillons salés.

— Qu'est-ce tu fous ? Tu peux pas te mettre à l'abri ? Bordel, tu pètes encore les plombs Cervantès, tu fais chier !

— J'allais y aller, deux minutes.

Il me fixe, tente de traduire, et finalement n'insiste pas, je crois qu'il a la trouille, qu'il veut sauver sa peau, qu'il n'a pas le pied marin, ses épaules sont voûtées, son gilet de sauvetage est un peu lâche, je glisse discrètement le smartphone dans ma poche, je m'approche de lui, gavé d'une assurance toute nouvelle, un vieux stock de courage pour les grands moments de coups durs, je lui resserre les sangles de son gilet, je m'applique, je fais fi des vagues qui nous inondent, il plisse les yeux, il apprécie c'est sûr, il est séduit par la consistance de mes gestes solides, bienveillants, j'hésite à lui pincer la joue et à lui mettre une claque sur les fesses. Puis il pose sa main de yéti sur mon épaule.

— Je t'aime bien Cervantès, tu sais.

— Moi aussi je vous aime bien… Ça me fait mal de le dire… Et puis je suis content pour vous et Hannah.

— Maintenant qu'on a fait notre *coming out*, tu peux peut-être me tutoyer.

— Faut que j'en parle à ma psy.

Il sourit, il me sourit, satisfait, bon public, complice, puis il tourne les talons, et il file enfin vers la timonerie en faisant bien attention de marcher le plus loin possible des bords de la péniche. Des lames de mer s'abattent sur le pont, il glisse, tombe à terre, se rattrape in extremis à une barrière, sa capuche est arrachée par une rafale violente, mais il se relève, se tourne vers moi le pouce tendu, fait quelques zigzags, et, enfin, il arrive à s'enfourner dans la cabine de pilotage, éreinté. Je distingue Raphaël à travers la vitre ruisselante, il a les cheveux en pétard, et des gros yeux de Rémy. Je jette le téléphone à la mer, je remercie mon sous-dieu stagiaire, je détache ma corde et je m'engloutis dans la cale entre deux creux de plusieurs mètres.

Gladys m'attend sagement toujours à la même place, mais couchée.

Hannah joue un air tout frais pondu, une bizarrerie pétillante à la *Champagne* d'Higelin, son urgence du moment. Elle a retrouvé le sourire, elle est très inspirée, d'une humeur étincelante, resplendissante de fraîcheur, maquillée avec bon goût, comme d'habitude, ses ongles sont vernis, noirs, ses cheveux ont recommencé à pousser, elle porte encore cet ignoble manteau en hermine, je pense qu'elle a pris des drogues pour être dans cet état, pour fêter notre départ, ou qu'elle a bu.

Ricardo prie le Grand Esprit, ou qui il veut, mais je le supplie de le faire bien. Il est terrorisé.

Rémy a perdu un œil, qu'il croit, une cendre s'est collée sur sa cornée, car pour se calmer, il fume encore un joint mais cette fois dans la cale, avec tous ces barils de gasoil à portée d'étincelle.

Xav', toujours pieds et poings liés est ballotté dans tous les sens, il me supplie du regard de le détacher. Je m'approche et lui retire son bâillon.

— Libère-moi, par pitié libère-moi.

— Pas tout de suite, quand on sera vraiment au large.

— Mais espèce de connard, on va pas y arriver au large tu comprends ?

À nouveau, un creux sans fin nous avale et nous recrache, faisant dégringoler la moitié des pots en verre d'une étagère. Ils se brisent au sol, des nuées de haricots secs et de pois chiches roulent à mes pieds. Ma parole, ce qu'on est en train de faire est du pur suicide. Je saute sur Rémy et je l'empoigne par le col de son ciré.

— Éteins cette merde tout de suite.

— On va tous crever !

— Raphaël gère, c'est un pro, on va s'en sortir, par pitié éteins-moi ce truc.

Il tire une bouffée sans fin, louche sur son joint, puis, enfin, il l'écrase. Je le relâche. Il me souffle au visage son écran de fumée, je tousse, en dehors d'Hannah ça ne fait rire personne.

Je retire ma veste imperméable, je la secoue vivement, et je vide mes bottes pleines d'eau. La pianiste en remet une bonne couche bien épaisse, elle fait des mimiques de petite vieille à présent, tout en pianotant sèchement sous son clavier, le bas de sa mâchoire est exagérément avancé, elle simule le rire d'une sorcière, ses sourcils sont froncés. Je n'ai aucune idée de pourquoi elle fait ça maintenant.

— Pourquoi elle fait ça votre copine ?

— C'est la copine de votre chef, pas la mienne.

— Givert n'est plus mon chef.

— Je m'en fous, ferme-la ou je te mets une balle.

— Ah ah, toi, me mettre une balle ?

Ricardo cesse sa prière, surpris par le ton que je viens d'employer. Je palpe ma bombe lacrymo. Je crois que j'ai enfin les épaules pour l'utiliser sans passer pour un imposteur. Je suis pourtant mort de trouille, comme nous tous. Je remets ma veste de pluie et mes bottes, puis je vais ramasser Gladys qui commence à rouler à travers la cale, je la coince solidement entre mon ciré et mon gilet de sauvetage.

— Ça va, pas trop serrée ?

— Non, j'adore être dans tes bras.

— Moi aussi.

Un bruit, que dis-je, un craquement du brasier de Lucifer résonne soudain dans la cale. J'ai juste le temps d'éviter un baril qui vient de tomber et qui, du haut de ses trois cents kilos, essaie de m'écraser sur son passage.

Je crie. Tu hurles. Ils beuglent. Nous courons. Elle continue de jouer sur son Kawai.

Lorsque le fût plein de gasoil vient s'écraser contre les parois de la cale, la cloison vole en éclats mais le baril reste étanche et ne libère miraculeusement aucun hydrocarbure. Dans un geste héroïque de haute stupidité, Rémy aux yeux écrevisse se précipite sur le bidon pour le relever, sans imaginer la moindre seconde que la puissance d'un tel engin roulant peut lui briser les jambes d'un rien, voire tout simplement le tuer.

C'est Ricardo qui le sauve, il le plaque au sol à un mètre de la trajectoire de la bombe de chez Total.

On a à peine le temps de souffler que deux autres barils se font la malle à leur tour, sauf que cette fois, le couvercle de l'un d'eux explose sous le choc de la chute, et vient vomir sa marée noire à nos pieds. L'odeur me lève le cœur, le poison visqueux asperge mes bottes, et la moitié du sol de la cale devient immédiatement glissant.

Je me précipite sur le pauvre Xav', assis par terre, future victime possible des trajectoires aléatoires de ces machines de guerre. Les fesses de son pantalon sont noircies par le gasoil. J'essaie de dénouer ses nœuds le plus rapidement possible, je tremble beaucoup, la mer déchaînée nous brinqueballe gauche droite, j'ai envie de gerber, mais j'arrive à le libérer. Il se redresse d'un jet, et bien que son corps soit à lui tout seul un catalogue de courbatures et d'engourdissements, il retrouve dans l'instant sa légendaire agilité. Il bondit de parties sèches en parties sèches avec l'aisance du chevreuil huppé, et ce, jusqu'aux pieds de l'escalier, il saisit un gilet de sauvetage au passage, et il avale les marches trois par trois, sur les talons d'un Rémy complètement paniqué.

Ricardo saisit mon regard, et l'éloquence de notre échange nous amène vers une Hannah coincée au fond de la cale, ventousée à plat ventre sur le couvercle de la table d'harmonie, mais comme le piano zippe sur le plancher, Hannah zippe aussi. Elle semble valser avec lui au milieu d'une piste de cabaret dadaïste accompagnée par des barils d'hydrocarbure. On s'approche comme on peut, on slalome entre les bidons qui ne sont pas encore tombés et les autres qui rêvent de nous massicoter les quilles. Comme Ricardo a un assez bon équilibre, je m'accroche à lui, mais je finis quand même par m'affaler dans une mare de gasoil. Il m'aide à me relever et on arrive enfin jusqu'au piano. J'attrape la manche d'Hannah, je crois qu'elle me reconnaît, elle ne sait pas trop ce qui se passe, j'harponne son bras, Ricardo l'autre. Je ne prends aucun plaisir à effleurer son sein. Je suis couvert de mazout, j'empeste. Je m'approche de son oreille et je lui murmure tout doucement, comme si ma parole était de feu :

— Si tu pouvais éviter de fumer.

— Dac.
— Cool.

Ce sont une demi-douzaine de fûts qui roulent à présent anarchiquement sur la place, la violence de leurs chocs lorsqu'ils se télescopent déchire leurs entrailles d'acier comme du papier aluminium, et leurs tripes rouge pétrole se répandent comme le spectre de la mort dans la cale d'Alizarine. On attend la fin d'une série de roulades pour déguerpir de là. On atteint miraculeusement les escaliers en trois sauts, même Hannah. Lorsqu'on l'ouvre, la trappe pisse la flotte, j'hésite instantanément à replonger là d'où je viens. Entre la peste et le choléra, mon cœur balance, alors je vomis.

Lorsque je relève la tête, la Dabrowska est en train de traverser le pont sans gilet de sauvetage pour rejoindre l'homme qu'elle aime. Elle a les bras écartés d'un funambule, et l'équilibre chancelant des types ivres morts qu'on croise dans les grandes villes au milieu de la nuit. Le vent, la mer, et la pluie font ce qu'ils veulent de cette poussière d'étoiles. Elle est balancée par bourrasques d'eau et de mistral, par les vagues, et elle, elle est dans sa normalité, elle écoute ses divagations, elle épouse le déséquilibre, la discorde est son élément, elle traverse le marasme sans tomber. On est tous pendus à son corps qui semble être tissé de chiffons reliés entre eux par des nœuds. Ses hanches, sa nuque, sa cambrure, ses chevilles, ses épaules sont toutes de guingois, et pourtant l'ensemble tient, elle est comme à la maison, elle a trouvé sa terre promise. Elle entre dans la timonerie comme je l'ai vue mille fois ouvrir la porte d'entrée de notre appartement de Collioure. Tout le monde la regarde, sous le charme de la Méduse, elle sourit, fait semblant de se recoiffer, et elle va embrasser langoureusement Givert. Dans cette ambiance qui flirte avec l'apocalypse, elle trouve le temps d'aller l'embrasser. C'est dans l'œil du cyclone que l'on mesure la solidité d'un couple, pas sur une plage à Bali à siroter des mojitos.

Combien de temps Givert peut-il tenir en apnée ventousé à ses lèvres ?

Le pont est recouvert par dix centimètres d'eau, les vingt mètres qui nous séparent de la cabine me semblent sans fin. Je vois les autres au loin qui ne nous quittent pas des yeux, Ricardo part en tête, je lui colle au train. On met un temps fou pour traverser, on s'arrête, on se tient à ce qu'on peut, on protège nos yeux, on lâche, on repart, on s'arrête, on se tient, on relâche, on retient, on repart. On finit à notre tour par rejoindre les autres. Ils nous accueillent par des étreintes qui valent de l'or. Puis, j'annonce la nouvelle au capitaine.

— Les barils se renversent tous les uns après les autres, c'est une catastrophe.

— Quoi ?

— Ah merde !

— Tu as entendu Raphaël ?

— Oui, oui, très bien…

— Et alors on fait quoi ?

— Il y a pire.

— Pire ?

— Le bateau coule…

— Ah.

Il y a Sète au loin, son port, sa plage, le cimetière marin qui nous domine, la vieille ville un peu racaille, les allées des restaus, le canal Royal, la tombe de Brassens.

Combien de bateaux ont coulé ici, si près de leur départ ? Si loin de leur but ? Combien de grands voyageurs ne sont jamais allés plus loin que le bout de leur nez ? Combien ont rêvé leur vie, le cul posé dans un hamac ? Combien sont partis vraiment ? Lesquels étaient des convaincus ? Ont-ils trouvé le trésor, si trésor il y avait ?

On est là, tous les neuf, serrés comme des sardines dans la cabine de pilotage, presque bien après ce qu'on vient de vivre, et avant ce qui nous pend au-dessus de la tête. Un entre-deux sous la couette. On observe partout autour cette eau en furie qui nous avale. Je punaise cette image au fond de mon cerveau. Je suis ému. Il n'y a pas à dire, malgré sa délicieuse lenteur, tout va décidément trop vite sur cette péniche.

Les premiers bateaux des équipes de sauvetage fusent ventre à terre dans notre direction.

L'avant d'Alizarine a déjà disparu, l'arrière de sa coque se soulève lentement, un étrange silence règne.

J'ai une pensée pour mon matériel photo mazouté, mon vieil argentique, mes vestes à capuche qui coulent, c'est presque une libération, un exquis délestage.

— Je suis là moi.

— Je sais ma Gladys.

Il y a cet énorme hélicoptère qui vient vers nous tel un albatros loin de son Atlantique sud. Il s'extirpe des nuages par le nord, je frissonne devant le courage de cet oiseau qui se bat comme un diable, qui provoque, sans douter de ce qu'il fait, allant vers, rasant les vagues, ne se souciant que de l'aventure.

— Les secours.

— Non, la gendarmerie.

— Ah.

Le portable a cafté.

Tout va crescendo, la moitié du pont est immergé à présent. Le gros cul d'Alizarine se soulève et elle l'expose au ciel, cette petite branleuse reste fière jusqu'au bout. Je vérifie que Gladys est bien sanglée à moi parce qu'il est temps maintenant de quitter celle qui nous a tant et tant couvés. Merci madame pour l'accueil, et pour tout le reste.

Alors, on saute.

Je perds un peu l'ordre des événements, tout est sens dessus dessous, mais clairement, maintenant toute la péniche est immergée et elle coule, elle nous absorbe dans son tourbillon bullé. J'avale beaucoup d'eau. J'ai peur de mourir. Je me débats, je lutte contre le courant qui m'amène vers le fond, je panique, je manque d'air, je m'épuise, je fixe la surface à des années-lumière qui s'éloigne, je me noie, je ne suis plus alimenté, je vais mourir. Je me blottis de toutes mes forces contre Gladys.

J'entends ce titre des Pixies que j'aime tant, *Where is my mind ?* J'aurais dansé avec elle sur ce morceau, elle ne se serait pas fait désirer. J'aurais enlacé ses épaules multicolores. Elle aurait adoré l'alchimie de sa peau contre ma peau. Son déhanchement nous chavirerait, ce glissement frissonnant serait son point d'orgue. J'aurais caressé l'arrière de son crâne, comme sa peau est mate, j'aurais adoré le pli que fait son épiderme quand elle casse légèrement sa nuque sur le côté, soumise au désir et au futur.

— Remonte Jason, remonte, Tristan da Cunha c'est de l'autre côté.

— Ah.

— Arrête de dire ah, remonte maintenant, vas-y, coupe le cordon Jason.

Quand je refais surface, tout le monde est là. Des dizaines de bouées de sauvetage rouges nous encerclent. Toute l'équipe a déjà récupéré la sienne. Hannah tousse mais elle est vivante, Super-Givert est à ses côtés, il me refait le coup du pouce, je lui renvoie la pareille, j'évite le clin d'œil. Xav' s'enfuit, pour aller où ? Lui seul le sait. Cécile et Raphie trouvent l'énergie de me sourire, ils vont bien. Rémy crache ses poumons mais il s'en remettra, c'est sûr, il est costaud le bougre des banlieues. Quant à Ricardo, pas besoin de faire un dessin, dans l'eau c'est lui le patron. Des objets flottent autour de nous, l'eau entre et ressort de mes oreilles au rythme des vagues. Plusieurs hélicoptères de gendarmerie nous survolent. De là-haut des types nous braquent avec des mitraillettes, je vois des golgoths hélitreuillés descendre sur nous. Des vedettes gavées de gros bras cagoulés nous ceinturent.

— Givert, rends-toi !

Un type longiligne en costume gris hurle dans un porte-voix du haut d'un des hélicoptères.

Ça doit être Le Tallec.

Va niquer ta mère Le Tallec !

— Rends-toi Givert, c'est fini pour toi !

On se regarde, on s'observe, on s'interroge du menton, on hésite. C'est celui qui fait qui a raison. Alors je me lance.

— C'est par où le sud-ouest ?

— Par là, je crois.

— OK, on y va.

Merci à R.W.
Merci à Cécile et Raphi

Au diable vauvert
Littérature française
Extrait du catalogue

SÉBASTIEN AYREAULT
Loin du monde, roman
Sous les toits, roman
Ce n'est pas de la pluie, poésie
Pourquoi ça fait si mal, poésie

TRISTANE BANON
Le Bal des hypocrites, récit

JULIEN BLANC-GRAS
Gringoland, roman
Comment devenir un dieu vivant, roman
Touriste, roman
Paradis (avant liquidation), roman
In utero, roman
Dans le désert, roman

PIERRE BORDAGE
Mort d'un clone, roman
Le Jour où la guerre s'arrêta, roman
Tout sur le zéro, roman

SYLVIE BOURGEOIS
Brèves enfances, nouvelles

FABRICE CAPIZZANO
La Fille du chasse-neige, roman

CHRISTOPHE CARPENTIER
Cela aussi sera réinventé, roman
L'Homme-canon, roman

SIMON CASAS
Taches d'encre et de sang, récit

La Corrida parfaite, récit
Générique de fin, roman

JEAN-FRANÇOIS CHABAS
Red Man, roman

FABRICE COLIN
Mémoire du vautour, roman

OLIVIER DECK
Adieu, torero, récit

WENDY DELORME
Insurrections ! En territoire sexuel, récit
La Mère, la Sainte et la Putain, roman
Le corps est une chimère, roman

JEAN-PAUL DIDIERLAURENT
Le Liseur du 6h27, roman
Macadam, nouvelles
Le Reste de leur vie, roman
La Fissure, roman
Malamute, roman

YOUSSOUF AMINE ELALAMY
Les Clandestins, roman
C'est beau, la guerre, roman

CATHERINE FRADIER
Cristal Défense, roman,
La Face cachée des miroirs, roman
Le Stratagème de la lamproie, roman
Dossier Kastor, roman
Et nous aurons l'éternité, roman

THOMAS GUNZIG
Mort d'un parfait bilingue, roman
Le Plus Petit Zoo du monde, nouvelles
Kuru, roman
10 000 litres d'horreur pure, roman

Assortiment pour une vie meilleure, nouvelles
Manuel de survie à l'usage des incapables, roman
Et avec sa queue, il frappe ! théâtre
Borgia, comédie contemporaine, théâtre
La Stratégie du hors-jeu, théâtre
La Vie sauvage, roman
Encore une histoire d'amour, théâtre
Feel good, roman
Le Sang des bêtes, roman

NORA HAMDI
Des poupées et des anges, roman
Plaqué or, roman

GRÉGOIRE HERVIER
Scream Test, roman
Zen City, roman
Vintage, roman
Dark Was the Night, novella

ANTOINE JAQUIER
Simili-love, roman

ALEX D. JESTAIRE
Tourville, roman
Contes du Soleil Noir :
Crash, roman
Arbre, roman
Invisible, roman
Audit, roman
Esclave, roman

FÉLIX JOUSSERAND
Basketville, poésie
Rhapsodes, poésie
Mauvais penchant, poésie
Le Siège de Mossoul, poésie
Les Plaies d'Occident, poésie

Aïssa Lacheb
Plaidoyer pour les justes, roman
L'Éclatement, roman
Le Roman du souterrain, roman
Dans la vie, roman
Scènes de la vie carcérale, récit
Dieu en soit garde, roman
Émilie, roman
Érostrate for ever, roman
Louis Lanher
Microclimat, roman
Un pur roman, roman
Ma vie avec Louis Lanher, nouvelles
Trois jours à tuer, roman
Les féministes n'auront pas l'Alsace et la Lorraine, récit
Titiou Lecoq
Les Morues, roman
La Théorie de la tartine, roman
Philip Le Roy
Couverture dangereuse, roman
Evana 4, roman
Le Dernier Testament, roman
La Dernière Arme, roman
La Dernière Frontière, roman
Marin Ledun
Modus operandi, roman
Marketing viral, roman
Antoine Martin
La Cape de Mandrake, nouvelles
Le Chauffe-eau, épopée
Juin de culasse, odyssée
Conquistadores, sitcom
Produits carnés, nouvelles

Hercules 1959, péplum

Romain Monnery

Libre, seul et assoupi, roman

Le Saut du requin, roman

Un jeune homme superflu, roman

Ce n'est qu'un au revoir, lettres de démission

Xavier de Moulins

Un coup à prendre, roman

Ce parfait ciel bleu, roman

James Noël

Brexit, suivi de *La Migration des murs*, poésie

Agathe Parmentier

Pourquoi Tokyo ?, récit

Calme comme une bombe, roman

Mario Pimiento

Le Consac de Gagne-Petit, récit

La Bonne Case, roman

Anne Plantagenet

Manolete, le calife foudroyé, biographie

Oxmo Puccino

Mines de cristal, poésie

140 piles, journal

Au fil du chant, album

Vincent Ravalec

Proprio, nouvelle

Nouvelles, intégrale

Sainte-Croix-les-Vaches, roman

Nicolas Rey

Treize minutes, roman

Mémoire courte, roman

Un début prometteur, roman

Courir à trente ans, roman

Un léger passage à vide, roman

L'amour est déclaré, roman
La Beauté du geste, chroniques
La Femme de Rio, scénario
Les enfants qui mentent n'iront pas au paradis, roman
Dos au mur, roman
Lettres à Joséphine, roman
La Marge d'erreur, roman
Crédit illimité, roman

Céline Robinet
Vous avez le droit d'être de mauvaise humeur…, nouvelles
Faut-il croire les mimes sur parole ?, nouvelles

Thomté Ryam
Next level, roman

Régis de Sá Moreira
Pas de temps à perdre, roman
Zéro tués, roman
Le Libraire, roman
Mari et femme, roman
La vie, roman
Comme dans un film, roman

Zoé Sagan
Kétamine $C_{13}H_{16}ClNO$, roman

Loubna Serraj
Pourvu qu'il soit de bonne humeur, roman

Christophe Siébert
Métaphysique de la viande, roman
Images de la fin du monde : Chroniques de Mertvecgorod, roman
Féminicid : Chroniques de Mertvecgorod, roman

Marlène Tissot
Voix sans issue, roman

CORALIE TRINH THI
Betty Monde, roman
La Voie Humide, autobiographie
TRISTAN-EDERN VAQUETTE
Je gagne toujours à la fin, roman
BERNARD VARGAFTIG
L'aveu même d'être là, accompagné du film *Dans les jardins de mon père*, poésie
CÉCILE VARGAFTIG
Fantômette se pacse, roman
Les Nouveaux Nouveaux Mystères de Paris, roman
GILLES VINCENT
Les Poupées de Nijar, roman
Usual victims, roman
LAURENT WHALE
Skeleton Coast, roman

Imprimé en France par
CPI Firmin-Didot
en juillet 2022

Composition :
L'atelier des glyphes

Nous imprimons nos ouvrages sur du papier issu
de forêts gérées durablement, de sources contrôlées
et avec des encres végétales.

Dépôt légal : juillet 2022
N° d'impression : 170300